Die Hauptpersonen dieses wunderbar weiträumigen, intensiven und bilderreichen Romans, der an Marquez denken läßt, hat es wirklich gegeben: den dänischen Naturforscher Dr. Wilhelm Lund (1801–1880) und den norwegischen Kunstmaler Andreas Brandt, der als Assistent und lebenslanger aufopferungsvoller Freund das Forschungswerk des Dr. Lund mit dem Zeichenstift begleitete.

Als junger Mann mit akademischem Ehrgeiz ist Lund 1826 nach Brasilien gekommen. Er träumt davon, alle Tiere und Pflanzen in einem gigantischen System zu beschreiben, das die Menschheit endlich Gottes Schöpferplan begreifen lassen wird und so dazu beitragen soll, den ewigen Frieden auf Erden herbeizuführen. Nachdem er auf Expeditionen ins Landesinnere mehrere unerschlossene Höhlen entdeckt und darin riesengroße Tierknochen aus der Vorzeit gefunden hat, entwickelt sich Lund zu einem besessenen Höhlenforscher. Von seinem Quartier in dem kleinen, nichtssagenden Flecken Lagoa Santa aus, in den es ihn schließlich verschlagen hat, stellt er seine Forschungen an, gräbt er im Laufe mehrerer Jahrzehnte über 800 Höhlen aus, sammelt, klassifiziert, rekonstruiert Tausende von Knochenfunden – „meine Kinder" – und ersinnt seine wechselnden Theorien über die Entwicklungsgeschichte der Erde. Als er hochbetagt in Lagoa Santa stirbt, ist er längst Gegenstand phantasievoller Mythenbildung unter den Einheimischen, deren Lebensform und Denkweise er sich mehr und mehr angenähert hat.

Henrik Stangerup wurde 1937 in Kopenhagen geboren. Er hat Romane, Erzählungen, Essaysammlungen und Reportagen veröffentlicht und sich auch als Filmemacher einen Namen gemacht. Stangerup wurde für sein künstlerisches Schaffen mit verschiedenen Preisen geehrt, u. a. mit dem dänischen Kritikerpreis.

Henrik Stangerup

Der Weg nach Lagoa Santa

Roman

Aus dem Dänischen von
Wolfgang Butt

Fischer Taschenbuch Verlag

Die Originale der Bilder von Peter Andreas Brandt (S. 7, 25, u. 187) befinden sich im Besitz des Zoologisk Museum, Kopenhagen.

Für Jacob, für meine Mutter und für meine Freunde
Erik Bøttzauw und Per Johns, die von Anfang an mit dabei waren
und mir Mut machten. Und für Gitte.

(Fazenda Lagoa / Marienborg – April 1980 – April 1981)

In memoriam
Otto Oberholzer
(1919–1986)
W. B.

Ungekürzte Ausgabe
Veröffentlicht im Fischer Taschenbuch Verlag GmbH,
Frankfurt am Main, August 1991

Lizenzausgabe mit freundlicher Genehmigung
des Wolfgang Butt Verlag, Mönkeberg
Die dänische Originalausgabe erschien 1981
unter dem Titel ›Vejen til Lagoa Santa‹
im Verlag Gyldendal, Kopenhagen

Aquarelle von Peter Andreas Brandt, ca. 1836
Karte: Erik Bøttzauw
Umschlaggestaltung: Buchholz / Hinsch / Hensinger
unter Verwendung eines Gemäldes von Paul Gauguin
Druck und Bindung: Clausen & Bosse, Leck
Printed in Germany
ISBN 3-596-10370-3

I

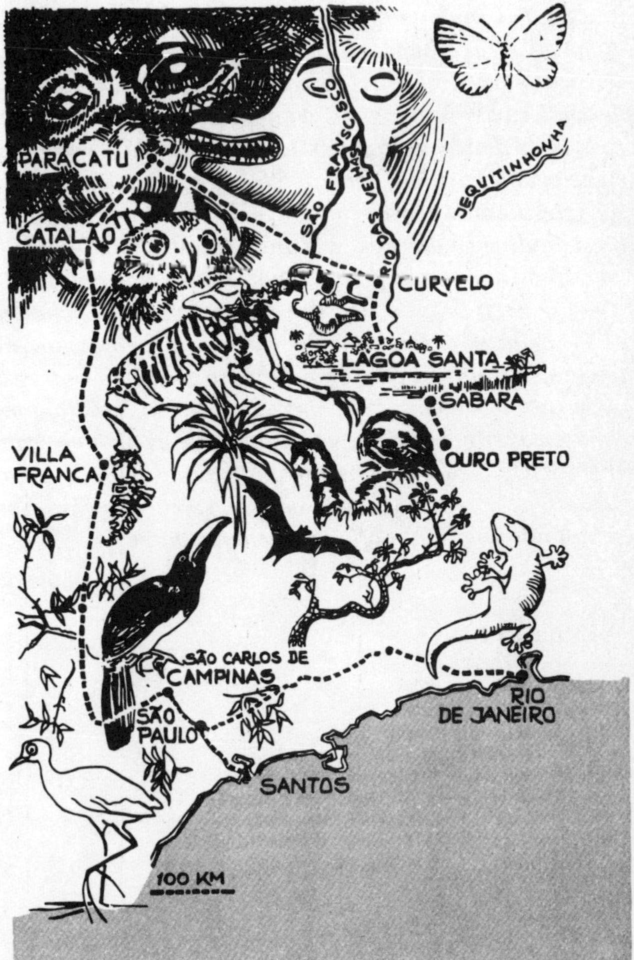
PARACATU
CATALÃO
SÃO FRANCISCO
RIO DAS VELHAS
JEQUITINHONHA
CURVELO
LAGOA SANTA
SABARA
OURO PRETO
VILLA
FRANCA
SÃO CARLOS DE
CAMPINAS
SÃO
PAULO
SANTOS
RIO
DE JANEIRO
100 KM

„Mir floß das Ganze ineinander. Die Seemannsgeschichten hatten sich auf Onkel Wilhelms Überfahrt von oder nach Brasilien zugetragen. Die Indianer gehörten zu denen, die er dort drüben getroffen hatte. Er selber aber war und blieb die Hauptperson, um die sich das Ganze drehte ... Ich war dabei, als die Expedition sich durch den Urwald schlängelte, an der Spitze ein Neger, der mit einem Messer den Weg freihieb. Ich bestaunte die vom Fackelschein beleuchtete Pracht der Tropfsteinhöhle. Und in der Regenzeit saß ich still mit Onkel Wilhelm in der einsamen Stube, während das Faultier in der Ecke lag und draußen blendende Blitze und unaufhaltsam niederpeitschender Regen sich ablösten ...

Mit den Jahren begann sich der Ton in den Gesprächen über Onkel Wilhelm zu verändern. Die Liebe und die Bewunderung blieben unverändert, aber in den früher so goldenen Untergrund mischten sich nun mehr und mehr Wehmut und Anteilnahme ...

Irgendetwas stimmte nicht; etwas das er dort drüben erahnte, in seinen Briefen jedoch nicht erwähnte. Ein Rückschlag drohte ihm, über den Vater und Mutter zwar untereinander Worte wechselten, mit mir aber nicht offen sprechen wollten."

Troels-Lund, *Et Liv*

1

Die Zeit der Höhlenreisen geht ihrem Ende zu. Überall in dem kleinen, bescheidenen Haus in Lagoa Santa türmen sich die Knochen, auf Fußböden, auf Tischen, im Anbau. Ein Teil ist in Zeitungspapier verpackt, andere lagern in Kisten, aber viele liegen noch mit kleinen Zetteln versehen herum. Ein Haufen liegt in der Gartenecke und muß noch katalogisiert werden. Es sind Knochen, von denen Dr. Lund nicht richtig weiß, wie er sie zusammensetzen soll, und er hat den Verdacht, daß sie aus historischer Zeit stammen. Dr. Lund ist erschöpft, aber stolz. In nicht ganz zehn Jahren hat er allein, nur unterstützt von ein paar unordentlichen Negerhelfern und Brandt, wenn der nicht mit seiner Malerei beschäftigt war, eine Arbeit geleistet, die im Normalfall zehn hellwache Wissenschaftler erfordern würde. Er hat Tausende von Kilometern zu Pferde oder auf einem Maultier zurückgelegt, hat auf kleinen Vorsprüngen in den Höhlen genächtigt, unter sich eine Ochsenhaut und über sich eine löcherige Decke, und die Talglichter so angeordnet, daß er in der Nacht schnell den Weg ins Freie finden konnte, falls sich plötzlich die Brustschmerzen melden sollten.

Jeglicher Form von Bequemlichkeit hat er entsagt; Monate vergehen zwischen zwei ordentlichen Mahlzeiten, und nur unter Wasserfällen oder zu Hause in Lagoa Santa kann er den Reisestaub von Wochen abwaschen. Fieberanfälle hat er gehabt, der Durst hat ihm die Kehle verklebt, wenn er sich auf den *campos cerrados* verirrt hatte, und ein paarmal hat die Sonne so heiß gebrannt, daß sich auf seiner Stirne Blasen bildeten. Pflanzen haben an ihm gezerrt, Insekten haben ihn gebissen, furchtbare Magenschmerzen haben ihn wochenlang aufs Bett gezwungen. Dr. Lund ist wirklich stolz darauf, daß er die zehn Jahre durchgehalten hat. Er freut sich, bald wieder nach Europa zurückzukehren, in gebildete Gesellschaft, zu Pflastersteinen und Bürgersteigen, Restaurants, Bibliotheken, fröhlichem Lächeln, wachen Augen, seriösen Zeitungen, aufgeweckten Schulkindern, Händlern. Kopenhagen, wo er mit H.C. Ørsted und

Schouw und Forchhammer und Reinhardt zusammenkommen und die Abende im Familienkreis verbringen kann. Paris, wo er mit französischen Kollegen verkehren und mit ihnen die wissenschaftliche Hinterlassenschaft Cuviers ordnen kann. Aber sein Herz gehört Südfrankreich. Der Provence. Dort wird er den größten Teil des Jahres verbringen, in einem Duft von Thymian und Lavendel und mit regelmäßigen Abstechern nach Rom, Paris und Wien. Ein halbes Jahr noch, und Dr. Lund ist wieder Europäer, als der er sich auch mit Leib und Seele fühlt.

Doch zuerst müssen alle Knochen verpackt werden. Das wird Monate dauern. Und er muß das Haus verkaufen und mit Brandt über seine Zukunftspläne sprechen. Letzteres ist nicht in einer Woche oder zweien getan. Der ordentliche, der nervöse Brandt. Warum ist er so von der Vorstellung besessen, daß Europa, vom Nordkap bis nach Sizilien, bald in den Flammen der Revolution verschwinden und nur in Lagoa Santa ewiger Friede sein wird, wenn auch die Metropolen Südamerikas mit hineingerissen werden in den Wahnwitz, der daraus entsteht, daß der Mensch sich mit losgebrochenen Pflastersteinen in den Händen gegen die natürliche Ordnung erhebt. Dr. Lund fühlt sich verantwortlich für Brandt, in erheblichem Maß verantwortlich. Das Wort schuldig behagt ihm nicht. Was soll er tun? Soll er darauf bestehen, daß Brandt nach Norwegen zurückkehrt, von wo er vor über zehn Jahren geflüchtet ist, ein Norwegen, das in die Nebel seines unglücklichen innersten Ichs gehüllt ist? Wird Wilhelmine ihn nach so vielen Jahren wieder aufnehmen? Wird sie ihn verstehen, verstehen, was ihn nach Brasilien getrieben hat, weit fort von den verurteilenden Blicken? Was ist die Alternative zu Wilhelmine? Brandt raten, allein in Lagoa Santa zurückzubleiben, oder nach Rio zu ziehen und sich als Portraitmaler zu versuchen, auf die Gefahr hin, nie in die richtigen Kreise hineinzukommen und unter allen erdenklichen Qualen, unbekannt, unter den Schwarzen umzukommen? Dr. Lund selber würde nicht im Traum daran denken, sich in Rio niederzulassen. Höchstens ein paar Wochen wird er auf der Heimreise nach Europa in der Kaiserstadt verbringen, nachdem er vorher genaueste Auskünfte über die gesundheitlichen Verhältnisse in der Stadt eingeholt hat. Er wird seinen alten Reisegefährten Riedel besuchen, der inzwischen

Direktor der kaiserlichen Parks geworden ist. Der Kaiser, Dom Pedro Segundo, ein Knabe nur, wird ihm eine Audienz gewähren, und er wird einen ersten Vorgeschmack davon bekommen, wie zivilisierte Menschen miteinander verkehren. Nun ist nur noch zu hoffen, daß in Rio nicht das Gelbfieber ausbricht, wie schon so oft. Dann muß er die Reise um ein weiteres Jahr verschieben.

Es ist noch lang bis zum Beginn der Regenzeit, Zeit genug, alles zusammenzupacken und die Kisten mit der Tropa – dem Maultierzug – nach Rio zu verfrachten, von wo sie nach Dänemark abgehen können, wenn die Korvette „Galathea" zur vorgesehenen Zeit Brasilien anläuft. Sitzt er erst im Regen fest, ist vier Monate lang nichts anzufangen. Durch Lagoa Santa wird sich roter Schlamm wälzen, der Garten wird zu einem Wasserfall werden, und wenn es besonders schlimm kommt, reißt das Wasser die Blumen und die Süßkartoffeln mit fort und unterhöhlt die Kaffeestauden, so daß sie umfallen, wenn man sie nur anstößt. Plötzlich ist der tropische Regen das Schlimmste, was Dr. Lund sich vorstellen kann, der gnadenlose Regen, der seine Grotten unter Wasser setzt, der metertiefe Rinnen in die Pfade zum See hinunter gräbt, der den See über seine Ufer treten läßt und ohne Unterbrechung, Woche auf Woche, aufs Dach trommelt, so daß er dort liegt und zu den Dachziegeln mit ihrem Gewimmel von Geckos hinaufschaut, während Brandt nebenan mit der Staffelei rumort und seine kleinen sonderbaren Grunzlaute ausstößt – liegt und von dem Regen träumt, der zu Hause in Dänemark fällt, dem Regen seiner Kindheit und seiner Jugend auf dem Peblingesee und dem Furesee, der wie eine Erlösung kommt, nach kurzen, kühlenden Windstößen, mit einem Duft, wie er ihn hier in Minas niemals erleben wird, und in einem Spiel von Farben, vom leuchtendsten Grün bis zu Gold und Dunkelbraun.

Nein, Dr. Lund verlangt es nicht mehr danach, die Regenzeit in einem kleinen, nichtssagenden brasilianischen Flecken zu erleben, dessen gesellschaftliches Leben ihn nicht interessiert. Aus den wenigen Familien macht er sich nichts, diesen aufgeblasenen Fazendabesitzern, die nur Viehpreise im Kopf haben; der unrasierte Priester sagt nie einen Mucks, und die anderen, die Naturkinder, die Sklaven mit ihren fehlenden Zähnen, ihrem kindlichen Sinn und ihrem Aberglauben sind Menschen aus einer anderen Welt, ohne das Bedürfnis, ihren Horizont zu erweitern. Geschöpfe, die mit absolut nichts die Zeit totschlagen, während sie tatenlos den Regen durch ihre Palmenhütten herunterrieseln lassen und nichts dagegen tun, daß ihre Kinder sich mit den schwarzen Schweinen im Schlamm wälzen. Selbst wenn sie eine Ausbildung bekämen, würde das kaum helfen – sie würden nie auf die Idee kommen, ordentliche Bücher zu lesen oder sich mit ernsthaften Dingen zu beschäftigen. Nur mit den Engländern, die die Goldminen verwalten, macht es Dr. Lund wirklich Freude, zu verkehren. Ob Hunderte von Blitzen den Himmel zerfetzen und die Erde sich zu einem glühenden Schlund öffnet, was auch geschehen mag, ein Engländer ist ein Engländer. Das gefällt Dr. Lund. Von dem wahllos zusammengerührten Gericht, das Brasiliens Kultur genannt wird, weigern sie sich zu kosten, und ihre Minen, unter unmenschlichen Bedingungen und um den Preis unzähliger Menschenleben geschaffen, sind Wunderwerke der Ingenieurkunst. Wie ihre Eisenbahnen. In hundert Jahren wird es den *Godemern*, wie die Brasilianer in einem vergeblichen Versuch, *God damn it* richtig auszusprechen, die Engländer nennen, vielleicht gelingen, Brasilien zu zivilisieren, vorausgesetzt sie bekommen das Sagen und schaffen es, die Korruption auszumerzen und das Land von Pernambuco bis zum Rio Grande wirklich zu erschließen.

2

An all dies denkt Dr. Lund, während er auf seinem Maultier über das offene Campos-Land dahinreitet; Schweißperlen rinnen über die Brillengläser, der Strohhut mit der breiten, geschwungenen Krempe ist tief über den Kopf gezogen, und er verspürt einen kleinen Schmerz, wo der Kragen in den Nacken einschneidet. In der Ledertasche über der Schulter hat er seine unentbehrlichen hartgekochten Eier, Brot, Stücke des ungenießbaren brasilianischen Käses (im Geschmack am ehesten wie eingetrocknete, saure Sahne), etwas getrocknetes Fleisch sowie die Flasche mit abgekochtem Wasser und den Beutel mit Talglichtern. Die großen Fackeln sind nicht mehr nötig, nachdem die wissenschaftliche Arbeit abgeschlossen ist. Und weiter denkt er: „Gedanken sind eins, etwas anderes ist…“

Etwas anderes ist die Natur. Die Natur überall. Dr. Lund ist fähig, in einem Winkel von fast einhundertachtzig Grad zu sehen. Die geringste Bewegung bemerkt er, einen Frosch, der sich hinter einem Blatt rührt, einen Raubvogel, der weit draußen am Horizont sein ganzes Gewicht in den senkrechten Sturz nach einer Beute legt, und gleichzeitig überblickt er den unendlichen Teppich von blaugrünen Grasarten, die den Untergrund der Campos-Vegetation bilden, ein Teppich mit einer Vielfalt verstreuter Kräuter und kleiner Sträucher mit zarten Blüten. Darüber erheben sich unregelmäßig die größeren Büsche, aber das Eigentümlichste in Dr. Lunds Augen sind die Bäume. Sie sind alle weniger als mittelhoch, mit niedrigen, verdrehten Stämmen, in vielen Windungen verrenken sich die Äste und bilden eine Krone, die sich mehr in die Breite als in die Höhe entfaltet. Die Rinde ist dick, zerfurcht, korkartig.

Dr. Lunds Finger sind oft schwarz geworden, wenn er an die Stämme gefaßt hat. Kein Tag vergeht ohne gigantische Brände, und es gibt sie seit Jahrhunderten. Zuerst hatte er geglaubt, die Brände seien das Werk des brasilianischen Landmanns, doch nach näheren, gründlichen Studien ließ er diese Erklärung fallen. Er hat Dokumente über Güter in der Campos-Region gesehen, die auf die erste Besiedlung des Landes zurückgehen, und wo die Verteilung zwischen offenem Campos und Wald genauso eingezeichnet ist, wie sie noch heute aussieht. Die ausgedehnten campos de Araquara, die kein weißer Mann betreten hatte, bevor er mit Riedel zusammen dorthin kam, sind erst in den letzten fünfzehn Jahren den Indianern abgerungen worden, und die ersten brasilianischen Neusiedler haben ihm zu wiederholten Malen versichert, daß das Land vorher genauso aussah wie jetzt. Aber erst das Studium der Bäume hat Dr. Lund endgültig davon überzeugt, daß es lange vor den verstreuten Spuren der Zivilisation gebrannt hat. Er hat Bäume mit Stämmen von gewaltigem Umfang gefunden, aber mit verkrüppelten, verwachsenen Kronen – dieselben Bäume, die im jungfräulichen Wald, der *catanduva*, rank und himmelwärts wachsen. Doch, seit Jahrhunderten, vielleicht Jahrtausenden, seit der Zeit des Vorzeitmenschen hat es in Brasilien gebrannt, wie jetzt, dort drüben, ungefähr hundert Kilometer von hier entfernt, oder dort, nur etwa zwanzig Kilometer weit weg, gigantische Rauchwolken, die plötzlich zum Himmel aufsteigen, verwehen, von neuem aufsteigen, tagelang, wochenlang. Hier ist es Kain, dem Gott seinen Windteppich über das Feuer legt, dort ist es Abel, dem Gott Glück gibt.

Und dennoch kehrt die Natur nach den Bränden zurück, Jahr für Jahr. Durch den Grasteppich schießen Kräuter, Büsche und Sträucher auf. Ein Ausflug über diese meeresblauen Ebenen belohnt jeden Botaniker mit einer Ausbeute von wunderbarer Blütenpracht: Dr. Lund fühlt sich noch einmal privilegiert, noch einmal weiß er, wie recht er daran tat, zur Natur Brasiliens zurückzukehren, und daß die Vorsehung mit ihm gewesen ist, ganz wie sie ihm nun deutlich wieder den Weg nach Europa zurückweist. Die Erinnerung an die Schätze, die er in den vergangenen Jahren hier in diesen Campos gesammelt hat, ist so reich, daß sie ihn stärker verzaubert als die Erinnerung an die Wiesen zu Hause in Dänemark. Vermißt er hier während der Regenzeit den dänischen Regen, wird er in Europa für immer den blaugrünen Grasteppich der Campos vermissen. Bald, gegen Ende der Trockenzeit, werden die Campos ihr Bild verändern, das Gras wird trocken werden wie Stroh, die Blüten werden verwelken, und Dr. Lund wird sich auf ein Haferfeld versetzt fühlen. Dann wird es überall brennen, kein Campo wird verschont bleiben, doch schon nach ein paar Wochen wird die Erde wieder mit einem Teppich von frischestem Grün bedeckt sein. So wird dem Frühling vorgearbeitet, und Dr. Lund wird den Anblick genießen, auf der einen Seite des roten, lehmigen Pfads, auf dem er gerade reitet, die triste, aschfahle Wintererde zu sehen, während sich auf der anderen die Landschaft in der ganzen Pracht des hervorbrechenden Frühlings entfaltet. Und wie jetzt wird es keinen Busch, kein Kraut und keinen Strauch geben, die er nicht kennt. Keine der Pflanzen ist einjährig. Derselbe Umstand, der die Bildung der einjährigen Pflanzen verhindert, die Härte der Erdkruste, dient als Schutz gegen die Einwirkung des Feuers auf die Wurzeln der mehrjährigen Pflanzen. Und doch! Auch das hat Dr. Lund untersucht: die wesentlichste Schutzvorrichtung liegt in der eigenen Substanz dieser Wurzeln. Bis auf wenige Ausnahmen entwickelt sich bei allen diesen mehrjährigen Kräutern die Wurzel zu einer Knolle, oft saftig und mehlig, wie morsches Holz. In dieses gegen die zerstörerische Einwirkung von Trockenheit und Feuer gesicherte Asyl zieht sich der Lebensprozeß zurück, und dieser Saftbehälter treibt schon bald mit erneuerter Kraft Keime, die vom Tau der Nacht oder von dem Regen, der stets auf das Feuer folgt, hervorgelockt werden.

Es wird allmählich spät. Dr. Lund schätzt, daß die Temperatur auf zwischen achtzehn und zwanzig Grad gefallen ist. Es hat nur zwei Regentage gegeben im Laufe des letzten Monats, und der rubinfarbene Himmel ist nahezu wolkenlos. Dr. Lunds Weg führt nach Süden, durch immer dichteren Campos-Wald hinunter zu einer sumpfigen Ebene, die im Norden und Westen durch das aufsteigende Hochland, im Süden durch den letzten Ausläufer des Bergrükkens Serra do Espinhaço begrenzt wird. Dort liegt eine der Höhlen, die er am liebsten hat, Lapa da Cerca Grande. Nur die durchdringenden Stimmen der Papageien, die Klagetöne der Anus und das heisere Brüllen der Caracaras unterbrechen die Stille, als er hinunterreitet auf die Ebene mit dem Indianerfelsen Mocambo, der wie eine gigantische Raubritterburg mitten in dem Grünen liegt, den Eingang zur Höhle gut verborgen gegen Nordosten gerichtet. Dr. Lund ist wund nach dem langen Ritt. Er öffnet die Ledertasche, nimmt einen kleinen Schluck Wasser und schlägt zwei Eier aneinander. Er freut sich auf die Übernachtung in der kleinen Schutzhütte, die er an den Felsen hat bauen lassen, und er sieht noch immer alle Bäume und Büsche des Campos-Landes vor sich, nun wo es dunkler wird und die Ebene vor ihm liegt, während in seinem Hirn ihre trockene, bald lederartige, bald spröde Konsistenz von matter, schmutziggrüner Farbe und ihre Bezeichnungen aufeinandertreffen: *Murcia, Eugenia, Psidium, Cassia, Mimosa, Acacia, Byrsonima, Kielmeyra, Davilla, Bombax, Anacardium, Zeyheria montana.*

Der Platz in seinem Gehirn, wo alle diese Namen aufbewahrt werden, ist *sein* Saftbehälter, aus dem ihm jeden Tag neue Kraft zufließt. Er kann vor Erschöpfung umfallen oder tagelang krank daliegen – unweigerlich kehrt die Kraft in ihn zurück und füllt ihn mit Neugier und mit dem Wissen darum, daß Gott seine Schritte lenkt. Alles ist von dem göttlichen Willen hervorgebracht, alles wird von ihm beherrscht. Etwas in Gottes Plan als übernatürlich und vernunftwidrig zu bezeichnen heißt, es von Gott, der eins ist mit der Vernunftordnung, zu isolieren, und der Aberglaube, dem die Brasilianer sich anheimgeben, hat nichts mit Glauben zu tun. Der Name lügt: *ein Glaube muß ausgesprochen werden können*, wie Ørsted sagen würde. *Murcia, Eugenia, Psidium* ... das heißt, den Glauben auszusprechen. *Cassia, Mimosa, Acacia* ... das heißt, aus einem bescheidenen Winkel, nach bestem Vermögen, in Demut Gottes Plan zu beschreiben, von dem auch er, Dr. Lund ein Teil ist. Von diesen Camposbüschen bis zu den Knochen aus den Höhlen, die jetzt darauf warten, nach Dänemark versandt zu werden, von den Kiesgruben am Jagtvejen und Vibens Hus, in denen er als Junge spielte, bis zu dem Tag, als er auf dem Weg nach Vesterbro Gottes Wort am Himmel sah, mit leuchtenden Buchstaben, und niederkniete, bebend vor Ehrfurcht, aber zugleich fürchtend, jemand könne ihn sehen und für verrückt halten, von all den Vorlesungen, die er besucht hat, bis zu seiner eigenen Doktorarbeit, von den Fußwanderungen auf Sizilien zusammen mit Schouw bis zu jenem Tag in Paris, als er Alexander von Humboldt begegnete, von seinem ersten Besuch in Brasilien bis zu diesem Augenblick, da er nicht ganz zwanzig Jahre später über die Ebene reitet, während die Sonne ihre letzten Flammen über den Horizont schickt, direkt über einem weiteren rauchenden Campo; über all dem liegt eine tiefe Wahrheit, ist mit feinsten Fäden ein Zusammenhang gewoben.

Brandt, denkt Dr. Lund. Es muß eine Antwort geben auf das Problem Brandt! Europa, denkt Dr. Lund, und gerade in diesem Augenblick sehnt er sich nicht nach Straßenpflaster. Er steigt vom Maultier, bindet es an einen Pfosten der Hütte. Was ist das? Ein schwacher Schauer durchfährt ihn. Kurz danach wird er zu einem Schmerz, der sich vom Nacken bis über die Lenden hinab ausbreitet. Aber es ist kein physischer Schmerz, der an einer bestimmten Stelle seinen Ursprung hat. Dr. Lund fehlt nichts – und trotzdem fehlt ihm etwas – irgendwo. Die Nervenstränge vibrieren, und ein kalter Wind weht. Dr. Lund ist schwindelig, doch nicht, wie sonst oft, vor Hingerissenheit. Ihm ist schwindelig, weil er sich plötzlich so leer fühlt wie nie zuvor – nichts erfüllt ihn, und um ihn herum ist nichts. Will Gott ihn strafen, weil er sich eben noch wie ein sicherer Baustein in seinem Schöpferplan vorkam? Finsternis ringsum. Ein Anu fährt nur wenige Meter entfernt in seiner Klage fort. Es sollte schlafen um diese Zeit!

Es ist der Wilhelm in ihm, der plötzlich schmerzt, der Wilhelm in Dr. phil. Peter Wilhelm Lund. Er denkt an die Mutter und an den

Tag in Palermo, als er den Packen mit Briefen über ihre Krankheit und ihren Tod bekam. Er denkt an alle in der Familie, die jung starben.

Tot, sie sind alle tot.

Er denkt an ... nein. Er wirft die Decke um die Schultern und geht in die Schutzhütte und macht sich fertig für die Nacht. Ihn schaudert nicht mehr. Es weht noch immer, doch nicht mehr so kalt. Dr. Lund stellt zufrieden fest, daß das Anu nun schläft, wie es sich gehört, und er breitet die Ochsenhaut aus und legt sich vorsichtig nieder, nachdem er zuerst ein paarmal laut umhergetrampelt ist, um den nächsten Schlangen einen Schrecken einzujagen. Durch die Löcher in dem Dach aus Palmenblättern wird er bald den südlichen Sternenhimmel sehen. Einer der unzähligen Verse, die er auswendig kann, taucht in seiner Erinnerung auf und hilft ihm, einzuschlafen. Gegen Spezialisierung formuliert Goethe das wahre Naturverständnis, die wahre Liebe zur Natur:

Mit Botanik giebst Du dich ab? mit Optik? Was thuest Du?
Ist es nicht schönrer Gewinn, rühren ein zärtliches Herz?
Ach die zärtlichen Herzen! ein Pfuscher vermag sie zu rühren;
Sei es mein einziges Glück, dich zu berühren, Natur!

3

„Troholodyt! Troholodyt!

Auch wenn Dr. Lund glaubt, er sei allein, verbreitet sich die Kunde davon, wo er sich befindet, in weitem Umkreis. Von gestern Mittag bis zu seiner Ankunft am Indianerfelsen hat er nicht einen Menschen zu Gesicht bekommen. Können Bäume reden? Können Blumen den Weg weisen? Dr. Lund ist in die Tiefe der Höhle hinabgestiegen, wo die Stalagmitkruste sich plötzlich wie ein gefrorener Wasserfall nach unten neigt, nachdem er zunächst den Teil der Höhle besucht hat, wo die Tropfsteinformationen ein paar mächtige Schneehügel bilden, die mit einer Kristallkruste von blendend weißer Farbe überzogen sind. Kaum hat er die Talglichter aufgestellt und konstatiert, daß es keine Ecke gibt, die er nicht kennt wie seine eigene Hosentasche, da erschallt es aus allen Gängen und Kammern, wie ein Echo, das in ein anderes einfällt und es in einer immer gewaltigeren Wellenbewegung verstärkt, mehrstimmig: *„Troholodyt! Troholodyt!"*

Wenig später sieht er den Schein der Fackeln, und dann kommen drei grinsende, zahnlose Negerjungen zwischen zehn und fünfzehn Jahren zum Vorschein und stören ihn in dem Augenblick, als er sich auf die Stalagmitkruste setzen will, um in Stille von der Lapa da Cerca Grande Abschied zu nehmen, bei weitem nicht der schönsten und bei weitem nicht der, die ihm die reichste wissenschaftliche Ausbeute gebracht hat, doch derjenigen, die ihm aufgrund der primitiven Malereien draußen am Felsen und aufgrund der Tatsache, daß umherstreifende Indianer auf ihren Jagdzügen über die Ebene noch immer hier übernachten, das beste Gefühl von Urzeit vermittelt. Dr. Lund will allein sein, stundenlang in Nachdenken versunken sitzen, dankbar. Und nun stehen die Jungen hier vor ihm und ziehen ihre armseligen, fleckigen Lumpen von Hosen hoch,obwohl sie sehr wohl sehen können, daß es keine Knochen mehr gibt, die sie ihm für ein Taschengeld aus der Salpeterschicht ausgraben können. *„Troholodyt!"* wiederholen sie, noch immer lachend. Kann der Wind reden? Kann er von Fazenda zu Fazenda, von Senzala zu Senzala und bis zu den kleinsten Caboclo-Hütten flüstern? Es ist knapp ein Jahr her, daß Dr. Lund zu Hause in Lagoa Santa zum erstenmal als *Troholodyt* angesprochen wurde. So klingt Dänisch in ihren Ohren, wenn er mit Brandt spricht. Und nun ist sein Spitzname in allen Dörfern verbreitet, vielleicht über den größten Teil der Provinz Minas. Er lächelt. Zuerst die *godemer* und nun *Troholodyt*. Sie lernen es nie.

Dr. Lund gibt den Jungen zu verstehen, daß er sie nicht braucht, doch das bekümmert sie nicht. Sie setzen sich alle drei auf die Stalagmitkruste und warten. Was denken sie? Der jüngste kratzt sich zwischen den weit gespreizten, knollenförmigen Zehen, mit Sorgfalt, die Zungenspitze zwischen den Lippen, als sei dies der eigentliche Sinn seines Lebens. Was hören sie? Es ist nichts anderes zu hören als ihre eigenen Atemzüge. Was sehen sie? Ab und zu blicken sie zur Decke hoch, wo die Fledermäuse in Trauben hängen, um dann wieder ihn anzusehen, ohne eine Miene zu verziehen. Der größte hat eine lange Wunde quer über die Stirn, sie wässert. Sicher wäscht er sie nie und kratzt daran mit seinen ungeschnittenen, bernsteinfarbenen Nägeln mit den rabenschwarzen Halbmonden. Sie werden stundenlang so sitzen, falls Dr. Lund sie nicht mit Rufen und fuchtelnden Armen hinausjagt. Von Zeit zu Zeit lachen sie ihn an, um sogleich wieder jeden Ausdruck von ihren Gesichtern verschwinden zu lassen. Essen haben sie nicht bei sich, nicht einmal ein Stück Brot, und auch kein Wasser. Sie können bis zum Abend warten, wenn es sein muß, bis zum nächsten Morgen. Wenn sie müde werden, lassen sie sich hintenüber fallen und schlafen ein paar Stunden, dann wachen sie auf, ohne mit den Augen zu blinzeln, richten sich auf und sehen ihn an wie vorher.

Es macht Dr. Lund Freude, sich hinzusetzen und so zu tun, als seien sie gar nicht vorhanden, während die Lichter ihren weichen, flackernden Schein zur Decke hinaufwerfen, als stünde dort ein Engel und winkte mit langen Streifen von lumineszierendem Tüll. Er ruft sich all die Tage und Nächte in Erinnerung, die er hier in der Grotte damit verbracht hat, die Knochen des Vorzeithundes auszugraben, eines Raubtiers, in dessen Nähe sich kein anderes Tier ungestraft begab, und das ständig auf der Verfolgung seines Lieblingsopfers, des Pacas war. Hier in der Höhle war sein uneinnehmbarer Wohnplatz, und überall bewahrte er seine Beuteknochen auf, von denen viele über die Jahrtausende ihre organische Struktur verloren haben, um zu Kalkspat zu werden, so daß sie den gleichen klingenden Laut von sich geben, wenn man sie fallen läßt, wie hohle Stalaktiten. Wie den drei Jungen die Urzeit erklären? Wie in diesem Land einen gründlichen Unterricht einführen und ihm nur einen Bruchteil des Wissens zuführen, über das er verfügt?

Plötzlich bewegt sich ein panisch erschreckter Zug von Fledermäusen dem Ausgang zu. Irgendwo im Indianerfelsen dröhnt es, als würde auf gewaltige Steinzeittrommeln oder ausgehöhlte Baumstämme geschlagen. Die drei Negerjungen sehen sich an, dann winkt der älteste sie mit seiner Fackel fort, und im Nu sind sie verschwunden, dem Ausgang zu. Einer von ihnen verliert die Fackel, die über den gefrorenen Wasserfall der Stalagmitkruste in die Tiefe hinabrollt, wo sie mit einem Zischen in dem Wasser, das sich dort in der Regenzeit angesammelt hat, erlischt. Dr. Lund hat keine Angst. Es handelt sich um ein heftiges Gewitter außerhalb der Saison, beruhigt er sich. Doch als die Geräusche nicht nachlassen und die Talglichter anfangen zu flackern, obwohl nicht der geringste Windhauch zu spüren ist, denkt er an ein Erdbeben und erhebt sich. Er kann fast nicht hochkommen, und als er endlich aufrecht steht, ist sein ganzer Körper so steif, daß es schmerzt, wenn er nur die kleinste Bewegung macht. Er blickt ängstlich um sich und stellt fest, daß keine Steinstücke durch die Luft fliegen und daß die Stalaktiten keine Anstalten machen, herabzufallen. Die Höhle liegt vollkommen ruhig, nicht die geringste Bewegung pflanzt sich von der Stalagmitkruste durch seine Stiefelsohlen fort. Aber die Fledermäuse sind fort, ausnahmslos. Und noch immer flackern die Talglichter. Dr. Lund blickt gerade in seinen eigenen feuchten Atem hinein, und an der einen Wand steht unbeweglich sein Riesenschatten, als wolle er ihn mit aller Macht daran hindern, den geringsten Schritt zu tun. Das Dröhnen hält an. Stürzt der Gang ein? *Ist* er eingestürzt? Wird er nie wieder hinauskommen?

Er verspürt den kühlen Luftzug vom Gang her im Nacken, gerade da, wo der Schmerz am allergrößten ist. Es gilt nur, so schnell wie möglich hinauszukommen, bevor sich das Erdbeben dem Indianerfelsen ernstlich nähert. Aber da hört das Dröhnen auf, von einer Sekunde auf die nächste. Kurz darauf kehrt das Heer der Fledermäuse zurück, jede von ihnen kennt exakt ihre flatternde, unberechenbare Bahn und ihren Platz unter der Decke. Die Stearinlichter flackern nicht mehr. Alles ist wie vor einer Weile, abgesehen von dem Schmerz in seinem Körper, der vom Nacken bis in die Zehenspitzen reicht. Als ob alles in ihm zu eisigen Knoten erstarrt sei, und nur unter Aufbietung all seiner Energie gelingt es ihm, einen Fuß vor den anderen zu setzen und sich von der hypnotischen Macht, die sein Schatten über ihn hat, loszureißen. Er gelangt zu dem Gang, der ins Freie hinaufführt. Er brüllt vor Schmerz, und sein Brüllen hallt von allen Seiten wider. Mehr als vier Stunden braucht er, um sich den Gang hinauf zu bewegen. In dem Augenblick, als er ins Freie tritt und das Grasland in Nachmittagssonnenlicht gebadet vor ihm liegt, hören die Schmerzen auf, und er kann den Felsen hinunterkriechen und das kleine Stück bis zur Schutzhütte gehen. Ein Schwarm goldgeflügelter Papageien fliegt zum Gipfel des Felsens hinauf, der von einem ganzen Urwald bewachsen ist. Eine kleine *Cassia* nimmt seine Aufmerksamkeit gefangen, eine Blume, die er noch nicht kannte, als er zum erstenmal über das Grasland ritt. Neben ihr steht eine leuchtend rosenrote *Melochia*. Er atmet wieder frei, und doch ist ihm, als sei sein Inneres zerfallen, als löse sich sein Körper von innen her auf. Fiel ihm vorher wegen der schmerzenden Steifheit die kleinste Bewegung schwer, wird er nun müde, wenn er nur den schlaffen Rücken streckt. Schlägt er sich auf die Schienbeine oder Arme, fühlt er, daß sie brechen wollen wie spröde Zweige, und wenn er das Zahnfleisch anrührt, blutet es.

Als er zu der Schutzhütte zurückkommt, liegt das Maultier auf der Seite, getrockneten Schaum um die Nasenlöcher, vom Biß einer Cobra getötet.

4

Dr. Lund schleppt sich zwischen den Camposbüschen dahin. Das letzte Wasser hat er getrunken, die Eier, der Käse und das getrok-knete Fleisch sind längst gegessen. Er weiß nicht, was er tun soll, wenn in Kürze die Nacht hereinbricht, trotzdem folgt er weiter dem Pfad, während seine Augen von Busch zu Busch gleiten. Der Pfad wird schmaler, weitet sich dann aufs neue und teilt sich in drei kleinere Pfade, die jeder in eine andere Himmelsrichtung führen. Wo der nördliche Pfad sich zwischen ein paar Felsen verzweigt, stehen die drei Jungen wieder. Sie wollen ihm vorsichtig den Weg zeigen, und nachdem er einen Stock gefunden hat, auf den er sich stützen kann, folgt er ihnen, immer noch mit dem Gefühl, daß alles in ihm sich auflöst. Weit nach Einbruch der Dunkelheit erreichen sie eine kleine Hütte, wo ein alter Caboclo mit schneeweißen Bartstoppeln und an der Kopfhaut festgewachsenen Resten eines Strohhuts sie im Schein einer Fackel in Empfang nimmt.

5

Dr. Lund schläft in einer Ecke. Keiner sagt etwas zu ihm, weder der alte Mann und seine schwangere Frau, noch die drei Jungen. Es gibt keine Betten und keine Möbel in der Hütte, nur die nackte, rote Erde mit Koch-Utensilien und Lumpenhaufen entlang den Lehmwänden. Aber der alte Mann hat sorgfältig ein paar Palmenblätter ausgebreitet, wo Dr. Lund nun liegt und sich an den Kiefer und die Mundhöhle greift, während ein kleines schwarzes Schwein seine Füße anstößt. Der Schlaf kommt über ihn und trägt ihn fort in die Kiesgruben der Kindheit, aber er sucht nicht nach Schwalbennestern, und dort an dem kleinen See studiert er nicht den Tanz der Mücken. Er hält Ausschau nach etwas, von dem er nicht weiß, was es ist, und hockt er sich an den See, fällt sein Auge überall auf kleine, sonderbare, namenlose Larven, die dagegen kämpfen, in die schwarze Tiefe hinabgesogen zu werden. Nichts wird offenbart, alles ist Zufall, und das Dunkel ist der Herr des Universums. Am nächsten Morgen bekommt Dr. Lund Wasser und ein wenig Brot gereicht. Die Jungen helfen ihm nach draußen und auf einen Ochsenkarren.

„Lagoa Santa", flüstert er, und der alte Caboclo treibt die Ochsen mit einem angespitzten Bambusstock voran. Langsam und knarrend setzt sich der Karren in Bewegung.

6

Brandt nimmt ihn in Empfang, als der Karren vor seinem Haus vorfährt. Keiner von beiden weiß, was er zum andern sagen soll. Brandt, in seiner Malerkluft und mit Farbflecken bis zu den Ellenbogen, sieht Dr. Lund entsetzt an, reicht ihm einen Arm, hilft ihm vom Karren und führt ihn ins Haus, vorbei an den Haufen von Knochen, die noch nicht katalogisiert und verpackt sind. In dem alten, fleckigen Spiegel beim Eingang fällt Dr. Lunds Blick auf ein Gesicht mit eingefallenen Wangen, poröser, pergamentartiger Haut, die nicht mehr zusammenhalten will, und ausdruckslosen, rotgeränderten Augen, die vor Alter triefen.

7

Wilhelm ist vierundvierzig Jahre alt.

II

„Sie wissen, mit welcher Begeisterung ich Ihnen seinerzeit zuhörte; wie enthusiastisch mich die Beschreibung Ihres Aufenthaltes in Brasilien machte und dies weniger in Hinsicht auf die Fülle an einzelnen Beobachtungen, mit denen Sie sich selbst und Ihre Wissenschaft bereichert haben, als mit Hinblick auf den Eindruck, den Ihr erstes Eintreten in diese wunderbare Natur auf Sie gemacht hat; Ihr paradiesisches Glücksgefühl, Ihre Freude. Derartiges muß immer sympathetisch wirken auf jeden Menschen, sofern er Empfindungen und Wärme hat, auch wenn er seine Zufriedenheit und Betätigung in einer ganz anderen Sphäre zu finden meint, aber ganz besonders auf den Jüngeren, der noch nichts anderes tut als von seiner Bestimmung zu träumen. Unsere erste Jugend steht da wie die Blüte in der Morgendämmerung, mit einem herrlichen Tautropfen in ihrem Kelch, worin sich alle Umgebungen harmonisch-melancholisch spiegeln; doch bald steigt die Sonne am Horizont, und der Tautropfen verdunstet; mit ihm verschwinden die Träumereien des Lebens, jetzt kommt es darauf an, ob der Mensch imstande ist, um wieder ein Bild von den Blumen zu übernehmen, aus eigener Kraft – gleichsam wie ein Oleander – einen Tropfen hervorzubringen, der als die Frucht seines Lebens gelten kann. Dazu gehört als erstes, daß man auf dem Boden Fuß faßt, wo man eigentlich hingehört; aber der ist nicht immer leicht zu finden."

Søren Kierkegaard, *Brief an den Naturforscher P.W. Lund, Kopenhagen, am 1. Juni 1835. (Nie abgesandt).*

1

Brasilien, Java, Spitzbergen, der Nordpol. Wo fängt die Erde an? Wilhelm läßt den Globus kreisen und kreisen. Plötzlich stoppt er ihn mit dem Finger. Da fängt die Erde an! Und die Erde dreht sich um die Sonne, und um die Erde dreht sich der Mond. Und sowohl die Erde wie auch der Mond drehen sich um sich selbst. Aber gerade im Moment steht die Erde still, weil er sie angehalten hat, da wo Europa in Asien übergeht. Was wäre, wenn er dort geboren wäre? Hätte er dann schräge Augen und hohe Backenknochen? Würde er dann auch Wilhelm heißen, nur auf eine andere Art? Er hat einmal draußen auf einem Stern gewohnt, wie ihm sein Vater erzählt hat, als er aus dem Bekleidungsgeschäft heraufkam, im Flur die Hausschuhe anzog und den ganzen Weg durch alle Räume hindurch in das Zimmer kam, wo Wilhelm nun fast den zehnten Tag im Bett liegt. Jetzt geht es etwas besser, die schlimmsten Fieberanfälle sind überstanden, und Wilhelm hat den Globus des Vaters hereingestellt bekommen, auf einen kleinen niedrigen Tisch neben dem Kopfkissen, so daß er aller Herren Länder kennenlernen kann, braun, wo Berge sind, gelb, wo Steppen sind, weiß, wo Wüste ist, und Streifen und Punkte über die Weltmeere hin, wo Columbus und Vasco da Gama mit ihren Männern gesegelt sind.

Der Vater hat sich auf die Bettkante gesetzt. In der einen Hand hält er eine Tüte mit gestreiften Bonbons von der Leckermadam drüben am Nytorv, in der anderen ein Buch mit Stichen von allen erdenklichen Blumen, die Linné in *Flora suecia* beschrieben hat. Und der Vater erzählt weiter von der Zeit, als alle Menschen auf den Sternen wohnten, genau wie alle jene, die noch nicht geboren sind, jetzt dort draußen wohnen. Da wohnte die *Idee* von Wilhelm und die Idee von Troels Frederik und von Christian und von Carl und von Henrik Ferdinand und von Vater und Mutter, und als Wilhelm fragt, was eine Idee ist, antwortet der Vater, daß das beinahe dasselbe ist wie die Seele. Eine Idee ist nur etwas, das *mehr* ist, etwas, das sehr schwer mit wenigen Worten zu beschreiben ist. Eines Tages sandte

Gott die Idee von Wilhelm zur Erde hinunter, wo sie früh im Sommer 1801 in der Nygade landete und zu dem Wilhelm mit Armen und Beinen und Kopf und Rumpf wurde, der jetzt hier liegt und der Erzählung des Vaters lauscht, während er aufs neue den Globus kreisen läßt und an all die Fragen denkt, auf die der Vater so gut antwortet.

Aber manchmal kann der Vater böse werden oder so aussehen, als wäre er es. Und zwar wenn Wilhelm Dinge fragt, auf die er keine Antwort weiß. Die Fragen wirbeln nur so in Wilhelms Kopf herum, die eine greift in die andere, und je mehr er fragt, umso lebendiger wird alles um ihn her, nicht zuletzt, wenn er Fieber hat und nicht weiß, wann er wach ist und wann er schläft, und ob es wirklich stimmt, daß Nelson ihn fangen und in die Tiefe seines Schiffes stekken will, so daß er an ein Pulverfaß gekettet dort sitzen kann, bis er alt wird, mit zottigem grauem Bart, ungestutztem weißem Haar und Nägeln wie lange, verfaulte Blumenstengel. Warum träumt er so etwas, wenn es nicht stimmt? Warum sind Träume drinnen im Kopf? Warum sind sie nicht *draußen*? Auf all das weiß der Vater keine Antwort. Er brummt verdrossen. Er kratzt sich am Schenkel. Er runzelt die Stirn und blickt aus dem Fenster, in den Schnee, der in großen, blauweißen Flocken herunterfällt, an den Scheiben schmilzt und zu Tropfen wird, die im Zickzack hintereinander herfahren, während der Wind im Schornstein heult und einen Ziegel vom Dach über ihnen löst, der über die Dachrinne hinausgleitet und auf die Straße fällt und mit einem Klirren entzweigeht, das Wilhelm beruhigt, weil er einen Moment lang den Ziegel so hart genau auf den Kopf eines Menschen hat fallen sehen, daß ihn selbst ein Schmerz durchzuckte. Doch der Ziegel hat niemanden getroffen, und Nelson denkt nicht daran, ihn zu fangen, und der Vater ist vielleicht gar nicht so böse wie er aussieht, als Wilhelm von neuem fragt, warum Träume drinnen im Kopf sind und nicht draußen, und sofort hinterher fragt: „Warum *fragt* man?"

Der Vater steht auf. Doch, er ist doch böse. Er klopft auf Wilhelms Bettdecke und nimmt ihm die Tüte mit den gestreiften Bonbons aus der Hand und legt sie unter den Globus.

„Es gibt nicht auf *alles* eine Antwort!" sagt der Vater und geht aus dem Zimmer, wobei er vor sich hinmurmelnd wiederholt: Warum träumt man drinnen im Kopf und nicht *draußen*! Warum fragt man! Wer hat das Fragezeichen erfunden! Der Junge kann einen auch mehr fragen als ... Es wird ihm guttun, wenn er in die Schule kommt!"

Der Arzt ist dagewesen. Wilhelm hat seine Medizin bekommen und sich tief in den Hals schauen lassen. Der Belag auf der Zunge ist weg.

„Die Augen! Die Augen! Der wird noch mal Professor, wenn er groß wird."

Wilhelm hört diese Worte allzu deutlich und bekommt plötzlich wieder Angst, noch mehr als vorher. Er hat Angst, daß der Arzt es nur so laut sagt, damit er glauben soll, ihm fehle nichts. Während der Arzt in seinem großen Mantel mit kleinen perlenden Wassertropfen auf dem Pelzkragen ihm den Rücken zuwendet und mit dem Vater spricht, wobei er eine Hand auf seine Schulter gelegt hat, fühlt Wilhelm, daß es nur eine Frage von wenigen Tagen ist, oder vielleicht wird es diese Nacht geschehen, oder morgen früh, und der Arzt weiß es, und der Vater weiß es, und das bedeutet alles andere, als daß das Fieber weg und seine Zunge nicht mehr belegt ist – er weiß es: er wird genauso sterben, wie sein ältester Bruder Troels Frederik sterben wird und wie ... wie die zwei Söhne, die Vater mit seiner ersten Frau hatte, gestorben sind, und wie ... Und während der Arzt seine Sachen zusammenpackt und die Tasche zumacht, beginnt es vor Wilhelms Augen zu flimmern, die Müdigkeit kommt über ihn und er vergißt langsam, daß er vielleicht heute nacht sterben muß, weil jetzt die Mutter in einem Duft von Vanille sich über ihn beugt und ihn auf beide Wangen und den Mund küßt. Das ist das beste, was Wilhelm sich vorstellen kann. Er sieht ihr direkt in die Augen und fragt, warum man sich immer in die Augen sieht, wenn man miteinander redet, und sie antwortet, es komme daher, daß die Augen der Spiegel der Seele seien. In diesem Augenblick wird sie zu dem Namen, den er am allermeisten liebt, weil er klingt wie eine goldene Blume draußen auf den Feldern bei Rosenlund. Sara Lisa. Es war der Vater, der ihm eines Tages von Linné erzählte, der alle Blumen kannte, und der sich mit Sara Lisa verheiratete , und während die Mutter sein Kopfkissen zurechtsteckt und ihm übers Haar streicht und sagt, daß er nun schlafen solle, sieht er Sara Lisa in Schweden mit einem Korb voller Blumen, den schönsten Blumen, die Linné gefunden hat, und mit denen er spricht, wenn er Lust hat, weil er weiß, daß auch die Blumen eine Seele haben.

Sara Lisa. Linné.

Linné und Sara Lisa.

Wilhelm schläft.

In Borgerdydens Schule in Klareboderne ist überhaupt keine Zeit dazu, Fragen zu stellen. Da wird auswendig gelernt, und es gibt Prügel von Schulvorsteher Nielsen, wenn die Schreibhefte schlecht sind, und Nachsitzen für jede Kleinigkeit, und im Winter eiskalte Klassenräume in den ersten zwei Stunden, so daß einige der Lehrer den Mantel anbehalten, während die Schüler sitzen und mit den Zähnen klappern und blaue Backen kriegen und darauf warten können, daß der Kachelofen in Gang kommt. Griechisch. Latein. Rechnen. Jahreszahlen. Deutsch. Verslehre. Aufsagen. Aufsagen. Aufsagen. Borgerdyden ist die einzige Schule in Kopenhagen, an der Naturgeschichte unterrichtet wird. Wilhelm oder Peter*wil*helm, wie die anderen Jungen ihn rufen, in einem Wort, wie ein Büchsenschuß, dessen Klang er mag, weil er Respekt bedeutet, Wilhelm ist gut in allen Fächern, und im Lauf von ein paar Jahren hat er die besten Noten in der ganzen Schule. Keiner kann ihn übertrumpfen, nicht einmal in den ältesten Klassen. Schulvorsteher Nielsen klopft ihm jedesmal auf den Rücken, wenn er ihm in den Gängen oder auf der Treppe begegnet, und selbst die Lehrer, die nie lächeln und die grauesten Gesichter haben, kann er dazu bringen zu strahlen, wenn er sie nur mit seinen starken blauen Augen ansieht. Der Lehrer in Naturgeschichte ist sogar sein guter Freund geworden, den er manchmal das letzte Stück zur Schule begleitet, weil er nicht nur seine Lektionen besser kann als die anderen, sondern auch über Dinge in der Natur Bescheid weiß, die man gar nicht können muß. „Teufel auch, der Peter*wil*helm!" sagt der Naturgeschichtslehrer zum Rest der Klasse, wenn Wilhelm ihnen alles über den Unterschied zwischen männlichen und weiblichen Blumen erzählt hat oder über die fünf Teile, aus denen alle Blumen bestehen, oder über damals, als der Botanische Garten von Amalienborg nach Charlottenborg verlegt wurde. Wilhelm hat schon sein erstes Herbarium bekommen, in dem alles nach Linnés Methode geordnet ist, und er kennt über vierzig lateinische Namen auswendig. Das spanische Rohr wird nie für Peter*wil*helm geschwungen.

Carl geht in die Klasse über ihm. Carl ist Wilhelms Lieblingsbruder. Mit Christian, Henrik Ferdinand und Troels Frederik versteht er sich bei weitem nicht so gut. Christian sagt nie etwas, Henrik Ferdinand geht erst richtig aus sich heraus, wenn es um neue Schiffe für die Flotte oder ums Geldzählen geht, und Troels Frederik ist immer krank. Carl dagegen ist für alles aufgeschlossen, und er ist der beste von ihnen allen in Gymnastik und Sport. Er kann mit jedem von den großen Jungen in der Nygade um die Wette laufen, und alle in seinem Alter kann er verprügeln, und er kann doppelt soviele Liegestütze machen wie Wilhelm, und doppelt so schnell. Wenn im Sommerhalbjahr die ganze Familie nach Rosenlund bei Vibens Hus hinausgezogen ist, hat Wilhelm ordentlich Zeit, auf dem Weg nach und von Borgerdyden, Carl all das zu erzählen, was er nicht nur über Linné, sondern inzwischen auch über all die großen dänischen Naturforscher weiß, von Henrik Harpestreng, der Heilkräuter gegen die gefährlichsten Krankheiten fand, und Niels Steensen, der der erste war (in der *ganzen* Welt!), der die versteinerten Pflanzen und Tiere beschrieben hat, die vor Tausenden von Jahren einmal lebten, und Martin Vahl, der tüchtiger war als seine Konkurrenten, so daß sie sich ärgerten und ihm keinen Schlüssel zum Gewächshaus im Botanischen Garten gaben, und Fabricius, der in einigen großen Büchern (die der Vater ihm zur Konfirmation versprochen hat), alles über die Entstehung der Erde geschrieben hat. Niels Steensen ist der, den Wilhelm am liebsten mag, noch lieber als Vahl, weil er ein Heiliger wurde, der den Armen half und nicht in feinen Kleidern gehen wollte. Aber die Naturgeschichte des Fabricius, aus der der Vater kleine Stücke vorgelesen hat, läßt Wilhelms Phantasie über Stock und Stein gehen, und er träumt von dem Tag, an dem er alt genug ist, nach Kiel hinunterzufahren und seine berühmte Insektensammlung anzusehen.

Wilhelm kann kein Ende finden, wenn er Carl von all dem erzählt, was Fabricius bei seinen nächtlichen Studien entdeckte. Er zeigt auf die Bäume, keine Blume am Wegrand entlang Fælleden entgeht ihm, er sieht jede Wolke am Himmel, während der Tornister auf seinem Rücken wippt und der feine Staub auf dem Weg nach Klareboderne um seine blankgeputzten Knöchelstiefel wirbelt. Ein paarmal muß er stehenbleiben und sich an Carls Ellenbogen festhalten, um Luft zu bekommen, seine Haut prickelt vor Spannung, und die Wörter überschlagen sich in seinem Mund, weil er das Ganze vor sich sieht. Zuerst waren da die aller*einfachsten* Stoffe, woraus viele *Minerale* gebildet wurden und damit *die feste Erde*. Um die Erde war Wasser, soweit das Auge sehen konnte, Wellen so hoch wie der Rundetårn, noch höher, die mit ohrenbetäubendem Getöse zusammenschlugen, und die Gischt spritzte bis an die Wolken. Es gab *kein Leben*, nicht einmal einen kleinen Fisch. Nichts war da. Aber dann tauchten die ersten *Bergspitzen* auf, und auf den ersten Bergspitzen kamen die ersten *Pflanzen* zum Vorschein, die von den Mineralen zusammen mit der Luft gebildet wurden. Die *Tiere* wurden nach und nach aus den Pflanzen gebildet, zuerst einige wunderliche *Insekten* mit langen, ekligen Fühlern, und dann kamen die *Amphibien* und ... die *Waschbären*. Als nicht nur die Bergspitzen, sondern auch die *Ebenen* und *Täler* und *Felder* zum Vorschein gekommen waren, erschuf Gott den *Menschen*, aber nicht den Neger. Das weiß Fabricius nämlich auch: daß der Neger eine Kreuzung zwischen dem Affen und dem Menschen ist. Und darüber lachen die beiden Brüder, nicht zuletzt Carl, der sich noch an den Tag erinnert, als er einen Neger mit zwei Stirnen aus St. Thomas sah, der in einem Käfig auf einem Leiterwagen auf dem Gammel Torv zur Schau gestellt wurde.

Ist Wilhelm derjenige, der Carl von der Erde und den Tieren und den Blumen erzählt, so ist Carl derjenige, der auf dem Schulweg auf Wilhelm aufpaßt. Wilhelm würde den weiten Weg entlang Fælleden nie allein gehen dürfen, und er würde es auch nicht wagen. Zwischen den Bäumen existiert eine ganz andere Welt als die, von der Carl erzählt, eine Welt mit finsteren Hinterhalten und plötzlichen heiseren Grunzlauten, wenn zwei Landstreicher mit pockennarbigen Gesichtern, rabenschwarzen Knien und zerlumpten Hosen aufeinander losgehen, und mit verbotenen Feuern, wo eine Schar Zigeuner sich mit einem abgezogenen Hasen und dem ganzen Silber, das sie gestohlen haben, in alten, löcherigen Säcken niedergelassen hat. Sie riechen, die Zigeuner. Und sie lügen. Und sie sagen immer Tod und Unheil voraus, und deshalb wird Wilhelm weiß vor

Angst, wenn eine der Frauen, meistens die älteste und häßlichste, schwankend und mit ausgestreckten Armen und *einem* Zahn im Mund auf ihn zukommt und nach seiner linken Hand, der Herzhand greifen will, damit sie daraufstarren und boshaft lächeln kann, wenn sie gesehen hat, wann er sterben muß. Aber Carl ist jedesmal Manns genug, den Landstreichern Angst einzujagen oder Wilhelm hinter seinem breiten Rücken zu verbergen, wenn eine Zigeunerin auf sie zukommt, während Geschrei und Gebrüll von Fælleden herüberschallt, wo die Rekruten gedrillt werden – wenn es auch zum Glück nicht mehr so laut schallt wie früher, weil die Mutter eines Sommertags, als sie den ganzen Lärm nicht mehr aushalten konnte, Wilhelm an der Hand nahm und geradewegs zu Prinzessin Caroline hinauffuhr, augenblicklich eine Audienz bekam und die Leiden der armen Soldaten so eindringlich schilderte, daß die Prinzessin vor Entsetzen die Hände zusammenschlug und mit ihrem Vater sprach, um den Soldaten zu helfen. Seitdem sind die Stöcke abgeschafft, und Offiziere schauen regelmäßig nach dem Rechten.

Nein, mit der Mutter, die stets bereit ist einzugreifen, und Carl an seiner Seite hat Wilhelm keinen Grund zur Furcht, und er liebt es, ihre Namen auf ein Stück Papier zu schreiben und es zu einem kleinen Glücksschiff zusammenzufalten, wenn er über die Hausaufgaben gebeugt dasitzt und an die Flotte denkt, die von den Engländern erobert wurde, und an das Bombardement von Kopenhagen und an letztes Jahr, als der Staatsbankrott war und viele Familien Haus und Hof verlassen mußten und manch einer sich eine Kugel durch den Kopf jagte, früh morgens, bevor die Sonne aufging. Wenn Carl drüben an seinem Tisch sitzt und am Federhalter kaut, während Christian und Henrik Ferdinand nebenan ihre Rechenaufgaben lösen, Troels Frederik im Bett liegt und die Mutter draußen in der Küche klappert oder Wasser auf die Bügelwäsche spritzt und dabei ein deutsches Lied singt, dann weiß Wilhelm, daß Dänemark schon wieder stark und reich werden wird, bis Carl groß ist, und daß Mutters Holstein immer da ist, um auf das Land aufzupassen.

Holstein, das sind für Wilhelm endlose Kornfelder, doppelt so große Bauernhöfe wie auf Seeland und mit Strohdächern bis auf die Erde hinunter, Seen, über die zu segeln Tage dauert, und Millionen von Libellen im Schilf, breite Landstraßen mit vierspännigen

Pferdewagen, die mit voller Fahrt in die Kurven gehen, und soviele Vögel, daß zehn Leben nicht ausreichen, sie zu zählen. Lohbeck, der Nachname der Mutter. Das erinnert an Sonne von morgens bis abends und eine große Schale mit Erdbeergrütze und dicker Sahne. Marina. Das ist wie ihre Hand im Nacken und ein Teller voll Honigkuchen mit geriebenen Mandeln, der ihm und den Brüdern zugesteckt wird, wenn sie den Kopf hängen lassen. Magdalena. Das ist die Bibel und die, die Jesus tröstete, aber auch die, die alle in der Familie froh macht, was auch geschieht und wieviele Bomben die Engländer auch auf Kopenhagen herabsausen lassen, das ist die, die um den langen Eßtisch in Rosenlund die Familie versammelt und die Kerzen in den Kandelabern anzündet und so tut, als gäbe es überhaupt nichts, das Staatsbankrott heißt, so daß Onkel Jens es gar nicht so schwer nimmt, als er seine Raffinerie in der Norgesgade verkaufen muß, und auch Onkel Ole vergißt seine Geldsorgen und erzählt statt dessen von all den Dichtern, die er bei Rahbek im Bakkehuset getroffen hat, und der Vater erzählt noch einmal voller Stolz von der Kanonenkugel, die beim Bombardement von Kopenhagen genau in sein Kontor in der Nygade einschlug, wo er allein zurückgeblieben war, während der Rest der Familie in rasender Fahrt nach Rosenlund hinausfuhr. „Ein Lund hat niemals Angst! *Niemals!*" brummt der Vater zufrieden und macht Pfeifgeräusche wie eine Kanonenkugel in voller Fahrt durch die Luft, bevor sie mit einem BUMM einschlägt.

Grün-Lund, das ist Onkel Ole, Blau-Lund, das ist Onkel Jens, und Grau-Lund, das ist der Vater. Wilhelm spitzt die Ohren, wenn die Mutter ihm auf ihren gemeinsamen Wanderungen alles über die Familie des Vaters erzählt, wie sie von Jütland fortzog und in Kopenhagen zu Wohlstand kam, und daß der Vater derjenige ist, der das Geld am besten zusammenhält, weil er immer in seinen unansehnlichen grauen Kleidern geht, während Onkel Ole sich unbedingt grüner kleiden muß als der grünste Buchenwald, und Onkel Jens sich nicht mit seinem teuren königsblauen Mantel zufriedengibt, sondern die gesamte Garderobe, von den Strümpfen bis zur Weste in Blau hält. Aber wenn die Mutter über all das spricht, was geschah, bevor die Familie nach Kopenhagen kam, geht es wie ein dunkler Schatten über ihr Gesicht. Wilhelm weiß, daß die Familie ein schreckliches Geheimnis hütet, und er denkt, daß soviele in der

Familie jung sterben, weil in der Bibel steht, daß die Strafe für Sünden bis ins siebente Glied vererbt werden soll. Wilhelm sieht plötzlich schwarze Gewitterwolken über Jütland ziehen, Skelette tanzen auf der Heide, ein Tor knarrt in einer rostigen Angel und gibt den Blick frei in eine Scheune, wo ein Mann mit blauem Gesicht an einem Seil vom Hahnenbalken baumelt. Es gibt keine Gespenstergeschichte, die Wilhelm nicht einfällt, wenn der dunkle Schatten über das Gesicht der Mutter geht. Es ist der Name Markvor Lund, der Wilhelm Angst macht – Markvor Lund, der vor vielen, vielen Jahren seine Frau mit einer Axt erschlug, so daß die Blutflecken auf dem Fußboden nie wieder abgewaschen werden konnten, und sie dann im Waschhaus begrub. Vor Markvor Lund war die Familie eine richtige Adelsfamilie mit einem Wappen, auf dem ein Adler mit ausgebreiteten Schwingen und einem Stern anstelle des Kopfes und einem richtigen Ritterhelm über dem Wappenbild zu sehen war, aber zur Strafe für seine Untat wurde Markvor Lund nach Kopenhagen geholt und vor den Augen des Königs enthauptet, und die Familie verlor das Adelswappen, versank in finsterste Armut und mußte am Bettelstab aus dem fruchtbaren Süden Jütlands nach Nordjütland ziehen und dort als ganz gewöhnliche Kätner wieder von vorn anfangen.

„Ist es wegen Markvor, daß wir alle sterben müssen?“ fragt Wilhelm und denkt an Troels Frederik, der mit jedem Tag bleicher wird.

„Dummheiten!” Die Mutter wischt den Schatten von ihrem Gesicht und ist nun wieder die, die aufpaßt, daß nichts Böses in der Welt passiert: „Wir müssen *nicht* alle sterben!” sagt sie und erzählt, daß Gott gesagt hat, das Geschlecht würde von neuem aufsteigen, wenn es einst Gehorsam gelernt habe, und sie lächelt, und wieder denkt Wilhelm an Holstein, und wenn sie Jagtvejen hinausgehen und die Sonne scheint, gibt sie ihm einen liebevollen Puff in den Rücken, daß er über die Felder und hinaus zu den Kiesgruben laufen und mit seinem neuen Netz Schmetterlinge fangen kann.

Peter*wil*helm hat das Abitur mit Auszeichnung gemacht, und Schulvorsteher Nielsen hat ihn zum besten Schüler ernannt, der jemals Borgerdydens Schule besucht hat. Kein Zweifel: Peter*wil*helm wird Medizin und Chirurgie studieren, um einer großen Zukunft als Arzt entgegenzugehen. Student Wilhelm wirft sich mit Eifer auf das Studium, und elegant, aufrecht und exakt wie er ist, wird er schnell der bewunderte Mittelpunkt unter den Kommilitonen und Volontären an Frederiks Hospital. PW nennen sie ihn, ein Name, den Wilhelm noch lieber mag als Peter*wil*helm, weil er nicht nur Respekt ausdrückt, sondern auch besagt, daß er seinen Willen durchsetzt und die Dinge mit messerscharfen Formulierungen auf den Punkt bringt. PW sagt. PW schlägt vor. PW meint. Doch, Wilhelm ist froh darüber, die lange Schulzeit des Peter*wil*helm hinter sich gelassen zu haben und als PW zu wissen, daß die Zukunft mit einer Dienstwohnung und Studienreisen ins Ausland und eigenen chirurgischen Lehrbüchern, die ins Französische und Deutsche übersetzt werden, auf ihn wartet. Wilhelm seziert Krebse, Mäuse und Ratten mit einer Leichtigkeit, daß man zurückgehen muß bis zu Niels Steensen, um etwas Vergleichbares zu finden, und in anderthalb Jahren hat er das Pensum von drei Studienjahren absolviert. Aber ab und zu kommt es vor, daß ihm schwindelig wird, besonders wenn er von morgens bis abends im Hospital gearbeitet hat. Dann muß er sich an jemandem festhalten, nicht besonders lange, aber doch lange genug, daß man sich um seine Gesundheit sorgt. Bei besonders schlimmen Krankheitsfällen unter den Patienten dreht sich ihm der Magen um, und eines Tages, als ein Patient mit heftigen Krämpfen auf dem Gang zusammenbricht, ist er einer Ohnmacht nahe. Die älteren Ärzte geben ihm gute Ratschläge, sie möchten ihm weitere dieser Gelegenheiten ersparen, bei denen ein Patient mit verdrehten Augen und wild schlagenden Armen und Beinen und Schaum vor dem Mund auf dem Boden liegt. Sie raten ihm auch zur Vorsicht, daß nicht die Brustkrankheit aus seiner Kindheit sich in eine bedrohliche Richtung entwickelt und zu der Krankheit wird, die, wie abzusehen gewesen war, seinen ältesten Bruder Troels Frederik hinweggerafft hat.

Professor Reinhardt ist derjenige, der ihn am stärksten drängt, das Medizinstudium aufzugeben und sich stattdessen der Naturwissenschaft zu widmen. Reinhardt ist ein langjähriger Freund der Familie und Wilhelms Lehrer in Zoologie. Wilhelm bewundert seine Vorlesungen – gespickt wie sie sind mit Wissen und Beobachtungen – im Königlich Naturhistorischen Museum in den neuen Räumen in der Stormgade, wo Reinhardt ganz allein regiert und selber die gesamte praktische Arbeit mit der Pflege der Sammlungen verrichtet und gleichzeitig in der Dienstwohnung im selben Gebäude seine Wissenschaft betreibt und auch nach den Vorlesungen noch Scharen von jungen Menschen um sich sammelt und mit Enthusiasmus den Tag heraufbeschwört, an dem alle Tiere und alle Pflanzen in einem gigantischen System beschrieben sind, das die Menschheit endlich Gottes Schöpferplan begreifen lassen wird.

Das wahre Verstehen dieses Plans wird ewigen Frieden auf der Erde schaffen können; wo früher Unordnung war, wird man nun Ordnung sehen können, und wenn der Mensch von dieser Ordnung lernt und sich darüber klar wird, daß er selbst ein Teil dieses Ganzen ist, wird eine neue Epoche einsetzen, in der alle Völker und alle Religionen in dem universalen Organismus und der kosmischen Harmonie ihren Platz innehaben werden. Krankheiten werden ausgerottet, sämtliche Kontinente zivilisiert sein, alle Menschen werden lesen und schreiben können und so dazu beitragen, daß die Welt zu einem Bewußtsein ihrer selbst erwacht. „Die Natur ist Individualisierung, und Individualisierung führt zu Zusammenhang und Mitte!" Diese Worte macht Wilhelm sich zu eigen, und oft bleibt er allein mit Reinhardt im Museum zurück, so daß sie stundenlang und in aller Ruhe diskutieren können, während es dunkel wird und Wilhelm geradezu *hören* kann, wie um ihn her der Staub fällt, wie alles, was der Mensch bekämpfen muß, weil es dasselbe ist wie Zerfall, Vergessen, Unordnung. Und zu guter Letzt gelingt es Reinhardt, ihn davon zu überzeugen, daß seine Zukunft in den Naturwissenschaften liegt. Wilhelm gibt das Arztstudium auf und macht sich stattdessen an die Beantwortung zweier Preisaufgaben, die die Universität ausgeschrieben hat; eine medizinische, mit dem Titel: *Eine Darstellung des Nutzens, den die menschliche Physiologie aus den in den letzten zehn Dezennien durchgeführten Vivisektionen gezogen hat*, die andere naturgeschichtlich, mit dem Titel: *Eine mit Messer und Injektion vorgenommene Untersuchung an dänischen zehnfüßigen Krebsen zur Aufklärung der bezüglich des Blutkreislaufs bei diesen Tieren herrschenden Zweifel.* Wilhelm bekommt am gleichen Tag den Preis für beide Preisaufgaben. Besonderes Lob erntet er für die zweite, in der er das sogenannte Herz der Krebse mit den Rückengefäßen der Insekten vergleicht und den Nachweis erbringt, daß das Venen- und Arteriensystem der Kiemen Luft führt.

PW ist Wissenschaftler geworden.

Der Tod des Vaters kam für die Familie nicht überraschend. Henrik Grau-Lund hatte schon lange gekränkelt. Vielleicht hätte er noch fünf Jahre leben können, aber so zufrieden und friedlich wie er gelebt hatte, so starb er auch, ohne zu hadern, die Familie um sein Bett versammelt und in der Überzeugung, daß Gott ihn zu sich nehmen würde. Eine Überraschung hingegen ist die Größe des Vermögens, das er hinterließ, und nach der Trauer der ersten Zeit fühlt Wilhelm, daß die Vorsehung wahrlich auf seiner Seite ist, denn er kann nun der Zukunft entgegensehen, ohne daran zu denken, woher das Geld kommen soll. Es ist in sicheren Obligationen angelegt, in Häusern rundum in der Stadt und in Handelsunternehmen, die nun nach dem Staatsbankrott wieder aufblühen. Henrik Ferdinand, der eine Anstellung bei der Nationalbank bekommen hat, nachdem er seine Träume vom Chinafahrer für die Ostindische Companie aufgegeben hat, wird als Vermögensverwalter bestellt, und in besseren Händen könnte das Geld nicht sein. Wilhelm weiß eins: zeigt er nicht seine Dankbarkeit im Gedenken an den Vater, indem er ein Wissenschaftler wird, der den Namen Lund in weiten Kreisen berühmt macht, dann ist er der größte Nichtsnutz auf der Welt. In Paris wie in Berlin werden sie eines Tages wissen, aus welchem Holz ein Lund geschnitzt ist, was es heißt, einem Geschlecht zu entstammen, das nach einem furchtbaren Fluch sich von Generation zu Generation mit etwas so Simplem wie dem Verkauf von Wolle und dem Stricken von Strümpfen wieder hochgearbeitet hat. Wilhelm sieht den ausgebreiteten Adler mit einem Stern anstelle des Kopfes vor sich, das alte Wappen der Familie, das er sich verdienen will, und bald ist er mit Carl als Zweitkommandierendem damit beschäftigt, eine Handvoll von Studenten heranzuziehen, die, so oft das Wetter es zuläßt, nach Frederiksdal hinausziehen.

Dort richten sie im Forsthaus am Furesee ein veritables Laboratorium ein, und Wilhelm bestimmt alles bis ins letzte Detail. Dort werden Insekten, Schmetterlinge, Blumen klassifiziert. Dort werden Blütenkätzchen, Bucheckern und Eicheln gesammelt. Dort werden der Gesang der Vögel und ihr Nestbau beschrieben, das Verhalten der Regenwürmer, die Verstecke der Igel, und zusammen mit Carl versucht Wilhelm das Zahlensystem herauszubekommen, nach dem der Kuckuck ruft. Nächtelang können sie einander im Schein der Talgfunzeln gegenübersitzen und addieren und subtrahieren – *nichts* in der Natur ist zufällig, und eines Tages werden sie mit methodischer Arbeit dem Geheimnis des Kuckucks auf die Spur kommen. Wissen, Wissen und noch einmal Wissen ist die Losung. *Alles lernen*, wie Alexander von Humboldt sagt. Vom Detail zur Ganzheit, vom Unbewußten zum Bewußten, der Geist, der die Materie durchdringt, und das Subjekt und das Objekt, die einander durchdringen. Es sind die großen ordnenden Kategorien, die Wilhelm zu meistern bestrebt ist, und deshalb erträgt er es nicht, wenn einer in der Gruppe der Arbeit fernbleibt oder von Dingen redet, die nichts mit der Sache zu tun haben.

Besonders auf einen in der Gruppe hat Wilhelm es schnell abgesehen – Student Beck. Er bringt alle Beobachtungen durcheinander, redet von Ideen, wo keine sind, und sieht sie nicht, wo sie wirklich sind, bildet sich jedoch gleichzeitig ein, derjenige zu sein, der den klarsten Durchblick hat. Eines Tages beschließt Wilhelm, ihn auf eine Probe zu stellen. Während Beck unten am Ufer des Furesees ist und die anderen sich im Forsthaus aufhalten, bearbeitet er kunstfertig ein Stückcken eines grünen Zweiges, so daß er aussieht, als lebe er, und legt ihn auf den Küchentisch zwischen eine Handvoll Schmetterlingslarven und Tausendfüßler. Als Student Beck eintritt, ist er großartiger Stimmung. Die Natur pocht in seiner Brust. Die Natur und er sind eins. Er zeigt auf die Larven und benennt sie richtig. Er rührt mit dem Finger an die Tausendfüßler. Da macht sein Finger bei dem bearbeiteten Zweig halt, und er setzt die Brille auf. Das ist die Katastrophe. Student Beck kann seine Dinge nicht, die Natur spricht wohl doch nicht durch ihn, und Wilhelm freut sich. Die anderen in der Gruppe lachen aus vollem Hals, ein Hohngelächter, das Student Beck veranlaßt, sich furchtsam zurückzuziehen.

„Na, Student Beck kann wohl nicht *klassifizieren!*", sagt Wilhelm, und die anderen lachen noch lauter.

Student Beck wird bleich. Er ist von der Gruppe isoliert. Dann nimmt er die Brille ab, während die Tränen beginnen, über seine Wangen zu rinnen. Er zieht seinen Mantel an, verbeugt sich übertrieben höflich, wirft linkisch den Kopf in den Nacken und verläßt das Forsthaus. Wilhelm sieht die anderen Studenten an und spürt, daß er seine Rolle überspielt hat. Er möchte hinter Beck herlaufen, der nun zu einem Punkt im Wald geworden ist, doch der Stolz hält ihn zurück. Getan ist getan. Die anderen sehen ihn an, mit noch größerem Respekt als vorher, aber auch mit Furcht – einer Furcht, die sich auf Wilhelm überträgt. Sie jagt ihm einen Schauer über den Rücken: er hat eine Seite an sich selbst entdeckt, die er bisher nicht kannte. Es hat ihm Freude gemacht, böse zu sein. Es sind die Augen Markvors, mit denen er sieht, die Ohren Markvors, mit denen er hört, das Blut Markvors, das in ihm gefriert. Dann denkt er rasch an etwas anderes, und nach dem Essen wartet er gemeinsam mit Carl wieder auf das Rufen des Kuckucks. Er läßt lange auf sich warten in dieser Nacht. Dann plötzlich ist er da, mit einem Ruf. Einem einzigen Ruf. Danach schweigt er eine Stunde, vielleicht zwei, und Wilhelm und Carl hören nur das Sausen des Windes in den Baumkronen, während sie einander ängstlich ansehen.

„*Aber*glauben!" sagt Wilhelm und schlägt auf den Tisch, von der Heftigkeit der eigenen Stimme überrascht, und im selben Augenblick ruft der Kuckuck wieder, und nun unzählige Male. Beide sind erleichtert, und Wilhelm schenkt der kleinen Episode keinen weiteren Gedanken, bis Carl einen Monat später krank von einer Fußwanderung aus Schweden zurückkehrt. Er war dort von einem Unwetter überrascht worden und hatte sich in eine Herberge begeben, wo alle Plätze belegt waren, so daß er sich mit einem Wagenschuppen als Schutz gegen den Regen begnügen mußte. Ermattet legte er sich auf einem Brennholzstapel zum Schlafen nieder und erwachte aus diesem Schlaf nur, um seine Gesundheit nicht wieder zu erlangen. Fünfundzwanzig Jahre alt, stirbt er ein knappes Jahr später, lächelnd, mutig und vergnügt bis zum letzten. Wilhelm fühlt, daß die Reihe nun bald auch an ihn kommt. Es gibt kein Familienwappen zurückzuerobern. Markvor hat für immer gesiegt, und der Tod hat sein eigenes Zahlensystem, das niemand verstehen kann. Warum *Carl?* Wilhelm ist außer sich vor Trauer, und so wenig er vermag, die

Mutter zu trösten, so wenig vermag sie, ihn zu trösten. Auf Rosenlund oder in der Nygade reden sie in gedämpftem Ton miteinander, beide haben alle Farbe von den Wangen verloren. Henrik Ferdinand und Christian scheinen die Trauer besser tragen zu können, und gemeinsam mit dem Hausarzt bedrängen sie Wilhelm, in ein warmes Land zu reisen und seine Wissenschaft dort zu betreiben. Es ist schon davon die Rede, daß ein Doktor in Mailand seine Preisaufgabe über die Bedeutung der Vivisektion übersetzen will. Die Mutter hört zu und nickt. Sie weiß, daß Wilhelm weiß, daß sie nur das eine denkt: wann der Tod zum dritten Mal kommt, und dieses Mal, um ihren Lieblingssohn hinwegzuraffen. Ist. *War* Ist. *War*. Wilhelm beginnt, an sich selbst in der Vergangenheit zu denken. Er sieht die Zeitungsnotiz. Er hört den Pastor über seinem Sarg predigen. PW war der vielversprechendste Student seiner Generation. Würde es weit gebracht haben, wenn Gott gewollt hätte. Liegt die Gegenwart in den warmen Ländern? Wird Italien ihm den Tod vom Leibe halten? Oder Frankreich? Oder das tropische, magische Südamerika Alexander von Humboldts und Auguste de Saint-Hilaires? Wie weit fort muß er gehen, um nicht – fortzugehen?

Wilhelm ist willenlos. Er verliert das Interesse an der Wissenschaft und denkt, er hätte Dichter werden sollen. Dann könnte er wenigstens einen Band Poesie hinterlassen. *Gedichte 1825!* Er verkehrt regelmäßig im Bakkehus, wo Rahbek seinen dritten Kreis junger Dichter um sich versammelt hat. Wein, Gesang und wilde Diskussionen. Langsam kehrt das Leben in ihn zurück, nach Wochen, in denen er auf Fælleden umhergetrieben ist und an Carl gedacht hat und alle Zigeunerinnen, vor denen er ihn bewahrt hat. Noch hat niemand in seiner Herzhand gelesen, und eines Nachmittags, als er auf dem Weg zum Bakkehus nach Vesterbro hinauswandert, sieht er Gottes Wort am Himmel. Er kniet nieder, zitternd vor Dankbarkeit. Kurz darauf springt er auf und hofft, daß niemand ihn auf den Knien im Schlamm gesehen hat. Gott hat ihm den Weg gewiesen. Er soll nach Brasilien, auf das seine Augen zum erstenmal auf dem Globus fielen, als er klein und krank war und darüber spekulierte, wo die Erde anfängt.

Wilhelm fragt nicht mehr, warum man fragt. Er will die Antworten finden.

Peter Wilhelm Lund will nicht sterben.

2

Senhor Lund nennen die Brasilianer ihn, und er träumt nur von dem Tag, an dem er ein Doktor davorsetzen kann. Hier in Rio de Janeiro ist es das Feinste, was man direkt nach Graf oder Baron, General oder Admiral sein kann. Aber wird er jemals soweit kommen? Jeden Tag kehrt die Angst wieder – die Angst, daß auch er *die Krankheit* bekommen hat. Verglichen damit ist das Gelbfieber eine Gnade, weil es unmittelbar zum Tode führt, die Schwindsucht ist ein ehrenvolles Krankenlager, bevor auch sie mit dem Tod endet, Aussätzigkeit ist ein Unglück, doch eins, das Gott gewollt hat, und alle Formen von Mageninfektionen, Muskelschwund, Knochengicht und Wundbrand sind vorzuziehen, weil sich dabei der Teufel respektvoll auf Abstand hält. Aber wenn je etwas sein Werk ist, dann ist es *die Krankheit.* Sie ist dasselbe wie ewige Verdammnis und jene Form von Wahnsinn, die damit endet, daß die Gehirnwindungen in die verkehrte Richtung gedreht werden, daß das menschliche Antlitz, das Edelste von Allem, geschaffen als Gottes Ebenbild, zu einer schwammigen, wässernden Maske von Bosheit wird, mit wildem, abstehendem Haar und Augen, die blutend aus den Augenhöhlen fallen. An manchen Tagen wagt Wilhelm sich fast nicht aus dem Haus des Kaufmanns, auf den sein Kreditbrief ausgestellt ist, und bei dem er ein Zimmer bekommen hat, hinaus. Dann nämlich, wenn er sich die ganze Nacht schweißgebadet auf dem feuchten Laken hin und her geworfen und Alpträume gehabt hat, weil er plötzlich glaubt, daß niemand in Rio de Janeiro der Krankheit entkommen könne.

Alle haben Wunden an den Lippen oder entzündete Nagelbetten. Oder Ausschlag im ganzen Gesicht und an den Armen bis hinunter zu den Handrücken. Oder sie lassen sich von zwei muskulösen Negersklaven in Tragsesseln umhertragen, die Beine gespreizt, die Goldpantoffeln auf den Zehen wippend, Ringe mit riesigen Diamanten an allen zehn dicken Fingern und mit der Greisenmaske der Verderbtheit anstelle des Gesichts – obwohl sie kaum einen Tag älter sind als dreißig. Und trotzdem tun sie, als ob nichts wäre, wenn sie nicht gar noch stolz sind auf ihre Wunden und ihren Ausschlag und sich hemmungslos kratzen, während sie sich küssen und umarmen, liederlich wie kein anderes Volk, ohne den geringsten Gedanken daran, daß sie auf diese Weise die Krankheit weitergeben. Auch die Kinder haben die Krankheit, besonders die Mulattenjungen von vierzehn Jahren an aufwärts. Lachend und grölend laufen sie in den staubigen Straßen von Rio de Janeiro umher, zwischen den Tragsesseln und den mit Kaffeesäcken beladenen Fuhrwerken, und zeigen auf ihre Wunden, als seien es Edelsteine – das Zeichen, daß sie Männer geworden sind. Die schwärzesten unter den Negern sehen dagegen nicht aus, als hätten sie die Krankheit, aber Wilhelm weiß, daß das nur von ihrer Haut kommt, welche Wunden und Narben besser verbirgt, und er weiß, daß in erster Linie sie es sind, von denen die Krankheit stammt. Wäre Brasilien von den hygienischen Nordeuropäern kolonisiert worden, selbst noch von den Franzosen, und nicht von diesen lasterhaften und ungewaschenen Portugiesen, würde die Krankheit bei weitem nicht ein solches Ausmaß erreicht haben. Trotz allem mag Wilhelm die Neger, ihren Humor, ihre Lebensfreude, ihren Gesang, ihre unendliche Geduld, und er kann es nicht ertragen zu sehen, wie sie zur Freude eines wabernden Fettbergs von Fazendabesitzer öffentlich ausgepeitscht oder von einem hysterischen Weibsbild wie Hunde getreten werden. Sie stammen von einem wild wachsenden Entwicklungszweig ab, ohne Begriff vom Sündenfall, aus einer Urzeit, die sie da widerstandsfähig macht, wo der zivilisierte Europäer zugrundegeht – Krankheitsträger, ohne es zu wissen.

Wilhelm hält sich fern von den Negern, besonders wenn sie gegen Abend, wenn es vom Südatlantik her ein wenig abkühlt, auf Märkten oder auf den Plätzen vor den Barockkirchen zusammenströmen und in Trance um brennende Stearinkerzen schreiten, die als Schutz zwischen Flaschen mit Zuckerrohrschnaps, abgerissenen Vogelflügeln, Perlen, Kaffeebohnen und kleinen Häufchen mit Zucker aufgestellt sind, Opfergaben für ihre Götter aus jenem Afrika, das sie nie vergessen können, und wo, Gerüchten zufolge, in den letzten dampfenden Farnwäldern immer noch Vorzeitungeheuer leben. Wenn der Geist aus den Mündern der Schwarzen brüllt, während sie wilder und wilder tanzen, die Männer mit nacktem Oberkörper, die Frauen in ihren weiten Röcken mit gehäkelten Tüchern über den Schultern, und mit brennenden Zigarren in der Luft wedeln, um das Wohlbefinden der Geister zu fördern, wird Wilhelm von Erstaunen ergriffen, während er in sicherem Abstand, den Rücken an einer rosafarbenen oder pastellblauen Kirchenmauer, mit einem der parfümgetränkten Tücher, die er immer bei sich trägt, den Schweiß von den Handflächen oder aus dem Nacken wischt. Nichts ist wie in Europa. Nichts deutet darauf hin, daß er sich in der Gegenwart befindet, auf der Schwelle zu einer ganz neuen Epoche im Pakt mit dem Plan des Schöpfers. Oben ist unten, die Vorzeit ist Gegenwart und die Gegenwart eine ferne Zukunft.

Selbst die Kirche befremdet ihn, und nicht nur, weil er Protestant ist. Während der Messe vermischt sich alles bis zur Unkenntlichkeit, unaufhörlich wird einmal vor dem einen, dann vor dem anderen merkwürdigen Heiligen gekniet und zu Schutzengeln gebetet, die schwarz sind wie heidnische Statuen, Goldkronen tragen und vom Scheitel bis zur Sohle in azurblaue Schals gehüllt sind. Alles muß geküßt, alles muß besprengt werden, hier ein Knochensplitter in einem schimmeligen Schrein mit einem Glasdeckel, dort ein Taschentuch mit Blutflecken in einer kleinen schummerigen Nische. Auf dem Weg aus den Kirchen heraus und in sie hinein löst eine Prozession die andere ab und vermischt sich mit den Ansammlungen der Neger. Jesuitenpater mit wochenalten Bartstoppeln und kleine Nonnen ziehen unbekümmert an den Hexenmeistern und heulenden Geistermüttern der Neger vorüber, der Zigarrenrauch zu Ehren von Afrikas antediluvianischen Göttern wird eins mit dem christlichen Weihrauch, die Dämpfe der Urzeit werden eins mit dem Gesichtsschweiß des Sündenfalls, während der Tropenregen die Opfergaben der Neger vor die Schnauze eines schwarzgefleckten Schweins spült, ohne daß die Neger es noch bemerken, weil sie längst entrückt sind in ihrer Trance, und es aus den offenen Kirchentüren heraus mit europäischer Fistelstimme klingt: *Gloria in excelsis Deo et in terra pax hominibus bonae voluntatis ... laudamus te ... benedicimus te ... adoramus te ...*

Kann Wilhelm sich der Faszination durch all diese zusammengewürfelte Religiosität nicht entziehen, so sind ansonsten seine Tage reine Kunstübungen im Vermeiden und Unterlassen. Geländer rührt er nie an, Türgriffe öffnet er mit den Ellenbogen, Wasser trinkt er nie, ohne es vorher abkochen zu lassen, in den Speisehäusern läßt er sich das Fleisch zeigen und untersucht es mit der Lupe, bevor es ihm gebraten wird, die Eier beriecht er sorgfältig und wirft sie fort, wenn sie nur den geringsten Makel aufweisen oder er glaubt, Blutflecken im Dotter erkennen zu können, und falls er nicht eingeladen ist zu einem Essen mit anschließender Übernachtung bei Mitgliedern der europäischen Kolonie, ist er stets zurück in seinem Zimmer, bevor die tropische Dunkelheit plötzlich hereinbricht und Straßen und Gassen gefährlich werden für jeden, der aussieht, als hätte er einen gefüllten Geldbeutel bei sich oder eine goldene Uhr in der Westentasche. Für das Verrichten seiner Notdurft hat er eine bestimmte Technik eingeübt, um jede Berührung mit dem Sitz vermeiden zu können: er stützt, wo es eben geht, die Hände auf und stemmt sich mit gestreckten Armen hoch, so daß er gerade über der Tonne hängen und verrichten kann, bis er blau wird vor Anstrengung. So vergehen die Wochen, Wilhelm pendelt zwischen Angst und Erstaunen, ohne etwas Vernünftiges zu bewerkstelligen.

Ende September war er von Kopenhagen aus mit einem Schiff auf die Reise gegangen, das aufgrund südwestlicher Winde nördlich um die Färöer gehen mußte und bei Schottland durch Gegenwind und unerwarteten Frost sechzehn Tage aufgehalten wurde. Erst im Dezember erreichte das Schiff Rio, das anläßlich der Geburt des Thronfolgers festlich illuminiert war, während die Kanonen einer Kriegsflotte donnerten, die sich im Hafen gesammelt hatte, um nach Montevideo zu segeln und die widerspenstigen Uruguayer zu zerschmettern. Nun schreibt man das Jahr 1826, und weil der Karneval sich nähert, wird jeder Tag ein neues Fest, das Wilhelm Entschuldigungen dafür liefert, keine Vögel, Fische, Insekten, Blumen und Pflanzen einzusammeln und sie mit ausführlichen Bulletins an Reinhardt zu senden. Hinter Rio liegt das unermeßliche Brasilien, dieses neugeborene Kaiserreich, das kaum mehr mit einer Nation gemeinsam hat als etwa die Antarktis oder Sibirien. Ein paar Küstenstädte, ein paar tausend Plantagen und Fazendas, eine Bevölkerung von nur ein paar Millionen Menschen, von denen die meisten Sklaven sind, und eine wilde und unentdeckte Natur, die geduldig darauf wartet, daß er, Student Peter*wil*helm und der Preisträger PW aus der Stadt Kopenhagen und derzeit Senhor Lund für portugiesisch Südamerika werden soll, was Alexander von Humboldt für spanisch Südamerika bereits ist.

Amazonas! Mato Grosso! Zu Hause in seinem Zimmer verbringt Wilhelm Stunden damit, die letzten neugedruckten Karten zu studieren, und er begreift nicht, wie man zwischen Brasilien und seinen Spanisch sprechenden Nachbarn Grenzen ziehen kann in Gegenden, die noch keines weißen Mannes Fuß betreten hat, geschwungene und sorgfältig gezeichnete Grenzen, die sich um Berge herum, durch Seen hindurch, an Flüssen entlang und in Zickzacklinien durch den undurchdringlichen Urwald ziehen. Aber nicht Kartograph will er werden, sondern Entdeckungsreisender mit der Natur als Spezialgebiet, und deshalb will er nicht länger seine Zeit vergeuden. Er beschließt, den Karneval noch zu erleben, von dem alle reden, als sei er das achte Weltwunder, und dann muß es ein Ende haben. Dann will er fort aus dieser schmutzigen, lärmenden Hauptstadt, wo niemand eine Verabredung einhält, wo Konzerte mit erbärmlichen und hinfälligen Instrumenten gegeben werden, wo die italienische Oper kein ordentliches Repertoire hat und unter den Buchläden allein der deutsche in der Rua da Quitanda weiß, was es heißt, sich mit den letzten wissenschaftlichen Publikationen à jour zu halten.

Mit einem tröstet Wilhelm sich: seine Brust ist gesund. Nicht einen Tag hat er gehustet, seit er in Brasilien angekommen ist. In dieser Hinsicht wirkt das Tropenklima Wunder, und darüber schreibt er ausführlich an die Mutter, die nun umgezogen ist in eine kleine Wohnung am Strand. Ist sie froh, ist er froh. Und er legt die Dinge so zurecht, daß das Brasilien, von dem sie in seinen Briefen lesen kann, als ein Land erscheint, in dem alle höflich sind, den ganzen Tag lang in Hängematten dösen und von wohlgenährten Sklaven bedient werden, wo die Palmen ihren kühlenden Schatten werfen und allerlei farbenprächtige Vögel das Auge erfreuen, wenn man sich nur die Mühe macht, es zu öffnen. Reinhardt in der Stormgade muß noch ein oder zwei Monate auf seine Bulletins warten.

Der Kaiserlich Österreichisch-Ungarische Generalkonsul beehrt sich, aus Anlaß der Ankunft von Gräfin Viktoria Ritter Meduna von

Riedburg und Langenstauffen-Pyllwitz und Graf Nikolaus Ghyzy von Giecz, Assa und Ablanczkürths auf ihrer Rückreise von Feuerland nach Europa in Rio zu einem Ball auf seinem Landsitz einzuladen, und unter den Eingeladenen ist Doktor Pedro Guilherme Lund. Die Einladung geht über den holländischen Vizekonsul Hindrich, einen kultivierten und passionierten Insektensammler, der ein guter Bekannter Wilhelms geworden ist und ihm mit Rat und Empfehlungsschreiben hilft. Es irritiert Wilhelm maßlos, sich zu etwas ernannt zu sehen, das er noch nicht ist, er fühlt sich wie ein Hochstapler und hofft, daß nicht das Gerücht in die Heimat dringt, er gehe hier herum und nenne sich Doktor und warum nicht gleich Professor. Doch davon abgesehen freut er sich auf die Gesellschaft, die wie beschlossen den Schlußpunkt unter seinen Aufenthalt hier in Rio setzen soll, bevor er sich, wiederum durch Vermittlung Hindrichs, auf einem einsam gelegenen Besitz ein paar Kilometer entfernt im Landesinneren niederläßt, am Fuß eines Berges, an dessen Hängen – so ist ihm berichtet worden – sich eine Plantage mit Kaffee, Bananen und Ananas erstreckt und in den Urwald übergeht. Dort wird Wilhelm sich für den Rest des Jahres auf seine Arbeit konzentrieren, nach dem Fest bei dem kaiserlich-königlichen Generalkonsul in der vornehmen Vorstadt Catete, bei dem von Anfang an alles im üppigsten Stil abläuft.

Gigantische Fische in allen Farben werden auf Schildkrötenpanzern hereingetragen, in ziegelsteindicke Filets geschnitten und mit Langusten, Hummern, Krebsen, Schnecken und Austern garniert. An Spießen rotieren die Spanferkel, die Desserts sind Kokos- und Schokoladenspezialitäten von den größten Fazendas in Bahia, die zuzubereiten Tage gedauert hat. Das Bier kommt in Fässern per Schiff von der deutschen Kolonie in Uruguay, der Wein stammt aus Chile und Frankreich, erlesene Flaschen, wie sie in Europa nicht besser ausgeschenkt werden. Alles wird auf goldenen Tellern serviert und in Silberpokalen kredenzt, die mit Aquamarinen, Turmalinen und Amazonsteinen besetzt sind, und als besondere Raffinesse gibt es in einer Ecke einen Marmortisch, wo diejenigen, die es danach gelüstet, papierdünne Scheiben von lebendem Fisch kosten können, die ein chinesischer Meisterkoch schneidet. Die Kleider der Frauen sind aus kostbarster Seide, ihre Frisuren sind nach der letzten europäischen Mode gesteckt, um ihre Hälse hängen Rubine in Trauben, und sobald sie auch nur mit dem Finger schnipsen, läuft eine Negersklavin mit Riechsalz oder Parfüm herbei. Die Männer sind ebenso ausstaffiert, auch sie parfümiert und gepudert, mit dünnen Zigarren in langen, mit Ornamenten versehenen Elfenbeinspitzen.

Auf einer Erhöhung spielt ein Kammerorchester Louis Spohrs *Quatuors brillants*, die nach Wilhelms Meinung Momente enthalten, die sich mit Schubert, seinem Lieblingskomponisten, messen können – und es wird *beinah* sauber und *einigermaßen* nach Noten gespielt, ein Hauch von Europa, eine winzige Hoffnung, daß auch in dieses Land eines Tages die Zivilisation Eingang finden wird. Aber bis dahin werden noch viele Jahre vergehen, das wird ihm klar, je weiter der Abend in Nacht übergeht und die Manieren grober werden, während die Gäste zugleich krampfhaft bemüht sind, die Konversation in schlechtem Englisch, Französisch oder Deutsch aufrechtzuerhalten. In einem Saal beginnt der Tanz, außer Takt, und die Frauen lachen allzu laut, als wollten sie jenseits des Atlantiks gehört werden. Wilhelm sendet seiner Mutter einen liebevollen Gedanken. Sie würde sich ihres eigenen Geschlechts schämen, wenn sie zugegen wäre. In einem anderen Saal spielt man Karten und würfelt, schlägt auf die Tische und spuckt auf den Boden wie in einer billigen Hafenkneipe. Die ganze Zeit ertönt Rülpsen, und hier und da ruft ein Gast nach seinen Sklaven, daß sie ihn auf den nächstgelegenen Balkon hinaustragen und er sich erbrechen kann. Es ist eine Unzahl von Doktoren anwesend, die behaupten, alles über Philosophie und Wissenschaft zu wissen, doch wenn Wilhelm mit ihnen ins Gespräch kommt, stolz darüber, sie in einer der drei großen Sprachen ohne Fehler und Akzent ansprechen zu können, entdeckt er, daß sie weniger wissen als die Schüler in den mittleren Klassen von Borgerdyden. Und wenn sie merken, daß sie sich blamiert haben – oh, dieses Europa, auf das sie alle blicken, von dem sie träumen, vor dem sie auf den Knien liegen, von dem wieder an die Brust genommen zu werden ihnen soviel bedeutet, daß sie bereit sind, alles dafür zu opfern! – gehen sie ihm aus dem Weg, als trüge er einen vergifteten Degen, und taumeln zu den Tischen, sich mit bestickten Taschentüchern fächelnd, um ihre Pokale bis über den Rand mit mehr Wein zu füllen. Und nun muß Wilhelm an den Vater denken, den alten Grau-Lund, der wußte, daß wollene Socken und Sparsamkeit besser sind für den Menschen als alle Diamanten der Welt.

Plötzlich steht ein junger Mann direkt vor ihm, zuerst halb abgewandt, zerstreut und ein wenig erschöpft, als sei ihm daran gelegen, mit allen anderen eher in Kontakt zu kommen als mit ihm, aber kurz darauf wendet er sich um und lächelt Wilhelm an, als seien sie uralte Bekannte. Konfetti liegt auf seinem dicken, schwarzgekräuselten Haar, sein seidenes Hemd ist aufgeknöpft bis tief auf die Brust, wo Schweißperlen das Funkeln vom Lichtermeer der Kristallkronleuchter auffangen. Und an seinem kleinen Finger glitzert der schönste Diamant der Nacht. Seine Augen sind braunschwarz, aber weich und sanftmütig, seine Lippen sind geformt wie zwei klassische Amorbögen, sein Teint ist blaß, aber nicht von Krankheit; ohne Zweifel gehört er zu denen, die sich bewußt im Schatten halten, damit man nicht glauben soll, daß Mulattenblut in ihren Adern fließt. In seinem ganzen Auftreten versucht er das Europäische zu unterstreichen, durch seine Art, den Pokal zu halten, als sei er federleicht, mit Wein gefüllt bis eben über die Mitte, wie es sich gehört, und durch die nonchalante Art, wie er den einen Fuß vor den anderen stellt. Der stolze Schwung des Rückens, der Hemdkragen, der halb hochgeschlagen unter das Nackenhaar gleitet – doch, Wilhelm fühlt, daß er endlich einem Ebenbürtigen gegenübersteht, im gleichen Alter wie er selbst, sensibel und wach.

Rasch haben sie sich gegenseitig vorgestellt, Komplimente ausgetauscht und sich nach der Beschäftigung des anderen erkundigt. Der junge Brasilianer entstammt einer der reichsten Fazendafamilien des Binnenlandes, aber jahrelange Sehnsucht nach Kultur und Bildung treibt ihn ein übers andre Mal nach Rio de Janeiro, wo er wochenlang im Hafen herumlungert und auf den Tag in einer nahen Zukunft wartet, an dem er die Reise ins Mutterland Portugal antreten wird, um sich von dort, mit der Postkutsche, zu Pferd, zu Fuß *n'importe comment*, auf seine Bildungsreise ins transparente Frankreich François-René Chateaubriands und ins mächtige und gelehrte Deutschland Johann Gottlieb Fichtes zu begeben. *Reden an die deutsche Nation!* Der junge Brasilianer imponiert Wilhelm durch seine präzise Wahl von Fichte-Zitaten *„Aber wirke, als* *wenn kein Gott sei!"* – und durch seine Fähigkeit, ausgehend von Fichtes Philosophie überzeugend die Vorstellung einer poetisch-politischen Morgenröte zu entwickeln, wo alle gleich sind und der Löwe an der Seite des Lamms schlummert. Schubert? Selbstverständlich! Kein Komponist kann ihn übertreffen, nicht einmal Mozart – darin sind sich die zwei vollkommen einig, während sich in Wilhelm etwas zu einem schwarzen Knoten zusammenzog, als von Fichte und jener Revolution die Rede war, die den Menschen an die Stelle Gottes setzen würde. Obwohl der Brasilianer kein Fanatiker ist und Schubert die Hoffnung der Menschheit auf Gleichheit und Brüderlichkeit musikalisch begleiten läßt, als sei es nur die Frage eines Zauberschnipsens mit den Fingern, damit die Tore zum irdischen Paradies sich auftun, ist Wilhelm erleichtert, als die Rede auf die Natur und auf Cuvier kommt, den Meister vom Collège de France, dessen *Tableau élémentaire de l'histoire naturelle des animaux* Wilhelm auswendig kann und begeistert diskutiert, während der Brasilianer seinen Arm ergreift und ihn vorsichtig, die ganze Zeit für das maßlose Benehmen seiner Landsleute um Entschuldigung bittend, auf einen Balkon hinausführt, von wo sie die Sklaven beobachten können, die sich auf den schlammigen Wegen zwischen den erleuchteten Palästen vergnügen.

Konfetti wird von den Balkons geworfen und Eimer mit Wasser über die tanzenden und singenden Neger ausgegossen, während diese ihrerseits aufeinander mit Wachsbällen in der Größe von Brotfrüchten werfen, so daß sie mit ihrem Inhalt von parfümierter Ziegenmilch zerplatzen. Andere werfen mit Sand, Mehl, Reis, Eierschalen und faulen Eiern. Eine Gruppe von Negern tanzt vorüber, die wie europäische Greise gekleidet sind; die Gesichter sind weißgemalt, gelbe, vampirhafte Zähne aus Papier hängen ihnen aus dem Mund, sie tragen allzu hochhackige Barockschuhe und grüßen nach rechts und links, als seien sie die Herren der Welt. Auch die Musiker sind herausgeputzt wie Europäer, mit mottenzerfressenen Perükken, und an der Spitze des Hauptzuges, dem *entrudo*, wird die Riesenpuppe eines weißen Prinzen getragen, halb Gespenst, halb Märchenfigur, mit wild starrenden Konkylienaugen und um den Körper schlotternden Armen. Zwischen den Bäumen werden die Mulattenmädchen gejagt, die Hunde jaulen, die Katzen fauchen aus den

Baumkronen, die Negermusik schwillt an, ein schleppender, monotoner Rhythmus von Gitarren, Hackbrett und primitiven Geigen, der kaum dem feinen Ohr behagt, und doch liegt über dem Ganzen eine Süße, ein Duft von Zimt und geschmolzenem Zucker, der Wilhelm – oder *Guilherme*, wie der Brasilianer ihn nennt, ganz so als sei sein Name ein Vers in einer Ode oder einer Elegie – nicht unberührt läßt. Zum ersten Mal fühlt Wilhelm sich wohl in Rio. Er kommt sich vor wie in einem exotischen und erregenden Traum, und es geht ein ungewohntes Zittern durch seinen Arm, als sein neuer Bekannter unmerklich die Hand darauflegt. Während er seinen Pokal austrinkt, sind die Sklaven tanzend unter ihnen vorbeigezogen, und Wilhelm weiß nicht mehr, wo er ist, denn er hört sich selbst reden und reden, von der Natur, und diesmal nicht so, wie Cuvier sie in seinen Werken beschreibt, sondern von der dänischen, wie er sie selbst sieht und erinnert, und sein Freund wird nicht müde, sie sich beschreiben zu lassen – das Dänemark der Nachtfalken und der Rohrweihen, der Brombeerfalter, der Buchenwälder, der Wiesen und der Hunderte von kleinen Inseln, das Dänemark der Nebel, der Sonnenuntergänge und des romantischen Frühjahrs ...

„Dänemark!"

Wilhelm kommt zu sich, erschrocken darüber, eine tiefe, heisere Stimme zu hören. Er wendet sich um. Sein Freund ist verschwunden. Stattdessen steht Gräfin Viktoria Ritter Meduna von Riedburg und Langenstauffen-Pyllwitz neben ihm und befragt ihn über das Land, das die unbeschreibliche Dummheit besaß, als einziges in Europa zu Napoleon zu halten. Wilhelm weiß nicht, was er sagen soll. Wo Dänemark eben noch schön war, ist es nun ärmlich und unterdrückt, während die Gräfin ihn ironisch anlächelt, mit dem weit über die Lippenränder geschmierten Lippenstift und einem Diadem mit Brillanten über einer Frisur, die aufzustecken drei Friseure fast den ganzen Tag gearbeitet haben müssen. Wilhelm denkt an Jütland im tiefen Winter und an das Geschlecht auf dem Weg nach Norden, die Hand um den Bettelstab, während Reiterheere von Süden heraufziehend Bauernhöfe in Brand stecken und alle Menschen niedermachen; wie dem Land zuerst sein östlicher Teil, dann Norwegen und vielleicht bald auch der Rest entrissen werden, Kopenhagen eingeschlossen, das die Gräfin verhöhnt und im Vergleich mit ihrem

Wien, dem Wien des Kongresses, der wahren, eleganten Hauptstadt Europas, zu einer kleinen, norddeutschen Provinzstadt macht. Und sie lächelt boshaft, offensichtlich betrunken, während sie zwischen zwei mit Spucke befeuchteten Fingern eine Strähne von Wilhelms Nackenhaar zu einer Locke dreht und die Neger unten auf dem Platz aus ihren weiß bemalten Gesichtern ihr großes, zahnloses Grinsen zu ihm hinaufsenden.

Ist Wilhelm auch betrunken? Drei Pokale hat er geleert, er der sonst nie etwas anderes trinkt als Tee, Milch und Wasser, und ein überwältigender Ekel vor dem schlechten Atem der Gräfin, ihren Fingern in seinem Nacken und dem Parfüm, das sich mit dem Geruch aus ihren bloßen, behaarten Achselhöhlen vermischt, steigt in ihm auf.

Aber alles verändert sich, als sein Freund zurückkehrt und die Gräfin mit einem einfachen Blick dazu veranlaßt, sich gekränkt zurückzuziehen. Der Freund hat eine Flasche Wein in der Hand und schenkt ihnen beiden ein und sagt, daß er nach Wilhelms Beschreibung nun *Dinamarca* als Land Nummer eins auf seinen Wunschzettel gesetzt habe, und er küßt Wilhelm ganz leicht auf die Lippen, daß es diesem vorkommt, als seien sie von einem Schmetterling berührt worden. Dann kommt die Angst über ihn, eine Angst, wie er sie noch nie erlebt hat. Alles dreht sich um ihn, und im aufflammenden Lichtschein einer Feuerwerksrakete sieht er plötzlich, daß das Gesicht des Freundes nicht das eines Freundes ist. Seine Augen sind nicht sanftmütig und braunschwarz, sondern schwarz wie Ebenholz, seelenlos, als wollten sie ihn durchbohren. Der Diamant an seinem kleinen Finger wächst wie ein unförmiges, lebendes Wesen, und auf seiner Oberlippe, schräg hinab zu dem einen Mundwinkel, verbirgt die Zinksalbe nur schlecht die knotige, schorfige Wunde. Wilhelm setzt seinen Pokal auf dem Geländer ab und flüchtet ins Innere des Hauses, wo nun in allen Sälen und Räumen getanzt wird. In den Ecksofas liegen ineinander verschlungene Paare, die Mitglieder des Kammerorchesters sitzen betrunken zwischen ihren umgeworfenen Instrumenten, und es kommt ihm vor, als grinse ihm von überall Gräfin Viktoria Ritter Meduna von Riedburg und Langenstauffen-Pyllwitz entgegen. Auf der Treppe fällt er über einige der Herren, die sich ihm als Doktoren vorgestellt hatten, und die nun auf den

Stufen sitzen und kichernde Sklavinnen betasten. Die ganze Zeit hört er Schritte hinter sich. Aber er will sich nicht umdrehen. „*Guilherme! Guilherme!*" schallt es, klagend und bittend.

Wilhelm gelangt ins Freie, und seine Angst nimmt zu. Er läuft den tanzenden Negern nach, die nun den Weg zur Stadtmitte eingeschlagen haben. Schon bekommt er den ersten Wachsball in den Nacken, nun noch einen, und jetzt trifft ihn einer an der Schläfe, so daß die klebrige, stinkende Ziegenmilch ihm die Wange hinunter und ins Hemd rinnt. Wilhelm will nach Hause – „nach Hause" in sein spartanisches Zimmer bei dem Kaufmann, nicht weit von der Hauptstraße Rua Direita, doch bis dahin ist noch ein weiter Weg, und Wilhelm kann ihn nicht finden. Das eine Mal hört er plötzlich vor einer Mauer auf. Das andere Mal führt er hinaus in den Dschungel. Dann endet er in mannstiefen Löchern, und ein paarmal führt er zurück nach Catete, und Wilhelm muß wieder von vorn anfangen. Neue Umzüge tauchen auf, mehr Wachsbälle werden auf ihn geworfen. Er fällt über Bettler, Mulattenmädchen springen aus dem Dunkel hervor, halten ihn am Hemd fest und spucken wie rasend hinter ihm her, wenn er sich verzweifelt losreißt. Sprühende Feuerwerkskörper werden vor seine laufenden, schlammbedeckten Füße geworfen, während alles in seinem Kopf zu Fichte wird – dem Fichte, der das Ich das Nicht-Ich erschaffen läßt, der jedes Ding, das ist, ein Produkt der produktiven Einbildungskraft sein läßt. Das Ganze ist Spekulation. Das Ganze ist Selbstzweck. Er ist wie die Spinne in ihrem Netz, verzweifelt an Fäden auf und nieder laufend, die er aus seinem Ich heraus selbst gesponnen hat, an von ihm selbst erdachten Häusern vorbei, die über ihm zusammenstürzen, über Plätze, die er sich selbst zurechtphantasiert hat, und wo alle hinter ihm her sind. Die Namen, die er jetzt vor sich hinsagt, um nicht den Verstand zu verlieren, während das Herz ihm hoch im Halse hämmert vor Erschöpfung, sind nur Namen, in einer anderen Zeit gedacht, in einem anderen Traum – Vibens Hus, Nygade, Fælleden, Rosenlund, Klareboderne, Lohbeck. Kein Holstein ist da, ihn zu beschützen, nur diese schwankende und gleitende, riechende und lärmende tropische Hauptstadt, eine Vorstellung vom Grunde seines dunkelsten Ichs, in der alle, und nun auch er selbst *die Krankheit* haben.

Endlich kommt Wilhelm zu Hause bei dem Kaufmann an. Er fummelt mit den Schlüsseln, reißt an den Türgriffen auf dem Weg nach oben in sein Zimmer, wo er die kostbaren Meßinstrumente umstößt, die die Gesellschaft der Wissenschaften ihm mitgegeben hat, und wirft sich aufs Bett. Und erbricht sich.

Es war eine Bagatelle. Wilhelm weiß das. Er wird nie mehr einen Tropfen Alkohol anrühren. Philosophie, die nur auf Spekulation gründet, wird er nicht mehr diskutieren. Präzision, Beobachtung, das Sammeln von Daten, Klassifikation – darauf kommt es an. Weg vom Gehirn, hinaus in die Natur: Wilhelm macht sich mit ungeheurer Energie ans Werk. Er ist auf das kleine Landgut hinausgezogen und steht gegen fünf Uhr mit der Sonne auf. Bis sechs arbeitet er in seinem Zimmer, trinkt Tee und beginnt danach seine Exkursionen, gegen Menschen wie Tiere mit seinem doppelläufigen Piston-Gewehr bewaffnet. Schritt für Schritt haut er sich seinen Weg durch das dichte, hohe und dornige Unterholz, das die Erde überall bedeckt, sobald die kultivierte Fläche aufhört. Insbesondere eine Expedition in den wilden, dunklen Urwald, in den niemals ein Sonnenstrahl eindringt, und den noch keines Menschen Fuß betreten hat, übersteigt an Mühsal, aber auch an Schönheit alles, was er bis dahin erlebt hat. Gegen Mittag kommt er nach Hause und beschäftigt sich danach mit der Ausbeute seiner Expeditionen. Nach der Abendmahlzeit, die von einem alten, gutmütigen Negersklaven, der zum festen Inventar des Hauses gehört, zubereitet wird, setzt er die Arbeit fort bis zum Einbruch der Dunkelheit und geht darauf hinunter zum Meer, um ein Bad zu nehmen.

An Rio de Janeiro verschwendet er keinen Gedanken mehr. Die Stadt war ein notwendiges Übel auf dem Weg hierher, wo er alles hat, was er sich wünscht, einschließlich der Aussicht auf die tiefe Bucht, an der Rio liegt.

Er hat alles in Reichweite, Berge, Wald, Flüsse und Meer, und endlich kann er die ersten umfassenden Berichte an Reinhardt schikken, zusammen mit Pflanzen und skelettierten Vögeln in speziell angefertigten Spankästen. Auch für die Fische interessiert er sich. Er fängt sie in Massen und zieht ihnen die Haut ab, nachdem er sie zunächst mit Schnupftabak eingerieben und in der Sonne getrocknet hat, doch die Feuchtigkeit ist sein Feind – nur wenige Tage später sind die Köpfe und Flossen von Schimmel bedeckt. Mehr Glück hat er, wenn er sie in Spiritus einlegt, in Ω -Form. Bevor er sie einlegt, beschreibt er ihre Farben bis in die feinsten Nuancen, so daß Reinhardt die lebenden mit den toten und ausgeblichenen Fischen vergleichen kann. Besondere Freude bereitet Wilhelm die Beschäftigung mit den niederen Meerestieren. Von diesen entdeckt er eine nicht geringe Anzahl neuer und sogar solche, die nicht den bekannten Hauptarten zugeordnet werden können. Besonders stolz ist er darüber, bei den unsymmetrischen Tieren den lebenden Repräsentanten der ausgestorbenen Art *Favosites* entdeckt zu haben. Er beobachtet bei diesem Tier physiologische Phänomene, die ihm vollkommen unbegreiflich sind. Bei den Gliederwürmern findet er eine Art, die eine neue Gruppe darstellt, und bei den Regenwürmern unterscheidet er insgesamt drei Formen, von denen eine in der Mitte zwischen *Lumbricus* und *Thalassema* steht, während eine andere sich durch ihre gigantische Größe auszeichnet, denn sie mißt vierundzwanzig Zoll in ruhendem Zustand und dreißig, wenn sie kriecht.

Je mehr Wilhelm die Hervorbringungen der Natur und nicht die der Spekulation betrachtet, umso mehr schwindelt es ihn bei dem Gedanken daran, wie unendlich viel noch zu untersuchen ist, und wie wenig er weiß, sei es als Botaniker, Ornithologe, Entomologe oder Ichtyologe. Jeder Stein, den er am Strand aufhebt, wenn die eintretende Ebbe eine Exkursion zum Meer zuläßt, ist von einer schaumartigen Masse bedeckt, jedesmal von unterschiedlicher Konsistenz, Farbe, Form und Struktur. Sein Studium dieser Kleintierkolonien ist wie ein Freudenfest. Nur schwer kann er sich eine schönere Malerei vorstellen als diese Felsbassins, deren kristallklares Wasser durch die senkrecht einfallende, sengende Sonne durchsichtiger wird als die Luft, deren Wände von mehrere Zoll dicken Teppichen von Kleintieren in den reinsten Farben bekleidet sind, von azurblau und scharlachrot bis orange und zinnober, und deren Böden mit Algen- und Korallenbüscheln geschmückt sind. Dies alles beschreibt Wilhelm in den Berichten an Reinhardt und erlaubt sogar der Poesie, mit ihm durchzugehen, wie als er einen Brief von Henrik Ferdinand mit der Mitteilung von der königlichen Resolution erhält, daß „Wir allergnädigst bewilligen, daß aus dem Fond ad Usus publicos 400 Rthlr in Silber jährlich zur Einsammlung von zoologischen und anderen Naturalien für das hiesige Naturhistorische Museum durch Candidatus philosophiae Lund in Brasilien verwendet werden".

Peter Wilhelm Lund ist bei weitem nicht der einzige europäische Wissenschaftler, der mit den großen Vorbildern Saint-Hilaire, Johann Baptiste Spix und Karl Friedrich von Martius vor Augen Brasilien erforscht. Sei es mit der Post, die jede zweite Woche mit einem Eselstreiber herkommt, sei es durch zufällig passierende Reiter, er erfährt alles über die europäischen Expeditionen, die von Rio aus in alle Ecken Brasiliens vorbereitet werden, auf Kosten des Zaren von Rußland oder der europäischen Königshäuser. In einigen Fällen handelt es sich um gigantische Summen. Zweihunderttausend Rubel hat ein Langsdorff zu seiner Verfügung, ein Betrag, der Wilhelm ins Träumen geraten läßt. Der Drang, wissenschaftliche Erfahrungen auszutauschen, wächst in ihm: der eine oder andere wird die nicht geringe Sammlung zu würdigen wissen, die er inzwischen angelegt hat, und die darauf wartet, nach Kopenhagen verschifft zu werden. Die Lust, sich mitzuteilen, macht Wilhelm rastlos, und nichts wünscht er sich sehnlicher, als auf eine jener großen Expeditionen mitzukommen, entweder mit Netterer nach Pará, mit Langsdorff zum Mato Grosso oder mit dem weltberühmten Afrikareisenden William Burchell, der eine gigantische Reise via São Paulo und Rio Grande do Sul nach Buenos Aires und von dort schräg aufwärts durch Paraguay und das westliche Brasilien nach Lima in Peru vorbereitet.

Wilhelm macht sich unverzüglich auf nach Rio, seine Erlebnisse vom Karneval sind glücklich vergessen. Doch man rät ihm davon ab, sich Burchell anzuschließen, der keine Ahnung davon hat, was eine gesunde Ökonomie bedeutet. Als wäre Brasilien in wenigen Jahren zum wichtigsten Forschungsterrain für die europäische Wissenschaft geworden; ganz Rio steht im Zeichen der Entdeckungen, und jeder, der beabsichtigt, neue Gebiete zu erschließen, wird mit Goldminen oder Flüssen mit Diamanten angelockt. Wilhelm beschließt, eine eigene Expedition durchzuführen, und ohne einen Gedanken daran, reich zu werden. Er ist seiner Würmer und niederen Meerestiere überdrüssig, er will ins Landesinnere, und er beschließt, daß sein erster Aufenthaltsort die schweizerische Kolonie Nova Friburgo sein soll. Vier Tage lang reitet er vom Morgen bis zum Abend. Bald muß er Flüsse durchqueren, wo ihm das Wasser bis zur Hüfte reicht, und wo es aufgrund der reißenden Strömung und der das Flußbett bedeckenden runden, glatten Steine beinah unmöglich ist, das Pferd und die Packesel auf den Beinen zu halten. Bald müssen sie meilenweit durch Schlamm waten, der ihnen bis zu den Oberschenkeln reicht. Mehrere Flüsse, die er passieren muß, sind durch Regenfälle derartig angeschwollen, daß er sie nur schwimmend oder mit einem Kanu, das die Neger in der Nähe ihm leihen, überqueren kann. Der Mangel an Herbergen vermehrt noch die Unannehmlichkeiten. Wenn Wilhelm am Abend erschöpft an eine *venda* kommt, die schäbiger ist als die schäbigste europäische Ganovenhöhle, gibt es nichts anderes zu essen als getrocknetes Fleisch und schwarze Pferdebohnen. Betten gibt es nicht. Naß und verschmutzt wie er ist, muß er sich auf den Boden legen, und nur die Strapazen des Tages ermöglichen es ihm, schnell einzuschlafen. Besonders am letzten Tag, als er eine sechstausend Fuß hohe Bergkette überwinden muß, häufen sich die Beschwerlichkeiten. Größtenteils ist der Weg hier nur ein ausgetrocknetes Flußbett aus losen Kieselsteinen, in dem die Pferde und Packesel nur unter äußerster Kraftanstrengung vorankommen. Existiert ein Pfad, so ist er durch den anhaltenden Regen so aufgeweicht, daß es sie noch mehr Mühe kostet. Bald klettert er steil in die Höhe, bald fällt er schräg ab, bald windet er sich so nahe am Abgrund entlang, daß Pferd und Esel klettern, laufen, kriechen und an den schlimmsten Stellen auf den Hinterteilen rutschen müssen. Es bleibt Wilhelm rätselhaft, wie sie dennoch hinüberkommen, triefend vor natürlichem, aber auch vor Angstschweiß.

Die Belohnung erwartet ihn in Nova Friburgo in der Nähe der Flüsse Rio das Bengalas und Rebeirão do Cônego in einem weiten, waldreichen Tal. Hier begegnet Wilhelm Menschen von wesentlich gediegenerem Charakter als in Rio, pflichtbewußt, mit gesunder Haut, eifrig damit beschäftigt, Mais anzubauen, Butter und Käse zu produzieren und Kuckucksuhren und meteorologische Instrumente von einer Präzision herzustellen, die sie in fast ganz Südamerika berühmt gemacht hat. Die Häuser sind frisch gestrichen und sauber geputzt, und die Bewohner gehen alle in den Trachten ihrer Heimatkantone. Ermattet läßt Wilhelm sich den Weg zum Gasthof der Kolonie mit einem Schiller-Zitat in gotischer Schrift über dem Eingang zeigen:

Die Welt vollkommen ist überall,
wohin der Mensch nicht kommt mit seiner Qual!

In Nova Friburgo bleibt Wilhelm einige Wochen, ständig eingeladen zu Gesellschaften, wo die inspirierende, europäische Konversation in Ehren gehalten wird. Dann zieht er weiter zur wenige Meilen entfernt liegenden Fazenda Rosário, wo ihm das Gästehaus zur Verfügung gestellt wird. Hier erlebt er seine bislang ergiebigste Zeit. Er hat ein lebendes dreifingriges Faultier bei sich, und begierig studiert er das Naturell des Tieres und schreibt seine Biographie in extenso – das Ideal einer *mißlungenen* Körper- und Geist-Organisation mit einer Trägheit und Stupidität, die ans Unglaubliche grenzen. Er seziert den schwarzen Urubu, den Aasgeier. Unter seiner Haut, an der vorderen Wand des Kropfs, findet er eine Öffnung, die groß genug ist, daß er einen Federkiel hindurchstecken kann, und er ist davon überzeugt, daß es sich nicht um eine pathologische Veränderung handelt. Er beschreibt Wegpflanzen und Unkraut und verzeichnet die Lebensgewohnheiten der brasilianischen Riesenameisen sowie die einzigartige Abweichung vom normalen Bau des Verdauungskanals, die er bei Exemplaren der Familie *Euphone* findet: die Vögel haben ganz einfach keinen Muskelmagen oder Gekröse.

Eineinviertel Jahr bleibt Wilhelm auf der Fazenda Rosário und unternimmt nur eine größere Reise nach São Salvador dos Campos und São Fidelis am Parahíba-Fluß, wo Indianer der halb zivilisierten Stämme Coroado und Coropó leben. Jeder Tag ist ein Geschenk, wo er auch umherstreift mit dem Gewehr, der Botanisiertrommel und den Insektenklammern. Alles jagt er, auch den Tapir, der oft erst nach mehreren Schüssen und kräftigen Schlägen mit der Machete fällt, so daß er ein paar Mal blutbespritzt heimkehrt. Zu Hause in seinem Gästehaus verbringt er die Zeit damit zu notieren, was er erlegt und beobachtet hat, zu anatomieren, Häute abzuziehen, zu skelettieren, zu trocknen, zu ordnen und zu verpacken, während die Negersklaven sich neugierig um seine Fenster drängen.

Anfänglich hielten die Neger ihn offensichtlich für verrückt und konnten nicht begreifen, worauf seine Beschäftigung hinauslief. Aber nach und nach haben sie Respekt vor ihm bekommen, nicht zuletzt seit dem Tag, an dem der Chirurg aus der nächsten größeren Stadt, mit dem er verschiedene „wissenschaftliche" Gespräche geführt hat, einräumte, dieser verfluchte Engländer könne mehr als er selbst, worauf der Schullehrer ein gleiches Eingeständnis hinsichtlich des Lateins machte. Der Respekt näherte sich dem Magischen, als die Neger sahen, daß sein Piston-Gewehr ohne Stein Feuer gab. Oft hat Wilhelm eine ganze Schar von ihnen hinter sich, wenn er unterwegs ist, um zu schießen, und er macht sich große Mühe, sein Ansehen aufrechtzuerhalten, und so spricht es sich herum, daß der Engländer nie daneben schießt. Seine Mahlzeiten sind einfach, sie bestehen zumeist aus Eiern, etwas Mehl und Fischen aus den Wasserläufen, die zur Fazenda gehören – und dennoch muß er mit seiner armseligen Kost den Leuten ein Schauspiel abgeben, als handele es sich um kaiserliche Diners. Die Sklaven umlagern seine Fenster und überschlagen sich im Ausdruck ihrer Verwunderung über seine Gewohnheit, mit Messer und Gabel und der Serviette über dem Schoß ausgebreitet zu essen, und kommt er am folgenden Tag an einem Zuckerrohrfeld mit arbeitenden Negern vorüber, kann er als die wichtigste lokale Neuigkeit hören, wieviel und welche Fische der *godemer* während der letzten Woche gegessen hat.

Doch Wilhelm vermißt seine Familie. Wie sieht die Mutter aus nach diesen Jahren? Wie klingt ihre Stimme? Und wie wird es sein, Henrik Ferdinand und Christian als Ehemänner zu sehen, verheiratet mit Petrea und Nicoline Kierkegaard vom Nytorv? Wilhelm bekommt viele Briefe von zu Hause, und es kann geschehen, daß er in Tränen ausbricht, wenn die Sehnsucht ihn übermannt. Doch gerade als er beschließt, sich brieflich nach einem Schiffsplatz zu erkundigen, bekommt er eine schlimme Hautkrankheit. Überall hat er Ausschlag, andere Krankheiten kommen hinzu. Er hat stechende Magenschmerzen, Wasser in den Knien, Schmerzen in den Füßen, wenn er steht; ihm wird ohne Grund schwindelig, und ständig ist er schweißgebadet, auch nachts, wenn es kühl ist. Wilhelm wagt nicht, den Gedanken zu Ende zu denken, und trotzdem klingt es die ganze Zeit in ihm: Sünde, Schuld, *Strafe*, Sünde, Schuld, *Strafe*. Drei Wochen lang bewegt er sich nicht aus dem Gästehaus hinaus und ißt nichts außer Brot, während das Faultier zusammengerollt in der Ecke liegt und das Piston-Gewehr geladen neben seinem Kopfkissen steht. Er mobilisiert seinen ganzen Mut, um dem Tod ins Auge zu sehen.

Dann verschwinden die Krankheiten nach und nach. Ausgemergelt und bleich stellt Wilhelm zu seiner Erleichterung fest, daß weder die Lippen noch die Nagelbetten eine Spur von Wundbildung aufweisen. Die Vorsehung führt ihn wieder, das Blut fließt wieder in seinen Adern, und Mitte Januar 1829 schifft er sich mit allen seinen Sammlungen, Zeichnungen und Notizbüchern nach Europa ein, braun und mit warmen Wangen.

Senhor Lund ist auf dem Weg zum Doktorgrad.

3

Es wird Dr. phil. P.W. Lund rasch klar, daß er mit einem dänischen Vater und einer dänischen Erziehung in Holstein nicht gut angeschrieben ist. Es gibt Widerstand gegen die Regierung, die Studenten weigern sich, Dänisch zu sprechen,und haben Protestschreiben dagegen verfaßt, daß sie eine Sprache und eine Literatur lernen sollen, die sie ihrer Meinung nach nichts angehen. Es kommt zu Aufläufen in Kiels Straßen, und mehr als einmal geschieht es, daß den dänischen Professoren der Universität faule Äpfel nachgeworfen oder über ihren Köpfen gefüllte Nachttöpfe ausgeleert werden, wie Christian Flor, Peterwilhelms alter Lehrer aus Borgerdyden, sich beklagt.

Professor Flor ist ein Mann, den Dr. Lund zu schätzen weiß, obwohl er eine Neigung hat, ins Schwärmerische abzugleiten, nachdem er als Mitverschworener in „Tylvten" auf der Seite Oehlenschlägers im Kampf gegen Baggesen teilgenommen hat, den Dr. Lund als den universellsten Dichter Dänemarks ansieht. Alles, was mit dem „schlummernden" nordischen Geist, was mit „ahnen" und „sehnen" zu tun hat, ist nicht richtig nach seinem Geschmack, besonders jetzt nicht, wo er nach *De genere Euphones* – von der Universität in Kiel als bahnbrechende Doktorarbeit zur Beleuchtung der unübertroffenen Fauna Brasiliens angenommen – darin bestärkt worden ist, daß Präzision der einzige Weg ist, der weiterführt, auch um die lächerlichen Mißverständnisse zwischen den Nationen zu überwinden, die unweigerlich zu Auflösung und Krieg führen. Es schmerzt Dr. Lund zu sehen, wie bedrängt sich Flor und die anderen Professoren auf ihrem Außenposten fühlen, und noch mehr schmerzt es ihn, daß man ihm davon abrät, ein paar Wochen damit zu verbringen, das Holstein der Mutter zu entdecken, wovon er als Junge geträumt hat, denn es heißt, daß viele Herbergen Dänen keine Unterkunft gewähren. Es sind sogar Greuelgeschichten im Umlauf über dänische Abgesandte, die auf einsamen Landstraßen oder in Kiels Hafenkneipen blutig geschlagen worden sind.

Dr. Lund beschließt deshalb, sich sofort auf seine erste große Europareise zu begeben und nach Berlin und Wien weiterzureisen.

Er nimmt unvergeßliche Erinnerungen an das Wiedersehen mit der Familie in Kopenhagen mit auf die Reise. Der Mutter geht es gut in ihrer neuen Wohnung am Kanal, weit besser als er zu hoffen gewagt hat; mild und unverändert unter den steifen Stoffen hält sie die Erinnerungen an den Vater lebendig. Christian wohnt mit Nicoline in der Nygade und führt das Bekleidungsgeschäft weiter, während Henrik Ferdinand nach seiner Hochzeit mit Petrea und nach einem steilen Aufstieg in der Nationalbank sich auf Nørrebro, außerhalb des Walles, ein Haus mit einem prächtigen Garten bis ganz hinunter zum Peblingesee gekauft hat. Dort hat Wilhelm den größten Teil des Sommers verbracht und Abend für Abend, mit dem Blick dem lautlosen Tanz der Mücken unter den Baumkronen und dem Zug der Enten über den Himmel folgend, von Brasilien erzählt. Ein Schwanenpaar mit Jungen kam zuweilen ganz nah an den Gartentisch heran, um sich mit Kuchen füttern zu lassen, während ein Wurf deutscher Boxerwelpen zwischen den Rosenbeeten und dem geißblattberankten Lusthäuschen umhertollte, ohne Schlangenbisse oder giftige Spinnen fürchten zu müssen. Es war nicht viel verändert in dem friedlichen Kopenhagen, der Sommer war unerwartet lang und warm, aber wenn die Kirchenglocken zum Sonnenuntergang läuteten, die Zigarren und die Leuchter angezündet wurden und die westindischen Rumtoddies auf den Tisch kamen, konnte Wilhelm ein plötzlicher Schmerz durchfahren, weil er dort im Kreis der Familie fühlte, daß es ihm vielleicht niemals vergönnt sein würde, als Ehemann Wurzeln zu schlagen, von Kindern jeden Alters umgeben, und jeden Morgen, in glücklichen wie in schweren Stunden, neben der in das Kopfkissen geschmiegten Wange einer treuen Frau zu erwachen. Onkel Wilhelm, wird es bald mit der klaren Kinderstimme von Henrik Ferdinands neugeborener Tochter Henriette in seinen Ohren klingen oder in Briefen an ihn lauten – erzähl doch, Onkel Wilhelm, was du allein draußen in der Welt erlebst! Doch die Mutter war froh, und das ist die Hauptsache. Sie erwartet von ihm nur, daß er, achtundzwanzig Jahre alt, seinem wachsenden Ruf Ehre macht. Und auf seine Brust aufpaßt.

Dr. Lund denkt während seines kurzen Aufenthalts in Kiel aber nicht an sein Junggesellenlos. Um Europa geht es, um das energische, vorwärtsschauende Europa der Wissenschaften, der Museen, der Akademien, der Kollegien, der Zeitschriften, der Bibliotheken und der Dispute. In Berlin herrscht klirrender Frost, und Dr. Lund packt sich gut ein. Ihm imponiert der Ernst, der in allen Bereichen der Verwaltung am Werke ist, selbst das berüchtigte Militärwesen findet er in einer Weise gerechtfertigt, weil jeder Untertan, ohne Unterschied von Rang oder Stand, auch Soldat ist. Von dem, was hier für Kunst und Wissenschaft getan wird, könnten sie in Kopenhagen etwas lernen. Es ist etwas Unerklärliches an dieser Kulturblüte: ein Kartoffelland mit so geringen Ressourcen, von blutigen Kriegen verwüstet und aufgrund seiner Lage genötigt, eine unverhältnismäßig große Armee zu unterhalten, stattet die Kunst und die Wissenschaft mit reichlichen Mitteln aus. Die Beamten werden entlohnt wie Fürsten, alle Anlagen werden instandgehalten und gedeihen, große öffentliche Bauten werden errichtet – alles nur, weil eine handlungskräftige Regierung Wunderwerke verrichten kann. Kann das Schloß sich auch nicht mit Christiansborg messen, so wird Dr. Lund mit Stummheit geschlagen, als er das Zeughaus betritt, das über Sammlungen von einer Reichhaltigkeit verfügt, wie er sie noch nie erlebt hat. Alles befindet sich in einer peinlichen Ordnung, welche die besichtigenden Schuljungen vor Ehrfurcht flüstern läßt, die Mützen in der Hand. Jeder Kanonenlauf ist geputzt, jeder Gewehrkolben poliert, die Uniformen sind ohne den geringsten Flecken, und jedes Staubflöckchen ist abgebürstet.

Der Ton in Berlin erscheint ihm eher höflich als gastfreundlich – mit Ausnahme des Besuchs im Zoologischen Museum, wo er mit dessen Leiter, dem unermüdlichen, systematischen Sammler Rudolphi ins Gespräch kommt, ihm ein Exemplar von *De genere Euphones* überreicht und ihn überredet, das versiegelte Glas mit den Eingeweiden des schwarzen Urubus zu öffnen. Es ist ein großer Augenblick für Dr. Lund, als er mit der Pinzette den Kropf herausfischt und ihn exakt gleich gebildet findet, wie er es in Brasilien beobachtet hat, mit einem Loch, das groß genug ist, um einen Federkiel hindurchzustecken. Rudolphi brummt wie ein Bär und schlägt die Hände zusammen, es fehlt nicht viel, daß er aus schierer

Begeisterung in seinen lammfellgefütterten Bisonstiefeln in die Luft hüpft, und am Tag darauf schickt er durch Boten einen Satz Schlüssel an Dr. Lunds Hoteladresse mit der Mitteilung, daß das Museum ihm offenstehe und er jedes versiegelte Glas öffnen dürfe, dessen Inhalt ihn interessiere.

Im Laufe weniger Tage hat sich Dr. Lunds Ruf über den größten Teil des gebildeten Berlin ausgebreitet, man grüßt ihn auf der Straße, lädt ihn ein zu Konditoreibesuchen oder ins Kammerkonzert, und sein Ruf eilt ihm sogar voraus, als er seine Reise durch Europa fortsetzt, über Dresden und Prag nach Wien, wo er von Anfang an zielbewußt darauf hinarbeiten muß, nicht in einen gefräßigen Wirbel von gesellschaftlichen Zerstreuungen hineingerissen zu werden. Er wird von Diner zu Souper, von Soupers zum Theater, von der Oper zur Operette gezerrt. Vieles in der Stadt erinnert ihn an Kopenhagen. Wie der Kopenhagener verfügt der Wiener über eine ansprechende Bescheidenheit, die in keiner Weise zu dem vulgären Verhalten der Gräfin Viktoria Ritter Meduna von Riedburg und Langenstauffen-Pyllwitz in Rio de Janeiro paßt. Ist sie nicht von hier? Vielleicht steht sie überhaupt nicht in einem autorisierten Adelskalender? Dr. Lund fragt lieber gar nicht. Sie war eine böse Figur in einem bösen Traum, und wenn er an Brasilien zurückdenkt, ist es die Natur des Landes, an die er sich erinnert – und die er immer noch riecht, wie eine Andeutung von Fieber im Körper verspürt, immer noch in den Fingerspitzen fühlt, als Haut, die Tieren abgezogen wird, und als ein Durcheinander von Eingeweiden, als das verstaubte Fell des Faultiers, als Algen und Korallen und als Schleim von den Schuppen der Fische und Kälte von der Haut der Schlangen. Wird Italiens hochgepriesene Natur sich mit der Brasiliens messen können? Er ist skeptisch – aber er ist neugierig, sein Ziel ist Sizilien, und früher als geplant, auch um einer unverhofften Begegnung mit der Gräfin aus dem Weg zu gehen, reist er ab.

Der Winter ist der härteste in Europa seit Menschengedenken. Dr. Lund wird nervös und wickelt das Halstuch höher um Nase und Mund. Zwar hat er sein gutes Winterzeug mit, aber eine fünf Tage und Nächte dauernde, erbarmungslose und beschwerliche Fahrt mit der Postkutsche nach Venedig führt an die Grenze des Erträglichen. Der Schnee fällt in wirbelnden Flocken und bedeckt überall Italiens

Felder und Höfe. Nach Wiens staubigen Straßen ohne Bürgersteige, wo es von Wagen wimmelte, so daß er keine zwei Schritte gehen konnte, ohne Gefahr zu laufen, überfahren zu werden, ist Venedig mit seinen engen, schieferbelegten Gassen, wo Pferde und Wagen den Bewohnern nur vom Hörensagen bekannt sind, wie eine Stadt aus dem versunkenen Atlantis. Enttäuscht berichtet er der Mutter von den zugefrorenen Kanälen, den eisbedeckten Gondeln, dem Dogenpalast, an dessen Fassade überall Eiszapfen hängen, und dem Markusplatz, wo man Schlittschuh laufen kann wie auf dem Peblingesee. In seinem Hotelzimmer schließen Türen und Fenster so schlecht, daß ständig Durchzug herrscht, die Fußbodenfliesen sind durch die Kälte alle zerbrochen, und unter ihm, in der Küche seiner Wirtsleute, gefriert das Olivenöl in den Regalen.

Dr. Lund fürchtet jedoch, die Mutter erschreckt zu haben, als sei er durch einen Irrtum zum Nordpol gekommen, und deshalb beruhigt er sie in seinem ersten Brief aus Rom und macht viel Aufhebens von den glücklich überstandenen Etappen, bevor die päpstliche Stadt und das Frühjahr ihn bei guter Gesundheit willkommen heißen. Stolz – und endlich Sonnenwärme im Gesicht spürend – beschreibt er den Tag, als die päpstliche Postkutsche das gefährlichste Wegstück in ganz Italien zurücklegen mußte. Am Rand furchtbarer Abgründe wand es sich durch den Appenin, und er und die übrigen Passagiere, insgesamt zehn Personen, mußten vorangehen und Schnee schaufeln, bis sie nicht mehr konnten, während zehn der stärksten Bewohner eines nahegelegenen Dorfes hinterhergehen und die Kutsche an Seilen halten mußten, damit sie nicht zur Seite abglitt. Zwei Dragoner, wie sie in den päpstlichen Staaten stets die Postkutschen eskortieren, reiten vor und zurück, furchteinflößend und bereit, jeden Angriff durch die Straßenräuber zurückzuschlagen, die er gerade in den letzten Zeilen des Briefes zum Vorschein kommen läßt. Doch seiner Wahrheitsliebe entsprechend bleiben sie in gehörigem Abstand, und Signore Dottore P.W. Lund, Cafe Greco, Via Condotti, Roma, beschließt seinen Brief mit den liebsten Grüßen an die Mutter, während von der nahen Kirche die Glocke läutet – nach der italienischen Art der Zeitrechnung, vom Ave Maria dreißig Minuten nach Sonnenuntergang bis zum Ave Maria des folgenden Tages.

Ein ketzerischer Wurm aus einem Land, wo die Kunst eine kränkliche Treibhauspflanze ist, so bezeichnet sich Dr. Lund selbst in Rom, wo alles Kunst atmet. Es gelingt ihm noch, Thorvaldsen zu begrüßen, bevor dieser nach München abreist, doch ansonsten hält er sich fern vom skandinavischen Club, um sich ausschließlich an den virtuosen Römern zu erfreuen, die ein Ohr für Musik haben, wie er es sich bisher nicht hat vorstellen können. Er übt sich im Pianospiel und lernt in verblüffend kurzer Zeit, Italienisch zu lesen und zu schreiben, und zwar mit Hilfe von Ugo Foscolos *Le ultime lettere di Jacopo Ortis*, einem feurigen Liebesroman über einen jungen venetianischen Nationalisten und zugleich Protest gegen den Verrat von Campo Formio. In der gehobenen römischen Gesellschaft findet er Freunde, die sämtlich der *Il Risorgimento*-Bewegung angehören, deren Ziel ein von Frankreich und Österreich unabhängiges, geeintes Italien ist. Dies ist das Herz Europas. Pathos und Klarheit. Dies ist Leben und Kultur, wenn sie eins werden, Christentum und Antike, Spiritualismus und Körperlichkeit, Gesang, Leichtigkeit, Entgegenkommen.

Wieder wird Dr. Lund in einen Wirbel von Zerstreuungen hineingezogen, und als der Karneval beginnt, kann er es nicht unterlassen, ihn mit dem brasilianischen zu vergleichen. Hier handelt es sich um die Unschuld des zivilisierten Menschen, um Maßhalten inmitten der Ausgelassenheit, eine natürliche Anmut und Grazie – genau wie Goethe es beschreibt. Und eines Abends, auf einem Maskenball bei der Herzogin von Torlonia, geschieht es: Dr. Lund verliebt sich. Schon immer, seit er ein kleiner Junge war, sind Mädchen ihm vorgekommen wie Wesen von einem anderen Stern – einem Stern mit seinen eigenen, absonderlichen Gesetzen, die das Gleichgültige zum Wesentlichen machen und das Wesentliche in einem ewigen Plappern und Pusseln verschwinden lassen. Aber hier in Rom sind die Mädchen von anderer Art, ohne daß er genau sagen kann, warum und wie. Ist Foscolo ihm zu Kopf gestiegen? Ist er selbst eine Person in einem romantischen Roman geworden, wo jede Zeile wie eine Sehne von Gefühl gespannt ist? Welches Kapitel hat Foscolo ihm zugedacht? *Dieses?*

Mit offenstehendem Hemd und dünner Hose und die Halbmaske am Zeigefinger schwenkend, trifft er auf dem Ball ein. Er bekommt

Fieber. Er will nach Hause eilen, um seine Medizin zu nehmen und sich ins Bett zu legen. Doch plötzlich hat sie seine Hand genommen, und für den Rest der Nacht vergißt Wilhelm alles, seinen Doktorgrad, die Eingeweide des Urubus, Wien, den Schnee über Norditalien und vor allem seine Brust und die Bitte der Mutter, immer gut darauf achtzugeben. Er ist bereit, dem Mädchen bis an das Ende der Welt zu folgen. Sarah heißt sie. Mit ihrem langen schwarzen Haar und den kleinen, kunstvoll in die Stirn gezogenen Locken reicht sie ihm bis zur Schulter. Ihre ägyptischen Augen hinter der Halbmaske, ihre runden, roten Wangen – und ihr Lachen, ein wenig heiser, aber von einer Fülle, die ihn völlig verzaubert, weil sie sowohl Klugheit und Fröhlichkeit als auch einen Schmerz umfaßt, der einen Ton von Entbehrung in ihm anklingen läßt, selbst wenn sie sich an der Hand halten, als hätten sie sich schon immer gekannt.

Sie ist erst zwanzig Jahre alt, und während sie tanzen, wobei Wilhelm ständig vergißt, die Halbmaske aufzusetzen, und später, als sie auf einem Sofa sitzen und ihnen von zwei nubischen Dienern Erfrischungen serviert werden, erzählt sie ihm, wie schön sie ihn findet mit seinen klaren blauen Augen, die alles sehen, ohne es besitzen zu wollen, mit seiner ranken Haltung und seinen feinen Fingern, und Wilhelm errötet. Nach der Erziehung, die er genossen hat, ist es der Mann, der der Frau Komplimente machen soll, aber er kann keine Worte finden, obwohl er fühlt, daß Foscolo tut was er kann, um sie ihm zuzuflüstern in dieser Szene mit dem bebrillten dänischen Wissenschaftler, den die märchenhaft betörende Tochter eines reichen Kaufmanns aus einem ketzerischen Wurm, einer Treibhauspflanze, in einen natürlichen Teil der Schönheit zu verwandeln sucht – doch einer Schönheit, die auch von Leiden und Verfolgung zu berichten weiß, die die Familie des Mädchens durch Jahrhunderte hindurch ertragen mußte, von Spanien bis zum Ghetto in Koblenz. Als das Mädchen all dies erzählt, wallt in Wilhelm Verachtung auf für die menschliche Stupidität und Brutalität, diese Geschwister des Aberglaubens, doch wenn sie vom Zusammenhalt ihrer Familie spricht, denkt er an Rosenlund und seine eigene Kindheit, und alles hellt sich auf. Sarah. Sara Lisa.

Wenn sie ihm in den Nacken bläst oder mit zwei Fingern vorsichtig ein Haar von seinem Hosenbein entfernt oder ihre heiße Stirn in seine Halsgrube drückt, rührt sie sein Innerstes an, und ganz besonders, als sie ihm erzählt, was das Wort *Schekhina* bedeutet, und sie wiederholt es, langsam flüsternd:

– *Sche-khi-na* …

In ihrem Glauben ist es gleichbedeutend mit all dem, was ein Kind weiß, aber wieder vergißt, wenn es erwachsen wird. All das, was ein Mensch sein ganzes Leben lang sich in Erinnerung zu rufen bestrebt sein soll. *Schekhina* sind die ersten Sterne, die Gott ihnen entzündete, der erste Himmel, die erste Sonne und der erste Frühling. Es ist, als könne sie in seinem Gesicht seine eigene Kindheit lesen, seit damals, als der Vater ihm von der Idee erzählte, die in jedem Menschen angelegt ist, und die niemand vergessen darf. Niemand. Und Wilhelm küßt sie auf die Stirn und spürt einen süßen Geschmack von Schweiß und Parfüm auf der Zunge, und alle lächeln ihnen zu, als seien sie das auserwählte Paar des Abends. Nur hier in der Hauptstadt der Kunst kann es geschehen, daß ein Teppich in den schönsten Mustern mit einem Faden gewebt wird, der zurückführt in die Nygade mit dem ersten Schnee des Jahres, der an den Scheiben schmilzt, und einem anderen Faden, der zum Ghetto in Koblenz führt und weiter zurück ins Heilige Land.

Aber worauf will der Roman hinaus? Was ist sein nächstes Kapitel? Endet es damit, daß er sich mit dem Mädchen Sarah in Italien niederläßt und ganz gegen alle Berechnung Kinder bekommt, viele Kinder, die in einer Welt aufwachsen werden, in der die Wissenschaft und die Kunst gemeinsam ein Verständnis für Gottes Plan und ewigen Frieden zwischen den Menschen schaffen werden – oder geschieht … das Gegenteil? Wird er sie nie mehr wiedersehen und bis an das Ende seiner Tage an sie denken als an ein bezauberndes Gesicht, einen Blick, eine in Melancholie gehüllte Erinnerung? Oder wird es Mord, Krieg und Revolution geben und werden sie beide zusammen irgendwo umkommen, auf der Flucht, in den Bergen des Appenin, eingeschneit? Der Roman breitet sich vor Wilhelm aus wie ein Fächer, und während er die Hand des Mädchens küßt und ihre Finger streichelt, steigt sein Fieber. In den kostbaren venetianischen Spiegeln sieht er die Gäste tanzen und tanzen. Manche kommen, manche gehen. Manche tragen noch die Halbmasken, manche nehmen sie lachend ab. Alle sind schön, alles ist beseelt, und am Schluß will er das Mädchen nach Hause begleiten. Sie erlaubt es ihm, und sie stehen auf und tanzen einen letzten Tanz zusammen. Es singt in Wilhelm von einem bisher unbekannten Glück, als sie durch die Straßen Roms gehen. Das Mädchen weigert sich noch immer, die Halbmaske abzunehmen, wirft den Kopf in den Nacken und lacht zu den Sternen hinauf, als er fragt warum. Sie gelangen zu einem kleinen, bescheidenen Haus mit einer baufälligen Treppe und hinauf in den ersten Stock, wo sie mit ihrem Vater und einer Tante wohnt. Sie schlägt vor, daß sie sich am nächsten Tag sehen. Sie will selbst zu seiner Herberge kommen.

In dieser Nacht kann Wilhelm nicht schlafen. Seine Wangen brennen, der kalte Schweiß bricht ihm aus. Er weiß nicht, ob er das Ganze nur geträumt hat, und während er die Sterne verblassen und die Sonne aufgehen sieht und die Stadt mit einem plötzlichen, ohrenbetäubenden Lärm erwachen hört, der ihn an Rio de Janeiro erinnert, versucht er zum letzten Mal, etwas Schlaf zu finden. Doch stattdessen steht er auf, ohne an seine Brust zu denken, ohne auf seine Kleidung zu achten, die zerknittert ist, weil er vergaß, sie auszuziehen. Er geht in Rom umher wie in Trance, aber jedesmal, wenn er glaubt, das Haus mit der baufälligen Treppe gefunden zu haben, verwandelt es sich vor seinen Augen, und beginnt er zu fragen, findet er niemanden, der ein jüdisches Mädchen mit Namen Sarah kennt. Er hastet nach Hause, als er daran denkt, daß sie zu ihm kommen wollte. Doch die Stunden vergehen, und dreißig Minuten nach Sonnenuntergang, als alle Glocken in Rom das Ave Maria läuten, ist sie noch immer nicht erschienen.

Wilhelm ißt ein wenig Wurst und Brot, die er mit in sein Zimmer genommen hat. Auf dem Nachttisch liegen seine Noten, seine italienische Grammatik, sein Wörterbuch, das Reisetagebuch, die Halbmaske und Foscolos Roman, aufgeschlagen im vorletzten Kapitel. Er fühlt sich vollkommen leer. Am nächsten Tag ist das Fieber fort, und ordentlich gekleidet wandert er die Via Condotti auf und ab. Er plaudert mit den Händlern, spielt mit den Kindern und versucht, die vielen unruhigen Träume der vergangenen Nacht zu vergessen. *Da* war er verloren auf Fælleden und rief nach Carl, den die Zigeuner entführt hatten. *Da* kämpfte er, die Arme bis weit hinauf voller Blut, um einem gigantischen Fisch die Haut abzuziehen, der ihm immer wieder entglitt und zwischen ein paar verdorrten Rosenbüschen landete, wo er rasend mit dem Schwanz schlug und Staub aufwirbelte, der sich auf seine Brille legte. *Da* ging er über eine öde Steppe, mit offener Brust, und vermochte nicht, das Hemd zuzuknöpfen und den flatternden Bisonpelz fest um sich zusammenzuziehen, als ein gewaltiges Schneegestöber am Horizont aufzog und sich ihm in Form von kurzen, eisigen Windstößen ankündigte, während aus einer weiten Ferne die Mutter ihn anfleht, auf sich aufzupassen: „*Guilherme ... Guilherme ...*“

Gegen Nachmittag reißt Wilhelm sich zusammen. Mit festen Schritten geht er zurück zum Café Greco. Er packt seine Koffer und beschließt, früh am nächsten Morgen nach Sizilien abzureisen, um sich Professor Schouw anzuschließen, der von der dänischen Regierung ausgesandt ist und in Messina auf ihn wartet.

Dr. Lund will keine Romanfigur sein.

Wenn nur der liebenswürdige Schouw sich an die Botanik halten und es unterlassen wollte, von morgens bis abends über Politik zu reden. Wenn er nur nicht soviel über die Strapazen klagen wollte. Beides irritiert seinen jungen Kollegen. Jedesmal wenn Schouw, in seinem Fach als Botaniker ein tüchtiger Mann, eine Pflanze findet, preßt und sich Notizen über die Bodenbedingungen macht, unterbricht er sich selbst und redet von der neuen Verfassung, an der er und eine Gruppe führender Kopenhagener Professoren arbeiten, und die Dänemark an demokratische Verhältnisse heranführen soll. Nach Dr. Lunds Auffassung ist es nicht Aufgabe eines Wissenschaftlers, sich in Dinge einzumischen, die ihn nichts angehen, und da er weit schlimmere Strapazen gewöhnt ist als die Tagesmärsche auf dem Weg von Catania über Syracus nach Girgenti, läßt er Schouw seine Mißbilligung spüren, indem er jeden Tag fünf bis zehn Kilometer mehr geht,als abgemacht ist, so daß Schouw die Zähne zusammenbeißt, seine Klagen hinunterschluckt und treu hinter ihm hertrottet, ohne von Verfassungsänderungen zu faseln. Ansonsten ist es eine gelungene Exkursion. In Messina dingten sie einen Maultiertreiber und ein Maultier, um das Gepäck zu transportieren. In Girgenti mußten sie aufgrund der Menge eingesammelter Pflanzen ein weiteres Maultier mieten. Dr. Lund konstatiert, daß Siziliens

Natur, ganz wie er es sich gedacht hat, sich mit der Brasiliens nicht messen kann. Mit den Tropen verglichen ist die Vegetation kärglich, und die Landschaft ist trocken und nackt. Die Konturen der Berge und der klare Himmel hingegen sprechen ihn an, und das Klima ist prächtig; in der Mitte zwischen Brasiliens feuchter Hitze und dem kühlen Nordeuropa gelegen, bietet es gerade die Temperatur, die gut ist für seine Brust.

In Palermo trennt er sich von Schouw, der nach Neapel und von dort mit dem Schiff nach Kopenhagen zurückreisen will; er gibt ihm alle guten Wünsche mit auf die Reise und ermahnt ihn, sich lieber für die Gründung einer naturhistorischen Gesellschaft einzusetzen, statt sich in die Politik einzumischen. Selbst bleibt er noch einige Zeit in Sizilien und macht sich mit einem solchen Eifer an das Studium der Meeresfauna, daß er in kurzer Zeit an die einhundertfünfzig Fischarten sammeln und an Reinhardt senden kann. In Palermo wird er vom Herzog von Serradifalco zu den Sitzungen der lokalen Gesellschaft der Wissenschaften eingeladen, doch in der Regel stiehlt er sich voller Scham angesichts der Unwissenheit der Mitglieder davon. Am komischsten erscheint ihm eine Sitzung, bei welcher der Abt, das älteste, fetteste und angesehenste Mitglied der Versammlung, stundenlang über irgendwelche kürzlich entdeckten Gesteinsschichten mit fossilen Säugetierknochen sprach und unter Zuhilfenahme langer Zitate aus Plinius nachzuweisen suchte, daß nicht, wie ein anderes, wild phantasierendes Mitglied der Gesellschaft behauptete, die Rede davon sein könne, daß es sich um Überreste von Hannibals Elefanten handele, sondern daß diese *monstra* weit später eingeführt worden seien, nämlich von den ... Sarazenen! Und dies alles, während der Vizekönig von Sizilien anwesend war und höflich zuhörte!

Doch mitten in seiner emsigen Geschäftigkeit kann Dr. Lund aufs neue ein Gefühl befallen, als würde sein Handeln gelenkt, ohne daß er selbst Herr darüber ist. Es ist ihm einigermaßen gelungen, über seine unglückliche Liebe hinwegzukommen, und wenn er an Rom denkt, tut er es trotz allem mit Freude. Er hat wieder in seine eigene Haut zurückgefunden und arbeitet diszipliniert an der Verfolgung seiner Ziele, doch wenn er sich nach einer Blume bückt, fühlt er zuweilen, daß „er sich nach einer Blume bückt", und ist er hingerissen vom Mittelmeer, während er mit aufgekrempelten Hosenbeinen weit hinauswatet, ist er „hingerissen von Mittelmeer" und zwar so, daß es ihn schaudert und er sich schütteln muß, um sich davon zu überzeugen, daß er der ist, der er ist. Und als eine Nachricht aus Rom kommt, daß ein ungewöhnlich großer Packen mit Briefen auf ihn wartet, und er darum bittet, ihm die Briefe umgehend nach Palermo nachzusenden, ist er mehrere Tage lang lustlos und ohne Energie. Er fürchtet das Schlimmste - fürchtet das Kapitel, an das er nie zu denken gewagt hat, weil es zu schwarz ist. Der Packen kommt an, und in den ersten Briefen von der Mutter, die sämtlich ans Café Greco adressiert und dort kurz nach seiner Abreise nach Sizilien eingetroffen sind, kann er lesen, wie sie sich für ihn über seine Reise freut, von dem Triumph in Kiel, „ihrem" Kiel, über die Bekräftigung seiner Entdeckung in Berlin bis hin zur Geselligkeit in Wien. In Venedig erstarrt sie mit ihm zusammen im Eis, im Appennin kämpft sie sich an seiner Seite durch den Schnee, doch nach seiner ersten Zeit in Rom hört sie auf zu schreiben, und stattdessen schreiben Henrik Ferdinand und Christian und erzählen von ihrer Krankheit bis hin zu dem letzten Brief, den er nicht zu lesen wagt. Es waren die in rascher Folge abgesandten Briefe der Brüder, die den Packen anschwellen ließen, und seine Augen streifen nur gerade die ersten Linien im letzten Brief von Henrik Ferdinand mit den Worten von einer „traurigen Nachricht", bevor er sich auf sein Bett legt. Er sieht alles durch einen Trauerschleier, doch selbst dabei ist ihm, als „sehe er alles durch einen Trauerschleier".

Am folgenden Morgen faßt er sich und liest den Brief. In der Hoffnung, daß es sich nur um einen Alptraum handelt, reibt er verzweifelt seine geballte Faust gegen die Wand, an einer Stelle, wo der Putz ein Loch hat und die Mauersteine zum Vorschein kommen. Aber kurz darauf bluten seine Knöchel. Und diesmal kommen ihm keine Anführungszeichen zu Hilfe.

Gut einen Monat nach der Julirevolution trifft Dr. Lund auf seiner Heimreise in Paris ein. Noch immer kommt es in den Straßen zu Menschenaufläufen, doch am Anfang nimmt er sie kaum wahr. Er mietet sich in einem Hotel in der Rue Corneille mit Aussicht auf das Théâtre Royal de l'Odéon ein und hat nichts anderes im Sinn, als zu arbeiten. Den größten Teil des Tages sitzt er in seinem Zimmer hoch oben unter dem Dach, die Füße in einer Wasserschüssel, um die ofenstarke Hitze abzuhalten, und schreibt an einer größeren Abhandlung über das Leben und die Organisationsform der brasilianischen Riesenameisen für die *Annales des Sciences naturelles.* Was Rom für die Kunst ist, ist Paris für die Wissenschaft, hier hat er alle Hilfsmittel zur Hand, die besten Bibliotheken, die besten Lexika, die besten Museen und reichhaltige Zeitschriften, die stets auf dem neuesten Stand sind, und in denen polemische Debatten geführt werden, die niemanden verschonen mit Ausnahme der Auserwählten, deren Beweise unangreifbar sind. Anfänglich gefällt Dr. Lund die bissige Atmosphäre in der Stadt, die Schnelligkeit, mit der die Menschen sich bewegen, und das Fehlen jeglicher Form von Sentimentalität. Er genießt den Nieselregen und die fallenden Blätter, als der Herbst kommt, und nicht zuletzt die Restaurants, wo er mit seinen Aufzeichnungen aus Brasilien in einer Ecke sitzen und sie mit seinem rasch anwachsenden Manuskript vergleichen kann.

In Paris, nach einer vom Schmerz überschatteten Reise über Mailand, auf der ihm unaufhaltsam die Tränen über die Wangen liefen, versöhnt er sich endlich mit dem Tod der Mutter; sein Inneres ist wieder gefestigt und zu neuen Unternehmungen gesammelt. Jeden Tag taucht Brasilien in seinen Gedanken auf, nun da er an niemanden mehr zu denken braucht als an Henrik Ferdinand und Christian und sich zum zweiten Mal dort drüben niederlassen kann – und solange er will. Vorausgesetzt, wohlgemerkt, die Vorsehung gibt ihm einen Wink in jener Richtung! Fühlt Dr. Lund sich auch nicht länger wie eine Figur in einem Roman, und ist es ihm endlich gelungen, die Wirklichkeit ohne die Halbmaske der Kunst zu betrachten, so ist auf der anderen Seite sein Glauben an die Vorsehung gewachsen. Nie würde es ihm einfallen, mit Gott zu hadern, weil er die Mutter zu sich nahm, und zu *Seiner* Ehre und wie *sie* es wünschen würde, mit einer minutiösen Ordnung in seinen Aufzeichnungen, die Tuschflasche gefüllt und die Federkiele zur Rechten des Packens mit dem duftenden, guten französischen Papier bereitliegend, beschreibt er die grausamen Kriege, sei es mit ihresgleichen oder mit ihren Todfeinden, den Termiten, in die sich die brasilianischen Riesenameisen immer wieder bereitwillig werfen.

Dr. Lund erinnert sich an alles, von jenem ersten Mal an, als er einen enormen Hügel in der Umgebung von Rio de Janeiro sah, den die Ameisen der Art *Myrmica paleata* von den Termiten erobert hatten, und er stieß ihn mit der Stiefelspitze an, so daß die Ameisen wie rasend hervorkamen und die Termitenlarven und Termiten, die zurückgeblieben waren, angriffen, sie stachen und einem Bataillon der Art *Myrmica eythorothorax* überließen, die kurze Zeit darauf in einer langen, schnurgeraden Kolonne zum Vorschein kamen, die toten Larven und Termiten packten und sie in die Löcher des zerstörten Hügels hinabtrugen oder -zogen. Überall in Brasilien arbeiten die Ameisen in Millionen und Abermillionen von Staatengebilden, organisiert in Kommandoabteilungen, Soldatenbrigaden, Hilfstruppen, Kundschafter, Farmer, Jäger, Versorgungssklaven und Ingenieurtrupps, die imstande sind, alles zu reparieren. Überall im Kaiserreich sind sie auf dem Marsch, beladen mit gezackt gesägten Stücken frischer Blätter, Brocken von Würmern, kleinen Spinnen, Termitenlarven und Köpfen und halben Körpern von feindlichen Ameisen. Kommen sie gerade von einer fürchterlichen Schlacht zurück, fehlen ihnen oft ein oder zwei Beine, aber sie geben niemals auf. Beschließen sie, ein Haus in Rio zu unterminieren, kann niemand sie bekämpfen, und nur die Termiten sind ihnen an destruktiver Schnelligkeit überlegen. Werfen sie sich über einen Baum, ist er im Laufe weniger Stunden ohne Blätter – sie fallen unaufhaltsam, unnatürlich, wie grüner Schnee, mit einem leisen Geräusch, das er anfänglich nicht deuten konnte, als er auf seinen Fußwanderungen in der Umgebung von Rio de Janeiro eine Rast hielt und es sich anhörte, als rieselten Tausende kleiner Stücke zerrissenen Einwickelpapiers von der nächstgelegenen Baumgruppe herab. Das Werk der Ameisen. Oder er hat einen Vogel geschossen. Keine fünfzig Meter von ihm entfernt fällt er auf die Erde. Doch bevor er ihn erreicht, um ihn zu skelettieren, ist sein Gefieder schon in wildem Aufruhr. Das Werk der Ameisen. Nichts in Brasilien widersteht ihnen. Die Zäune um die Friedhöfe, die Geländer um die vornehmen Paläste in Rio, das Zuckerrohr, die Verandas der Fazendas, die Kaffeebüsche, alles fällt, wo die Ameisen marschieren und sich ans Werk machen. Stühle und Tische werden zu feuchtem Sägemehl. Heiligenstatuen sinken zu Boden. Brücken fallen in sich zusammen.

Ja, Dr. Lund ist absorbiert von seiner Arbeit und hört nur das kratzende Geräusch der Feder auf dem Papier. Und binnen kurzer Zeit ist seine Abhandlung fertig, in einer Prosa geschrieben, auf die er stolz ist, weil alles darin enthalten ist, Brasiliens rote Erde, Urwald und Campos, Form und Plazierung der Ameisenhügel, Geräusche, Bäume, Büsche – das Imperium der Ameisen, der Planet der Ameisen, wo der Mensch als ein gigantisches Säugetier in seinem heroischen Kampf, Behausungen und Felder davor zu bewahren, entweder in sich zusammenzufallen oder aufgefressen zu werden, zum Scheitern verurteilt ist. Zum Schluß widmet er die Abhandlung Monsieur V. Audoin, einem Naturhistoriker, dessen kühle, aufmunternde Freundschaft er schätzt. *Lettres sur les habitudes de quelques fourmis du Brésil* öffnen Dr. Lund alle Türen zu den hochwissenschaftlichen Kreisen in Paris, und bald erhält er die ersten Einladungen zu Baron Georges Léopold Crétien Frédéric Dagobert Cuviers berühmten Soirees.

Bei Cuvier wird alles in einer entspannten Atmosphäre diskutiert, und Gäste aus der ganzen Welt bringen ihm ausgestopfte Tiere, Fische und Schlangen in Gläsern und Lackkästen mit seltenen Insekten als Zeichen ihrer Verehrung. Die ganze Treppe hinauf bis zu seiner Wohnung nicht weit vom Collège de France stehen Gläser mit Schlangen aus Afrika und Fischen aus dem Ganges, ausgestopfte Hyänen und Lamas, ein Bastard zwischen einem Zebra und einem Pferd, Adler aus Peru und Ekuador, Falken aus Island und auf einem kleinen Absatz alle erdenklichen Kolibris in einem kunstvollen Arrangement vor einem primitiv gemalten Ausschnitt vom Amazonas als Hintergrund. Dr. Lund ist ein wenig verlegen, weil er kein Geschenk mitbringt, nicht einmal eine Schachtel mit einem Regiment von *Myrmica paleata*, doch bei seiner ersten Begegnung mit dem Meister verspricht er ihm, Reinhardt zu überreden, ihm ein paar Dubletten der vielen grönländischen Fische im Naturhistorischen Museum in Kopenhagen zu senden.

Cuvier ist sichtlich zufrieden und legt Dr. Lund verzeihend den Arm um die Schulter und führt ihn durch seine Wohnung, zeigt ihm Bücher, Zeichnungen von allen erdenklichen Tieren, versteinerte Fische aus der Zeit vor der letzten Erdumwälzung, erstarrte Lava aus la Soufrière und Gesteinsbrocken von den Aleuten, alles in fast künstlerischer Zufälligkeit durcheinanderliegend. Bei Cuvier begegnet Dr. Lund Frankreichs Kapazitäten in allen Zweigen der Naturwissenschaften, an der Spitze Biot, Ampère, Milne-Edwards und Thénard. Hier ist die Sonne, um die alles, was vergleichende Anatomie, Zoologie und Paläontologie heißt, sich dreht, hier in dieser friedlichen, überfüllten Wohnung mit knarrenden Parkettböden und – der Winter ist im Anzug – vereisten Fenstern, ist von einem genialen und groß denkenden Kopf die Entwicklungsgeschichte der Erde ausgedacht und verifiziert worden, und bisher hat noch niemand das kleinste Fragezeichen an Cuviers Katastrophentheorie, die er in *Le Règne animal distribué d'après son organisation* vorgelegt hat, anbringen können: der Theorie nämlich, daß die Erde mehrfach von Erschütterungen heimgesucht worden ist, die alles Leben vernichtet haben – wonach alles genau so wiedererschaffen wurde, wie es gewesen war, jedoch mit einzelnen Unterlassungssünden. Gewisse Tierarten sind beispielsweise von einer Neuschöpfung zur nächsten verschwunden, sind sozusagen in der großen kosmischen Rechnung *vergessen* worden. Auf diese Weise ist Cuvier in der Lage zu erklären, warum oft, zuletzt im Pariser Bekken, Knochen bisher unbekannter Vorzeittiere gefunden werden.

Ist Dr. Lund von Baron Cuvier beeindruckt, und froh, endlich seinen Kreis kennenzulernen, so wird ihm doch klar, daß Paris auch die Heimat von Spekulationen ist, die sich ins reine Nichts verlieren, angeführt von dem Zoologen Geoffroy, der mit Krokodilhäuten beladen vom Nil zurückgekehrt ist und es sich in den Kopf gesetzt hat, einen ganz anderen Zusammenhang in der Biographie des Krokodils aufzuzeigen als den, den Cuvier entwickelt hat. Dr. Lund ist während Geoffroys Vorlesungen zugegen und tief verärgert über die Art und Weise, in der er die ganze Zeit Cuvier angreift, von langen Tiraden bis zu kleinen Seitenhieben in Nebensätzen, das eine Auge zukneifend und mit einem resignierten Stirnrunzeln. Doch glücklicherweise ist die Mehrheit des Auditoriums auf Cuviers Seite, und an einem Punkt, als Geoffroy sich in ein Labyrinth von Nonsens verirrt hat, von seinen eigenen philosophischen Flammen verzehrt, fangen die Zuhörer an, Schimpfworte zu ihm hinaufzurufen, so daß er sich ängstlich hinter dem Katheder verkriecht – Schimpfworte, die kein Student in einem Kopenhagener Auditorium wagen würde,in den Mund zu nehmen. Während Geoffroy aus seiner Deckung heraus um Ruhe bittet, wird Dr. Lund von der zorngeladenen Atmosphäre mitgerissen, und plötzlich hört er sich selbst im Takt mit den anderen rufen:

„Vive Cuvier! Mort à Geoffroy!"

Im nächsten Augenblick schämt er sich zutiefst. Einem Wissenschaftler den Tod zu wünschen, selbst wenn er verwirrte und falsche Schlußfolgerungen zieht, ja selbst wenn er in allen Belangen ein Pfuscher sein sollte, ist nicht die richtige Art, ihm zu begegnen. Das ist Pöbelherrschaft, unverzeihliche Gewaltmentalität wie die, die sich in steigendem Maß der Hauptstadt Paris bemächtigt, so daß keine Stunde vergeht, ohne daß Studenten durch die Straßen stürmen und Tod und ewige Verdammnis auf ihre Widersacher herabrufen. Oft versteckt sich Dr. Lund in einem von Paris' vierundzwanzig Theatern, wenn es losgeht. Die Vaudeville-Komödien liebt er, doch die Trauerspiele, in denen Napoleon als der dethronisierte Weltgeist auftritt, langweilen ihn. Was sind das für Fremdkörper, die allen Parisern das Blut aufpeitschen? Warum dieses Gebrüll und Geschrei nach jeder Vorstellung, das sich fortsetzt und verstärkt, wenn er wieder hinaus auf die Straße kommt, wo schon Kriegsgerüchte kursieren? Der Bürgerkönig und die Moderaten versuchen, den Ausbruch zu verhindern, während Soldaten der alten Garde Tränen vergießen vor Begierde, an den Engländern Rache zu nehmen, und im Viertel rund um die Rue Corneille die Kanonen von Austerlitz auffahren lassen. Krieg oder Revolution, Dr. Lund ist es unmöglich herauszufinden, was eigentlich vor sich geht. Bald hat es den Anschein, als stünde die ganze französische Nation unter Waffen. Überall werden die Läden geschlossen, der Außenhandel wird eingestellt, der öffentliche Kredit wird gekürzt, und in der dänischen Gesandtschaft mauert man sich ein und weigert sich strikt, Briefe und Pakete an die Dänen ringsum in der Stadt zu befördern. Dr. Lund erreicht gerade noch ein Brief des Inhalts, daß er zum zweiten Mal Onkel geworden ist, als die Tumulte sich dem Höhepunkt nähern.

„Aux barricades! Aux barricades!" schallt es zu seinen Fenstern hinauf, als hätten sie alle sein Hotel als Angriffsziel ausgewählt, angefangen bei den Studenten, den Republikanern und Bonapartisten

bis zu den Carlisten und der Nationalgarde. Macht er einen Spaziergang, wird er unweigerlich in die Geschehnisse hineingezogen und gezwungen, einen Standpunkt einzunehmen, und es hilft ihm gar nichts, daß er sich damit entschuldigt, daß er aus Dänemark kommt und Naturforscher ist. Auch die Natur, in allen ihren Schattierungen, spielt mit in dem großen revolutionären Drama, wird er gründlich von einem jungen anarchistischen Zoologen bei einem improvisierten Treffen in einem Restaurant in der Rue Racine belehrt, wo er seine Fischsuppe zu sich zu nehmen pflegt. Plötzlich hält der Zoologe ihn fest, und es gibt keine Fluchtmöglichkeit mehr, schnell zum Mantel und hinaus auf die Straße. Doch findet Dr. Lund ihn anfänglich sympathisch. Er beherrscht sein Fach und hat offensichtlich eine Zukunft als Museumsmann vor sich. Doch dann reitet ihn der Teufel. Er schilt Linné einen depravierten, monarchistischen Systematiker, der von der individuellen Sexualität der Pflanzen besessen gewesen sei. Die gesamte Botanik und Zoologie soll nun umgeschrieben werden. Es soll nie mehr heißen, daß der Löwe der *König* der Tiere sei. Die Ameise ist genauso wichtig wie das Säugetier, der Elefant nicht feiner als die Ratte. Warum sollen gewisse Tiere als minderwertig gelten? Ist das nicht eine infame reaktionäre Betrachtungsweise? Alle Tiere und Pflanzen sind gleich, und auch die Vorzeit war revolutionär, ein globales Blutbad durch die Jahrtausende hindurch, um zu der endgültigen, egalitären Klassifikation zu gelangen, die in Kürze das Licht des Tages erblicken wird, geschrieben von einer Gruppe von Forschern, die in Charles Fourier ihre Inspirationsquelle haben.

Dr. Lund erkundigt sich höflich, wer dieser Fourier sei. Ist er Zoologe? Ichthyologe? Und nun wird er nicht mehr belehrt. Nun ist er Gegenstand der tiefsten Verachtung seitens des jungen Franzosen: flammenden Blicks erzählt er von FOURIER, Charles, dem Begründer von *la science humaine*, der in seinen visionären Schriften die kommende Weltgesellschaft beschreibt, die wie eine Pyramide aus zusammenwirkenden Gemeinschaften aufgebaut ist, jede mit einer Einheit von ca. zweitausend Personen. Von der Familie bis zur ganzen Menschheit: in *le phalanstère*, der Gemeinschaft, wird die vollkommene Gleichheit herrschen. Nichts wird privat sein. Alles wird dem Kollektiv gehören – auch das Sexualleben des Einzelnen.

Niemand wird Professor oder Doktor sein und sich dadurch von der Gesamtheit unterscheiden – der individualistische Künstler und Wissenschaftler der Vergangenheit wird eine Rolle als *travailleur de la pensée* zugeteilt bekommen ...

Gedankenarbeiter! Geistesarbeiter! Dr. Lund protestiert zornbebend und reißt sich los. Er will zurück in sein Hotel. Als er die Tür erreicht, ruft der junge Franzose ihm nach:

„*Monsieur le Danois! Vous êtes de DROITE!*"

Seine Kameraden im Restaurant stimmen ein brüllendes Gelächter an.

„*Et vous!?*" zischt Dr. Lund zurück, betäubt von all diesen Worten, diesem Wahnwitz, dieser widerwärtigen Zukunftsphantasie „*Vous êtes une fourmi!* Sie sind eine *Ameise*!"

Rechte! Linke! Rechte! Linke! Es weht eisig, als Dr. Lund zurückgeht zur Rue Corneille. Wo ist die Natur geblieben? Gibt es in dieser Stadt nur Pflastersteine, Barrikaden und dämonische Rhetorik? Wo ist der Himmel, wo sind die Blumen, die lebenden Tiere? Wo ist Gott? Dr. Lund sehnt sich fort von Paris. Nach den hellen, nordischen Nächten.

Nach dem Inneren Brasiliens.

4

Cand. theol. und (deutscher) Dr. phil. Peter Christian Kierkegaard bringt Wilhelm nicht davon ab, hartnäckig die Meinung aufrechtzuerhalten, daß der erste Glaubensartikel ausreichend sei. Warum Gott in drei aufspalten und Bücherregale mit christlicher Ethik und Dogmatik vollschreiben, die zu nichts anderem taugen, als Generation auf Generation suchender Seelen vor der Zeit graue Haare wachsen zu lassen, wenn doch Gott für jeden, der ihm zu begegnen wünscht, in der Natur anwesend ist, in den Tautropfen der Blumen an einem frühen Junimorgen in Frederiksdal, im Plätschern der Bäche, im Schwanzschlag der Forellen, im Gesang der Vögel und im Flüstern des Schilfs an den Ufern des Sortedamsees und des Peblingesees? Ist nicht an jedem Tag der Sonnenaufgang ein Wunder? Sind nicht der Wechsel der Jahreszeiten, die dramatische Verschiedenartigkeit der Kontinente, die Bahnen der Planeten und der unendliche Weltraum demjenigen, der Gott zu huldigen wünscht, ein ganzes Leben gründlichen Studiums wert? Und die klaren Augen des Kindes, seine ersten tastenden Sätze, der Augenblick, in dem es sich aufrichtet und seine ersten, tapsigen Schritte tut – ist dies alles nicht der beste Beweis dafür, daß es in Harmonie mit allem anderen geschaffen ist? Und *nicht* zum Leiden, wie der Pastor predigt!

Die Natur ist die Kirche der Kirchen, daran wird Wilhelm festhalten bis zu seinem Todestag, schöner als irgendeine gotische Kathedrale, tiefsinniger als die gesammelten Werke der Scholastiker, ergreifender als Schuberts Sinfonien und Schillers Dramen. Doch das meint Peter Christian, Peters alter Schulkamerad, nicht. Für ihn ist die Natur alles – und *nichts*. Kann man mit einem Bach hermeneutische Entwicklungslehre diskutieren? Kann man von den Wolken Trost bekommen, wenn man in Todesangst gegen die Unendlichkeit anruft? Kann das Schilf die Vergebung der Sünden, die Auferstehung des Fleisches und das ewige Leben flüstern? Entflammt von theologischem Eifer widerspricht Peter Christian dem stets wohlausgewogenen und suchenden Wilhelm auf ihren gemeinsamen Spaziergängen vom Blegdamsvejen – wo Henrik Ferdinand und Petrea, Peter Christians jüngste Schwester, nun in eine herrschaftliche Villa mit unzähligen Fenstern, Säulen, Bäumen und einer der schönsten Einfahrten der Stadt eingezogen sind – hinein in die Stadt zum Nytorv der Kierkegaards. Überall sieht man die zwei jungen Doktoren zusammen, in der Studentenvereinigung, bei einem der überfüllten Gottesdienste des königlichen Konfessionarius Jacob Peter Mynster in Trinitatis, auf dem Weg heraus aus dem Naturhistorischen Museum oder am Kanal sitzend oder in einem Café über einer Tasse Kakao mit gezuckerter Sahne.

Peter Christian Kierkegaard ist von seiner europäischen Bildungsreise gut ein Jahr früher zurückgekehrt als Wilhelm von seiner. In Berlin hat er Schleiermacher und Herder kennengelernt, in Göttingen verteidigte er mit Bravour seine Doktorarbeit mit dem Titel *Über den Begriff der Lüge* und bekam den Beinamen *Der Disputierteufel aus dem Norden*, in Paris wurde er auf die Barrikaden der Aufrührer gezwungen und verließ die Stadt in aller Hast und in Unkenntnis dessen, daß Wilhelm auf dem Weg eben dorthin war. Keine europäische Zeitschrift, keine wesentliche philosophische und theologische Diskussion ist Peter Christian entgangen, und wie große Mühe Wilhelm sich auch gibt, die Natur gegenüber der Theologie zu verteidigen, Ørsted gegen Mynster, Peter Christian findet Argumente gegen ihn. Wie eine Blume verstehen ohne die Sprache? Wo bliebe der Himmel, würde er nicht vom Menschen e-r-f-a-ß-t, *also* durch den Gedanken, *also* als eine philosophische Größe? „Der Geist ist die Idealität, durch welche die Äußerlichkeit negiert wird" oder: „Der Begriff des Geistes kann nur als ein *in sich sein* und *bei sich sein* angegeben werden" – so kann Peter Christian stundenlang weitermachen, und es kommt vor, daß Wilhelm Bruchstücke eines zusammenhängenden Sinns wahrnimmt und fühlt, daß sie auf das gleiche geistige Ziel hinarbeiten, nur auf diametral entgegengesetzten Wegen.

Doch dann quellen die Worte wieder aus Peter Christians Mund, um sich ebenso zu verflüchtigen wie der Rauch der Zigarre, an der er unaufhörlich pafft, und von der er mit den Schneidezähnen hitzig kleine Bröckchen abknipst, während seine Wangen sich röten, die

Pulsadern an seinen Schläfen hervortreten und seine schweren, eng zusammenliegenden Augen in dem groben Gesicht in eine weite Ferne starren, als befinde sich dort draußen, wo die Seen enden, oder am Ende einer Gasse eine Wahrheit jenseits allen Verstandes, die geheime Tür, durch die die Seele nach Hause kommen und von allen zermürbenden Spekulationen Frieden finden kann. Wilhelm kann sogar etwas Mitleid mit Peter Christian verspüren, wenn er seine Wörter um sich streut wie ein Kind seine Bauklötze, oder Sätze aufbaut wie eine Himmelsleiter, der sozusagen die Sprossen fehlen – um dann plötzlich lange Pausen von Stummheit einzulegen, in denen alles in sich zusammensackt und in einem Treibsand aus Schwermut versinkt. In solchen Augenblicken ist Wilhelm dankbar dafür, zu wissen, daß die Natur in der Lage ist, ihm eine innere Ruhe zu schenken, wie sie kein Disputierteufel kennt.

Doch so uneinig die beiden prinzipiell auch sein mögen, sind sie sich darin einig, daß es eine eigenartige Bewandtnis damit haben muß, daß ihre Familien jetzt durch Heirat verbunden sind. Schon als Kinder haben sie miteinander gespielt, Wilhelm und Peter Christian und Nicoline und Petrea und Christian und Henrik Ferdinand und die Kinder in beiden Familien, die gestorben sind, und Niels Andreas Kierkegaard, der gerade nach New York gereist ist, um dort sein Glück als Geschäftsmann zu versuchen. Nygade und Nytorv. Nytorv und Nygade. Das Viertel der Strumpfhändler und der Wolljüten, der Ort, an dem die Familien Kierkegaard aus dem Kirchspiel Sædding und Lund aus dem Kirchspiel Gjellerup zu unerhörter Ehre und Macht kamen und den Staatsbankrott überlebten. Zugleich scheint über beiden Familien der gleiche Schatten zu liegen, ein Punkt, an den Wilhelm am liebsten nicht rühren möchte, während Peter Christian es liebt, mit selbstquälerischer Hartnäckigkeit darüber zu reden. Am schwersten lastet der Schatten auf den Kierkegaards, da gibt es für Peter Christian überhaupt keine Frage, und kein Sonnenstrahl erreicht die Tiefe, kein frischer Windstoß dringt vor zu dem Ort, wo der alte Kierkegaard tagtäglich mit dem Schicksal ringt, verfinstert von der Erinnerung an jene Nacht, da er als Junge auf der jütischen Heide auf einen Hügel stieg und mit drohend gegen den windzerzausten, schwarzgrauen Himmel erhobenen Händen die Existenz Gottes verfluchte. Ist nicht das der Grund dafür, daß Gott ihm die Kinder nimmt, als Sühneopfer? Erst nahm er Søren Michael, nachdem er ihn mit der Nervenkrankheit angerührt hatte. Dann nahm er Maren Kristine, nachdem er sie mit dem „Krampf“ geschlagen hatte.

Wie eine ruhelose Silhouette können Wilhelm und Peter Christian den alten Kierkegaard oben in der Wohnung am Nytorv auf und ab gehen sehen, direkt neben dem Rathaus, und Wilhelm bemerkt, wie es schwarz wird in Peter Christians Augen. Keine weibliche Wärme kann den Vater erweichen, kein noch so lebhaftes Straßenleben kann ihn froh machen, wenn er die Wohnung verläßt und zur Herrnhutergemeinde in die Stormgade geht oder Einkäufe macht, wenn die Bauernwagen mit frischem Federvieh in die Stadt kommen; und wenn die zwei alten Schulfreunde ihm begegnen und Wilhelm ihm von Brasilien erzählt, hört er zwar höflich zu aus seiner Ferne, während er einen Truthahn pendeln läßt, doch er ist außerstande, wirkliches Interesse zu entwickeln. Hier ist sein Marktplatz, seine enge Welt, aus der ihn keine Phantasie forttragen kann, sein Gefängnis, das Gott sogar noch vergoldet hat, um ihn umso härter zu treffen. Wer wird der *nächste*? flackert die Angst in seinen Augen, und er sieht Peter Christian auf eine Art und Weise an, daß es Wilhelm kalt den Rücken hinunterläuft.

Manchmal stößt Peter Christians kleiner Bruder Søren zu ihnen. Er hat gerade sein Abitur gemacht und sich als Theologiestudent an der Universität eingeschrieben, prahlt aber anderseits damit daß er als *quodlibetarius* ausschließlich das studiert, wozu er Lust hat, und nur die Vorlesungen besucht, die ihm etwas geben. Unaufhörlich stichelt er gegen seinen Bruder und versteht es, die schwachen Punkte in seiner Argumentation herauszufinden, aber Wilhelm gegenüber, wenn er ihn gebeten hat, von der Natur Brasiliens zu erzählen, ist er still. Hier fühlt Wilhelm endlich, daß er einen wahren Zuhörer gefunden hat, und ohne zu den Kategorien des Denkens Stellung nehmen zu müssen, kann er frei und inspiriert von der Einfahrt nach Rio de Janeiro erzählen, von den Bergen, dem atlantischen Urwald, der Schweizer Kolonie und der Fazenda Rosário inmitten der Natur, der Hitze, den sintflutartigen Regengüssen und dem Tierleben. Selbst Peter Christian ist gezwungen, zumindest so zu tun, als höre er zu, wenn Søren Wilhelm ausfragt, während er in seinem rotkohlfarbenen Mantel zwischen den beiden Doktoren einhertanzt, das korngelbe Haar zu einer gigantischen Tolle nach vorn gekämmt, das eine Bein gleichsam eine Ahnung kürzer als das andere und die Hände in ewiger Rastlosigkeit, als möchten sie alles anfassen, wovon ihm erzählt wird. Seine Augen verlieren sich nie in der Leere, und wenn Wilhelm von dem Faultier erzählt, das er bei sich hatte, oder von der Cobra, die aussieht, als hätte sie zwei Köpfe, und vor der selbst die Indianer das Grauen packt, dann ist es, als sähe Søren die Tiere nur wenige Meter vor sich.

Wilhelm mag diesen Nachzügler der Kierkegaards, den er zuletzt als Jungen sah, damals als alle in der Familie darüber redeten, wie er jeden Nachmittag, bevor er seine Schulaufgaben machte, zusammen mit dem Vater um den Eßtisch wanderte und gezwungen wurde, sich alle möglichen Landschaften und Städte vorzustellen und eine genaue Beschreibung von ihnen zu geben. Aber an dem jüngsten Kierkegaard prallt der Schwermut des Vaters offenbar ab, denkt Wilhelm und fragt sich, woher er sein merkwürdiges Aussehen haben mag. Als sei er absichtlich Generationen zurückgesprungen, um seine wahren Eltern zu finden, mit seinem rüsselartig vorgestülpten Mund, dem fliehenden Kinn, den großen, alles sehenden Augen und einer körperlichen Energie, als sei er bis zum Anschlag aufgezogen wie eine Tanzpuppe aus Nürnberg. Doch dann scheint auch er von einem Zipfel des Schattens getroffen, wenn er sich die Mühe gemacht hat, sich vorzustellen, was Wilhelm ihm erzählt, und plötzlich, sei es weil ein Studienkamerad ihn ruft oder weil der Wind eine Haustür mit einem Knall zufliegen läßt, entdeckt, daß er sich nicht inmitten der wilden Natur Brasiliens, sondern in Kopenhagen befindet, auf der Straße vor Hennebergs Hotel oder unterwegs zu Madame Børresens Speisehaus in der Vestergade.

„Ach! Ohne Christus zu leben ...“ kann es ihm einfallen zu sagen, und Wilhelm hört den Schmerz in seinem Tonfall. Aber sogleich unterbricht er sich selbst, als weigere er sich, von der Schwermut überwältigt zu werden, mit einem jener geistreichen Aussprüche, die alle in der Familie fürchten, und die ihm den Spitznamen „die Gabel“ eingebracht haben.

„Nun denn! Wo die Naturgeschichte die Lehre von der Entwicklung des Ganzen ist, ist die Theologie die Lehre von der Verwicklung des Ganzen!" Und plötzlich ist er weg, in vollem Tempo unterwegs zur Universität, und Peter Christian blickt ihm verwirrt nach, als sei ihm gerade der Schwarze Peter zugeschoben worden.

Weit weniger ausschweifend sind die Diskussionen, die Wilhelm mit seinen Kollegen unter den Naturforschern führt. Die meisten nennen ihn noch immer PW, und noch während seines Aufenthalts in Paris haben sie ihn einstimmig zum Mitglied der Wissenschaftsakademie ernannt. Jetzt empfangen sie ihn mit offenen Armen, gespannt darauf, Neues aus den Hauptstädten Europas zu hören. Die allergrößten Erwartungen knüpfen sich an PW, und zwar zu einem Zeitpunkt, wo die dänische Wissenschaft einer Renaissance entgegengeht. Reinhardt rät ihm, an der Zoologie festzuhalten und in Cuviers Fußstapfen zu treten. Forchhammer würde ihn am liebsten als Wegbereiter in der Geologie sehen. Schouw und Hornemann, der Leiter des Botanischen Gartens und Herausgeber von *Flora danica*, raten ihm dazu, auf Linnés Spuren zu wandeln und sich ernsthaft dafür einzusetzen, der dänischen Botanik nach der seit den England-Kriegen und – dieser Mynster! – unter dem Einfluß der übertriebenen deutschen Naturphilosophie herrschenden Stagnation eine große Zukunft zu geben. In Kopenhagens naturwissenschaftlicher Welt ist Hans Christian Ørstedt in seinem Streben danach, Den Geist und Die Natur zu vereinen, der ungekrönte König, und in PW hat er einen grenzenlosen Bewunderer. Wohin er auch in Europa kam, wurde er nach dem Verfasser von *Ansicht der chemischen Naturgesetze*, dem Entdecker des Elektromagnetismus und des Grundstoffes Aluminium und dem Begründer der Polytechnischen Lehranstalt gefragt.

Wilhelm besucht regelmäßig Ørstedts Vorlesungen und teilt voll und ganz seine wiederholten Warnungen vor einer Naturphilosophie, die ihre Nahrung ausschließlich aus der Spekulation bezieht: nur durch ein *rechtschaffenes* (Ørsteds Lieblingsausdruck) Betreiben der Wissenschaft, nur dadurch, daß die Philosophen auch Mathematik und Philologie lernen, kann die wahre, erfahrungsbetonte Naturphilosophie entstehen. „Die Bestrebungen der Naturforscher, ihre eigene Wissenschaft voranzutreiben, bereiten zugleich das Erfahrungsmaterial für den Gebrauch der Philosophie auf." Damit kann Wilhelm etwas anfangen, da öffnet sich ihm der Weg nach vorn, da fühlt er sich auf sicherem Grund. „Kraft und Vernunft, Vernunft und Kraft sind in allem vorhanden, durch sie ist und wird alles." Wie Manna vom Himmel! „Selbst die geistigen Produkte des Menschen sind als Naturprodukte anzusehen." Welch ketzerische Klarsicht, welcher Peitschenschlag gegenüber Mynster! „Daß die geistige und körperliche Entwicklung des Menschen sich in Gemeinsamkeit vollzieht, ist eine Tatsache, welche diejenigen, die sich ausschließlich mit dem Geist befassen, *gern in einem geheimen Winkel verbergen wollen.*" Gelächter im Auditorium. Auch das zielt auf Mynster und seine Brigade gehirnzermarterter Theologen! Und alles mit einem natürlichen, beinah hinreißenden Mangel an Aggressivität vorgetragen, mit Wärme in den schönen, etwas melancholischen Augen, mit einer rundwangigen Menschlichkeit und selbstverständlichen Einsicht, die Wilhelm gern als sokratischen Deismus bezeichnen möchte, dem ersten Glaubenssatz entsprungen. Wenn Peter Christian nur *zuhören* wollte!

Unter den Zuhörern in Ørsteds Vorlesungen ist auch der Zoologe und Dichter Carsten Hauch. Anfänglich hat Wilhelm gewisse Bedenken, sich ihm zu nähern, weil er sich genötigt gesehen hat, in einem Artikel Hauchs Gedanken über die Entwicklungsreihenfolge im Tierreich entgegenzutreten, die jener in einer Abhandlung mit dem Titel „Blandinger fra Sorø" vorgelegt hat. Hauch hatte sie zuerst auf Italienisch in Neapel herausgegeben, wo sie als heidnische Lehre von der Kirche verboten wurde, und nichts würde Wilhelm mehr erfreuen, als sich ironisch über das Urteil der Kirche auslassen zu können. Aber Hauch mißt gewissen rudimentären Organen zu große Bedeutung bei und vertritt eine zoologische Dreiteilung, Reproduktion, Irritabilität und Sensibilität, wo er selbst die gleiche Vierteilung vertritt wie Cuvier, Produktion, Reproduktion, Instinkt und Intelligenz. In seiner Entgegnung, die er in den höflichsten Wendungen und unter der euphorisierenden Wirkung eines Vomitivs, das ihn alles hell und klar sehen ließ, abfaßte, wagt Wilhelm sich zum erstenmal an eine gesammelte Entwicklungsreihenfolge. PW an Hauch: „Es gilt die von der vergleichenden anatomischen Zoologie aufgestellten Hauptschemata zu respektieren und sich erst danach auf die spekulativen Exkursionen zu begeben." Ist der Dichter

Hauch mit dem Wissenschaftler Hauch durchgegangen, daß er unbedingt gegen Cuvier angehen muß? Und dazu noch die ekelhaften Affen im Familienkreis des Menschen unterbringen!

Hauch ist jedoch nicht im geringsten verärgert, als er nach einer Vorlesung zu PW hinüberhumpelt und ihn höflich fragt, ob sie sich trotz ihrer Uneinigkeit die Hand geben können. Wilhelm ist mehr als erleichtert. Seit der Episode mit Student Beck im Forsthaus von Frederiksdal hat er sich insgeheim davor gefürchtet, überheblich zu wirken, und weil es Hauch schwer fällt, sich von seiner Dreiteilung zu lösen, lenkt er ein und bemerkt, daß letzten Endes nur der Kosmos die Antwort auf die Rätsel des Kosmos habe, und daß der Mensch gerade soweit gekommen sei, ein Millionstel der unfaßlichen Vielfalt der Natur zu begreifen. Wilhelm hat einmal in Hauchs Versdrama *Phantasiens Magt* geblättert, ohne daß es besonderen Eindruck auf ihn gemacht hätte, er erinnert sich aus der Studentenzeit an sein ritterliches, norwegisches Wesen, und manches Mal hat er ihm einen mitfühlenden Gedanken gesandt, nachdem die Nachricht von der Tragödie, die Hauch traf, ihn erreicht hatte: ein halbes Jahr, bevor Wilhelm nach Brasilien reiste, wurde Hauch in Neapel unter unbeschreiblichen Schmerzen das eine Bein amputiert, nachdem er sich bei seinen wissenschaftlichen Untersuchungen über die Tierwelt des Mittelmeers vor Nizza eine Entzündung zugezogen hatte. Mit einer einzigartigen Anstrengung gelang es ihm, den Lebensmut zurückzugewinnen, nachdem er schon soweit in Hoffnungslosigkeit versunken war, daß er versuchte, sich das Leben zu nehmen. Wirklich, Wilhelm müßte ein Schuft sein, eine Maske von Arroganz, wenn er Carsten Hauchs ausgestreckte Hand nicht ergriffe, und in den folgenden Wochen genießt jeder von ihnen die Gesellschaft des anderen, besonders an der Polytechnischen Lehranstalt, wo sie sich oft bis tief in die Nacht hinein damit vergnügen, mit Ørsteds Instrumenten Klangfiguren zu bilden.

Da sind sie sich einig: es hat etwas überaus Faszinierendes, eine Klangfigur herzustellen, das physikalische Bild der Seele. Ørsted hat es beschrieben: man bestreut eine Scheibe aus Glas oder Metall mit Hexenmehl, unterstützt die Scheibe in symmetrischen Linien und streicht mit einem Bogen zwischen zwei der Linien an der Scheibenkante entlang. Dann hört man, wie eine Zauberei, wie in einem

Märchen, einen tieferen oder einen höheren Ton und gleichzeitig sieht man, wie das Hexenmehl so angeordnet wird, daß es eine regelmäßige Figur bildet. Je symmetrischer die Unterstützungen sind, desto voller wird der Ton. Und desto regelmäßiger die Figur! Die beiden Forscher konstatieren mit Befriedigung, daß ein einfacher, willkürlicher Schlag auf die Scheibe nur unordentliche Linien im Hexenmehl hervorbringt. Hauch: „Man sieht also, daß jeder schöne und wohlklingende Ton das Resultat einer unendlichen Menge symmetrischer Vibrationen ist, eines *...reichen und doch geordneten inneren Lebens!*" PW, mit einem Lächeln: „Hieraus kann man entnehmen, daß der Genuß, den die Töne dem Menschen schenken, auf einem verborgenen Reichtum von Kraftäußerungen beruht *...geordnet nach mathematischen Gesetzen, nach den Gesetzen der Vernunft!*" Beide: "Dies wird kaum bewußt von der Seele wahrgenommen, aber sie wird von dem Gefühl einer heimlichen und wunderbaren Herrlichkeit mitgerissen, von der Ahnung einer tiefen Übereinstimmung zwischen dem harmonischen Leben und ihrem eigenen Wesen. Darin liegt die Macht der Töne, der naturgegebene Pakt mit dem Göttlichen. Darin liegt das Geniale..."

Die Stunden mit Carsten Hauch, der heroisch sein Schicksal trägt und nie ein klagendes Wort über seine Lippen kommen läßt, versetzen Wilhelm jedoch nach und nach in einen Zustand von Sehnsucht und Melancholie. Die Sehnsucht ist mit vehementer Stärke auf Brasilien gerichtet, die Melancholie entspringt einem Gefühl, daß ihn etwas zurückhält und ihn unschlüssig macht, als lägen alle seine Eigenschaften brach und rosteten wie edle Waffen. Nun da der Sommer in den Herbst übergeht, kapselt Kopenhagen sich mit jedem Tag fester ein, als ginge nichts seine Einwohner wirklich etwas an, und eine Verflachung ihres Umgangs miteinander macht sich bemerkbar, der Wilhelm nichts abgewinnen kann, wobei *Kjøbenhavnsposten* die Zeitung ist, die den *freisinnigen* Ton angibt, indem sie Titel abschafft und sogar von Ørsted als „Herr" redet. Herr dies und Herr das, alle sind bald gleich fein, alles wird gleichgültig: fahr hin, fahr hin, heute erinnert, morgen vergessen, wie das welke Laub der Bäume, das nun vor den Pferdewagen aufwirbelt.

Ein Gefühl, daß der Winter früh einsetzt, ruft in Wilhelm außerdem die Angst vor dem Lungenleiden wieder wach. Italien in Eis und Schnee hat er überstanden, die Kälte in seinem Pariser Hotelzimmer hat er ausgehalten – wird er noch einen harten europäischen Winter überleben? Es kommt ihm vor, als leuchtete die Vorsehung nicht mehr mit der gleichen Klarheit wie früher über seiner Bahn, und seine Begegnung mit Alexander von Humboldt in Paris, die Cuvier im Lehrerzimmer des Collège de France arrangiert hatte, scheint in seiner Erinnerung hundert Jahre zurückzuliegen. Von Humboldt war gerade von seiner großen Reise durch Rußland zurückgekehrt, mit Eindrücken beladen, ein Ochse an Energie, dem bald kein Fleck auf der Erde unbekannt war, ein Prometheus, den nichts aus der Bahn wirft, dem keine Melancholie Zweifel eingibt. Da stand der Gigant, in einem knöchellangen Wolfspelz, schmelzenden Schnee auf den Schultern, und studierte, dem Eintretenden den Rücken zukehrend, eine Wandkarte von Brasilien, offenbar irritiert darüber, daß sein dänischer Bewunderer (zum erstenmal in seinem Leben!) zu spät kam, weil seine Uhr stehengeblieben war. Zwei Minuten ließ er verstreichen, die längsten Minuten in Wilhelms Leben, bevor er sich umwandte, doch dann zeigte er sich sogleich wieder guter Laune, nahm die von seinem jungen Kollegen errötend vorgebrachte Entschuldigung an und legte mit einem Klatschen die flache Hand auf die Provinz Minas Gerais und bemerkte, sein Instinkt sage ihm, daß dort, genau dort der Platz sei, an dem ein so vielversprechendes Forschertalent wie Doktor Lund seine männliche Tatkraft unter Beweis stellen könne.

Die Vorsehung! Wieder einmal die Vorsehung, und sie sprach durch von Humboldts Mund! Den ganzen Weg hinauf nach Dänemark, in kleinen Tagesetappen, oft zu Fuß, via Frankfurt, Mainz, Bonn, Köln und Göttingen, fühlte Wilhelm sich wie nie zuvor gerüstet für die große Expedition ins Innere Brasiliens. Aber kaum zu Hause angekommen, erhielt er die Nachricht, daß revolutionsartige Zustände im Land herrschten, daß der Kaiser abgedankt habe und die föderalistischen Aufrührer im Begriff ständen, von São Paulo bis Ouro Preto und Belem die Macht an sich zu bringen. Wird es sich zu einem Blutbad ausweiten? Werden die Häfen geschlossen werden, wie Gerüchte besagen? Ein paar Monate lang spielte Wilhelm mit dem Gedanken, nach Jamaica statt nach Brasilien zu reisen, einer Insel, deren tropische Flora und Fauna ihm bereits in Rom nachdrücklich empfohlen worden war, und zwar von dem Zoologen Charles-Lucien Bonaparte. Aber dann kam die Nachricht, daß auch dort ein Aufruhr ausgebrochen war, noch wilder als in Brasilien, ein veritabler Negeraufstand, der keinen Weißen verschonte.

Und die Wochen vergehen. Wilhelm ahnt, daß die Familie in aller Heimlichkeit Vorkehrungen dafür trifft, daß er in Kopenhagen bleibt. Jeden Tag hat Petrea neue Nippesfiguren in sein großes Zimmer in der obersten Etage des Hauses am Blegdamsvejen gestellt, seine Sommerdecke ist wieder gegen die zwei schweren Winterdecken ausgetauscht, so daß er sich fühlt, als würde er von Kopf bis Fuß in Watte gelegt, ein neuer Kachelofen ist aufgestellt, den der Hausknecht Lars schon zu heizen begonnen hat, und Henrik Ferdinand läßt mit regelmäßigen Abständen Bemerkungen darüber fallen, daß er vielleicht eine wissenschaftliche Karriere in Kopenhagen anstreben sollte. Mit nur einunddreißig Jahren fühlt sich Wilhelm allmählich wie ein alternder, netter Onkel, wenn Henriette morgens plappernd zu ihm hereinkommt, ihre Puppe an sein Fußende wirft, zu ihm aufs Bett hüpft und nach seiner Brille auf dem Nachttisch greift und ihn bittet, von all den Faultieren zu erzählen, die er gesehen hat. Petrea und Henrik Ferdinand haben alles getan, damit er sich zu Hause fühlen kann, und nicht ein Tag vergeht, ohne daß er eins seiner Lieblingsgerichte bekommt. Auf einem Ecktisch in seinem Zimmer steht der Globus aus seinen Jungenjahren, und rund herum liegen seine Aufzeichnungen und Bücher, Spix und Martius' *Reise in Brasilien* ist stets in Reichweite, das kolossale dreibändige Werk, das er bald auswendig kann, nach langen Lesenächten, angefangen bei der überschwenglichen Widmung an den König von Bayern, Seine Majestät Maximilian Joseph I. bis hin zu den ausführlichen Karten: drei Jahre waren Spix und Martius unterwegs, und jede Seite ist angefüllt mit Beschreibungen. „*Der Reisende athmet freier, sobald er sich aus den Niederungen am Amazonas auf die höheren Ufer des* Rio Negro *versetzt sieht. Diese reinlichen Sandufer ...*" Buchstaben!

Onkel Wilhelm! Nein, Wilhelm will nicht hier in Kopenhagen einrosten und den Rest seiner Tage als Sonderling verbringen, der

Spix und Martius wie seine Bibel liest: immer wieder aufs neue wird er *ihre* Reise reisen, mit *ihren* Augen sehen, umgeben von einer Familie und Verwandten, von denen niemand begreifen wird, was ihn an den Tropen fasziniert. Jahrein, jahraus wird er im ersten Stock in Blegdamsvejen sitzen, in Petreas liebevoll gestricktes Wollzeug verpackt, mit tropfender Nase und dem ewigen Bimmeln der Kopenhagener Kirchenglocken in den Ohren, den Kopf voll von Mynsters neuesten Manövern, um die Naturwissenschaften zu bremsen, und die Ahnung dieses Schattens, der über den zwei Familien liegt und von dem jetzt alle wieder ängstlich zu reden begonnen haben, nachdem Nicoline in der Nygade ernstlich krank geworden ist und Christian angefangen hat, über den alten Kierkegaard zu klagen, der die Hand auf dem Stock, mit zusammengepreßten Lippen und Gewitterschwärze in den Augen ... es *weiß*, es *weiß*. Und es kommt, wie der Alte befürchtet. Nach der Beerdigung spricht niemand ein Wort. Peter Christian beißt in doppelt so viele Zigarren. Henrik Ferdinand hält Petrea demonstrativ an der Hand, wenn sie zusammen sind, und bei Tisch beginnt er zu Wilhelms Irritation sonderbar zu summen, als glaube er, daß es ihm auf diese Weise gelingen könnte, sie alle und insbesondere Christian die Trauer und den alten Kierkegaard vergessen zu lassen, der offenbar die Augen erst schließen will, wenn seine Rechnung auf Heller und Pfennig stimmt und er zusammen mit allen seinen Kindern und allen seinen Verwandten bis ins letzte Glied die Schuld bezahlt hat, die er damals in jener Nacht auf der Heide auf sich lud. Sogar Henriette ist eine andere geworden, sie hat die kindliche Farbe auf den Wangen verloren und flüstert ängstlich vom Tod, der wie eine Kugel langsam über den Boden rollt und alle berührt. Dann kommt es zuweilen vor, daß Wilhelm mitten während der Mahlzeit vom Tisch aufsteht und sich auf stundenlange Nachtwanderungen durch Kopenhagen begibt.

Was ist mit dieser Hauptstadt los? Den einen Tag schön, und alle lächeln. Den nächsten Tag wie eine Kulisse in der Unterwelt, durch die Gassen treibt der Nebel, und alle belauern sich mißtrauisch. Selbst in den naturwissenschaftlichen Kreisen machen sich im Gefolge fachlicher Streitigkeiten unter den jungen Forschern Mißstimmungen bemerkbar, wie sie vor zehn oder nur fünf Jahren undenkbar gewesen wären. *Wer* avanciert? *Wer* wird vergessen werden? Wer hat *recht*? Alle wollen sie recht haben, hinter den Gardinen, doch ohne etwas auszurichten wie Ørsted. Oder liegt es nur an Wilhelm, der unter dem Eindruck von Nicolines Tod alles in einem Zerrspiegel sieht und sich sogar bei dem Wunsch ertappt, es möge hier in des Königs Kopenhagen in nur *einer* Nacht nur *eine* Barrikade errichtet werden, damit sie alle aufgeschreckt würden und ihr kleinliches Hickhack aufgäben, und der alte Kierkegaard aus dem Bett hochführe und die Welt mit neuen Augen betrachtete, von seiner Schuld befreit. Wilhelm weiß, daß er fort muß. Sonst wird er sich immer im Kreis drehen. Und als beruhigende Nachrichten aus Brasilien kommen, beschließt er, fast von einem Tag auf den nächsten, nach Hamburg zu reisen und sich einzuschiffen. Henrik Ferdinand ist enttäuscht, läßt es sich aber kaum anmerken und verspricht, Wilhelms Wertpapiere zu verwalten und die Geldüberweisungen nach Rio de Janeiro wieder aufzunehmen. Petrea verspricht ihm mit Tränen in den Augen, daß sein Zimmer unberührt bleiben wird, im Kachelofen wird stets eingelegt, die Daunendecken werden stets gelüftet sein:

Oh, wann ... wann kehrt er zurück ...?

... Einen Monat später? In Hamburg stellte es sich heraus, daß das Schiff, mit dem er gerechnet hatte, eine Woche früher als vorgesehen ausgelaufen war. Sein Stern ist erloschen, und verzweifelt mietet Wilhelm sich in einem billigen Hotel in der Nähe des Hafens ein. Er kann nur eine Mahlzeit am Tag essen, die übrige Zeit verbringt er damit, ruhelos in den schmutzigen und von Menschen wimmelnden Straßen umherzuwandern. Überall haben die Juden ihre Buden aufgebaut, und er passiert die vier ersten Synagogen und erlebt eines späten Nachmittags, wie ein dunkelhaariges Mädchen von zwei Seeleuten durch die Gassen gejagt wird. Sie kann gerade noch zu ihm herübersehen und um Hilfe rufen, bevor sie gegriffen und fortgeschleppt wird, ohne daß irgendjemand davon Notiz nimmt, nicht einmal ihre eigenen Leute. Mehrere Tage verfolgen ihn die Augen des Mädchens, und in der Nacht wird sie zu einem Alptraum: sie steht hinter einer Bude, in einem zerrissenen Leinenrock, barfuß, und wirft weinend alle ihre grünen und roten Paprikaschoten nach ihm, weil er sie an jenem frühen Morgen in Rom verloren hat. Aber als er, bis zum Zerspringen bewegt, mit ausgestreckten Armen auf sie zugehen will, kann er die Beine nicht bewegen, weil er schon bis zu den Knien im Treibsand versunken ist. Und nicht weit entfernt, an einer staubigen Straßenecke, steht der alte Kierkegaard und droht ihm mit den Tafeln des Gesetzes, als wolle er sagen, daß auch er nicht davonkommt, auch er nicht!

Warum ist das Schiff ihm davongefahren und hat ihn in dieser Stadt zurückgelassen, wo es keine Museen und keine ordentlichen Lehranstalten gibt, wo Klopstock schon lange tot ist und es nichts als Elend und Tauschhandel gibt, an der Grenze zu dem Holstein, das er ... das er nun endlich besuchen sollte? Aber es ist bald November. Die Zugvögel sind nach Süden geflogen, und alles wird ein einziger Morast von gepflügten Feldern und aufgeweichten Wegen sein. Da kommt plötzlich die Nachricht, daß das Schiff, mit dem er hätte reisen sollen, mit Mann und Maus in der Biscaya untergegangen ist. Nein, Wilhelm wird das Wort Vorsehung nicht benutzen, weil Gott nicht wünscht, daß er sein Glück vor dem Hintergrund des Todes und Unglücks anderer sehen soll. Und dennoch erwacht alles in ihm zu neuem Leben, er weiß, daß sein Weg ihm noch immer vorgezeichnet ist: er bekommt eine neue Schiffsgelegenheit, und am 12. November verläßt er Hamburg.

Er hat das Gefühl, daß der alte Kierkegaard ihn nun nicht mehr erreichen kann, da die Brigg Kurs auf Brasilien nimmt, sondern seine Schritte zurücklenkt in jenes Kopenhagen, das Wilhelm für viele Jahre nicht wiedersehen wird. Aber je mehr sich die Brigg den Azoren nähert und die Sonne sich des Himmels bemächtigt und er die dicksten Winterkleider ablegen kann, umso leuchtender zeichnet sich Dänemark wieder in seiner Vorstellung ab. Die Matrosen, insgesamt zehn Mann, sind zur Hälfte Dänen und zur Hälfte Deutsche, und es herrscht eine angenehme Atmosphäre an Bord der Brigg, die deutschen Weißwein geladen hat und mit Baumwolle und Kaffee zurückkehren soll. Um sich in Form zu halten, macht Wilhelm täglich einen mehrstündigen Spaziergang an Deck, und gegen die Seekrankheit nimmt er Pomeranzenextrakt, in den er etwas abgekratzten Rost vom Anker streut, ein altes Kapitänsrezept, das, wie er weiß, Wunder wirkt. Die Brigg macht neun Seemeilen in der Stunde. Die ersten fliegenden Fische springen über den Wellen. Das Meer ist indigoblau. Bald wird er das Kreuz des Südens am Nachthimmel sehen.

Wenn er nicht seinen Spaziergang macht, benutzt er die Zeit, um das Meer zu studieren. Er beobachtet, wie die Oberflächentemperatur im Kalmengürtel gradweise steigt,und sieht zum erstenmal den sogenannten roten Nebel der Seeleute: alles, was am Schiff weiß ist, färbt sich plötzlich hellrot, ein Phänomen, das mit dem Aufeinandertreffen von Nebel und dem östlichen Wind, der direkt aus den Wüsten Afrikas kommt, in Zusammenhang steht. Er stellt gründliche Betrachtungen über das Meeresleuchten an. Ein großer Teil der leuchtenden Partikel erscheint witterungsbedingt und nimmt bei hoher Lufttemperatur und bedecktem Himmel zu. Bei Mondschein verschwinden sie ganz. Aber er erinnert sich, daß die leuchtenden Pünktchen an Brasiliens Küste zunehmen, von etwas anderer Art allerdings, und nirgendwo hat er das Meer stärker leuchten sehen als außerhalb der Bucht von Rio de Janeiro. Und spät eines Nachts weiß er, daß Brasilien nicht mehr weit entfernt ist, weil das Mondlicht nicht mehr imstande ist, die leuchtenden Punkte auszulöschen. Ein Ziehen geht durch seine Brust. Er holt tief Luft. Das Kielwasser leuchtet jetzt so stark, daß er in den Lenztoren eine feine, feine Schrift lesen kann. Ihm geht auf, daß es sich selbstverständlich um kleine Krebsarten, Krustazeen handeln muß. Am nächsten Tag fliegen die ersten Pelikane über das Vordeck. Weit draußen kommt eine Bergkette in Sicht, und er starrt sie unverwandt an, bis er sieht, daß sie bewaldet ist. Es ist Cabo Frio, und die Matrosen brechen über die glücklich bestandene Überfahrt in einstimmigen Jubel aus. Die ersten farbenprächtigen Fischerboote tauchen auf, und nur wenig später segelt ein Kanu, ein ausgehöhlter Baumstamm, mit rufenden und singenden Negerjungen zu ihnen hin. Sie wollen ihnen Mangofrüchte und Wassermelonen verkaufen. Einige Stunden später passiert die Brigg den Zuckerhut. Dort liegt Rio de Janeiro, sonnenüberflutet, in einem diesigen, flimmernden, pastellblauen Farbton.

Das Meer ist jetzt spiegelglatt. Dr. Lund knöpft sein Hemd auf und trocknet sich den Schweiß aus dem Nacken. In wenigen Tagen wird er wieder einen Urwald betreten.

Noch nie ist Dr. Lund so glücklich gewesen.

5

Columbus, Columbus! Daß soviele Jahrhunderte vergehen mußten, bevor die gigantischen amerikanischen Kontinente entdeckt wurden! Wenn Dr. Lund nun zurückdenkt, wird Europa plötzlich zu einem gepflegten und gut möblierten Palais. Frankreich ist das plaudernde Wohnzimmer, Deutschland das träumende Schlafzimmer, Rußland der kalte Keller, Italien die Veranda und Dänemark eine kleine, geschützte Nische mit Aussicht auf das Schwanenhaus England mitten in dem künstlichen Gartenteich. Aber Brasilien! Jahrtausendelang menschenleer. Dann eine ferne Kolonie. Dann plötzlich während der napoleonischen Kriege ein lusitanisches Königtum. Und jetzt mit einem fünfjährigen Kaiser, Pedro von Alcântara, auf dem Thron, während ein ziviler Dreimännerrat die praktischen Angelegenheiten des *Reiches* ordnet.

Es ist Dr. Lund unmöglich, Brasilien als selbständige Kultur ernst zu nehmen. Keine stolzen Traditionen, keine nennenswerte Geschichte. Nicht ein großer Dichter, nicht ein Komponist oder Philosoph von Format. Dennoch imponiert ihm die Energie, die die Weißen in Rio de Janeiro einsetzen, um ihre Stadt zu einer kommenden Weltstadt zu machen. In nur vier Jahren sind bedeutende Fortschritte gemacht worden, trotz des Aufruhrs. Der allgemeine Gesundheitszustand ist verbessert. Überall im Zentrum gibt es nun Bürgersteige. Der Hafen wird ausgebaut. Die Nationalbibliothek im Gebäude der Terceiros da Ordem do Carmo ist um zahlreiche neue, wertvolle Folianten und eine nicht geringe Sammlung europäischer, vorwiegend französischer Zeitschriften ergänzt worden. Die italienische Oper spielt regelmäßiger, mit einem verbesserten Orchester und mit Sängern, die sich einigermaßen mit dem europäischen Durchschnitt messen können, und ein Geschäft in der Rua Direita hat sich auf Noten und Instrumente für Kammermusik spezialisiert. Aber gleichzeitig ist die Anzahl von *doutores* gewachsen. Dr. Lund gerät häufig in Diskussionen mit ihnen, bald über dies und bald über jenes, und im Stillen amüsiert er sich damit, zu prüfen, ob sie ihres

Grades würdig sind, besonders diejenigen, die sich als Botaniker ausgeben. Die Familie *Malvacea?* Prusten und Stöhnen. Keine Antwort. Die Familie *Compositae?* Räuspern und Erröten. Keine Antwort. Und die Familie *Euphorbiaceae?* Ein rascher Griff zum Riechsalz. Keine Antwort.

Dr. Lund war ein paar Wochen vor dem Karneval an Land gegangen, und um nicht wieder mit parfümierter Ziegenmilch übergossen zu werden und im Meer tanzender Neger unterzugehen, in einem erstickenden Dunst von Schweiß und schwindelig von ihrer jammernden Katzenmusik, läßt er sich in dem Vorort Engenho velho nieder, in einem kleinen Haus, das er zusammen mit dem deutschen Botaniker Ludwig Riedel mietet, der dem von den Russen ausgesandten von Langsdorff auf seiner großen, wegen Krankheit jedoch abgebrochenen Reise ins Innere Brasiliens gefolgt war. Riedel, den Dr. Lund auf einer angenehmen Gesellschaft beim dänischen Generalkonsul getroffen hat, ist ein Mann von bestem europäischem Standard, tüchtig in seinem Fach, neugierig und exakt, mit leicht träumenden Augen, warmen, jungenhaften Wangen und immer einem Goethe- oder Schiller-Zitat auf den Lippen. Während Riedel in Rio zu tun hat, um dafür zu sorgen, daß die Reste der gesammelten Ausbeute von Langsdorffs Expedition ordentlich verpackt und danach eingeschifft werden, studiert Dr. Lund mit Eifer die gewöhnlichsten Weg- und Unkrautpflanzen, den traurigsten Teil von Brasiliens Vegetation. Während in Dänemark der größte Pflanzenreichtum sich unter der Sonne entfaltet, verbrennt sie hier alles, so daß nur ein paar unansehnliche Pflanzen übrigbleiben, wo kein Urwald ist. Vergebens sucht man nach der frischen, dänischen Wiese, vergebens sucht man Blumen, die den dänischen Mohn- oder Kornblumen vergleichbar wären. Die grünen Teppiche auf den ungenutzten Flächen und den freien Plätzen um die Häuser werden zwar von Grasarten gebildet, doch es ist weder der lebendige, leuchtende grüne Rasen, der im Frühjahr die dänischen Wiesen überzieht, noch das goldene Stroh des Herbstes. Ein strenger, ernster Charakter zeichnet die meisten Hauptformen der Vegetation im tropischen Brasilien aus, und der dunkelgrüne Grasteppich bildet einen würdigen Vorhof zu Floras eigentlichem Hauptsitz: dem Urwald.

Fußnoten? Petitessen? So meinen jedenfalls die „Doktoren“, wenn sie sich dann und wann herbemühen, um herauszufinden, was denn dieser dänische Forscher so viel besser weiß als sie. Daß er sich nicht zu schade ist, dort auf den Knien zu liegen, auf der roten Erde, während der Schweiß ihm über das Gesicht rinnt, so daß ihm die ganze Zeit die Brille von der Nase rutscht, und beharrlich den Unterschied zwischen den hellvioletten Blumenköpfen der Familie *Eupatorineae* und den verschlungenen Wurzeln der Familie *Vernonia* zu untersuchen und zu beschreiben, die in die Hecken hineinwachsen und sie zuweilen ganz mit einer Gardine von weißen, duftenden Blütenbüscheln bedecken. Und die Familie *Tagete minuta* mit ihren langgestreckten, cylindrischen Blüten mit winzigen blaßgelben Zungenblüten als Zierde – was ist daran interessant, ob eine so unbedeutende Blume eingeführt ist oder nicht? Wie *Leonurus tartaricus* es ganz ohne Zweifel ist, das gewöhnlichste Unkraut an den Straßenrändern, sicher unter den Filzsohlen chinesischer Kolonisten als Piratensamen hierhergelangt: kann das einen seriös denkenden Menschen beschäftigen? Wobei dieser oder jener wohlduftende Herr *doutor* Orlando Ribeiro Neto oder Rubem de Albuquerque selbstverständlich die Höflichkeit besitzt, in erster Linie an sich selbst zu denken. Und: „*Ja!* Ja, *genau!*“ kann Dr. Lund sich einfallen lassen zu zischen, irritierbar in der feuchten Hitze, mit roter Erde unter den Fingernägeln, mit verschmutzter Brille und zerrissener Hose, doch dann bremst er sich im allgemeinen, ohne den Satz zu vollenden: „... wenn man ein denkender Mensch *ist*, wohlgemerkt!”, lächelt höflich und geht mit der gefüllten Botanisiertrommel nach Hause. Das Sandkorn ist der Stein *en miniature*, der Stein der Berg: es ist das Detail, das zum Werk, und das Werk, das zur Einsicht in Gottes Plan führt.

Eine zwei-, vielleicht dreibändige Naturlehre – mit dem Titel *Der Schöpferplan* – hofft Dr. Lund in ein paar Jahren, wenn er fünfunddreißig wird, der Öffentlichkeit als Ersatz für das längst veraltete Werk von Fabricius vorlegen zu können. In jener Entgegnung auf Hauch hat er seine Sicht der Entwicklung skizziert, und mit jedem Tag, der vergeht, und wenn er auch nur eine unansehnliche Wegpflanze findet, die er vorher nicht bemerkt hat, während es ihn wie ein Stich in den Augapfel trifft, wenn ein kleiner, metallhaltiger

Stein die Sonne reflektiert, wird er seiner Sache sicherer: daß alles in der Natur zur Individualität strebt, von dem Kristall, das in einem einzigen glücklichen Augenblick von seiner Unterordnung unter das Gesetz der Schwerkraft befreit wurde und statt zum Mittelpunkt der Erde zu wachsen, einem neuen und aufwärtsstrebenden folgt, hin zur Pflanze, der zweiten Stufe der Entwicklung, auf der sich das Kristall-Leben *in einem ersten, siegreichen Kampf gegen die Umwelt* wiederholt, bis hin zum Tier, das die zwei niederen Stufen wiederholt, das Kristall-Leben und das Pflanzen-Leben, und dessen Kreislaufsystem dem der Wurzeln und Stengel der Pflanze entspricht, aber das außerdem, durch das Gefühl und den Willen, sich vom Erdboden löst und damit die höchste Form von Individualität vor der letzten Stufe erreicht – auf der das Ziel erreicht wird: im Reich der Freiheit und der Vernunft. Im Reich des Menschen.

Dr. Lund ist noch immer stolz auf seine Definition des Menschen in der Entgegnung an Hauch, und ein paar Zeilen, die er an einem frühen Morgen im Blegdamsvejen geschrieben hat, während der überwältigende Gesang der Vögel und die Exerzierkommandos der Offiziere von Fælleden durch das geöffnete Fenster hereinklangen, kehren ihm oft ins Gedächtnis zurück, wenn er auf dem Weg zurück in das kleine, gemietete Haus in Engenho velho an Negerfrauen vorübergeht, die Dickmilch in Tüten aus grünen Blättern feilbieten, die sie in viereckigen Kästen mit Glasscheiben auf den Schultern tragen, während ihn in regelmäßigen Abständen zwanzig-dreißig Arbeitssklaven im Laufschritt überholen, jeder mit einem Kaffeesack auf dem Kopf und mit einem Vorsänger, der mit der Marimba in der Hand ihren klagenden Gesang begleitet: „Wir haben somit gesehen, wie die Natur mit jedem Schritt ihrem Ziel näher kommt, das Individuum von der Erde loszureißen. Der Mensch, die Frucht dieser letzten Anstrengung, ist frei; wir treten in das Reich der Freiheit ein ... zum erstenmal ist auf der Erdoberfläche der Laut: „Ich" zu hören, und mit diesem Wort ist der Separationsprozeß zwischen dem Individuum und der Umwelt unterschrieben und besiegelt."

Ich! Die Steine verstehen ihn, neidisch. Die Bäume nicken ihm melancholisch zu und strecken sehnsuchtsvoll ihre Zweige nach ihm aus. Die umherstreunenden Hunde, das Fell voller Flöhe, sehen ihn und ahnen in blitzartiger Eingebung, in welchem Entwicklungsstadium sie stehengeblieben sind, und einzelne klemmen den Schwanz ein und fangen an zu heulen. Die Wolken grüßen ihn, als sei er nahezu ihresgleichen. Die Sonne wärmt ihn kameradschaftlich auf seiner freien Erdenwanderung, während die elenden Wegpflanzen zu der schmerzlichen Einsicht gekommen sind, daß er ihr innerstes Geheimnis durchschaut hat, als er sie sorgfältig ins Herbarium preßt und mit der Stahlfeder in einer gründlichen Abhandlung an Schouw und Hornemann beschreibt. Mit Anerkennung werden sie in Kopenhagen darüber sprechen, doch wenig vom Umfang des Werks ahnen, dessen schüchterner Anfang sie ist.

Ich! Keine luftleeren Spekulationen, keine von Peter Christians Kierkegaard'schen Argumentationssprüngen, alles hängt zusammen, logisch: hier in Brasilien, auf der Expedition, die er und Riedel nun gemeinsam planen, mit unzähligen der neuesten Karten auf Tischen und Fußböden ausgebreitet, hier, in bisher unbekannten Gebieten, allen Gefahren trotzend und ohne Furcht vor Krankheiten, wie zu einem gewaltigen Tigersprung gesammelt, wird er die Entwicklungskette erforschen bis zurück zum ersten Augenblick der Schöpfung, viertausendundvier Jahre, wie die Theologen ausgerechnet haben, eher vielleicht aber sechs oder achttausend Jahre vor Christi Geburt – ein Forschungsvorhaben in scharfer Konkurrenz mit den anderen europäischen Forschern und Entdeckungsreisenden, die nach Brasilien strömen, angefangen bei drei italienischen Brüdern, die behaupten, Ahnen in der Römerzeit zu haben, über mehr Preußen, immer mehr Preußen, verschiedene Russen, bis hin zu Charles Darwin aus England, über den man soviel redete in Rio de Janeiro – weil der Kapitän der *H.M.S. Beagle* eine gänzlich unbegreifliche Abneigung gegen seine Nase hatte – bevor er in südlicher Richtung nach Argentinien weitersegelte, um von dort um Feuerland herum und die Westküste Südamerikas hinaufzusegeln – eine Reise, die Dr. Lund einen Augenblick lang ein bis dahin unbekanntes Gefühl von Neid eingab, das er jedoch umgehend in neue Ansporunung ummünzt: ist er nicht hier in Brasilien als einer unter einigen wenigen der hervorragendsten Männer und besten Köpfe Europas, ein Auserwählter unter Auserwählten, Mitglied der neuen Ritterschaft eines unermeßlichen und wissenschaftlichen Zeitalters?

Dr. Lund kann Rio nicht schnell genug verlassen, nun da er seine Abhandlung abgeschlossen und nach Hause geschickt hat, nicht zuletzt weil eine gewisse Erinnerung an eine gewisse Gesellschaft zu Ehren einer gewissen Gräfin zuweilen als Anflug von Übelkeit und irritierendem Erröten hinter den Ohren in ihm aufsteigt. Er zittert förmlich vor gespannter Erwartung, als er zusammen mit Riedel die kostbaren Meßinstrumente, die in mehrere Lagen Samt eingewickelt sind, in Kisten verpackt. Bücher, Papier, Schießpulver, Schrotmunition, Koffer mit Reiseutensilien, Ledersäcke mit Kochutensilien und der erforderliche Proviant, vor allem Reis, Bohnen, getrocknetes Fleisch, Käse, Kekse, Kaffee, Zucker und Salz: alles ist bald an seinem Platz. Sie dingen vier Arbeitsneger, von denen einer schon vorher an einer für die preußische Regierung durchgeführten Expedition teilgenommen hat, und kaufen ein Pferd und sieben Maultiere. Sechs der Tiere sollen das Reisegepäck tragen. Über Kisten und Koffern breiten die Neger Pferdedecken aus. Außerdem wird jede Last zum Schutz gegen den Regen mit einer Ochsenhaut versehen, die nachts als Schlafunterlage dient.

Ihr Plan sieht vor, daß sie zunächst die Provinzen Rio de Janeiro und São Paulo durchqueren und einen Abstecher hinunter nach Santos machen, wohin ein Teil von hauptsächlich Riedels Ausrüstung, die Dr. Lunds an Raffinement weit übersteigt, bereits auf dem Seeweg abgegangen ist. Dort werden sie eine Ruhepause einlegen und danach weiter durch São Paulo und in die Provinz Goiás ziehen, um sich dann wieder nach Osten zum São Franzisco-Fluß zu wenden; nach dessen Überquerung wollen sie durch die Golddistrikte in Minas Gerais nach Rio zurückreiten. Alles in allem eine Reise von über fünfhundert brasilianischen Meilen – leguas – oder ca. dreitausend Kilometern. Sie wird mindestens ein Jahr dauern.

Begreift der ein wenig verwöhnte Riedel eigentlich, was Dr. Lund sich vorgenommen hat? Die große Gesamtschau ist kaum seine Stärke. Aber er ist reiseerfahren. Das ist das Wichtigste.

Am 12. Oktober 1833 brechen sie von Rio auf, nach einigen hektischen Morgenstunden, während derer es fast unmöglich war, die Tiere dazu zu bringen, eine Reihe zu bilden. Plötzlich galoppierte das Pferd auf eigene Faust davon, dann schlugen ein paar der Maultiere mit den Hinterbeinen aus, so daß ihre Last verrutschte. Aber dank der Neger wurde das Pferd wieder eingefangen und die Maultiere beruhigten sich. Der Oktober ist mit Bedacht gewählt worden, weil da die trockene Jahreszeit, in der der größte Teil der Vegetation verbrennt, vorüber ist. Bald werden die Vorläufer der Regenzeit sich einstellen und die Natur zum Leben rufen. Aber es scheint, als wolle der Regen sich nicht richtig einfinden, und Dr. Lund und Riedel sind gezwungen, die Reise unter ungünstigen Voraussetzungen anzutreten. Wohin sie auch kommen, sind sie von brennendem Wald umgeben, und der Rauch zusammen mit dem Staub der Landstraße droht die ganze Zeit, sie zu ersticken. Nicht ein Grashalm, nicht ein Tropfen Wasser in den Bächen und Flüssen für die Tiere – sie sind gezwungen, sie mit Mais zu füttern und ihren Durst mit Zuckerrohr zu stillen. Aber nach viertägigem Marsch bessert sich die Lage. Sie erreichen die erste Bergkette, und in deren dunklen Urwäldern gibt es sowohl ausreichend Wasser als auch spärliches Futter für die Tiere. Nun endlich fällt der erste Regen, tropisch, tropisch, begleitet von gigantischen Gewittern. Die ganze Zeit schlagen rund um sie her Blitze ein, und Dr. Lund und Riedel müssen die Neger beruhigen, die in panischer Angst in alle Richtungen davonlaufen, weil sie glauben, an der Spitze jedes Blitzes befinde sich eine Steinaxt, die sie im Bruchteil einer Sekunde zu spalten vermöge.

Aber ansonsten nimmt die Reise von nun an einen geregelten Verlauf. Exakt um sieben Uhr in der Frühe stehen die Tiere gesattelt bereit. An der Spitze geht ein Neger mit Dr. Lunds Piston-Gewehr und seiner *facão*, einem Messer, mit dem man selbst durch das dichteste Unterholz einen Weg bahnen – und jeden Angreifer abschrecken kann. Hinter ihm folgt das Pferd, das von sich aus die Maultiere anführt und deshalb den Namen *o capitão* trägt. Danach kommen die anderen Lasttiere und hinter ihnen die drei übrigen Neger, einer mit Riedels Gewehr, ein zweiter mit seiner *facão*, und ein dritter mit dem Reisebarometer. Den Abschluß des Zuges schließlich bilden die beiden Forscher auf ihren Maultieren. So geht es langsam voran bis zum Mittag. Dann schlagen sie bei einem *rancho* ihr Lager auf, einem Dach aus Palmenblättern auf vier Pfosten, wie es sie an den meisten Hauptstraßen in Brasilien gibt, und unter denen die Besitzer der nächstgelegenen Landgüter eine gewisse Menge Mais für die Reisenden bereitstellen müssen. Im allgemeinen liegt in unmittelbarer Nähe eine *venda*, wo Zuckerrohrschnaps, Bohnen, getrocknetes Fleisch und gekochte Eier verkauft werden. Sobald sie zu einem Unterstand kommen, und nachdem als erstes die Kisten und Koffer unter das Dach gebracht worden sind, lassen sie die Tiere frei laufen, damit sie sich selbst ihre Nahrung suchen. Eine Ochsenhaut dient zugleich als Tisch, Stuhl und Bett. Ein paar der Neger verteilen sich im nächstgelegenen Dickicht und sammeln Brennholz, während ein anderer ausgeschickt wird, um Wasser zu holen. Dann wird das Feuer angezündet und der Kessel mit der täglichen Abendmahlzeit übers Feuer gehängt: schwarze Bohnen, die mit getrocknetem Fleisch gekocht werden, ein einzelnes Stück gesalzener Speck sorgt für den Geschmack.

Das ist die Zeit, in der Dr. Lund und Riedel ihre Tagebücher führen und sich damit beschäftigen, das während der Vormittagstunden Gesammelte und Beobachtete zu beschreiben. Nach einigen Stunden ist das Abendessen fertig, sie genießen es *à la romaine*, auf der Ochsenhaut ausgestreckt. Anschließend schultert Dr. Lund sein Gewehr und begibt sich in den Wald, um erst beim frühen Einbruch der Nacht mit Beute zurückzukehren. Das Pferd und die Maultiere werden zusammengetrieben, mit Mais gefüttert und für die Nacht wieder sich selbst überlassen. Beim Schein des Feuers ruhen sich die beiden Forscher nun nach den Anstrengungen des Tages aus und unterhalten einander bei einer Tasse schwarzen Kaffees und einer Zigarre mit gebildeter Konversation, bis die kalte Nachtluft sie unter ihre Decken kriechen läßt. So senkt sich der Vorhang nach dem zu Ende gegangenen Tag, und zu dem tausendstimmigen Konzert von Kröten, Laubfröschen und Grillen schlafen sie ein. Am nächsten Morgen ist Dr. Lund schon früh damit beschäftigt, die am voraufgegangenen Tag geschossenen Vögel auszustopfen. Und um sieben Uhr stehen die Tiere wieder gesattelt bereit.

Die ersten vierzehn Tage ihrer Reise führte der Weg meistens durch Urwald von der Art, wie Dr. Lund ihn von seinem ersten Aufenthalt in Brasilien kennt. Doch bei dem Flecken Pindamonhangába am Ufer des Paraíba macht er zum erstenmal die Bekanntschaft des brasilianischen Campo: offenes Land, Ebenen. Diese Campos stehen in scharfem Kontrast zu dem Urwald, nach Tagen im Dunkeln ist nun alles strahlend hell. Blaugrünes Gras mit einer Vielfalt von Blumen bedeckt die Ebene, so weit man sehen kann. Es ist wie ein Zauber. Sie überqueren den Paraíba in Kanus, während die Tiere nebenher schwimmen, von ihren Lasten befreit, die überzusetzen die Neger fast einen ganzen Tag brauchen. Die ganze Zeit macht Dr. Lund Notizen, schießt neue Vögel, stopft sie aus und verpackt sie in Kisten. Dann führt der Weg über eine Bergkette. Dort liegt die Hochebene *o sertão*, zweitausend Fuß über dem Meer. Nie hat Dr. Lund die Natur in solcher Vielfalt wahrgenommen wie auf dieser Reise. Immer ist sie überraschend, wunderbar, und zuweilen ist ihm, als erlebe er exakt den Moment, da die Erde zum ersten Mal mit den Augen blinzelt, summend von ungeborenem Leben – den Augenblick direkt nach der Schöpfung, in dem das feine Perlmuttnetz des Taus behutsam über die blaugrünen Campos ausgeworfen ist. Die Sonne steigt, setzt alles in Brand, und hinter jedem Stein verbergen sich Geheimnisse, jede neue Blume lächelt ihm entgegen, wenn sie sich öffnet, und jede neue Vogelart überläßt ihm aus Ehrfurcht ein Exemplar für Forschungszwecke, wenn er den Gewehrkolben an die Wange legt, oft noch vor der Morgenrasur, und sich anstrengt, so gut zu zielen, daß der Vogel unmittelbar von dem Punkt auf dem Ast herunterfällt, von dem sein Blick im selben Moment angezogen wurde, als er, die Decke noch bis zum Kinn hochgezogen, erwachte, wie er nur hier in Brasilien erwacht, nicht nur ausgeruht, sondern neugeboren, ein übers andere Mal.

Noch hat er keinen Vogel flügellahm geschossen oder ist – was das Schlimmste wäre – gezwungen gewesen, stundenlang die blutige Spur eines angeschossenen Tiers im Urwald oder zwischen den Büschen und dornigen Bäumen auf der Hochebene zu verfolgen. Präzision und Umsicht sind alles auf dieser Reise, die über die Städte Bananal und Taubaté nun nach Santos führt, von wo er und Riedel mit einem norwegischen Schiff, dessen Kapitän den tiefsten Respekt vor der Wissenschaft nährt, die ersten Kisten mit ausgestopften Vögeln und unzähligen Herbarien nach Rio zurückschicken, und von dort nach São Paulo, wo sie Weihnachten und Neujahr feiern, in ununterbrochen strömendem Regen, der sie zwingt, sich die ganze Zeit in einer bescheidenen Pension nicht weit von dem berühmten Jesuitenkollegium aufzuhalten, ohne irgendeine andere Zerstreuung als ihre Arbeit und Patiencen legen. Silvester wütet das Unwetter so gewaltig, daß das Haus in seinen Fundamenten erbebt und die Feder Tintenkleckse über den Brief verspritzt, den Wilhelm an Henrik Ferdinand in der Heimat schreibt, während er an das Schicksal denkt, dem er glücklich entronnen ist: für alle Zeit und Ewigkeit in einem Schaukelstuhl zu sitzen, von der süßen Petrea umhegt und dem gewissenhaften und immer väterlicher werdenden Bruder in Obhut genommen zu sein.

São Carlos de Campinas! Das ist etwas anderes als Blegdamsvejen. Sie erreichen diese wilde und lärmende Stadt, den Sammelplatz der meisten Pferde und Maultiere in Brasilien, am Beginn des neuen Jahres. Der Staub wirbelt rot und sonnenglitzernd durch die Straßen, eine Venda liegt neben der anderen, und freigelassene Sklaven, Caboclos und Indianermischlinge taumeln betrunken ein und aus, oft in brutale Schlägereien, im schlimmsten Fall Messerstechereien verwickelt, und brüllen einander Beschimpfungen zu, während ein schmutziger Jesuitenpater hier und da versucht, sie zu trennen. Die Kirchenglocken läuten unaufhörlich, sicherlich weil ein paar Jungen sich damit amüsieren, an den Glockensträngen zu schaukeln, durchgegangene Pferde mit Schaum ums Maul galoppieren die Hauptstraße entlang, über Hühner und Küken und schwarze, schnarchend schlafende Schweine hinweg, die eine dicke Kruste von getrocknetem Schlamm auf dem Rücken haben, und irgendwo springt ein Hahn, der gerade geköpft worden ist, vom Hackklotz und rast hysterisch in einem magischen Kreis herum, wobei das Blut aus seiner Halsschlagader senkrecht in die Höhe spritzt. Jede zweite Minute knallen Pistolenschüsse, mal aus dieser, mal aus jener Richtung.

Würdevoll reiten die beiden Forscher durch das Gewimmel von Tieren und Eingeborenen, und während Dr. Lund daran denkt, welche Angst sie daheim um ihn haben würden, wenn sie ihn in diesem Augenblick sehen könnten, fühlt er sich in jeder Weise von der Vorsehung beschützt, rank wie er auf seinem Maultier sitzt, das den Zug beschließt, die Hände fest in die Hüften gestemmt und mit Sonnenfunkeln in den Brillengläsern. Das einzige, was ihm bis jetzt zu schaffen gemacht hat, ist, daß Riedel, der offenbar die halbe Stadt kennenzulernen wünscht, weil er, seinen Strohhut schwingend, absolut nach allen Seiten grüßen muß, die Eigenheit hat, plötzlich des nachts mit den Zähnen zu knirschen, so daß es sich anhört, wie wenn man mit einem Nagel an einer Scheibe kratzt.

In São Carlos de Campinas kaufen sie weitere Maultiere und weitere Spankisten für die Herbarien und ausgestopften Vögel. Die Maultiere kosten die Hälfte dessen, was sie in Rio de Janeiro kosten, doch das Geldwesen ist in einem hoffnungslosen Zustand. Es ist ihnen unmöglich, einen Teil ihrer großen Scheine in Gold und Silber einzutauschen, die völlig aus dem Umlauf verschwunden sind, und kleinere Scheine sind auch nicht aufzutreiben. Sie sind auf Kupfermünzen angewiesen, die, abgesehen davon, daß sie einen allzu geringen Wert haben, derartig mit falschen Münzen vermischt sind, daß sie nur mit einer echten von fünf rechnen können. Da die Eingeborenen auf ihrer weiteren Reise nicht zwischen echten und falschen Münzen unterscheiden und sich deshalb nach Belieben weigern können, Bezahlung anzunehmen, sind sie gezwungen, vier bis fünf mal soviel Geld wie vorgesehen mitzuschleppen, in großen Leinensäcken, die sie am Gürtel festbinden.

Nach einem mehrtägigen Aufenthalt, den sie dazu benutzen, sorgfältig die Tagesmärsche der nächsten Wochen zu planen, ziehen sie weiter, auf die zweite Hälfte der Reise, die Wendung nach Norden, in einem gigantischen Halbbogen durch das Landesinnere.

Plötzlich ist alles anders, gnadenlos. Zwei Tage später sind sie tief drinnen in der Hochlandwüste, dem wahren Sertão. Unüberschaubare Ebenen mit einer wellenförmigen Oberfläche erstrecken sich bis zum Horizont, wo sie von Bergketten begrenzt zu sein scheinen, die doch wieder nur die wellenförmige Oberfläche sind, welche sich in der Ferne für das Auge zu Bergen zusammenschiebt. Die Ebenen sind alle mit kargem Gras bewachsen. Auf der endlosen Strecke, die sie durchreiten, gibt es nichts anderes als dieses Gras, das in zwei Arten vorkommt, von denen die eine an den dänischen Hafer kurz vor der Ernte erinnert, jedoch ohne Nährwert, während die andere eine Höhe von zwölf bis zwanzig Fuß erreicht. Die Luft ist voller fliegender Samen, und Dr. Lund und Riedel schützen ihre Schleimhäute, indem sie sich Taschentücher vor Mund und Nase binden. Die Neger, von Afrika her an diese Landschaft gewöhnt, sind unbeeindruckt. Sie gehen und gehen nur, ohne ein Wort miteinander zu wechseln, intensiv nach Klapperschlangen und Pumas Ausschau halten, ohne ein Lächeln und ohne zu irgendeinem Zeitpunkt in ihren melancholischen Gesang auszubrechen, wie sie es sonst zu tun pflegen. Nicht ein Baum ist zu sehen. Die einzige Abwechslung sind einzelne, mit verkrüppeltem Wald bewachsene Hügel und Vertiefungen im Boden, die mit Morast und Strauchwerk angefüllt sind. Tag für Tag, Woche für Woche – das gleiche. Nirgendwo finden sie Schutz vor der sengenden Sonne, nirgendwo finden sie etwas von Wert für ihre Sammlungen. Keine Spur menschlicher Tätigkeit, nichts, das auch nur einer menschlichen Behausung ähnelt. Treffen sie zufällig ein alterndes menschliches Wesen, häufig nicht größer als ein vierzehnjähriger Junge, ohne Zähne, mit wässernden Wunden unter der Nase und welken Bartstoppeln, dingen sie ihn auf der Stelle als Führer. Endlich erreichen sie das ersehnte Ziel, den Flekken São Bento d'Araquara, wo ihnen ein langer Schuppen zugewiesen wird, in dem sie ihre Sachen auspacken und sich an die Arbeit machen können.

Ihr erster Gedanke ist, etwas Ordentliches zu essen zu bekommen. Aber im Dorf herrscht Hungersnot, und nicht einmal von den nächstgelegenen Gütern können sie Lebensmittel beschaffen. Vom Morgen bis zum Abend liegt der Ort wie tot, die Bäuche der Kinder sind aufgebläht, die Augen der Menschen erloschen, und in den wenigen Vendas gibt es höchstens ein Büschel Zuckerrohr zu kaufen, während die Branntweinflaschen längst geleert sind und die Gäste auf dem Lehmfußboden sitzen, ohne aufzusehen, Fliegen krabbeln ihnen über das Gesicht, manche puhlen an ihren Zehen, andere zeichnen mit rostigen Messern träge in den Staub. Die zwei Forscher müssen weiterhin von ihrer mitgeführten Notnahrung leben, und ein paar Tage später, sei es aufgrund des schlechten Wassers, sei es aufgrund des Mangels an gesunder und wohlzubereiteter Kost, bricht Riedel zusammen und liegt neun Tage lang im Schüttelfrost auf seiner Ochsenhaut in ihrem Schuppen. Mit jedem Tag wird er bleicher und bleicher, weder oben noch unten kann er an sich halten, so daß Dr. Lund in einem fort die Ochsenhaut scheuern muß, ohne daß es sonderlich hilft: ein Gestank von menschlicher Verwesung breitet sich im Schuppen aus, während Riedel ohne Unterlaß mit den Zähnen klappert und von dem Werk phantasiert, das er nun vielleicht nie vollenden wird, sein Traumwerk, das Buch, das die Brasilianer alles über vernünftige, rationelle Landwirtschaft lehren soll, *Manual do Agricultor Brasileiro*. Es erstaunt Dr. Lund, daß Riedel vorher noch nie darüber gesprochen hat.

Hier liegt also sein Geheimnis, *seine* Ambition.

Dr. Lund fühlt sich erleichtert, weil er nun weiß, daß sie auf verschiedene Ziele hinarbeiten und nie miteinander konkurrieren werden. Sie sehen eine Pflanze nicht mit den gleichen Augen an, pressen nicht mit der gleichen Absicht Pflanzen im Herbarium. Dr. Lund erkennt, daß Riedel sich keineswegs mit dem Gedanken trägt, nach Europa zurückzukehren, irgend etwas in diesem Land hat ihn gezeichnet und ihm Fesseln angelegt – doch nur, um ihn zu einem schmerzvollen Todeslager in diesem gottverlassenen Flecken zu führen, dessen Friedhof voll ist mit notdürftig zusammengenagelten Holzkreuzen, die überall in die trockene und unfruchtbare Erde gesteckt sind, und wo schon die Löcher für das nächste Dutzend ausgehoben sind? Kann das Gottes Wille sein? Dr. Lund tut alles, was in seiner Macht steht, um Riedel zu retten. Er kocht sein Wasser übertrieben lange. Er gibt ihm das Chinin pünktlich. Es gelingt ihm, eine einzelne Flasche Zuckerrohrschnaps aufzutreiben, mit dem er seine Lippen befeuchtet, und wenn die Hitze auf dem Höhepunkt ist, fächelt er ihm mit angefeuchteten Kleidungsstücken Kühlung zu. Und das Wunder geschieht: Riedel erholt sich, praktisch von einem Tag auf den anderen.

Sie können weiterziehen, und nun reden sie ununterbrochen miteinander, über die Vergangenheit und die Zukunft, über Dänemark und Deutschland, über Ørsted und von Humboldt, über Wissenschaft und Ausbildung: tatsächlich, Riedel ist besessen von der Idee, Brasilien landwirtschaftlich zu erschließen, und mit den nun wieder klaren Augen voller Glut und mit Wärme auf den jungenhaften Wangen malt er Dr. Lund aus, wie eines Tages eine blühende Farm nach der anderen hier liegen wird, wo die Landschaft wieder genauso aussieht, wie bevor sie nach São Bento d'Araquara kamen – vertrocknetes Gras bis zum Horizont. Aber nach achttägiger Reise tauchen sie plötzlich in einen dichten Urwald ein, der die Ränder des Rio Pardo bedeckt. Drei Tage brauchen sie, um den Waldgürtel des Rio Pardo zu durchqueren. Endlich stehen sie an seinem Ufer. Der

Anblick ist überwältigend, erregend, wie eine unfaßliche, lebenspendende Belohnung für ihre Strapazen. Aber gerade jetzt, nachdem die Trockenzeit eingesetzt hat, zieht das Wasser des Flusses sich zurück, und seine Uferbereiche, davor hat man sie gewarnt, sind berüchtigt für ihr ungesundes Klima, das bösartige Fieberkrankheiten hervorruft. Doch weder Dr. Lund noch Riedel lassen sich umwerfen, auch nicht, als ihnen aufgeht, daß ihre sämtlichen Extrastärkungen zur Neige gehen. Bald werden sie weder Kaffee und Zucker, noch Branntwein (für Riedel) oder starken Tee (für Dr. Lund) oder Zigarren mehr haben.

Unverdrossen schlagen sie ihr Lager auf. Plötzlich zieht ein Unwetter auf, und es gießt fast die ganze Nacht in Strömen. Ihr Unterschlupf ist ein Dach aus Palmenblättern, das an Palmenstämmen festgemacht ist, und der Regen schlägt von allen Seiten herein, während sie sich so gut es geht an einem großen Feuer in der Mitte der Hütte trockenhalten. Die Kanuführer, die sie früh am nächsten Morgen über den Fluß setzen sollen, sind bestellt, und gegen Einbruch der Nacht wird ihre Ankunft durch die fernen Töne eines Horns angekündigt, die im Zusammenspiel mit dem Echo des Waldes und der Stille um sie herum eine magische Wirkung ausüben. Kurz darauf trifft eine Schar halbnackter Indianer und Mulatten ein. Sie dürfen ihre leeren Mägen an den Töpfen der beiden Forscher und ihrer Neger füllen, und am Feuer erzählen sie von all den gräßlichen Ungeheuern, die in den schlammigen Wassern des Flusses leben, von gigantischen Fischen mit drei Schlangenköpfen und Haien, die imstande sind, das Wasser von unten, wie durch Blitze zu erleuchten, bis zu auf dem Grund des Flußbetts umherwandernden Tieren – *bichos* – mit peitschenden Eidechsenschwänzen und Zungen, die so lang und so spitz sind, daß sie in einem einzigen Augenblick durch das Wasser hochschießen und jedes Kanu zum Kentern bringen oder durchbohren können.

Zum ersten Mal schwatzen die Neger der beiden Forscher ungehemmt drauf los. Sie schneiden Grimassen. Sie schlagen sich auf den Bauch. Sie rollen mit weit aufgerissenen Augen auf der Erde, wenn sie von einem neuen Ungeheuer gehört haben. Um sofort ihre Gesichter wieder hinter den Händen zu verbergen und unverständliche, murmelnde Gebete zu ihren Göttern zu senden. Zusammen mit den Kanuführern schnitzen sie furchterregende Köpfe aus Holz, die in den Steven der Kanus gesetzt werden sollen, um sie auf der Überfahrt zu beschützen. Einige der Köpfe haben lange Vampirzähne, andere haben Nasenlöcher wie chinesische Drachen, alle starren mit vorstehenden Pupillen, die mit wasservermischter, zerriebener Holzkohle aufgemalt sind, böse vor sich hin. Je mehr Köpfe die Eingeborenen schnitzen, umso sicherer fühlen sie sich, und am Schluß brechen sie alle in Gesang aus, während sie darauf warten, daß die Sonne aufgeht und die Kanus beladen werden können.

Dr. Lund sieht den Eingeborenen fasziniert zu, wie er da dicht beim Feuer liegt, vielleicht ein wenig überheblich, weil sie in einem solchen Ausmaß der Macht des Aberglaubens und der Phantasietiere ausgeliefert sind, aber auch wie ein Vater, der seine Kinder betrachtet, bevor eine gründliche Ausbildung sie lehrt, zwischen wesentlich und unwesentlich zu unterscheiden. Die wahren Geschöpfe der Natur, an einem Punkt irgendwo zwischen dem Tier und dem Menschen stehengeblieben, auf einer Stufe für sich, die noch niemand richtig beschrieben hat, gerade bevor das Wort *wir* zum Wort *Ich* wird. Der Stammesmensch, mit kollektivem Gedächtnis und einheitlichen Reflexen. Und doch Mensch. Während er darüber nachdenkt, ob das Geheimnis darin liegt, daß sie einen träger fließenden Nervensaft haben, fängt einer der Mulatten plötzlich an zu schreien. Bebend vor konvulsivischen Schmerzen und während Spucke an seinem Kinn hinabsickert, greift er sich ans Bein, eben unterhalb des Knies – gerade da, wo eine Vogelspinne von der Größe einer Faust ihn gebissen hat. Die Spinne gleitet an seinem Schienbein hinab zum Fuß und verschwindet elegant ins Dunkel. Sofort wirft sich ein anderer Mulatte übers Feuer und reißt ein Stück glühendes Holz heraus. Mit seinem kleinen, eingefetteten Lederhut hält er das Holzstück fest und preßt es tief in das Bein des schreienden Mulatten, wo die Spinne gestochen hat. Drei andere Schwarze halten ihn am Boden fest. Die Schreie geben ein Echo weit den Fluß hinauf. Die ersten Vögel erwachen. Es wird ein wenig hell. Eine Stunde später, bei Sonnenaufgang, hat der Mulatte sich erholt und greift sich entzückt an sein *membrum virile* unter dem zerfetzten Lendenschurz. Lächelnd sieht er zu, wie seine Begleiter feuchte Palmenblätter über die Brandwunde legen und sie mit kleinen Lianen festbinden. Dr. Lund hat Lust, den Hut zu ziehen.

Nach einer glücklichen Überfahrt und noch einmal acht Tagesritten erreichen sie Anfang Juni Vila Franca, dicht bei der Grenze der Provinz São Paulo. Doch kaum sind sie in diesem Flecken angelangt, der sich in nichts von São Bento unterscheidet, sondern sich in dem gleichen leblosen Zustand von Hungersnot und Hoffnungslosigkeit befindet, fast dieselben verlassenen Gassen und die gleichen menschenleeren Vendas, als die Reihe an Dr. Lund ist, krank zu werden. Eine heftige Fieberkrankheit befällt ihn, und er braucht nicht nur neun Tage, um wieder gesund zu werden. Über sechs Wochen ist seine äußere Welt nichts anderes als die Ochsenhaut, die zu scheuern diesmal Riedel obliegt, ein rissiger Lehmfußboden, auf den sein fast toter Blick fällt, wenn er vergebens versucht, sich auf die Ellenbogen aufzustützen, ein Dachboden, durch den der Wind die ganze Zeit Kaskaden von hustenerzeugendem Staub hereinweht, und Wände, die so undicht sind, daß ganze Lehmstücke auf ihn herabfallen, wenn es stürmt. Überall auf dem Fußboden marschieren die Ameisen mit zerstückelten Körpern von Feinden und gezackten Stücken verwelkter Blätter hin und her, und er konzentriert sich darauf, sie zu beobachten, um die Schmerzen zu verdrängen, die ihm bald, so kommt es ihm vor, den ganzen Magen ausgebrannt haben.

Nichts kann er zu sich nehmen, nur etwas gekochtes Wasser, und schließlich ist er so dünn, daß er das Gefühl hat, er würde in tausend Stücke zerbrechen, wenn es ihm gelänge, sich zu erheben. Vila Franca. Der Name hallt in seinem Kopf wider, wie kleine, harte Schläge gegen eine Glasplatte, die sich sträubt, Klangfiguren zu bilden, während draußen vor ihrer gemieteten Hütte die Geräusche von gegeneinandergeworfenen Steinen zu hören sind, von irgendeinem Spiel, mit dem die Neger sich die Zeit vertreiben, wobei sie von Zeit zu Zeit den Kopf in die Hütte stecken, um zu fragen, wann sie weiterreisen. Jeden Tag stecken sie den Kopf herein, und jeden Tag schließen sie umgehend die drei Bretter, die die Tür darstellen sollen, wenn sie sehen, in welch schrecklichem Zustand Dr. Lund sich befindet. Er träumt wild in den Stunden, in denen die Schmerzen ein wenig nachlassen – träumt von allem, was *er* niemals erreichen wird, während Riedel, ein über sein Lager gebeugter Schatten, eine Hand am Ende eines feuchten Tuchs oder ein zerfließendes, kupferrotes Gesicht hoch oben unter dem undichten Dach, nur daran denkt, weiterzukommen.

Fühlt er. In seinen klaren Momenten weiß er, daß Riedel nicht im Traum daran denken würde, ihn im Stich zu lassen, doch dann wird wieder alles zum Alptraum, und in den schwärzesten Augenblicken taucht der alte Kierkegaard auf, wandert hinter ihm her über die Hochebene und ist außerstande, krank zu werden. Die Bisse der Schlangen und der Vogelspinnen prallen an ihm ab, die Stürme nimmt er nicht wahr, die Blitze greift er und schickt sie zurück; er ist rastlos in seinem Streben danach, alle Familienmitglieder um sich zu sammeln, damit er sie zählen und für jeden, der stirbt, ein Kreuz machen kann. Und der Sturm nimmt immer noch zu. Das sind die Winterstürme, die sich jetzt einstellen, und sie werden das Hochland kurz und klein blasen, und das ist die Erde, die alles Leben von ihren Schultern abschütteln will, so daß er bald durch den schwarzen Kosmos fliegen wird. So stark sind die Schmerzen. Es gibt keine Lösung. Es gibt keine Hoffnung. Und trotzdem sagt er sich selbst, daß es nicht stimmen kann, nicht in seinem Alter, nicht gerade jetzt, wo er im Begriff steht, den Zusammenhang im Plan des Schöpfers zu erahnen. „Ich will nicht sterben!" sagt er zu sich selbst. Zuerst flüstert er es, dann sagt er es laut. „Nein, du wirst nicht sterben!" hört er sagen, nicht mit Riedels Stimme, sondern mit der Stimme der Vorsehung. Und während die Stürme zunehmen, fühlt er, daß noch immer Leben in seinen Zehen ist, er kann sie bewegen, und in seinen Beinen und kurz darauf in seinen Schenkeln. Er tritt vorsichtig mit den Fersen gegen die Ochsenhaut, nach acht Wochen. Nach neun Wochen sieht er zum erstenmal seine Hände aus der Nähe, und es ist Leben in ihnen. Ist es das Chinin, das er nun in doppelter Dosis nimmt, die jeden dänischen Arzt dazu veranlassen würde, sich entgeistert an den Kopf zu fassen, das Wunder wirkt? Dr. Lund erhebt sich und wiederholt: „Ich werde nicht sterben! Ich werde nicht sterben!" Und nun sieht er endlich Riedels verblüfftes Gesicht ganz klar und wenig später einen lächelnden Neger mit zwei gelben Zähnen im Oberkiefer, der hereinschaut und fragt, wann sie weiterreisen.

Nachdem er einen Brief nach Hause geschrieben hat, der später mit der Tropa nach São Paulo und von dort zur weiteren Beförderung nach Rio gehen kann, ist Dr. Lund wieder in der Lage, sein Maultier zu besteigen. Er weiß nun, daß es nichts gibt, das er nicht übersteht. Alles in ihm ist neu, das gekochte Wasser gluckert in seinem geheilten Magen, das getrocknete Fleisch schmeckt ihm wie nie zuvor, zart als käme es von einer gerade geschlachteten Kuh, Apfelsinen, die sie glücklich in Vila Franca zum fünffachen Preis erstanden haben, rinnen seine Kehle hinab, wenn er alle drei Stunden eine davon hervorholt und sie mit seinen mageren Fingern auspreßt, Fingern, die wieder sonnenbraun zu werden beginnen und um deren Knöchel sich wieder festes Fleisch bildet.

Nachdem sie nun neun Tage und sechs Wochen verloren haben, beschließen die zwei Forscher, den Reiseplan zu ändern. Statt tief nach Goiás hineinzureiten haben sie vor, entlang der Provinzgrenze zur Neusiedlerstadt Catalão zu ziehen. Von dort wollen sie auf kürzestem Weg nach Paracatu reisen, ein paar Kilometer jenseits der Grenze in Minas Gerais. Insgesamt gut hundert Leguas.

Am 17. September 1834, nach zwei Monaten ununterbrochener Reise, die ihnen eine reiche Ausbeute einbrachte, brechen die beiden Forscher bei strahlendem Frühlingswetter von Paracatu auf, um ins Herz von Minas Gerais vorzustoßen. Da die gesamte Wegstrecke, die sie bis zm São Francisco-Fluß zurückzulegen haben, *terra ignota* ist, und weil es für sie lebenswichtig ist, exakt die Stelle am Fluß zu treffen, wo regelmäßig Kanus übersetzen, dingen sie als Führer einen Sertanejo mittleren Alters, einen Wüstenbewohner, der die Reise schon gemacht hat. Er weigert sich zu reden, schüttelt nur mit dem Kopf, wenn er etwas mitzuteilen wünscht, und während er wie segelnd und mit wiegenden Schritten an der Spitze des Zuges geht, schlägt er mit der flachen Hand in die Luft, als finge er in einem fort Mücken. Die Landschaft ist von sonderbarem Charakter. Sandige Steppen, die nur mit kargen Grasbüscheln bewachsen sind, liegen wie ein windstilles Meer vor ihnen. Keine Unebenheit unterbricht die glatte Oberfläche, die nur durch die zahlreichen weißen, kegelförmigen Termitenhügel und durch Buschwerk, das an den sumpfigen Stellen des Flachlandes wächst, Abwechslung bekommt.

Wo das Terrain sich nur ein klein wenig senkt, steht Wasser, das gleichsam nur dazu dient, die vollkommene Ebenmäßigkeit der

Landschaft wiederherzustellen. So haben sie die ganze Zeit eine Reihe größerer oder kleinerer Binnenseen um sich, und auf allen herrscht ein hektisches Leben von Sumpf- und Wasservögeln. Die stickige Hitze, die von der aufgeheizten Wüste zurückgeworfen wird, das stinkende, warme Sumpfwasser, das sie zu trinken gezwungen sind, die Menge der Moskitos, die in Schwärmen über den Seen hängen, an denen sie ihr Nachtquartier aufschlagen, dies alles versetzt sie in einen konstanten, doch glücklicherweise schmerzfreien Zustand von Fieber. Sie fürchten nichts mehr und sind hingerissen, wenn sie mitten in dieser menschenleeren Wüste – hier macht der Sertanejo endlich den Mund auf – Flüsse und Seen mit so pompösen Namen wie Corrego Rico, Rio da Prata und Lagoa Dourada finden. Und die ganze Zeit werden sie von dem nun wieder verstummten, wiegenden Sertanejo mit sicherem Instinkt geführt.

Nach fünf Tagen erreichen sie den Flecken Arraial de Santa Anna. Hier geht das Fieber zurück, und hier hoffen sie, sich von den Strapazen erholen und ihre Lebensmittelvorräte auffüllen zu können. Aber gibt es nur im Schoß der Natur Frieden und Zufriedenheit? Ist jedesmal, wenn sich Menschen sammeln, die Hölle los? Am Tag nach ihrer Ankunft, als Dr. Lund, sein Journal schreibend, allein in seiner Hütte sitzt, stürzt ein Haufen Mulatten und Neger zu ihm herein, alle mit Tauen, Dolchen, Äxten und selbstgemachten Flintpistolen bis an die Zähne bewaffnet. *„Tod dem Mörder! Blut! Wir wollen Blut sehn! Rache! Rache!“* – Das sind noch die mildesten Wörter, die Dr. Lunds Trommelfell bombardieren. Kaltblütig erhebt er sich und fragt sie, in welcher Angelegenheit sie gekommen sind. Aber sie sind alle taub für seine Frage, und mit dem Ruf: *„Her mit dem Mörder!“* durchsuchen sie die Hütte, bis sie unter Riedels Ochsenhaut den Gegenstand ihrer rasenden Wut entdecken, den Sertanejo, der nun mit strampelnden Beinen und bereits blutig geschlagenem Gesicht unter den fürchterlichsten Drohungen nach draußen getragen wird.

Dr. Lund geht ihnen nach und erfährt, daß der Sertanejo am gleichen Morgen auf brutalste Art und Weise eine ältere Frau geschändet und ermordet hat, und ohne sich einzumischen, wohl wissend, daß er hier den Gesetzen und Gebräuchen des Landes folgen und sich in gebührender Distanz halten muß, überläßt er den Sertanejo seinem weiteren Schicksal, als dieser an den Haaren die schlammige Hauptstraße hinuntergezogen wird. Wenig später ertönt ein heiseres Gebrüll unbeschreiblichen Schmerzes, wie von einem Schwein, das geschlachtet wird, begleitet von Siegesfanfaren von Trommeln und Trompeten. Als Dr. Lund und Riedel am nächsten Morgen aus der Stadt reiten, besorgt, ob sie mit ihren ausgemacht unzuverlässigen Karten und nur dem Reisekompaß die richtige Stelle am Ufer des São Francisco-Flusses finden können, sehen sie den Sertanejo mit blauviolettem Gesicht an einem Baum unmittelbar vor der Schmiede baumeln, den Unterleib aufgeschlitzt und die weißen Augen zum Himmel gerichtet. Schaudernd empfehlen sie sich erneut der lenkenden Hand der Vorsehung.

Die Gebiete, welche sie nun durchqueren, gehören zu den schönsten, die Dr. Lund seit Neujahr gesehen hat. Der Erdboden besteht zwar wiederum aus Sand, aber alle Anhöhen sind mit niedrigem und lichtem Wald bewachsen, der aus Bäumen mit den prächtigsten Blütenkronen besteht. Manche von ihnen tragen wohlschmeckende und erfrischende Früchte. Aber am schönsten sind die Täler. Sie sind alle von einem saftigen Grasteppich überzogen, und im Talgrund, wo immer ein Bach fließt, wachsen Gruppen der bezaubernden Fächerpalme Buriti. Jeden Tag schlagen sie am Hang eines Buriti-Tals ihr Lager auf. Wenn sich unmittelbar nach dem Sonnenuntergang die Kälte einstellt, und die beiden Forscher sich nach vollbrachtem Tagewerk auf ihren Ochsenhäuten ausgestreckt haben, hebt sich der klare Sternenhimmel über ihnen, und frischer Tau senkt sich herab. Ein ununterbrochenes Konzert hallt aus den umliegenden Tälern, mit mystischen Tönen, die bald ihre Verwunderung, bald ein kleines amüsiertes Lächeln, bald Furcht hervorrufen. Stundenlang liegen sie wach und lauschen und lauschen, mit neuen Zigarren versehen, deren Rauch glückverheißend zum Himmel aufsteigt, bis die raschelnden Blätter der Buriti-Palmen sie in einen Schlaf hinübergleiten lassen, aus dem sie erst durch den tausendstimmigen Vogelgesang früh am nächsten Morgen geweckt werden.

Doch es können auch plötzliche Unwetter von einer Stärke einsetzen, wie sie sie noch nicht erlebt haben, und meistens gerade dann, wenn sie ihr Lager aufgeschlagen haben. Das Wetter ist angenehm, aber der Himmel ist voller Rauch, und die Hitze drückend.

Ein paar Stunden nach Sonnenuntergang zieht am Horizont eine kleine Wolke auf, und mit unglaublicher Geschwindigkeit breitet sie sich am Himmel aus, bei Windstille, und während es um sie herum flüstert, daß nichts geschehen wird. Beim ersten Mal steht Dr. Lund in stummer Bewunderung dieses Phänomens, bis ein Blitz, von Donner begleitet, aus der Wolke schießt, die jetzt senkrecht über seinem Kopf steht. Die Neger laufen alle auf ihre Posten, und im Nu hat Dr. Lund alle seine Kisten gesammelt und die Ochsenhaut darüber gebreitet. Er hat sie der Länge nach gefaltet und legt sich auf die eine Hälfte und deckt sich mit der anderen zu. Ein paar Sekunden später ist das Unwetter da. Riedel hat Pech. Er hat die Ochsenhaut nicht mehr falten können und wirft sich desperat auf seine Kisten und deckt sich mit der ausgebreiteten Haut zu, die er mit beiden Händen festzuhalten versucht. Aber in dieser Stellung ist er dem Sturm hilflos aufgeliefert, der ihm die Haut aus den Händen reißt, und Dr. Lund sieht aus seiner Deckung heraus, wie sie gleich einem Stück Papier in die Luft fliegt. Bevor Riedel sie zurückgeholt hat, ist er von dem unmittelbar danach einsetzenden Wolkenbruch völlig durchnäßt. Zum Glück dauert das Unwetter nur eine Stunde, doch das Prasseln des niederstürzenden Wassers auf der Ochsenhaut, das Brüllen des Sturms und der unaufhörliche Donner haben Dr. Lund beinahe betäubt.

Nach verschiedenen dieser unerwarteten Überfälle aus einem launischen Himmel, und nachdem sie zwei Tage gebraucht haben, um über den São Francisco-Fluß hinüberzusetzen, auf den sie exakt an der Stelle gestoßen sind, wo hoch am Ufer mehrere große Kanus mit farbenprächtigen Ungeheuern am Steven liegen, noch gräßlicheren Ungeheuern als jenen, die die Neger am Rio Pardo geschnitzt hatten, erreichen sie am 10. Oktober, und diesmal nach einem Unwetter, das fast vierundzwanzig Stunden anhält, den Flekken Santo Antônio de Curvelo. In Minas Gerais herrschen schwere Zeiten. Eine Alqueire Mais, die in São Paulo zwölf Vinténs kostet, kostet hier acht Patacos, und sie bekommen Schwierigkeiten, als sie in der Venda, wo sie eingekehrt sind und in einer Ecke Platz bekommen haben, um ihre Ochsenhäute auszubreiten und zu übernachten, mit ihren Kupfermünzen bezahlen wollen. Dr. Lund hat sich schon auf seiner Ochsenhaut ausgestreckt, ausnahmsweise einmal erschöpfter als Riedel, der am Schanktisch steht und seine Beutel mit Kupfermünzen leert, als ein Fremder hereinkommt, festen Schrittes und in blankgeputzten Stiefeln, die bis über die Knie reichen. Er ist fast zwei Meter groß, seine Schultern gleichen umgedrehten Schaufelblättern, und schräg über der einen Schulter hängt der rostbraune, verzierte Lederhut des *Vaqueiros*, des Kuhtreibers. Der Regen tropft von seinem karmesinroten Mantel, und in der einen Hand hält er eine Reitpeitsche mit silbernem Schaft. Er wird von zwei mittelgroßen Sklaven begleitet, die sich still in eine Ecke setzen und mit kleinen Steinen und Hölzchen, die sie in ihren zerfurchten Fäusten verbergen, eine Art Knobelspiel spielen. Der Fremde schlägt brutal auf die Theke und verlangt nach seiner eigenen Literflasche mit Zuckerrohrschnaps. Er ist offensichtlich einer der mächtigen Männer der Gegend, und mit der Hand ausschlagend, um den Regen vom Mantel zu schütteln, bietet er Riedel – als Freundesdienst unter Weißen – an, alle seine verdächtigen Kupfermünzen in reines Gold zu wechseln.

Und er läßt die frisch geprägten Goldmünzen auf der Theke tanzen, während er sich selbst und Riedel einschenkt und Riedel die größte Mühe hat, aus dem großen Wasserglas, das der Fremde ihm aufnötigt, Branntwein zu trinken. „Sie sprechen mit Akzent!“ sagt der etwas erschrockene Riedel zu ihm: „Sind Sie Deutscher?“ – „Ich bin *Däne*, aber zum Glück versteht niemand hier in diesem Jammertal *meine* Sprache!“ erwidert der Riese.

„Darauf sollte man sich nicht verlassen!” ertönt es aus der Ecke, wo Dr. Lund gerade im Begriff war, einzuschlafen.

Als sie zehn Tage später von Curvelo aufbrechen, weiß Dr. Lund, daß er hierher zurückkommen muß. Er untersucht weiterhin alles, präpariert, schießt Vögel, stopft sie aus und macht gewissenhaft Notizen. Doch seine Gedanken kreisen um die Knochen, die der Däne ihm in der salpeterhaltigen Erde tief im Inneren der Höhlen in den niedrigen Kalksteinbergen gezeigt hat, die das Gebiet zwischen dem São Francisco-Fluß und dem Rio das Velhas, in der Curvelo liegt, durchziehen – und besonders zahlreich sind die Höhlen auf den Ländereien der Fazenda des Dänen, der Viehfarm Porteirinhas. Rasch hat sich Dr. Lund davon überzeugt, daß die Knochen fast ausschließlich der Periode angehören, die in der Geognosie als die diluvianische bezeichnet wird. Ihm wird schwindelig. Da man bisher in keinem tropischen Land Überreste aus jener Periode gefunden hat, sind diese Knochen wie ein Geschenk des Himmels für den, der es versteht, ihr Geheimnis zu deuten, und während sie zu dem Dorf Santa Luzia reiten, durch zunehmend dichter besiedelte Gegenden, um von dort in die berühmten Golddistrikte zu gehen, wirbeln Dr. Lund alle die Fragen im Kopf herum, die die Knochen ihm stellen, erregend und faszinierend: sind diese Überreste von Tiergeschlechtern, die ansonsten nur aus den Polarländern bekannt sind, auf ein plötzliches Absinken der Temperatur auf der Erde zurückzuführen? Eine Verlagerung der Sonnenbahn? Hat es eine unglaubliche Wanderung von Vorzeittieren durch Nord- und Mittelamerika nach Süden gegeben?

Es fiel Dr. Lund schwer, den Reiseplan einzuhalten und von Curvelo aufzubrechen, und das, obwohl er von Anfang an einen instinktiven Widerwillen gegen den Dänen empfand, Peter Claussen hieß er, der im übrigen tat was er konnte, um sie zu unterhalten. Die ganze Zeit sprach er von sich selbst in der dritten Person, entweder nannte er sich Pedro Cláudio oder Pedro Dinamarquês. Pedro Dinamarquês weiß schon, wie man mit den Eingeborenen umgeht. Pedro Dinamarquês kennt Gott und die Welt im Hochland, ist mit allen per du, kann sie alle mit einem Fingerschnipsen für sich laufen und springen lassen. Pedro Cláudio weiß kurz gesagt, was Pedro Cláudio guttut. Und ohne Unterbrechung mußte er prahlen – sei es damit, daß er angesehener Offizier im brasilianischen Heer gewesen war, sei es damit, daß in Wirklichkeit er die Expedition des Preußen Sellow geführt habe, und zu allem Überfluß noch damit, daß es keinen Wissenschaftler gebe, mit dem er es nicht aufnehmen könne, sei er doch korrespondierendes Ehrenmitglied der Königlichen Belgischen Gesellschaft der Wissenschaften, einer bekannten archäologischen Gesellschaft in London, der Societé Cuvierienne in Paris und der Societé d'Histoire naturelle de Mayence – Gesellschaften, die er alle regelmäßig mit Abhandlungen versorge, mal über Botanik, mal über Geognosie, sein Spezialgebiet, und dann wieder über Zoologie, Botanik und Vorgeschichte.

Doch das Absonderlichste an ihm, und in Dr. Lunds Augen das Unangenehmste, war seine Rolle als König in einer Kolonie von

Familienmitgliedern, die ihm alle, zu verschiedenen Zeitpunkten, nachgefolgt waren, offenbar angelockt durch seine Erzählungen, er habe das reinste El Dorado gefunden. Nicht nur seine Frau, verschreckt, stotternd, bleich und verwaschen, sondern ihre was? zwei Schwestern? Kusinen? und seine eigenen was? zwei Brüder? Vettern? wohnten auf dem Hof, in armseligen Zimmern, dicht bei den Negern, und alle fragten sie, wenn sie mit Dr. Lund allein waren, ob er ihnen nicht helfen könne, nach Dänemark zurückzukehren, vor allem die Frauen, die ihn förmlich anflehten, weil sie stets und ständig mitansehen mußten, wie Peter Claussen die üppigen und kichernden Mulattenmädchen betatschte, mit denen er sich umgab. Wenn er nicht die Peitsche über den Köpfen der Sklaven schwang oder seine Familie herumkommandierte, während zwischen seinen Beinen Mulattenkinder mit den gleichen unverkennbar hellgelockten Haaren wie er umherliefen und um Essen bettelten, wollte er die ganze Zeit mit Dr. Lund darum wetteifern, wer von ihnen mehr von Vorgeschichte verstände, und zu seiner Unterstützung trug er auf ihren Rundgängen zu den Höhlen stets Bucklands berühmte *Reliquiae Diluvianae* unter dem Arm, mit Unterstreichungen in roter und grüner Tinte, fettigen Eselsohren und kohlschwarzen Fingerabdrücken. Wer ist dieser Mensch? Dr. Lund versucht ihn zu vergessen. Es ist nicht *sein* Rätsel, das zu lösen er sich sehnt.

Über Lagoa Santa, einen friedlichen Ort mit Häusern aus rotgebrannten Ziegelsteinen und einem davon sogar mit richtigen Scheiben und einem gepflegten Palmengarten bis hinunter zu einem See, der Dr. Lund tatsächlich an den Furesee erinnerte, erreichen die zwei Forscher Santa Luzia, wo sie sich von ihren Sammlungen trennen und sie mit der Tropa nach Rio de Janeiro gehen lassen. Nun sind sie mitten im Golddistrikt, und sie machen sich unverzüglich auf den Weg nach Sabará und Caëté. Der Weg führt wieder durch ein enges Tal, das auf beiden Seiten von hohen Bergrücken eingeschlossen ist, und auf dessen Sohle der Ribeirão de Sabará vom Gesang freigelassener Sklaven widerhallt, die Gold waschen, während die Bergwände den Lärm der Pochwerke verstärken, die in verschiedenen Etappen das goldhaltige Gestein zerkleinern, um am Ende das edle Metall auf ausgebreitete Häute auszusieben. In Caëté beschließen die beiden Forscher, eine letzte botanische Expedition durchzuführen, und zwar auf den Berg Serra da Piedade. Der Weg führt aufwärts durch einen dunklen Wald, an dessen Ende sie vor einer steilen Felswand stehen, die tausend Fuß hoch aufragt. Sie sind oberhalb der Baumgrenze. Niedrige Büsche, überwiegend aus der Familie der Blaubeeren, wachsen in allen Vertiefungen, in denen sich ein wenig Humus abgelagert hat, und selbst aus den kleinsten Spalten in den nackten Felswänden schießen süß duftende Lilien auf. Sie machen sich an den beschwerlichen Aufstieg und ermuntern sich gegenseitig durch Zurufe: *„Strengen Sie sich an, bis Sie umfallen!"*

Sie müssen zu Fuß klettern und die widerspenstigen Maultiere hinter sich herziehen. Ein durchdringender Wind weht um den Felsen und hüllt ihn die ganze Zeit in eine kalte und feuchte Wolke, die vage Dr. Lunds Furcht vor dem Lungenleiden wachruft. Nach mehrstündigem Klettern erreichen sie den Gipfel, mit Blumen beladen, in ständigem Kampf gegen den Wind, der sie in den Abgrund zu stürzen droht. Da steht die kleine Kapelle, die vom Namen des Blumenberges zeugt, errichtet mit den Gaben der Frommen als Huldigung an den Glauben, der selbst auf den unfruchtbarsten Steinen die schönsten Lilien wachsen lassen kann. Und um die Kapelle und ringsumher auf dem ganzen Berggipfel wachsen Blumen in einer Menge, wie Riedel und Dr. Lund sie noch nicht gesehen haben. Jeden Augenblick müssen sie zurück zur Kapelle, die sie bald in den reinsten Blumenmarkt verwandelt haben, und zwischendurch genießen sie die Aussicht über den Golddistrikt.

Einige Tage später besuchen sie das Pochwerk Gongo-Soco. Diese berühmteste Mine der Welt wird von einer englischen Gesellschaft betrieben, und sie besteht aus drei Abteilungen, die jede für sich ein komplettes kleines Dorf bilden. Die erste Abteilung sind die eigentlichen Minen, mit Gebäuden, Eingängen zu den Schächten und meterhohen Schwungrädern, alle in Manchester hergestellt und hierher transportiert, zuerst per Schiff und danach auf gigantischen Maultierkarren, eine Leistung, die Dr. Lund unglaublich imponiert. Die Wohnhütten der Arbeitssklaven bilden die zweite Abteilung. Sie sind in einem elenden Zustand, der nur dem angeborenen Mangel der Schwarzen an Ordnungssinn und Reinlichkeit – selbst unter englischer Oberhoheit – zugeschrieben werden kann. Überall zwischen den Hütten wimmelt es von schreienden Kindern mit schlammverschmierten Gesichtern, während ihre schwangeren Mütter träge in den Türöffnungen hängen und sich um nichts kümmern. Die Ratten huschen hin und her in den schmalen Gassen, und ein unbeschreiblicher Gestank läßt Dr. Lund und Riedel schleunigst den Weg zur letzten Abteilung des Werks einschlagen, der fast vollkommenen, reinlichen und in jeder Hinsicht gefälligen Kopie eines europäischen Dorfes, wo die Engländer wohnen. Nachdem er über ein Jahr lang nichts anderes gesehen hat als die trostlosen, finsteren und schmutzigen brasilianischen Flekken, fällt es Dr. Lund schwer zu fassen, daß er plötzlich von eleganten englischen Landhäusern umgeben ist. Zweihundert Engländer sind im Werk beschäftigt, und dank ihrer Effektivität, Disziplin und Geschicklichkeit und ihres unerschütterlichen Unternehmungsgeistes wächst der Gewinn ständig. Am ersten Tag, als die beiden Forscher die Waschanlage besichtigen, sehen sie in den verschiedenen Trögen fast fünf Pfund Gold, Millionen kleiner Körner und Plättchen, die aus dem Eisenglimmerschiefer herausgestampft worden sind, und es ist erst Vormittag – bevor die Sonne untergeht, wird die dreifache Ausbeute zu verzeichnen sein. Neulich, so erzählt ihnen ein Engländer mit vor Stolz gerötetem Gesicht, ergab die Arbeit eines einzigen Tages einhundertundvierzig Pfund, ein Ereignis, das sogar in der Weltpresse Erwähnung fand.

Am Ende des englischen Dorfes thront das Palais des Gouverneurs. Er ist Oberst, Mitte fünfzig, mit kurzen, dicken Beinen, die wie die Griffe einer Suppenschüssel geformt sind, glatzköpfig und stets in der Uniform, die er trug, als er in Indien kommandierte und sich den Ruf erwarb, einer der brutalsten Wächter Britanniens zu sein. Kurz entschlossen läßt er die Neger peitschen und schickt ohne mit der Wimper zu zucken die Engländer, die sich den Anordnungen der Gesellschaft nicht unterordnen, ohne Lohn und im schlimmsten Fall ohne Reisegeld ins Mutterland zurück. Schriftlich lädt er jeden Tag die vornehmsten unter seinen Landsleuten an seine Tafel, und Dr. Lund ist froh darüber, daß er und Riedel am Tag nach ihrer Ankunft zu seiner Rechten und seiner Linken sitzen, auch wenn Kunst und Wissenschaft oder Musik den Oberst nicht im geringsten interessieren. Aber die Zivilisation hat auch Bedarf für

Männer seines Schlags, den Soldaten, und ein Goldbergwerk wie Gongo-Soco wird nicht mit Kinderhand betrieben, denkt Dr. Lund. Der Oberst bietet ihnen alle erdenkliche Hilfe an, und in den folgenden Tagen läßt er sie von seinem Privatsekretär umherführen, um hier und da mit einem Sklaven aufzutauchen, der drei rauchfarbene Gläser und eine Flasche Portwein bester Sorte trägt, den sie unter offenem Himmel genießen, Dr. Lund freilich nur mit einem vorsichtigen Nippen.

So überwältigt Dr. Lund auch davon ist, zu sehen, was eine große und organisierte Kultur hier mitten in Brasilien auszurichten in der Lage ist, so hängen seine Gedanken doch weiterhin an den Höhlen mit den Knochen in der rotbraunen salpeterhaltigen Erde. Die eine Frage zieht die andere nach sich. Hat es *gleichzeitig auf der ganzen Erde* ein Erdbeben gegeben? Also nicht, wie Cuvier meint, zu verschiedenen Zeitpunkten auf den verschiedenen Kontinenten? Doch wodurch hervorgerufen? Hast *du* den Mut, das Rätsel auszudeuten? fragt er sich selbst, in der einen Hand das Portweinglas und mit der anderen das Schweißtuch haltend, während Riedel auffallend stumm an seinem Glas nippt, ohne natürlichen Schweiß auf der Stirn und jedesmal mit einem verkrampften Lächeln um die bleichen Lippen, wenn der englische Oberst einen neuen Schwank aus seiner Zeit in Indien zum besten gibt.

Riedel ist zum zweiten Mal krank. Und diesmal muß er sechs Wochen lang das Bett hüten, in dem Gästehaus, welches der Oberst ihnen zur Verfügung gestellt hat. Dr. Lund verbringt die Zeit damit, ihn zu pflegen und eine Abhandlung über die Campos-Vegetation zu verfassen, die er an die Gesellschaft der Wissenschaften senden will. Als es Riedel besser geht, brechen sie nach einem herzlichen Abschied von den Engländern sogleich auf. Endlich, am 23. November erreichen sie die Hauptstadt der Provinz Minas Gerais, Cidade Imperial de Ouro Preto, Die Kaiserliche Stadt des Schwarzen Goldes. Dr. Lund arbeitet noch an seiner Abhandlung. Dann schlägt Riedel vor, daß sie sich trennen. Riedel muß so schnell wie möglich zurück nach Rio de Janeiro, um die Arbeit an seinem *Manual* wieder aufzunehmen. Ein weiteres Mal dankt Dr. Lund der Vorsehung, denn er fühlt sich so gesund wie nie zuvor. Aber am letzten Abend, den sie gemeinsam verbringen, ist die Stimmung melancholisch.

Riedel macht kein Hehl daraus, daß er in Dr. Lund den besten Reisegefährten seines Lebens gehabt hat, und Dr. Lund erwidert das Kompliment aus vollem Herzen. Sie sitzen in einem kleinen Restaurant am Platz im Zentrum der düsteren Barockstadt, die von uneinnehmbaren Bergen eingeschlossen ist; steile, kopfsteingepflasterte Straßen, zweigeschossige Patrizierhäuser mit elegant verzierten Eisengeländern auf den Balkons. Die ganze Zeit gehen Priester und Mönche im strömenden Regen an ihnen vorüber und erinnern sie daran, daß die Inquisition noch nicht lange zurückliegt. Ein Banjospieler sitzt verloren in einem Portal und trägt das Seine zu der melancholischen Atmosphäre bei. Irgendwo weint ein Kind. Auf einmal beginnen alle Kirchenglocken der Stadt zu läuten.

Riedel sieht besser aus, er kann seine Zigarre wieder genießen. Aber die Reise hat ihm mehr zugesetzt, als Dr. Lund sich richtig klargemacht hat. Ihm zittern ständig die Hände. Dann zeigt er die Andeutung eines Lächelns und sieht Dr. Lund mit seinen sensiblen, nordischen Augen an:

Doch uns ist gegeben,
Auf keiner Stätte zu ruhn,
Es schwinden, es fallen
Die leidenden Menschen
Blindlings von einer
Stunde zur andern,
Wie Wasser von Klippe
Zu Klippe geworfen,
Jahrlang ins Ungewisse hinab ...

... zitiert er, fast unhörbar. Sie sind nicht zwei Forscher, die sich in gegenseitigem Respekt voneinander verabschieden. Sie sind zwei Freunde, die sich Lebewohl sagen, mit Versen aus Hölderlins *Hyperion*. Dr. Lund weiß, daß er von nun an immer Ludwig Riedels Zähneknirschen in den stillen und einsamen Tropennächten vermissen wird. Doch die Höhlen rufen ihn immer stärker, vom Rand der Wüste dort draußen, wo alle Zivilisation aufhört und der abscheuliche Däne Peter Claussen sein Königreich hat.

6

Zum ersten Mal seit jenem späten Nachmittag vor zehn Jahren, als er nach Vesterbro hinausging und über Bakkehuset Gottes Wort am Himmel sah, kniet Dr. Lund nieder und dankt Gott. Um ihn herum liegen seine Arbeiter auf den Knien, sämtlich Mulatten im arbeitstauglichsten Alter, die er in Curvelo angeheuert hat, und bekreuzigen sich mehrfach unter lauten, inbrünstigen Ausrufen: „*Milagre! Deus é grande!*" - in der festen Überzeugung, die er geneigt ist, zu teilen: daß dieser unterirdische Tempel nur dienen kann als Wohnung des Herrn, *O nosso Senhor.* Noch nie in seinem Leben, weder im Reich der Natur noch in dem der Kunst, hat Dr. Lund etwas Schöneres, etwas so Vollendetes gesehen. Und er erhebt sich, streift sich die Erde von den Knien und tritt in die große Kammer ein, wo die ganze Pracht der Höhle versammelt zu sein scheint, gefolgt von dem norwegischen Vagabunden und Kunstmaler Peter Andreas Brandt, mit dem er an Peter Claussens gequältem Hof zusammentraf und sich sogleich verbündete.

Dr. Lund denkt an all die Wege und Umwege, die er gehen mußte, an die Werke, die er in späten nächtlichen Stunden studieren mußte, die Pflanzen und Vögel, die er pressen und ausstopfen mußte, die Akademien, die er besuchen mußte, die Berge, die er besteigen ,die Ebenen, die er durchqueren,und die Krankheiten, die er überstehen mußte, um endlich, nach zehn Jahren, zu dieser unbekannten Riesengrotte zu gelangen, die Saal auf Saal eine unbeschreibliche Überraschung nach der anderen bereithält, ein übers andere Mal, wie nun zuletzt hier in dieser Kammer, wo die Stalaktitenbildungen in der schweren, feuchtigkeitsgesättigten Erdhitze ans Sublime grenzen, das bald Brandts ganzes Talent mit Pinsel und Palette beanspruchen wird. Sie entzünden noch eine Handvoll Fackeln und Stearinlichter, so daß die Fledermäuse erwachen und zu Tausenden dem Ausgang zuschwirren. Im einen Augenblick werden sie von einem indischen Tempel überrascht, der ihnen wie von einem Heer von Kastenlosen im Lauf von Jahrhunderten in den Fels gehauen vorkommt, im nächsten sehen sie gotische Altäre wie in Europas Kathedralen, dann wieder fallen Vorhänge von der Decke bis zum Boden herab, die neue Heiligtümer oder Schätze aus dem Inneren der Erde verhüllen.

Säulen erheben sich, wie von Lorenzo Bernini entworfen und ausgeführt, mit mystischen Masken aus dem Inneren Afrikas und Ornamentik aus dem judaisch-moslemischen Kulturkreis besetzt. Und überall sind Borten, Girlanden, Friese und Diademe wie von einer dünnen Schicht glitzernden Zuckers bedeckt, die dem Ganzen den Charakter eines Feenschlosses verleiht. Hier und da scheinen andere Farben durch die feine Schicht von Kalkspatkristallen hindurch, so daß bald eine schwach rosafarbene, bald eine pastellgrüne Tönung entsteht, doch zumeist ist es das Nanking- Gelb, das das Weiß bricht, und die ganze Zeit wird das Auge von den klaren Reflexen der Kristalle und ihren unzähligen Facetten geblendet.

Jetzt weiß Dr. Lund, daß er für eine lange, nicht absehbare Zeit die Botanik aufgeben wird, um sich stattdessen auf die Entwicklungsgeschichte der Erde zu konzentrieren, so wie sie sich ihm plötzlich in ihrem vielleicht magischsten Kapitel hier in der Lapa Nova do Maquiné zeigt, die vor ihm und Brandt noch keines Menschen Fuß betreten hat. Das letzte, was er über Brasiliens Flora geschrieben hat, war die Abhandlung über die Campos-Vegetation, die mit der Tropa von dem Flecken Cachoeira do Campo nach Kopenhagen abgesandt wurde, und einer der letzten Bäume, den er darin als einen weiteren Ausdruck für Gottes allmächtige Großzügigkeit charakterisiert, war der Knoblauchbaum, der diesen Namen seinem strengen Duft verdankt, der Baum, der von allen, die er gesehen hat, die größte Absorbtionsfähigkeit besitzt, so daß jeden Morgen, lange nach Sonnenaufgang, Tropfen in solcher Menge aus seiner Krone fallen, daß man sich in einen Regenschauer versetzt glaubt, während er gleichzeitig, in direktem Widerspruch zu allen Naturgesetzen, so stark auf die Magnetnadel einwirkt, daß jeder Kompaß in seiner Nähe ins Delirium gerät.

Aber nicht tausend solcher Bäume, kein noch so schöner Wald fleischfressender Pflanzen, keine wandernden Bäume ohne Wurzeln oder Rosen von der Größe von Pinien, weder die schrecklichste Abweichung noch die übernatürlichste Offenbarung in der Welt der Flora kann sich mit dieser Kathedrale der Geognosie messen, die sich unter dem südlichen Abhang der Bergkette Serra do Maquiné verbirgt, nicht weit vom Rio das Velhas, wo der Corrego do Cuba abzweigt und sich in eine beckenförmige Vertiefung hinabsenkt; ihr Eingang liegt dreihundert Fuß oberhalb des Bachbettes und nur ungefähr hundert Fuß unterhalb des obersten Randes der Bergkette. Ein riesiger Eriodendron mit einer Krone leuchtend rosenroter Blüten verrät den vergessenen Eingang. Doch wie um jeden Zugang zu versperren, steht als Türwächter ein drohender Stamm der Art *Peroba*, mit bunten Blumenlianen kämpfend, die für den verräterischen Eriodendron Partei ergriffen haben.

Es war an einem frühen Morgen gewesen, während er mit Brandt die Ländereien der Fazenda Maquiné durchstreifte, daß Dr. Lund die Stelle wiederfand, an der sich der Höhleneingang befindet. Peter Claussen hatte ihm, als er mit Riedel hier gewesen war, die ersten Räume gezeigt, aber diesmal spielt die Landschaft ihm immer wieder einen Streich, und er hat stundenlang gesucht. Überall am Berghang wachsen die weißen Blüten der *Lippia*, die berühmt sind wegen des wohlschmeckenden Tees, den sie in getrocknetem Zustand ergeben -*chá de pedestre*. Als er vom Maultier stieg, um einen Armvoll dieser Blumen zu pflücken, fiel sein Auge auf einen Schwarm von Vögeln, der kaum fünfzig Meter entfernt unaufhörlich am Berg ein und aus flog.

Brandt stöhnt in der feuchten Wärme, während er den Zeichenblock hervorzieht und sich auf einem Vorsprung zurechtsetzt. Dr. Lund schreibt auch das der Vorsehung zu, daß er diesen unglücklichen, verletzbaren, aber in jeder Hinsicht angenehmen Menschen genau zum richtigen Zeitpunkt in seinem Leben getroffen hat. Nachdem er seine Neger ausgezahlt und seinen Teil der Maultiere verkauft hatte, war Dr. Lund am 9. Februar 1835 von Ouro Preto via Cachoeira zurück nach Curvelo gereist und hatte auf Peter Claussens Gut über vierzehn aufreibende Tage verbracht. Peter Claussen war begeistert über seine Rückkehr und stellte ihm sein bestes Gästezimmer zur Verfügung, das er seinem „vornehmen Gast“ so behaglich wie möglich einzurichten versuchte, und am Anfang glaubte Dr. Lund ein wenig naiv, er würde die rechte Distanz zu diesem Ungeheuer und seiner Familie halten und seine Mahlzeiten allein auf den Exkursionen zu den Höhlen einnehmen können. Aber die ganze Zeit ritt Peter Claussen hinter ihm her, um zu sehen, was er unternahm, und nicht einen Knochen konnte Dr. Lund in Ruhe und Frieden untersuchen ohne die stimmgewaltige Einmischung und das wilde Wunschdenken Claussens – ob es nicht beispielsweise eine gute Idee wäre, gemeinsame Sache zu machen und nicht nur zusammen ein bahnbrechendes Werk über die Vorzeitfunde herauszugeben, sondern sie auch gleich, so wie sie da waren, an die großen Museen in Europa zu verkaufen?

Es wurde Dr. Lund schnell klar, daß eine Unzahl wertvoller Knochen längst holterdipolter zusammengerafft und von Claussen an die meistbietenden Mittelsmänner in Rio de Janeiro oder direkt nach Europa verkauft worden war. Und damit nicht genug. In einigen Höhlen hatte er die ganze Erde zusammengekratzt, um den reichlich darin enthaltenen Salpeter zu gewinnen. Aber das alles mochte noch angehen. Am schlimmsten war es zu Hause auf dem Hof, wo Claussen ununterbrochen an seine Tür klopfte und sie einmal sogar mit einem Gebrüll eintrat, als Dr. Lund nachdrücklich darum gebeten hatte, in Ruhe gelassen zu werden: „Pedro Claudio wünscht die Gesellschaft von Herrn Doktor *jetzt!*" Die Neger arbeiteten härter als auf jeder anderen Fazenda, die Dr. Lund besucht hat; wie ein Tornado war Peter Claussen bald hier, bald da, mit Befehlen, die alles zwischen Himmel und Erde betrafen, und gefolgt von seinen Brüdern? Vettern?, die nach bestem Vermögen der Brutalität des Alleinherrschers nacheiferten und sich deshalb nicht genierten, die Neger so hart ins Gesicht zu schlagen, daß selbst die Engländer in Gongo-Soco empört gewesen wären. Und morgens, mittags und abends, wenn er nicht draußen in den Höhlen war, suchten die jammernden Frauen Dr. Lund auf und baten um finanzielle Unterstützung für die Flucht, so daß er ihnen schließlich soviel Geld gab, daß sie, hilflose Opfer, die sie waren, nach Rio de Janeiro reisen konnten, wenn sie wollten, um dort unter dem Schutz des Generalkonsuls auf eine Schiffspassage in ihr verlorenes Paradies Dänemark zu warten. Dies letzte, plötzlich als barmherziger Samariter auftreten zu müssen, gab Dr. Lund das Gefühl, daß er kostbare Zeit vergeudete.

Aber mitten in dem Ganzen tauchte Peter Andreas Brandt auf, nach einer wochenlangen Exkursion zu den Ufern des Rio das

Velhas mit den Taschen voller Skizzen. Es verging keine Stunde, bis Dr. Lund und er Freunde waren – und *seine* traurige Lebensgeschichte zum Vorschein kam, erzählt in einem stotternden, bedächtigen Norwegisch und mit großen, erstaunten Augen in einem Gesicht, das offensichtlich einem Mann jenseits der Vierzig gehörte, unrasiert, mit ersten grauen Bartstoppeln und einer von der Sonne schon rot gekochten Hinterkopfglatze. Es war einmal ein junger begabter Mensch in Kristiania, voller Humor und sprudelnd von Ideen, eng befreundet mit den führenden Dichtern und Naturforschern des jungen Norwegen. Er träumte davon, Journalist und Zeichner zu werden, und hatte in Kristiania eine Zeitung gegründet, die einmal wöchentlich die neuesten Ideen aus Europa auf den Markt bringen sollte.

Aber die Zeitung ging nach wenigen Nummern ein. Der junge, vielversprechende Mensch hatte sich inzwischen mit Wilhelmine verheiratet, hatte drei Kinder bekommen, die versorgt werden mußten, und eröffnete aus diesem Grund einen Kaufmannsladen, der auf Seide, Baumwolle und die besten Gewürze aus den Tropen spezialisiert war. Aber auch der Laden ging ein. Und was er sonst in die Hand nahm – als sei er ein umgekehrter Midas. Kurz gesagt, er hatte mit nichts Glück, das Schuldgefühl, als Vater und Versorger untauglich zu sein, wuchs in ihm wie eine Schmerzbeule, und dazu kam, daß die Leute anfingen, über ihn zu reden: daß er wohl tränke, daß er sonderbare Dinge träume, daß er das Zeug zu einem Dichter in sich trage, aber zu einem Dichter ohne Talent, daß er seine Frau nicht achte, wie es sich gezieme, seine Kinder verwahrlosen lasse und sich tage- ja wochenlang in Gesellschaft von Menschen herumtreibe, mit denen man besser nicht gesehen werde ... und zu guter Letzt, als der junge und vielversprechende Mensch nicht mehr jung und schon gar nicht mehr vielversprechend war, flüchtete er, in der Hoffnung, unter anderen Sternen sein Glück zu finden. Und er kam auf merkwürdigen Umwegen nach Chile, doch nachdem er eine kurze Zeitlang so etwas wie Erfolg gehabt hatte, ließ ihn auch dort das Glück im Stich, denn die Zeitung, für die er als Zeichner arbeitete, machte – Bankrott. Er brach von Valparaiso auf, zog zu Fuß über die Anden, mit dem Gefühl, nun auf seinem Todesmarsch zu sein, der überall und nirgends hinführte, und er trug nur seinen Sack auf dem Rücken und sein letztes Geld bei sich.

Angetrieben von der Energie der Verzweiflung ging er und ging er und zog über das Gebirge, wo die dünne Luft für eine Weile gleichsam die Dämonen dazu zwingt, ihre Verfolgung einzustellen. Plötzlich war er in Argentinien, schlug sich durch nach Paraguay, bis eines Tages nicht mehr Spanisch gesprochen wurde und er sich einer Expedition anschloß, die aus dem südlichen Mato Grosso nach Rio de Janeiro zurückkehrte; doch auch die war vom Pech verfolgt, denn die Neger meuterten, um sich einem *quilombo*, einem illegalen Dorf für entlaufene Sklaven anzuschließen, und zum Schluß ... zum Schluß war er also hier gelandet, ohne Geld, ausgehungert, nur von etwas getrocknetem Fleisch und Bohnen am Leben gehalten, die er sich in den Kirchen und auf den Fazendas erbettelte – war er also hier auf Peter Claussens Gehöft gelandet, als „oberster" und kultiviertester Sklave, als des Dänen Zeichner und Landschaftsmaler, Laufbursche und Unterhalter in einem – ohne zu wissen, *wer* dieser Riese Claussen eigentlich war, wie er hierhergekommen war, oder wann, und nicht zuletzt: warum. Eine Schwindelaffäre, tuschelten die Brüder? Vettern? hinter vorgehaltener Hand, um sich sogleich zur Ordnung zu rufen, als erwarteten sie irgendeine Strafe für ihren Anflug von Offenherzigkeit. Bigamie, flüsterte eine der Frauen eines späten Nachmittags, um ihn im nächsten Augenblick völlig entgeistert anzusehen, als habe er das schreckliche Wort ausgesprochen.

Dr. Lund war bewegt von Brandts Geschichte, die dieser ihm im Laufe eines Vormittags erzählte, als der Hof in stillem Frieden dalag, weil Claussen nach Curvelo geritten war, um Geschäfte zu erledigen. Während er damit beschäftigt war, seine erste Sammlung von Knochen in Spankörbe zu packen, fühlte Dr. Lund, daß ihm Brandts Typ von Bakkehuset und aus der Studentenvereinigung in Kopenhagen bekannt war, der Bohemien, stets fasziniert von den Diskussionen der Dichter und Philosophen, die er ein wenig zu sehr für bare Münze nimmt, während er mit einem Glas Bourgogne in der Hand etwas abseits steht, der Tagträumer und Nachtschwärmer, ein schwieriger Typ, wenn man ihm sein geheimes Innerstes öffnet, aber auch treu und imstande, eine begabte Unterhaltung zu führen, genau das, was Dr. Lund nach den täglichen Zusammenstößen mit Peter Claussen braucht.

Und eines frühen Morgens, beinah wie ungezogene Kinder und während alle anderen noch schliefen, schlichen sie sich aus ihren Zimmern und ritten in aller Stille fort von der Fazenda Porteirinhas, nachdem Dr. Lund Brandt einen festen monatlichen Lohn als sein Zeichner und wissenschaftlicher Assistent garantiert hat. In Curvelo richteten sie ihr Hauptquartier in einer weiteren dieser lausigen Pensionen ein, die Dr. Lund so gut kennt, und von hier aus unternahmen sie ihre Höhlenreisen entlang den Ufern des Rio das Velhas, die sie zu der Stelle führten, wo die weißen Teeblüten sich ausbreiten und wo die Vögel am Berg ein und aus fliegen.

Die ersten, großen Säle brachten Dr. Lund eine überwältigende Wiedersehensfreude. Durch den Eingang, der von Kakteen bewachsen war, hatte sich eine magere Kuh eingeschlichen, um Salpeter zu lecken, was die anderen Kühe am Berghang offensichtlich auch regelmäßig taten, denn überall beim Eingang und ein Stück weit im Höhleninneren lagen frische Kuhfladen. Irgendwann waren Menschen den Spuren der Kühe gefolgt und hatten den Wert des Salpeters erkannt. Aus einer Wagenladung Höhlenerde ließen sich mit Leichtigkeit zwischen sechzig und siebzig Pfund Salz auslösen. Trat man ganz in die Höhle ein, weitete sich ihr erster Raum, vom Eingang her erhellt und noch mehrere Meter tief voll frischer Kuhfladen, zu einem imponierenden Saal, den Dr. Lund beim ersten Mal mit achtundachtzig Fuß in der Länge und sechsundsechzig Fuß in der Breite maß, während er die Höhe auf sechsundzwanzig Fuß veranschlagte. Hier war die salpeterhaltige Erde fast vollständig abgetragen, und die sie schützende Kalkkruste war in tausend Stücke zerschlagen. Auf dem Boden lagen riesige Quarzblöcke, die aus einer Ader derselben Gesteinsart von der Decke herabgestürzt waren, und an vielen Stellen waren die Stalagmiten mit den Stalaktiten zusammengewachsen. Aber einmal in der Vorzeit, als die rote, salpeterhaltige Erdschicht sich über den Boden legte, muß die herabsikkernde Wassermenge von ganz anderem, diluvianischem Charakter gewesen sein als die, die sich Jahrtausende hindurch mit einem Tropfen jede halbe Minute begnügt. Es hat keine Zeit für die Verdunstung gegeben. Diesem Umstand schreibt Dr. Lund die dicke, jetzt aufgebrochene Kalkschicht über der Erde zu.

Vom ersten Saal führte eine schmale Öffnung weiter in einen pechschwarzen Raum, der ihre Stimmen wie ein märchenhaftes Echo zurückgeworfen hatte, besonders Peter Claussens triumphierendes Gebrüll. Im Schein der Fackeln hatte Dr. Lund konstatiert, daß dieser Saal noch größer war als der vorige – vorsichtig war er selber auf und ab geschritten und hatte einhundertzwanzig Fuß in der Länge und vierundsiebzig in der Breite gemessen. Der Saal glich ansonsten dem ersten, und auch hier war die Kalkschicht auf der Jagd nach Salpeter durchbrochen worden. Alles war beschlagen vor Feuchtigkeit, und die ganze Zeit waren Dr. Lund und Peter Claussen ausgeglitten, während sich Claussens Sklaven auf ihren nackten Füßen wesentlich besser gehalten hatten. Von einer Ecke dieses Saals führte ein langer Gang abwärts, auf beiden Seiten mit Tropfsteingebilden in den regelmäßigsten Formen wie mit Vorhängen bekleidet. Der Gang mündete in einen dritten Saal, den gewaltigsten von allen dreien, mit zweihundert Fuß in der Länge, einhundertsechzehn in der Breite und doppelt so hoch bis zur Decke, beinah fünfzig Fuß.

Die Ausstattung dieses Saals war die überwältigendste von allen dreien. Die linke Wand war fast nackt, doch beim Eingang mit einem Vorhang aus kreideweißen Stalaktiten geschmückt, die das Licht der Fackeln wie Sternenfunkeln zurückwarfen. Die Wand zur Rechten bestand aus einem schweren, ausladenden Behang, der wie ungeheure Feuer bis zu zwanzig Fuß weit in den eigentlichen Saal hineinragte. Das Merkwürdigste aber war die Wand, durch die sie eingetreten waren. Als sie sich umwandten, sahen sie, daß diese Wand zwischen zwei Riesensäulen einen Halbbogen mit Reihen von runden Bänken bildete, die einen Sockel umgaben, auf dem ein fünfundzwanzig Fuß hoher Bär thronte. Trotz der Dunkelheit, trotz des Bärs, der Anstalten machte, aus seinem Steinschlaf zu erwachen, als der Fackelschein seine Augen traf, zeigten sich auch hier die Spuren lebender Menschen. Überall lagen Knochen von Fledermäusen und Eulen, doch hier und da waren sie zur Seite gescharrt, war die Kalkkruste durchbrochen und die rote Erde freigelegt. Ebenso verhielt es sich mit einer vierten, kleineren Halle, einer Art Nebenraum mit einem wüsten Durcheinander von zahlreichen herabgestürzten Kalksteinbrocken.

Hier endete jede Spur menschlicher Aktivität, und hier endete offenbar auch die Höhle. Aber tat sie das wirklich? Diese Frage hallte seit jenem Tag in Dr. Lund wider, und nun, wo er zurück ist, ohne Peter Claussens Augen im Nacken, kann nichts ihn aufhalten. Brandt riet ihm auf das nachdrücklichste davon ab, in eine kleine Öffnung einzutreten, die von der vierten Halle in die Endwand führte, ein ziemlich schmaler Gang, in dem Wasser stand, was darauf schließen ließ, daß es sich um eine Sackgasse handelte. Doch *„weiter!"* mahnte die Stimme in Dr. Lunds Innerem – *„weiter!"* Und er krempelte die Hosen bis über die Schienbeine hoch, stellte die Stiefel auf einem sicheren Vorsprung ab und ging selbst als erster ins Wasser, das eisige Stöße durch sein Rückgrat sandte. Er watete und watete, die Fackel hoch erhoben, Meter für Meter, ohne einen Gedanken an die Brustkrankheit oder schwimmende Schlangen oder plötzliche, dramatische Abgründe, die seinem Leben ein für allemal ein Ende machen könnten. Während ein schwacher Strom seinen Nervensaft durchfuhr und sich fortpflanzte bis zu einem Prickeln auf der Haut, wußte er, daß er eine Spur gefunden hatte, daß es sich nicht um eine Sackgasse handelte. Und mit einem Mal ließ die Vorsehung ihn erblicken, was er so brennend zu sehen wünschte: einen vollständig unberührten Raum aus der Zeit unmittelbar nach der letzten Erdumwälzung. Hier war der tiefste Raum in der ganzen Höhle, und von hier aus führten, wie er sogleich sah, neue Gänge zu immer neuen Räumen, und von dort – es war wie eine Belohnung, auf die er nicht zu hoffen gewagt hatte – öffneten sich Zugänge zu immer neuen Reihen von Räumen, Kammern und ganzen Sälen, in die er mit Hilfe einer wackeligen, halb verrotteten Leiter gelangte, die einer der Mulatten ihm nachtrug. Und plötzlich entzündeten die Fackeln die funkelnden und sprühenden und blendenden Kalkspatkristalle des Feenschlosses, als würden wie auf ein Zauberwort aus allen Himmelsrichtungen tausend Kandelaber herbeigetragen.

Doch was sagen *die Knochen* unten in der roten Erde unter der schützenden Kalkkruste? Das ist die Frage, die Dr. Lund von dem Augenblick an gefangennimmt, wo er Gott gedankt hat und sich erhebt, nachdem er die Knie gesäubert und im gleichen Moment über sich selbst gelächelt hat, weil seine Hosen seit langem völlig verschmutzt sind. Tagelang danach sind Brandt und er und die

Arbeiter in der Höhle beschäftigt, und nur gelegentlich zieht es sie hinaus ins Freie, um Atem zu schöpfen, sich an der Sonne aufzuwärmen und Feuer unter den Kesseln zu machen. In vielen Fällen erhebt Dr. Lund den Anspruch, die Arbeit gänzlich allein zu tun,und überläßt es Brandt, auf eigene Faust in den Sälen herumzugehen und zu zeichnen. Die Untersuchungen der Knochen müssen mit der allergrößten Sorgfalt vorgenommen werden, und zwar an Ort und Stelle, weil es darauf ankommt, die Lage jedes einzelnen Knochens und die Stellung des Tieres, möglicherweise der ganzen Herde zu dem Zeitpunkt zu bestimmen, da der Tod in Form des alles auslöschenden Erdbebens und der nachfolgenden Sturmflut eintrat, die global, mit schmelzenden Polen und Verschiebungen der Erdoberfläche, gewesen sein müssen, davon ist Dr. Lund mehr und mehr überzeugt.

Nein, es reicht nicht aus, sie einfach in Kisten und Säcke zu füllen, die Leiter hinabzufieren und sie durch die vier Säle nach draußen ans Tageslicht tragen zu lassen, als handelte es sich um irgendwelche Suppenknochen in einem bedeutungslosen Puzzlespiel. Jeder einzelne Knochen muß für sich ausgegraben werden, nicht selten mit dem Teelöffel und einem kleinen, spitzen Messer, muß umsichtig behandelt, von Erde befreit, probiert und bestimmt werden. Bis es draußen dunkel wird und Brandts bittendes Rufen wie aus dem Inneren der Erde klingt, hält Dr. Lund sich in den geheimen Räumen der Höhle auf, die vor ihm noch keines Menschen Fuß betreten hat, schwitzend und vor Kälte zitternd zugleich, in einem euphorischen Zustand von Konzentration, den er noch nie zuvor erlebt hat. Seine Kleider kann er auswringen. Er muß es aufgeben, Beobachtungen in sein Notizbuch zu schreiben, weil es sich in der Feuchtigkeit in eine breiige Masse verwandelt. Die Brille ist ständig beschlagen, so daß er sie irritiert beiseite legt und seine Augen in Igelhöhe über die rote Erde gleiten läßt, wo er die Kalkkruste aufgebrochen hat. Doch seine Mühsal wird belohnt. Von sämtlichen Knochen, die er findet, ist kein einziger von einer jetzt lebenden Tierart! Die allermeisten sind von einer Art Vorzeitantilope, der Rest vom Riesenfaultier.

Während er gräbt, wachsen die Fragen in ihm, eine nach der anderen, genug, fühlt er, für die Antwortsuche eines ganzen Lebens.

Wie sind diese Antilopen und diese Riesenfaultiere ganz in das tiefste Innere der Höhle gelangt? Und nicht nur hier*herein*, sondern auch hier*herauf*? Es ist undenkbar, daß die Tiere selbst, sei es krank oder alt, hier hereingekommen sein sollten, um sich niederzulegen und eines natürlichen Todes zu sterben. Alle Knochen stammen offensichtlich von gesunden Tieren, auch wenn sie eine stattliche Anzahl Brüche aufweisen. Und außerdem weiß Dr. Lund, daß Antilopen Felsenhöhlen scheuen. Waren sie die Beute von Raubtieren? Doch wo sind in diesem Fall die Spuren der Raubtierzähne? Und warum liegen ganze Antilopenskelette ungestört zusammen? Nein, die Antwort ist die Sturmflut, mit all den ungelösten Fragen, die sie mit sich brachte.

Dr. Lund sieht sie vor sich und weiß, daß er Recht hat: eine Sturmflut von mehreren tausend Fuß Höhe ließ einst die Berge wie kleine Felsblöcke verschwinden, als sie die Erde überschwemmte, riß alles mit sich, grub abgrundtiefe Klüfte, knickte die Bäume des Hochlandes wie spröde Zweige, verwüstete die Urwälder, versetzte die Hügel und schob die Tiere in riesigen Leichenhaufen vor sich her, die an manchen Stellen in die innersten und tiefsten Höhlen der Erde gespült wurden, zur gleichen Zeit im Pariser Becken wie hier in Minas Gerais, in den Polarregionen wie in Feuerland, und die Knochen, die er jetzt findet, sind von den Tieren, die am weitesten in die Höhlen hineingespült und gegen die Wände gepreßt wurden, bis alles still wurde, die Sturmflut sich legte, die Erde wieder atmete, das Wasser sank und zu einem stillen Tropfen von Stalaktit zu Stalagmit in den Höhlen wurde, und noch einmal erschuf Gott alle Tiere und Blumen und Bäume genauso, wie sie gewesen waren, und gedachte des Tages, an dem er den Menschen erschaffen würde, aber er ließ auch schwierige Arten in Vergessenheit geraten, von denen er vielleicht den Eindruck hatte, daß sie nicht besonders nützlich waren. Wie gewisse Antilopen. Wie das Riesenfaultier.

Oder handelte es sich nach der Erdumwälzung und der Sturmflut um eine *Neuschöpfung*? In Curvelo, wo Dr. Lund an seiner Abhandlung über die Maquiné-Höhle arbeitet, und wo die schmutzigen Kinder des Ortes die ganze Zeit scheu durch die Fenster zu ihm hineinsehen, nachdem man angefangen hat, über den sonderbaren, dünnen Mann mit der goldeingefaßten Brille zu reden, der auf seinem Maultier umherreitet und Knochen sammelt, nimmt diese Frage, die vielleicht die allesentscheidende ist, ihm beinah den Atem. Zuerst schwelte sie irgendwo in seinem Bewußtsein, dann schoß sie hervor wie ein Blitz, die Frage, die, mit einem Ja beantwortet, im gleichen Augenblick Cuviers *Discours sur les révolutions de la surface du globe* annullieren und den Glauben der Theologen an die mosaische Sintflut endgültig in die Polterkammer des Aberglaubens verweisen wird: schuf Gott nach der Sturmflut, die Er über die Erde sandte, ein ganz anderes Tier- und Pflanzenleben, das also, welches wir heute kennen, weil Er sich klar geworden war darüber, daß ... *was?* Daß ... daß der Mensch, auf den Er hinauswollte, zwischen den Vorzeittieren und in den unheimlichen Farnwäldern keine Lebenschance haben würde? Für Gott ist nichts unmöglich, auch nicht der gigantische Irrtum, der vielleicht ein paar tausend Jahre dauerte, und dessen Überreste Dr. Lund an dem wurmstichigen Tisch in seiner Pension in Händen hält, in der Erinnerung immer noch von dem Augenblick erfüllt, in dem das Feenschloß erleuchtet wurde – ein Irrtum, den Gott tilgte, indem er ihn von Pol zu Pol, vom Osten bis zum Abendland ertränkte, um darauf, nur mit der Sonne und den Wolken als Zeugen, eine ganz neue Entwicklung Gestalt annehmen zu lassen, mit dem Menschen als der obersten Stufe, dem befreiten *Ich* in Seinem Bilde ...

Ist es so? War es so? Kann er es beweisen? Wird die Vorsehung weiterhin seine Schritte lenken? Mit einem Mal schenkt Dr. Lund seiner Gesundheit keinen Gedanken mehr, obwohl er weiß, daß es nicht mehr das Brasilien der Sonne ist, das er untersuchen muß, sondern dessen dunkles, feuchtes Erdinnere: mit allen seinen Kräften, in treuer Pflichterfüllung, ohne Gedanken an anderes zu verschwenden, muß er eine Unzahl von Vorzeitknochen sammeln und sich nicht mit denen zufriedengeben, die er in Peter Claussens Höhlen und in der Lapa do Maquiné gefunden hat. *Und nicht in einer einzigen Höhle darf er unter der magischen Kalkkruste Knochen noch lebender Tiere finden!* Vorläufig sind die Überreste des Riesenfaultiers die Juwelen in seiner Sammlung. Das Skelett von der Art *Megatherium* fand er in einem kleinen Bassin in der hintersten Ecke des Feenschlosses. Es lag wie ein Teil der Knochen der Vorzeitantilopen in lockerem, gelblichem Sand, der sich von der rötlichen

Erde merkbar unterschied, in einem total zerfallenen Zustand. Nur einige Zehenglieder sowie die Zähne waren erhalten, die übrigen Knochen waren mehr oder weniger zerfallen, und der spröde Zustand, in dem sie sich befanden, ließ sie bei der geringsten Berührung zu Staub zerfallen – aber vereinzelte Knochenteile konnte er dennoch retten, nicht zuletzt diejenigen, die um die immer noch sichtbaren Exkremente des Tieres lagen, die er zu einem späteren Zeitpunkt im Zusammenhang mit einer kompletten Biographie des Tieres beschreiben wird. Dr. Lund vermutet, daß die große Flut dieses Riesenfaultier in solchem Grad überrascht hat, daß seine Exkremente aus purem Schrecken sozusagen in den Darmkanal zurückgesaugt wurden. Viele Details werden vorläufig den Charakter von Vermutungen haben. Worauf es jetzt ankommt, ist, eine solche Menge von Knochen aus der Zeit vor der Flut zu finden, daß er die Antwort auf die große Frage geben kann: hat Gott die Welt *wieder*erschaffen? Oder hat er sie *neu* geschaffen?

Brandt ist damit beschäftigt, die Maquiné-Höhle nach seinen Skizzen zu malen und den Schädel der Vorzeitantilope und die Knochenreste des Riesenfaultiers, die Dr. Lund bereits beschrieben hat, zu zeichnen. Die Zeichnungen wird Dr. Lund mit der Abhandlung nach Kopenhagen schicken, der ersten, so hofft er, in einer langen Reihe, die das Rückgrat seines Werks *Der Schöpferplan* bilden soll, das er sich nun in zwei klar getrennten Teilen vorstellt, den antediluvianischen und den, wo der Mensch erschaffen wird. In Curvelo atmet alles Ruhe und Frieden. Brandt hat sich gerade nach draußen in die Sonne gesetzt und schläft auf der Stelle ein. Dr. Lund legt die Knochen beiseite, setzt sich auf die Steinstufe vor die Pension und schält eine Orange. Die Stadt ist um eine Nuance zivilisierter, als er es gewöhnt ist, ein paar der Häuser sind sogar angestrichen, freilich in grün und rot, Farben, aus denen er sich nichts macht.

Mit dem Pfarrer hat er ein paar höfliche Gespräche geführt, in der Venda grüßt man ihn und Brandt voller Respekt, und wenn er auf einem Spaziergang die Hauptstraße des Ortes hinauf und hinunter geht, nicken ihm alle zu, offenbar mit großer Lust, ihn zu fragen, was denn an diesen Knochen so interessant sei, doch auch, so spürt er, ohne den hellen Mut, dessen es bedarf, um aus dem Zwangsdenken der Mutterkirche auszubrechen, das naturwissenschaftliche Fragen zu etwas Sündigem macht. Es liegt Katholiken nicht, Forscher zu sein. Ein Ozean trennt den nordischen Menschen vom Südländer, denkt Dr. Lund mit einem nicht geringen Selbstgefühl, als er sich erhebt, um die präzise Bahn der Sonne zu berechnen. Da wird der Frieden gestört, als es aus der Ferne, wo die Stadt aufhört und der Wind die lose rote Erde in beunruhigenden Spiralen aufwirbelt, klingt: *„Pedro Dinamarquês!" „Pedro Dinamarquês!"* Der Name wird in der Stadt von Mund zu Mund weitergetragen, am lautesten von einer Horde Negerjungen, die aus schierer Spannung Salto schlagen, und kurz darauf kommt Peter Claussen herangaloppiert, direkt zu Dr. Lunds und Brandts Pension, begleitet von seinen zwei Brüdern oder Vettern und zwei Sklaven, auch die beritten.

„Na also, *da* bist du!" brüllt Peter Claussen, während er vom Pferd springt und auf Brandt zeigt, der aus seinem Stuhl hochfährt. Dr. Lund setzt die Brille auf, erhebt sich und fragt, was um alles in der Welt Claussen sich einbildet, hier in solcher Art und Weise aufzutreten. Claussen wirft neugierige Blicke in Dr. Lunds Zimmer mit den Knochen, während er Schimpfkanonaden auf Brandt niederhageln läßt, der sich zitternd zum Eingang der Pension zurückzieht, und einen Augenblick lang ist Dr. Lund ein wenig verwirrt, ein wenig ängstlich, als gebe es etwas, das er nicht wisse über Brandt, als gebe es einen Mistelzweig, dem er keinen Eid abgenommen habe, doch dann geht ihm auf, daß Clausen ausschließlich wünscht, Brandt als seinen Sklaven zu behalten. „Er gehört *mir!* Lassen Sie die Finger von ihm!" brüllt der Koloß und schlägt Brandt mehrmals mit seinem silberbeschlagenen Peitschenschaft über den Rücken und erzählt von all dem Geld, das er in ihn gesteckt, all den Festmahlzeiten, die er ihm spendiert hat, um dieses Skelett von einem Norweger, der eines Tages auf allen Vieren nach Porteirinhas gekrochen kam, wieder zu Fleisch und Blut werden zu lassen. Brandt schuldet ihm noch immer eine Unzahl von Zeichnungen und einen präzisen Plan über seine Ländereien. Das muß Dr. Lund bitteschön verstehen und sich danach richten!

Der ganze Ort hat sich im Nu um sie versammelt, doch niemand versteht ein Wort von dem abgehackten, hustenden und gurgelnden Dänisch, das Claussen spricht, während seine kleinen, stechenden Augen aus einem Hackklotz von Kopf blicken, der Dr. Lund plötzlich spüren läßt, daß er genau *so* ausgesehen haben muß, genau *so* muß er mit allen umgesprungen sein, berauscht von seiner Macht, der Edelmann und Stiernacken Markvor Lund, dessen Verbrechen für Jahrhunderte den Fluch über sein Geschlecht brachte. Und erregt wie noch nie zuvor, erregt über seine eigene Erregung und während das Blut in seinen Adern kocht und die Sonne seine Stirn trifft wie ein Pfeil, um ihn herum die Hunde heulen, die Ratten gleichsam aus allen Türöffnungen herauskommen und die Cobras im Staub zischeln, schlägt er Peter Claussen mit seinem Schweißtuch über die Backe, daß dem Riesen beinah die Augen aus dem Kopf fallen und seine Backen vor Wut so rot anlaufen wie Tomaten. Alle verstummen. Man hört nur den Wind. Selbst die Hunde hören auf zu heulen. Mehr als eine Minute starrt und starrt Peter Claussen Dr. Lund an, doch etwas hält ihn davon ab, zurückzuschlagen und diesen Wicht von einem Widersacher zu zerschmettern – vielleicht Furcht vor Dr. Lunds völligem Mangel an Furcht, vielleicht die Angst, als Mörder aus dieser Begegnung hervorzugehn. Und kurz darauf gehen seine Brüder oder Vettern dazwischen, Peter Claussen spuckt auf den Boden, schlägt mit seinem karmesinroten Mantel ein Loch in die Luft und muß unverrichteter Dinge davonreiten.

Von nun an geht das Gerücht in Curvelo um: es ist *der Schatz*, um den sich die Dänen in den Haaren liegen, der Schatz im Innersten der Maquiné-Höhle, den ein Indianderhäuptling dort versteckt hat, seine Kriegsbeute in Form von Diamanten, Goldklumpen, magischen Papageienfedern, die Wasser aus einem Felsen fließen lassen, abgeschnittenen Haaren von kleinen Mädchen, die die Manneskraft zurückbringen, wenn man sie mit goldenem Honig bestrichen ißt, Platinringen, meterlangen Perlenketten und Schlangenhäuten, die pulverisiert und bei Vollmond durch die Nase eingesogen, ewige Jugend verleihen. Die Kinder flüstern mit weitgeöffneten Augen vom Schatz und blicken Dr. Lund an, als sei er der große Zauberer, die Frauen machen ihm schöne Augen und lächeln ihn mit zwei, höchstens drei losen Zähnen im Mund an, in der Venda wird ihm und Brandt gratis eingeschenkt, und der Pensionswirt macht ihre Zimmer extra sauber. Es ist Dr. Lund unmöglich, dem Mythos ein Ende zu machen, und schließlich amüsieren Brandt und er sich darüber, wie kindlich diese Brasilianer sind: an alles glauben sie, und sie sind nicht imstande, irgendetwas zum Funktionieren zu bringen. Doch als Dr. Lund einige Tage später, nachdem er seine Abhandlung fertiggestellt hat, allein zur Maquiné-Höhle zurückreitet, um nachzusehen, ob noch wertvolle Knochen in Winkeln zurückgeblieben sind, die er übersehen hat, ist ihr Eingang zugemauert. Große Feldsteine sind in mühseliger Arbeit aufgeschichtet, die Fugen sind mit kleinen Steinen angefüllt und mit der roten Kalkerde als Mörtel verputzt worden. Oberhalb des Eingangs, auf einem kleinen Felsvorsprung, steht der Besitzer der Fazenda Maquiné, ein kleiner, puckliger Portugiese mit Armen, die so lang sind, daß seine Hände beinah den Boden berühren, und einem entzündeten, triefenden Auge. Dr. Lund erhebt die ausgebreiteten Arme zu einem freundlichen Gruß, aber der Portugiese antwortet damit, daß er das Gewehr unter dem gesunden Auge in Anschlag bringt und genau auf ihn zielt.

Als Dr. Lund in Curvelo einreitet, kommt Brandt ihm freudestrahlend mit einem Packen Briefe entgegen, die von Kopenhagen via Rio de Janeiro und Ouro Preto hierhergelangt sind. Irritiert greift Dr. Lund den Packen, öffnet ihn, vergißt sein kleines Papiermesser aus Elfenbein und reißt den ersten Brief mit dem Zeigefinger auf. Er antwortet Brandt nicht, als dieser ihn zu wiederholten Malen fragt, was ihn plötzlich so verschlossen gemacht habe. Aber als er den Brief von Henrik Ferdinand liest, bricht alles in ihm zusammen, und er denkt nicht mehr an die Maquiné-Höhle. Die Tränen laufen ihm über die Wangen wie damals in Palermo, als er vom Tod der Mutter las. Petrea! Nur dreiunddreißig Jahre, und gerade, als sie als Mutter erblühte, alles um sich her mit Leben erfüllte und als eine ihrer letzten Tätigkeiten das Haus am Blegdamsvejen frisch gestrichen und neu eingerichtet hatte. Hört es niemals auf?

Brandt will ihn trösten, aber es ist Dr. Lund unmöglich, seinem neuen Gefährten zu erklären, wie man sich fühlt, wenn man weiß, daß ein fürchterliches Uhrwerk am Nytorv mitten in Kopenhagen immer weiter tickt. Fast zwei Jahre früher, gerade als Dr. Lund seine große Reise zusammen mit Riedel begonnen hatte, hatte er die Nachricht bekommen, daß Peter Christian Kierkegaards nächstjüngerer Bruder Niels Andreas, nur vierundzwanzig Jahre alt, in einem verzweifelten Versuch, als Geschäftsmann aus dem elterlichen Heim auszubrechen, in der Nähe von New York gestorben war.

Aber ihn hatte Dr. Lund kaum gut genug gekannt, damals drang der Schmerz nicht so tief wie jetzt – wie zwei Daumen, die von hinten gegen die Augen pressen, wie stoßweise Krämpfe im Magen und wie ein hohes, unmelodisches Singen in den Gehörgängen, als hätte er gerade die schlimmste Tracht Prügel seines Lebens bezogen. Dr. Lund beginnt umgehend, zusammenzupacken, die Knochen alle sorgfältig numeriert, und schickt alles mitsamt dem größten Teil seiner Hilfsmittel und Notizbücher und den ausgestopften Vögeln und Herbarien, die nicht nach Rio gegangen sind, nach Lagoa Santa, der Stadt, die er jetzt über einen längeren Umweg erreichen will, um dort ein Standquartier für die Regenzeit einzurichten. Er schreibt einen langen Brief an Henrik Ferdinand und versucht, ihn in dem Glauben daran zu stärken, daß Ein Gottergebener Sinn das Größte ist, was einem in die Wiege gelegt wird, und daß es, was immer auch geschehen mag, Die Vorsehung ist, die bestimmt.

Es hilft ihm ein wenig, dies zu schreiben. Seine Energie kehrt zurück, er hört wieder die Pflicht rufen. Und am folgenden Tag, dem 2. September, reiten Brandt und er aus Curvelo hinaus, verfolgt von einer Horde Jungen, die zwischen ihren Maultieren hin und her laufen und ihnen die verfaulende Leiche eines Hundes verkaufen wollen, so verfault, daß man schon deutlich überall das Skelett hervorstechen sieht, übersät mit glänzenden, ekligen Schmeißfliegen, so eklig, wie sie nur hier in den Tropen sind. Der Gestank des toten Hundes steigt in Dr. Lunds Nase, daß er sich fast übergeben muß. In seinem Kopf verdüstert sich wieder alles. Zuerst der zugemauerte Höhleneingang, dann Markvor Lund, dann Mikael Pedersen Kierkegaard, der in seinem kleinen schwarzen Buch wieder einmal ein Kreuz machen kann – und nun diese prustenden, aufdringlichen, unverschämten und fast nackten Eingeborenenjungen im schlimmsten Alter, mit tiefen, heiseren Stimmbruchstimmen und ersten Ansätzen von Bartwuchs, und der älteste von ihnen schämt sich nicht, so zu tun, als schlinge er den toten Hund in sich hinein,und klopft sich derweil auf den Magen und rollt mit den Augen, zu der gnadenlosen Sonne hinauf, die bald alles in der öden Hitze zum Knistern bringen wird. Dr. Lund will fort aus dieser bösen Stadt. Und Brandt reitet schweigend hinter ihm, mit drei Schritten Abstand.

Sonne. Sand. Der getrocknete Schlamm an den Ufern des Rio das Velhas. Das Stöhnen des Maultiers. Sein Geruch. Sein Schweiß. Dr. Lund denkt an nichts. Er reitet mit Brandt und den zwei Lastenmulis hinter sich, Kilometer um Kilometer, als sei er eins mit der Natur, Trockenheit, wo sie Trockenheit ist, Schlammpfuhl, wo sie Schlammpfuhl ist, und ein leiser innerer Schmerz, wo sie zur *caatinga* wird, dem verkrüppelten Wald, der in seinem Wachstum stehengeblieben ist, weil er nie genug Nahrung bekommt – *der Wald der Schmerzen*, wie die umherstreifenden Indianer ihn nennen, ununterbrochen der sengenden Sonne ausgesetzt, nicht mehr so, wie Gott sie entzündete, sondern so, wie sie sich plötzlich selbst entzündet, wie eine Katastrophe von alles verzehrender Raserei, die die Klapperschlangen zwischen den Büschen der Catinga rasseln, die Vögel verstummen, die Fische im Rio das Velhas hoch oben an der Wasseroberfläche nach Luft schnappen und aus den Mäulern der Mulis salzigen und klebrigen Schaum austreten läßt.

Dr. Lund reitet mitten durch die Sonne, um wenig später da weiterzureiten, wo sie ihre Bahn gezogen ist – durch Salzwüsten, zwischen Tausenden von mehrere Meter hohen Termitenhügeln, zwischen denen ewiger, mörderischer Krieg herrscht, durch die ausgetrockneten Betten von Bächen und Nebenflüssen, die Welt der Insekten, die rote Erde der gepanzerten Ameisen und Skorpione, durch Siedlungen, die an Menschen erinnern, wo aber kein Leben ist; die Hunde liegen halbtot an den Hauswänden, die Katzen haben kein Fell, die Kinder reiben ausgehungert in ihren Augenhöhlen und Männer und Frauen gehen mit langsamen Schritten, um gleichsam jeden Augenblick stehenzubleiben und zu dünnen Salzsäulen zu erstarren. Durch den Flecken Papagaio reiten er und Brandt hinunter zum Rio das Velhas, nicht weit von seiner Mündung in den São Francisco-Fluß, setzen bei der Ortschaft Hipolito über und reiten von dort in südlicher Richtung weiter durch Pissarão und Trahiras, um ein weiteres Mal über den Fluß zu setzen und in eine neue Catinga einzutreten, deren dornige Krüppelbäume und Büsche jedes weitere Vorankommen ohne zerrissene Kleider, Gesichter und Hände fast unmöglich machen. Und immer trostloser wird die Landschaft, während die Kunde von ihrem Vormarsch ihnen auf sonderbare Weise vorauseilt.

Es ist, als ob jeder Busch in der Catinga Dr. Lund kenne, wisse, was er sucht,und es allen Höhlen des Hochlandes zuflüstere, so daß in regelmäßigen Abständen dieser oder jener untersetzte und unrasierte Fazendabesitzer ihn in Empfang nimmt und ihn gegen Bezahlung zu dem führt, was er so besessen sucht, diese wertlosen Knochen, denen zuliebe er sich einsaut, sich in Stücke reißt, seinen Appetit vergißt und sich von der Sonne verbrennen und schließlich von der inneren Feuchtigkeit der Erde durchnässen läßt, wenn er sie im Schein der Fackeln ausgräbt. Lapa do Mosquito, Lapa Grande, Lapa da Boca Estreita, Lapa do Labirinto, Lapa do Olho d'Agua, Lapa dos Saraivas sind einige der insgesamt neunzehn Höhlen, die er auf dem Weg nach Lagoa Santa besucht, und in denen er gräbt, doch fast ohne nennenswerte Ausbeute. Nur in zweien findet er unter der Kalkkruste Vorzeitknochen, insgesamt ein paar Kisten voll, die er an den Lastenmulis festzurrt, während Brandt einen Sack mit kleineren Knochenstücken in seiner Obhut hat, als sie weiterziehen durch den Wald der Schmerzen, wo nun auch die fliegenden Insekten als zusätzliche Plage auftreten, und zwar in solchen Mengen, daß sie nicht hundert Meter reiten oder auf den Ochsenhäuten sitzen können, um ihr mitgeführtes getrocknetes Fleisch zu essen, ohne daß ihre Haut von ihnen bedeckt ist. Ihr Biß ruft umgehend eine heftige Schwellung und ein lang anhaltendes Jucken hervor, die in Kombination mit einer schlechten Behandlung zu kaltem Brand und zum Tod führen können. Allen Vorsichtsmaßnahmen zum Trotz ist Dr. Lunds und Brandts Haut bald mit Ausschlag übersät, und sie müssen sich die ganze Zeit gegenseitig ermahnen, sich nicht zu kratzen. Selbst in der Nacht läßt ihnen das fieberartige Brennen nur wenig Ruhe.

Brandt hat angefangen, aufzubegehren – er begreift den Sinn dieser Reise nicht und weiß nicht, wohin Dr. Lund ihn eigentlich führt. Doch als er sieht, daß es Dr. Lund ebenso schlecht geht wie ihm selbst und er als Antwort einen fest entschlossenen Blick durch die Forscherbrille bekommt, hält er ein und folgt ihm mit seinen Malutensilien weiter von Höhle zu Höhle. Ihr eines, kostbares Lastenmuli stirbt bald an einem Schlangenbiß. Das andere wird ein paar Tage später von einem giftigen Insekt gestochen, so daß es mehrere Stunden lang nicht gehen kann. Selbst entgeht Dr. Lund auf einem der Wegstücke, wo er zu Fuß geht, um das Maultier zu entlasten, nur in letzter Sekunde dem Biß einer Klapperschlange – und kaum hat er sich glücklich gepriesen, im letzten Moment durch das Rasseln der Schlange gewarnt worden zu sein, da wird er von einer giftigen Spinne in den Handrücken gestochen. Noch nie hat er einen solchen Schmerz erlebt. Alles dreht und wendet sich in ihm, es schneidet wie mit gezackten Messern in seinem Körper, es schüttelt ihn in spastischen Anfällen, er bekommt Fieber und Krämpfe und erbricht sich, während er auf seiner Ochsenhaut liegt, die Brandt gerade noch unter ihm ausrollen konnte, bevor er umfiel. Seine Finger bohren sich desperat in die harte, verkrustete Erde, und er strampelt wild mit den Beinen, um kurz darauf vor Erschöpfung das Bewußtsein zu verlieren und undeutlich von glühendem Holz zu träumen, das in die Bißwunde gepreßt wird, so daß seine Hand zu einer großen, wässernden Brandwunde wird. Nur die augenblickliche Anwendung des Gegengifts, das er ständig bei sich trägt, bewirkt, daß sein Zustand nur sechs Stunden dauert und nicht die sonst üblichen vierundzwanzig, die schließlich den letzten Lebensfunken erlöschen lassen.

Arraial da Nossa Senhora da Saude da Lagoa Santa liegt etwas mehr als achthundert Meter über dem Meeresspiegel, fast genau auf dem zwanzigsten Grad südlicher Breite, in einer Region, wo der Dschungel von Osten, der hier jedoch kaum mehr *mata virgem*, der jungfräuliche Wald, genannt werden kann, denn längst hat der Mensch dort gerodet und abgebrannte Flächen nutzbar gemacht, auf die sich von Westen her erstreckenden offenen Campos trifft, über die Dr. Lund vor einem Jahr mit Riedel auf dem Weg nach Ouro Preto geritten kam.

Felswände, selbst kleinere Felsen sind hier selten, der Ort ist hauptsächlich von der roten Lehmerde umgeben, die mit gelblichgrünem Gras bewachsen ist. Aber Dr. Lund fühlt sich von Lagoa Santa, wo sie am 17. Oktober ankommen, stark angezogen, nicht zuletzt aufgrund der Gerüchte um die heilenden Kräfte des Seewassers. Die Häuser des Ortes aus gebrannten Ziegeln sieht er mit Freude wieder, viele von ihnen haben kleine Pfade zum See hinunter, dessen reges Vogelleben ihn zu dem schönsten macht, den er in diesem Land, wo Seen so selten sind, gesehen hat. Hier ist gut sein, wenn die Regenzeit kommt und die Höhlen unter Wasser stehen, hier kann er wieder zu Kräften kommen und Ordnung in seine Sammlungen bringen, in einem hügeligen Terrain, wo nur wenige flache Landstücke größer sind als dreißig Hektar, in einem Terrain, das sich, wenn der Regen eine Zeitlang aufhört, dazu eignet zu wandern, nachzudenken und ... zu vergessen. Die rote Lehmerde ist fraglos ein Verwitterungsprodukt von Urgesteinsmassen und bekräftigt Dr. Lunds Vermutung, daß Brasilien das älteste Land der Erde ist, worüber er ausführlich an Forchhammer schreiben wird, nun, nachdem die Entwicklungsgeschichte der Erde, die in enger Nachbarschaft zur Geognosie gesehen werden muß, zu seinem Forschungsfeld geworden ist.

Hier modellierte Gott zum ersten Mal nach der Umwälzung die Erdoberfläche, und durch Tausende von Jahren hindurch haben die tropische Wärme und Feuchtigkeit die Gesteine, hauptsächlich Gneis und Granit, abgetragen. Lehmschiefer ist die richtige Bezeichnung für die Erdoberfläche, mit einem Schimmer von kupferrotem Eisen, das dem Lehm seine Farbe gibt. An dies alles erinnert sich Dr. Lund von seiner Durchreise, und nun ist er wieder hier, bereits erfrischt vom angenehmen Klima des Ortes, wenngleich Tornados und gewaltige Sturmböen die lose Erde aufwirbeln und in mehrere hundert Meter hohen Staubwolken in die fernen Camposregionen auf der anderen Seite des Sees tragen – als Vorankündigung der Regenzeit, die bald kommen und jede gründliche Exkursion unmöglich machen wird, die die Wege in unüberwindbare Schluchten verwandelt, in denen die Schlangen sich bis zur Erschöpfung peitschen, um nicht zu ertrinken, die die Häuser, die nicht wie die von Lagoa Santa hoch gelegen sind, unter Wasser setzt und im schlimmsten Fall, wenn sie nur aus Lehm und Stroh gebaut sind, fortspült.

Doch Dr. Lund ist jetzt alles recht, nach den Erlebnissen der letzten Monate in der Trockenheit, die seine Schleimhäute eintrocknen ließ, so daß er von morgens bis abends hustete, während gleichzeitig die Insekten ihn bissen und die Catinga seine Haut blutig kratzte. Dr. Lund sieht wieder in einem Winkel von hundertachtzig Grad, der alles in sich aufnimmt, wenn er sich entsprechend konzentriert. Er fühlt aufs neue, sein Appetit kehrt zurück und damit eine überwältigende Lust, zu arbeiten und Ordnung in seine Sammlungen zu bringen. Und nun kommt auch Brandt allmählich zur Ruhe.

Sie mieten sich in einer Pension ein und bekommen neben zwei Schlafzimmern eine Küche mit alten, rostigen Töpfen und einer Feuerstelle, die seit undenklichen Zeiten nicht in Gebrauch gewesen ist, sowie einen Arbeitsraum in einem Nebengebäude zur Verfügung gestellt. Ein Jäger im Ort wird engagiert, Exemplare aller Tierarten zu schießen, die er in der Gegend kennt, Kinder werden beauftragt, Insekten zu sammeln, und im Arbeitsraum und in der Küche hängen die Wände bald voll von halb oder ganz abgezogenen Tieren, die Dr. Lund nun zu klassifizieren beginnt. Der Stapel mit Brandts Knochenzeichnungen wächst – in kurzer Zeit hat er sorgfältig, mit der Zungenspitze zwischen den Lippen, zuweilen mit präziser Farbgebung alle Knochen gezeichnet, die Dr. Lund auf der Reise von Curvelo hierher gefunden hat, und wenn er besonders zufrieden mit sich ist, massiert er seinen kahlen Hinterkopf und summt Melodien aus dem Norwegen seiner Kindheit und Jugend, und als der Koch, der er im Grunde seines Herzens ist, mit einer Vorliebe für das Komponieren ganz neuer, tropischer Gerichte, spricht er zwischendurch voller Eifer davon, wie sie ihre Kost verbessern können. Dr. Lund indessen hat keine Lust, mit seiner Kost zu experimentieren; die Eier, die er nun wieder bekommen kann, zusammen mit Makkaroni, Grütze, Brot, Käse und starkem Tee sind ihm mehr als genug. Aber er ist immer zufriedener mit Brandt, und nachdem er Briefe an Henrik Ferdinand, Christian und Peter Christian Kierkegaard geschrieben, sowie ausführliche Reisebeschreibungen an die führenden Wissenschaftler in Paris und Berlin verfaßt hat – an der Spitze von Humboldt, dem er als dem unübertroffenen Pionier unter den Südamerikareisenden huldigt, dessen Beispiel er in aller Demut zu folgen versucht – richtet er, endlich zur Ruhe gekommen, zusammen mit Brandt ihr Standquartier so angenehm wie möglich ein.

Die Wände ihrer Zimmer bestehen aus ungebrannten Lehmziegeln, die mit Stroh und Papierbindfaden umwickelt sind, die Fußböden sind aus gestampftem Lehm, ihre Betten wieder einmal die Ochsenhäute, in der Mitte des Bodens ausgebreitet, damit es nicht von den Wänden auf sie heruntertropft, wenn die Tornados von den Campos nun bald bis hierher vordringen. Als Decken benutzen sie ihre Mäntel, doch mitten in aller Primitivität gelingt es ihnen mit Hilfe von Blumen und Handzeichnungen des Sees, die Brandt signiert und sorgfältig auf Pappe klebt, ein wenig wohnliche Atmosphäre zu schaffen. Entweder mit dem Sonnenaufgang oder bevor es dunkel wird, gehen sie gern zu den Ufern des Sees hinunter und botanisieren oder schießen Vögel, oft bis zur Brust im Schilf. Dr. Lund liebt besonders die Sumpfbäume. Ganz neue und unbekannte Bäume begegnen seinem Auge, viele von ihnen sind in solchem Maße an das Wasser gebunden, daß sie vor Jahren ihre Wanderung in den See hinaus begonnen haben. Und überall zwischen dem Schilf und den Sumpfpflanzen nisten Tausende von Vögeln, deren Gesang Dr. Lund an die frühen Morgenstunden seiner Studentenzeit im Forsthaus von Frederiksdal erinnert, doch enthält ihr Gesang auch plötzliche, ganz andersartige Töne – *ti-hiit-tuit – ti-hiit-täääät* –, daß jeder dänische Ornithologe Mund und Nase aufsperren oder – *sklyyd-u-dyyt-sklyyyd* – einen regelrechten Schrecken bekommen würde. Dr. Lund lächelt voller Zufriedenheit. Er hat wieder alles in Reichweite. Und Brandt zeichnet ohne Unterbrechung, mehr und mehr im Pakt mit der Natur, auch bei ihm sind die Wunden und Schrammen aus der Catinga fast sämtlich verheilt.

Ihr Weg zum See hinunter führt sie meistens auf einem kleinen Pfad an dem Haus mit den echten, leicht schlammfarbenen Fensterscheiben vorbei, auf das Dr. Lunds Augen mit besonderer Wärme fielen, als er mit Riedel hier vorüberritt. Es gehört dem Pfarrer, einen mageren spanischen Jesuiten mit Augen wie Kohlen, die nicht die geringste Glut abgeben, wenn sie ihm begegnen, wie er in seinen verschlissenen Sandalen zur Kirche hinaufschlurft und merklich auf der Hut ist vor diesen Nordleuten, die hierher gekommen sind, um alles zu untersuchen – auch den Palmengarten, der in seiner Freizeit sein ein und alles ist, und der sich bis hinunter zum Seeufer erstreckt. Alles hat er selbst gepflanzt, abgesehen von einer einzelnen, gigantischen Königspalme, die zugleich eine Art Wahrzeichen von Lagoa Santa ist. Sollte der Pfarrer ihr Feind sein? An einem Tag glauben sie es, als er in einer Wolke von rotem Staub an ihnen vorüberhastet, doch am nächsten werden sie beruhigt, als er ihnen trotz gewisser Reservationen Zugang zu seinem Palmengarten gewährt und ihnen in sorgfältig bemessenen Dosen Ratschläge für den Aufenthalt in der Stadt und im Hochland erteilt.

Besonders froh ist Dr. Lund darüber, ein Handels- und Finanzhaus in Sabará empfohlen zu bekommen, das bis zu drei Prozent Zinsen gibt – monatlich. Er beschließt, dort einen Teil seines Geldes anzulegen, und zwar durch das Handels- und Finanzhaus Hamann & Co in Rio de Janeiro, wohin ihm Henrik Ferdinand sein Geld überweist. Während der ganzen Reise durch Brasilien wuchsen die Einlagezinsen. In São Paulo lagen sie bei anderthalb Prozent im Monat. In Ouro Preto bei zwei im Monat und nun also bei drei, wo sie in Rio de Janeiro noch immer bei sechs liegen – im Jahr. Das versetzt Dr. Lund in die Lage, hier in Minas Gerais ausschließlich von seinen Zinsen zu leben, und sogar Brandt noch gut zu bezahlen. Erfreut berichtet er Henrik Ferdinand davon und beschließt, sich mit dem Pfarrer so gut wie möglich zu stellen und ihn nicht, was ihm ansonsten Freude bereiten könnte, zu Diskussionen über die Erschaffung der Erde herauszufordern.

Kopfzerbrechen macht ihm hingegen, daß die Knochen, die er in der Maquiné-Höhle gesammelt und mit der Tropa aus Curvelo geschickt hat, noch immer nicht angekommen sind, und auch der größte Teil seiner Garderobe und seine gesamten Hilfsmittel nicht. Er sagt sich, daß die Tropa einen Umweg gemacht hat, vielleicht über Ouro Preto, wo der Maultierzug Waren für Familien hier in Lagoa Santa holen soll. Doch dann kommt die niederschmetternde Nachricht, daß die Sachen längst auf den weiten Weg nach Rio de Janeiro gegangen sind, weil man in dem Glauben war, kein Europäer würde auch nur im Traum daran denken, die Regenzeit anderswo als in der Hauptstadt zu verbringen. Es wird unmöglich sein, die Tropa einzuholen, ohne auf dem Rückweg in den Regen zu geraten, nicht einmal wenn er Eilboten zu Pferde losschicken würde, könnte Dr. Lund seine Kisten zurückbekommen. Wieder bricht eine Welt in ihm zusammen. Tagelang bringt Brandt kein Wort aus ihm heraus. Entweder liegt er in tiefer Depression da und starrt zur Decke aus Palmenblättern und alten Brettern hinauf, oder er wandert rastlos und allein im Ort umher, hinunter zum See und wieder zurück, im Kreis um den Kirchplatz, in die Venda, um Eier zu kaufen, wieder nach draußen, zurück in die Pension, und wieder von vorn, den Pfad am Palmengarten des Pfarrers entlang hinunter zum See und wieder zurück. Monatelang muß er auf seine Sammlungen und seine Kleidung warten, und in der Venda kann er höchstens ein paar schlecht genähte Stiefel kaufen, die nicht seine Größe haben. Während er beim Licht der Öllampe in seinem Zimmer liegt, denkt er daran, wieviele kostbare Wochen ihm verloren gehen auf dem Weg zu seinem Werk, in dem Diluvion, die Flut, den großen, unüberschreitbaren Grenzfluß zwischen dem ersten und dem zweiten Teil darstellt. Und plötzlich ist sie da, als habe er sie gerufen, die Sintflut.

Zuerst tropft es leicht aufs Dach. Dann ist alles wieder still. Eine Stunde vergeht. Dann ist es, als würde das Dach abgehoben, und selbst wenn die Türen und Fensterläden verschlossen sind, dringt der Sturm von allen Seiten herein. Auf dem Kirchplatz bellen die Hunde, es ertönt Rufen und Schreien, Ochsenkarren poltern, und dann kommt der Regen, als seien sämtliche Wolken über Lagoa Santa versammelt. Es blitzt und donnert, und Regentropfen von der Größe geschliffener Bergkristalle hämmern in Kaskaden auf die Dächer der Stadt, Stunde auf Stunde. Dr. Lund schläft ein, betäubt von ihrem Klang. Und erwacht kurz darauf, von dem stets gleichbleibenden Klang geweckt, schläft wieder ein, wacht auf – und es regnet und regnet. Tagelang. Wochenlang. Einen Monat lang. Schließlich kommt er zur Ruhe, und Brandt hat immer ein bißchen Klatsch und Tratsch aus dem Ort parat, um ihn aufzumuntern, wenn er zweimal am Tag mit hartgekochten Eiern, Brot und Käse und zuweilen mit frischer Milch in der Tür seines Zimmers auftaucht. Da steht er, triefend naß, lächelnd, mit nacktem Oberkörper und in neu angeschafften Leinenhosen, in denen sonst nur die Schwarzen gehen, und tut was er kann, um Dr. Lund aus der Depression herauszuhelfen.

Endlich eines Tages, als es ein wenig ruhiger geworden ist und der Nieselregen eingesetzt hat, erhebt sich Dr. Lund und verläßt sein Zimmer mit einem Gefühl, als sei er neu geboren. Die ganze letzte Woche hat es in ihm geklungen: *reculer pour mieux sauter, reculer pour mieux*... Vielleicht war es die Vorsehung, die die Tropa nach Rio de Janeiro geschickt hat, damit er endlich eine dringend notwendige Ruhepause bekäme und seine Gesundheit nicht durch unablässiges Forschen und Klassifizieren ruinierte. Nein, nicht *vielleicht*.

Es *war* die Vorsehung, die ihn verschonen wollte, und dankbar faßt er Brandt um die Schulter und geht mit ihm zusammen in die Stadt und grüßt alle Einwohner, mit denen Brandt mit seinem spontanen künstlerischen Temperament in der Zwischenzeit gut Freund geworden ist, nicht selten dadurch, daß er freundliche Karikaturen von ihnen angefertigt hat – den Inhaber der Venda, eine portugiesische Nachbarfamilie, deren drei Töchter eine erlesene Sammlung versteinerter Fische von den Ufern des Rio das Velhas besitzen, ein paar Fazendabesitzer, die die Regenzeit überleben, indem sie hierherziehen, einen pensionierten englischen Unteroffizier aus Gongo-Soco, und ansonsten Menschen jeden Alters, beiderlei Geschlechts und unbestimmbaren Gewerbes – und Neger, mit denen Brandt sich ebenso angefreundet hat, sowohl freigelassene Sklaven mit der Goldkette um den Knöchel als auch solche, die gerade auf der Auktion in Ouro Preto oder Sabará gekauft worden und noch nicht in der Lage sind, ein Wort Portugiesisch zu sprechen.

Vor allem die freigelassenen Sklaven wissen von vielen mystischen Höhlen dort draußen zu berichten, wo die Felsenlandschaft beginnt, und Lapinha und Lapa Vermelha gelten als zwei der besten. In einer von ihnen wohnt ein Einsiedler, der Feuer speit, wenn man sich ihm nähert, in der anderen hausen Riesenschlangen und Ungeheuer mit acht Köpfen und Polypenarmen, die so lang sind wie die Gänge …

Endlich ist die Regenzeit vorbei, und die Höhlenreisen können beginnen. Im Laufe des späten Herbstes und der ersten Wintermonate besuchen Dr. Lund und Brandt eine lange Reihe neuer Höhlen, von denen viele gute Ausbeute ergeben. Vom 10. April bis zum 15. Mai 1836 sind es fast zwanzig Höhlen, die untersucht werden. Lapa Rica, Lapa da Lagoinha, Lapa de Contendas. In der ersten sind Knochen gewesen, aber die Erde ist so reich an Salpeter gewesen, daß sie inzwischen vollkommen abgetragen ist. Lapa das Palmeiras. Vereinzelte Knochen. Dr. Lund ist wieder ganz bei Kräften, und ohne Angst vor Schlangen und Ungeheuern erforscht er sie vom Eingang bis zur hintersten Wand. Einige haben nur einzelne Gänge und armselige Kammern, andere weiten sich zu Sälen aus, die aber nur entfernt an die Majestät der Maquiné-Höhle erinnern.

Aber die Lapa da Cerca Grande im Indianerfelsen Mocambo, einer überdimensionierten Räuberburg mit einem eigenen kleinen Urwald, und mitten in einer wunderschönen Ebene gelegen, kann sich fast mit der Maquiné-Höhle messen, und ihr reicher Inhalt an fossilen Knochen nötigt Dr. Lund und Brandt zu einem längeren Aufenthalt auf dem nächstgelegenen Bauernhof, der Fazenda Mocambo, unter freundlichen, rationalen und europäisch orientierten Menschen, zwei Brüdern und ihren Frauen, die ihre halbe Zeit damit verbringen, in Rio de Janeiro in Kammerkonzerte und in die Oper zu gehen und zu lesen. Ohne Bezahlung zu verlangen, stellen sie Dr. Lund ein paar Arbeitsneger zur Verfügung. Am Indianerfelsen, eine knappe halbe Legua von der Fazenda entfernt, finden sich zahlreiche farbige Umrisse verschiedener Tiere, die von den ursprünglichen primitiven Bewohnern des Landes gezeichnet worden sind. Dr. Lund weiß, daß er zu dieser Höhle zurückkehren wird, allein schon aufgrund ihrer schönen Lage, und nachdem er beinah sämtliche Knochen herausgeholt hat, ziehen Brandt und er weiter zu immer neuen Höhlen. Es kommt darauf an, eine so reiche Ausbeute wie möglich zu sichern, bevor die nächste Regenzeit einsetzt und er endlich seine Abhandlungen schreiben kann, wobei er all seine Hilfsmittel und Sammlungen, die nun bald den ganzen Weg von Rio de Janeiro zurückkommen, in Reichweite haben wird.

Lapa da Gamba, ca. zweieinhalb Kilometer östlich von Mocambo. Die Erde salpeterhaltig, teilweise abgetragen. Spuren fossiler Knochen. Lapa da Aldeia, knapp acht Kilometer nord-nordwestlich von Mocambo. Keine Ausbeute. Lapa de Taquaral, eine Legua südwestlich von Mocambo, eine große Felswand mit einer Menge Grotten und zwei tiefen Eingängen. Fossile Knochen unter der Kalkkruste. Lapa do Morrinho, eine knappe halbe Legua südwestlich von Mocambo. Enge, winklige Gänge. Knochen von Kleinsäugetieren, besonders Nagern. Lapa da Roça do Mocambo, acht Kilometer südwestlich der Fazenda. Schwache Spuren fossiler Knochen. Drei Besuche in der wichtigen Lapa da Pedra dos Indios, einer in Lapa dos Mocambeiros, am westlichen Hang desselben Felsens, in dem die Lapa da Cerca Grande liegt.

Von dort geht es zurück nach Lagoa Santa, weitere Höhlen werden besucht. Besonders die Lapa de Periperi ergibt Ausbeute in

Form zahlreicher Knochen von Nabelschwein und Paca. Allmählich kennt Dr. Lund die Landschaft in- und auswendig, häufig kann er riechen, wo kleinere Höhlen sind, die auf den oft miserablen handgezeichneten Karten, die er von Lagoa Santa mitbekommen hat, nicht verzeichnet sind, und fast jedesmal sagt ihm sein Instinkt, ob die Höhle ergiebig ist oder nicht. Aufgrund der Konsistenz der Erde am Eingang? Aufgrund der Form des Eingangs und der größeren oder geringeren Mühe, zu ihr zu gelangen? Es ist, als könnte er an manchen Tagen sehen, wo Diluvion die meisten Tierleichen angeschwemmt hat. Frisch und voller Energie, und ohne einen einzigen Tag krank gewesen zu sein seit der Depression am Anfang der Regenzeit, stellt er Spekulationen darüber an, wo im Körper der Instinkt sitzt. In den Blutgefäßen? In den Nackenwirbeln? Oder in Form eines länglichen Zapfens irgendwo in dem immer noch unerforschten Gehirn?

Vom 7. bis zum 20. Juli und gleich danach vom 20. Juli bis zum 8. August unternehmen Brandt und er noch zwei Höhlenreisen. Trotz ihres Namens erwies sich die Lapa de Milagre als unergiebig, hier täuschte sein Instinkt Dr. Lund ausnahmsweise einmal. Doch dafür findet er unzählige fossile Knochen in der Lapa Grande de Genette.

Wieder besucht er die Lapa da Cerca Grande, an einem frühen Morgen, der so frisch und klar ist, wie er es nicht mehr erlebt hat, seit er mit Riedel ritt. Dann wendet er sich wieder Lagoa Santa und der Regenzeit und der Arbeit an zwei, vielleicht drei neuen Abhandlungen zu, mit denen er die Königliche Gesellschaft der Wissenschaften überraschen will. Er hat die Disposition bereits fertig im Kopf, und er beabsichtigt, sich auf die vorzeitlichen Säugetiere zu konzentrieren, eingeteilt in die vier Ordnungen *Bruta, Acleidota, Myoidea* und *Quadrumana* mit jeweils ihren eigenen Familien, angefangen bei den trägen Tieren, dem Faultier und dem Gürteltier, über die Wiederkäuer, die Dickhäuter und die Raubtiere bis hinunter zu den Nagern. Besonders interessiert ist er, die Wahrheit über die widerlichen Vorzeitaffen zu erfahren, weil ihre Knochen ihn an eine Sage erinnern, die seinen Erkundigungen zufolge über einen bedeutenden Teil des inneren Hochlands verbreitet ist, insbesondere im nördlichen und westlichen Teil der Provinz São Paulo sowie in der

Sertão und am São Francisco, wo die Kanus mit den furchterregenden Köpfen am Steven ihn und Riedel übersetzten.

Der Sage zufolge lebt noch heute in diesen Regionen ein großes Tier aus der Familie der Affen, das die Indianer Caipor nennen – Bewohner des Waldes. Es hat Menschengröße, und sein ganzer Körper und der größte Teil des Gesichts ist mit langem, krausem Haar bedeckt. Es ist überall braun, nur auf dem Magen direkt über dem Nabel sitzt ein weißer Fleck. Es klettert behende in den Bäumen, hält sich jedoch meistens am Boden auf, wo es aufrecht wie ein Mensch umherstreift. In seiner Jugend ist es harmlos und friedlich und lebt von Früchten. Seine Zähne sind wie die des Menschen. Aber auf seine alten Tage wird das Tier blutdürstig und macht Jagd auf Vögel, kleinere Säugetiere – und Menschen. Bald wachsen ihm gewaltige Hauer, wo es vorher Menschenzähne hatte, und der Mensch kann ihm nichts anhaben, weil Schüsse seinen Pelz nicht durchdringen können, mit Ausnahme der Stelle, wo der weiße Fleck sitzt. Die Bewohner meiden die Orte, wo der Caipor sich aufhält, und häufig können sie seine Fußspuren auf der Erde sehen, doch nicht, in welche Richtung sie zeigen, weil der Fuß des Tieres vorne und hinten eine Ferse hat.

Soweit die Sage in der Provinz São Paulo! Am São Francisco-Fluß bekam sie einen neuen Zusatz: den Sertanejos zufolge ist der Caipor Herr über die Wildschweine. Hat ein Mensch eines dieser Tiere geschossen, hört er in der Ferne die Stimme des Caipors, und er tut gut daran, seine Beute umgehend und fluchtartig zu verlassen. Man hat das Fabeltier sogar inmitten einer Wildschweinherde gesehen, auf einem der größten Tiere reitend. Und einige der Mulatten in den Kanus auf der Fahrt über den São Francisco-Fluß beschrieben den Caipor, zu Dr. Lunds und Riedels stillem Vergnügen, als einen veritablen Kentaur, oben Affe, unten Schwein ...

Der weiße Fleck über dem Nabel – Dr. Lund hat die Antwort: die meisten brasilianischen Affen haben auf dem mittleren Teil des Bauchs eine so dünne Behaarung, daß ihre helle Haut durchscheint, wenn sie sich strecken. Der Fuß mit den zwei Fersen – Dr. Lund durchschaut ganz klar, daß es sich nur darum handelt, daß der Fuß vorne breiter ist als hinten, so daß man die einzelnen Zehen nicht zählen kann. Die Undurchdringlichkeit des Pelzes – Dr. Lund weiß, daß es bekanntermaßen einen Affen gibt, den Guigó aus der Familie *Mycetes crinicaudus*, der ein so dickes Fell hat, daß kein Messer es durchstechen und ihn töten kann, es sei denn mit mehrfachen brutalen Stößen, und sowohl auf dem Rücken wie auf der Seite ist er gegen Schüsse geschützt. Und als sei er sich seines guten Panzers bewußt, versucht der Guigó nie, sich durch die Flucht zu retten, sondern rollt sich nur zu einer Kugel zusammen, um den hellen Bauch zu schützen. Wenn Dr. Lund trotzdem von dieser Sage angetan ist, dann wegen der schlagenden Ähnlichkeit mehrerer Merkmale des Fabeltiers mit Zügen, die man vom Pongo auf Borneo kennt. Wenn kein solches Tier hier in Brasilien existiert, kann es dann als Erinnerung von den Vorfahren auf die jetzt lebenden Indianer vererbt worden sein? Und wäre folglich diese Sage ein Zeugnis für den asiatischen Ursprung von Amerikas ersten Bewohnern?

Auf diese Fragen wird Dr. Lund erst nach und nach die Antworten finden. Vorläufig ist er mit dem ersten Teil seines Werks beschäftigt, mit dem Ursprung des Menschen muß er warten. Während er alle Knochen sorgfältig in seinem Schlafzimmer, in der Küche und in dem Arbeitszimmer im Nebengebäude auslegt, ist er weiterhin von der Richtigkeit seiner Diluvion-Theorie überzeugt. Und die Regenzeit setzt wieder ein. Nichts kann ihn mehr davon abhalten, seine Geschichte der Vorzeit zu schreiben, auch nicht ein Brief von zuhause, der ihm mitteilt, daß Peter Christian Kierkegaard geheiratet hatte, um ein paar Monate später – Witwer zu werden. Kein Aberglaube, keine Gedanken an die Uhr in der Wohnung am Nytorv können Dr. Lund mehr etwas anhaben, nun wo die Vorsehung, nach monatelangem Leiden, ihn wieder auf eine Reise mit unfaßbarer Ausbeute geschickt hat. Durch Henrik Ferdinand erfährt er von einem Angebot H.C. Ørsteds, ihm zwei junge Forscher herüberzusenden, um ihn bei der Arbeit mit den Knochen zu entlasten. Aber Dr. Lund antwortet mit einem höflichen Nein danke und schreibt an alle in Kopenhagen von seinen Plänen für das nächste Jahr, dankbar dafür, daß er in Brandt den denkbar besten Helfer hat.

Die ganze Zeit muß er sich beherrschen, damit ihm nicht schwindelig wird bei dem Einblick in die antediluvianische Welt, den die Vorsehung ihm gewährt hat, Tausende von Kilometern entfernt von zu Hause, gerade als eine neue Regenzeit alles zum See Lagoa Santa hinunterschwemmt.

7

Mit Blick über den Palmengarten und zum Blumenberg Serra da Piedade in der Ferne, und sämtliche vier Zimmer des Hauses vollgestopft mit Knochen, so daß er kaum weiß, wo er anfangen soll, um Ordnung in dieses kunterbunte Chaos zu bringen, setzt Dr. Lund am 16. November 1837 den Schlußpunkt unter *Blick auf die Tierwelt Brasiliens vor der letzten Erdumwälzung – Zweite Abhandlung: Säugetiere*. Er ist glücklich darüber, die Regenzeit nicht länger in der weiter oberhalb im Ort gelegenen Pension verbringen zu müssen, wo ein steter Strom ungebetener Gäste, zumeist neugierige Jungen und Negerinnen, zu jeder Zeit und Unzeit die Knochen ansehen wollten und sie drehten und wendeten, als seien sie mit Edelsteinen besetzt, und zu allem Überfluß noch über ihn kicherten, als sei er ein Verrückter, der ebenso gut Kies oder altes Papier sammeln könnte.

Hier, wo vorher der Pfarrer in äußerst spartanischen Verhältnissen wohnte, hat er Ruhe und genießt Respekt, das Haus ist weder zu groß noch zu klein, die Fensterscheiben halten den Regen ab und sorgen für eine konstante, angenehme Temperatur, und der Palmengarten bereitet ihm jeden Tag Freude, wenn er seinen Morgen- und Abendspaziergang macht – obgleich er nichts für die lateinisch-feudale Manie des Pfarrers übrig hat, alles in geometrischen Beeten zu pflanzen und Büsche und kleine Bäume kubusförmig zu schneiden, als handele es sich um den Park von Versailles. Glücklicherweise ist Dr. Lund nicht verpflichtet, den Garten in dem Zustand zu halten, in dem er sich befand, als er vor einigen Monaten einzog; der Pfarrer, der eine Stellung als Lehrer an einem Kollegium in Ouro Preto angetreten hat, überließ ihm das Haus, ohne Bedingungen zu stellen und für eine äußerst günstige Miete. Die ersten primitiven, barockartigen Möbel haben Brandt und er schon ringsumher im Ort gekauft, aber das Pult im Arbeitszimmer mit dem Fenster zum See hinunter hat er selbst gezimmert, und hier kann er endlich in seiner zweiten Abhandlung über die Vorzeit Brasiliens konstatieren:

daß der Tropengürtel vor der Erdumwälzung nicht unbewohnt war, wie sonst allgemein angenommen

daß die Welt der Vorzeit, was die Klasse der Säugetiere angeht, an Familien- und Artenreichtum der Gegenwart überlegen war

daß namentlich die Familien *Gürteltiere, Faultiere, die Wiederkäuer* und *die Dickhäuter* in jener Periode zahlreicher waren

daß dies auch für *die Raubtiere* und *die Nagetiere* gilt

daß die Familie der *Affen* zu jener Zeit existierte

daß das Fehlen von *Fledermäusen* bekräftigt zu sein scheint

daß die Klasse der *Säugetiere* in diesem Teil der Erde und in jener Zeit die gleichen *eigentümlichen* Züge aufwies, die sie heute auszeichnen

daß der größte Teil der *Familien*, aus denen sich die *Säugetier*fauna Brasiliens in jener Periode zusammensetzte, in der gegenwärtigen Periode vorkommt, aber

daß die jetzt lebenden ARTEN alle unterschiedlich von den fossilen sind und schließlich

daß DER MENSCH IN JENEN ZEITEN NICHT EXISTIERTE.

Ausgehend von diesen Resultaten, der Zusammenfassung der Tatsachen, stellt Dr. Lund einige mehr generelle Betrachtungen an. *Daß* die Form der Kontinente in jener Periode die gleiche war wie in der gegenwärtigen. *Daß* die Temperatur auf der ganzen Erdoberfläche höher war als in unseren Tagen, doch *daß* sie wie jetzt vom Äquator zu den Polen hin abnahm. *Daß* das Naturereignis, welches die Auslöschung der zahlreichen, oft furchterregenden Geschöpfe bewirkte, mit denen er die Königliche Dänische Gesellschaft der Wissenschaften in seiner Abhandlung bekanntgemacht hat, eine Begebenheit war, die die gesamte Erde umfaßte. *Daß* alles Leben auf der Erde ausgelöscht wurde: eine Epoche im Entwicklungsgang des Erdballs war abgeschlossen, und die unzähligen Formen, in denen wir in unseren Tagen das Leben sich entfalten sehen, sind Produkte einer *neuen Schöpfung*. *Daß* die Epoche, die er zum Gegenstand seiner Abhandlung gemacht hat, der Kulminationspunkt der höchsten Klasse im Tierreich, der *Säugetiere* war, doch *daß* deren Zeit nun vorüber ist: klein und schwach ist diese Klasse in ihrer neu geschaffenen Form verglichen mit dem Zustand vor der Flut. Der neue Schauplatz war für die Entwicklung eines höheren Wesens bestimmt, dessen Erscheinungsstunde geschlagen hatte, die rohe und brutale Massenentwicklung zog sich an ihre äußersten Grenzen zurück, um schließlich in den Abgrund des Nichts gespült zu werden. Dann machte die hohe Temperatur, die für die Entwicklung nicht-intelligenter organischer Existenzmasse so günstig war, einer milderen Platz, die die Entwicklung der Intelligenz zuließ. Auf die Zeit der Säugetiere folgte die des Menschen, des Herren der Schöpfung.

So war es im Plan der Vorsehung beschlossen.

Zweitausend Unterkiefer von *Mus lasiurus*, vierhundert von *Didelphis murinus*, Hunderte von Hand- und Fußknochen, Wirbeln und starken Röhrenknochen von allen Arten von Nagern, zehntausende von Zähnen aller Arten, angefangen bei den Kleinsäugetieren bis hin zum *Priodon giganteus*, Backenzähne, Mahlzähne, Kiefer mit Zähnen, Kiefer ohne, der Schulter- und Lendenpanzer von *Hoplophorus Selloi*, Schädelbeinknochen, Zwischenhandknochen, ganze und halbe Schädel in Haufen, ganze Rippen, Zehenglieder, Zwischenfußknochen, ganze Berge von Rückenwirbeln, mehr Schädel, noch mehr Schädel, Oberarmknochen, bootförmige Knochen, mondsichelförmige Knochen, dreikantige Knochen, Schädelknochen, Kniescheiben, ganze oder zersplitterte, erbsenförmige Knochen, Fersenknochen, immer neue Rückenwirbel und komplette Rückgrate, Fangzähne des Säbeltigers – und, in Hunderten von kleinen Spankästen: Vogelskelette, versteinerte Igel, Mäusezehen, versteinerte Rattenkrallen, fossile Eulengewölle und eine Unzahl von Erd- und Gesteinsproben zur Bestimmung des geognostischen Alters.

Überall im Haus liegen Knochen, in dem großen Wohnzimmer bedecken sie den Fußboden von Wand zu Wand, in Dr. Lunds Arbeitszimmer liegen sie unter seinem Schreibpult, auf dem Pult, auf seinen Büchern, in Kisten an den Wänden übereinandergestapelt, in seinem Schlafzimmer liegen sie bis tief unter sein Bett, sozusagen das erste richtige Menschenbett, in dem er seit seiner Abreise von Rio de Janeiro geschlafen hat. Auch Brandt hat Knochen in seinem Schlafzimmer, weigert sich allerdings, sie in Reichweite seines Betts zu haben, und am liebsten nur in verschlossenen Kisten, damit er bei seiner Neigung zu Alpträumen nicht aus dem Schlaf hochfährt und zu jeder Zeit und Unzeit die Knochen anstarrt, die das Mondlicht so lebendig macht, daß es aussieht, als ob sie miteinander tanzten oder wie Krebse in wilder Flucht über den Fußboden liefen. Jeder Tag ist ein unendliches Puzzlespiel, wo plötzlich ein Oberarm zu einem Unterarm paßt, Zähne zu Kiefern, wo Schädel mit Nakkenwirbeln, Nackenwirbel wiederum mit Rückenwirbeln verlängert und Schenkel mit Schienbeinen zusammengesetzt werden können, so daß Tier nach Tier aus der prädiluvianischen Periode hervorwächst, hier ein Gürteltier, dort ein Paca oder ein Raubtier aus der Familie der Pumas, sorgfältig mit Bambusstäben versteift, mit Schnur zusammengebunden, mit Nummer versehen und einem Zettel mit dem Fundort um den Hals, und wo zersplitterte Knochen mit einem stinkenden wachsartigen Leim zusammengeleimt sind, den der Besitzer der Venda aus unbestimmbaren Ingredienzen speziell für Dr. Lund hergestellt hat.

Tausende und Abertausende von Tieren aus der Fauna der Vorzeitwelt, aus ihrem Grab unter der Kalkkruste in der Tiefe der Höhlen ans Tageslicht gefördert, geben sich hier in Dr. Lunds bescheidenem Haus ein Stelldichein, und ein bestimmtes Tier hat sein ganz besonderes Interesse: draußen im Garten, in einem meterhohen Haufen, liegen die unzähligen Reste des Riesenfaultiers, teils aus der Maquiné-Höhle, doch besonders aus den Höhlen in der näheren Umgebung von Lagoa Santa, und zusammen mit Brandt und einigen Helfern aus dem Ort hat er versucht, aus den Knochen von dreißig verschiedenen Riesenfaultieren ein Tier zu rekonstruieren, das von der Größe eines kleinen Elefanten, mit Brettern abgestützt, zusammengebunden, -geleimt und -genietet, mitten im Palmengarten steht und über den See in die fernen Camposregionen blickt, wo einst Bäume von zehnfacher, vielleicht zwanzigfacher Größe derer gewachsen sein müssen, die nach Diluvion kamen, zwischen Blumen von der Größe von Büschen und mit Insekten, die vielleicht die Größe kleiner Nager hatten – Monsterameisen, Monsterkäfer.

Dort schleppte das Riesenfaultier sich dahin, mit seinem verwachsenen und unglaublich muskulösen Stützschwanz und seinen großen, nach innen gebogenen Krallen von Anbeginn an ein überdimensionierter Krüppel, ein nur zu einem Viertel durchdachter Gedanke, auf ewiger, schläfriger Jagd nach Insekten im Erdreich oder Ästen, die es von den Bäumen riß, indem es das Gewicht nach hinten auf den Stützschwanz verlagerte, sich im Laufe einer oder zweier Stunden aufrichtete und sich langsam vornüber in die saftigen Kronen der Bäume fallen ließ. Fürchterliche Verteidigungswaffen hatte es in seinen Krallen , aber sie waren unbrauchbar gegen jeden Angreifer, insbesondere seinen Todfeind, den Säbeltiger, der von überall her unablässig über es herfiel und ihm die Fangzähne in den Nacken mit der knorrigen Haut und dem borstenartigen Pelz schlug – und nicht einmal schreien konnte es im Todeskampf, weil auch in seinem Kehlkopf alles nur ein Anfang von etwas war, das nie fertig werden sollte – *sein* Laut, sei es in Freude oder Schmerz, war in den Steppenurwäldern nie zu hören.

Dr. Lund hat ein lebendes Exemplar des kleinen, dreifingrigen Faultiers bei sich, das er so gut von seiner ersten Brasilienreise kennt, und er studiert es täglich, während er die Biographie des Riesenfaultiers schreibt. Alle Viere von sich gestreckt auf dem Bauch liegend, stützt es zuerst mit aller Macht den einen Hinterfuß gegen die Erde, wobei die entsprechende Körperseite sich eine Ahnung vom Erdboden hebt. Der auf der gleichen Seite sitzende Arm wird dabei um soviel frei, daß das Tier ihn ein Stück vorwärts schwingen kann, sehend und nicht- sehend, hellhörig und taub zur gleichen Zeit. Und nur auf einer rauhen Fläche kann es sich bewegen. Es ist verloren, wenn seine Krallen nicht irgendwo Halt finden, wie beispielsweise auf einer polierten Platte aus Jacarandaholz. Dergestalt seine eigene groteske Mißgebildetheit umschließend, ein unförmiger Klumpen von Lebensmasse, Blut, das nicht schnell genug fließt, Nervensaft, der erstarrt, zeugt es von seinen großen Vorfahren, die sich durch die Camposwälder der Vorzeit schleppten – ein Ausgestoßener aus jener Familie, die auch den Ameisenbär in den Baumkronen umfaßte, oder das Riesengürteltier, das von seinem Panzer geschützt, mit der Schnauze im Schlamm stochernd, sich watschelnd und wühlend durchs Unterholz bewegte, oder den unentwegt umherhuschenden, eleganten Ameisenfresser, in den der Säbeltiger nur dann die Zähne schlug, wenn kein Faultier in der Nähe war.

Der Säbeltiger! Auch seine Biographie bereitet Dr. Lund vor. Von der Größe eines Löwen, doch völlig anders proportioniert, mit einem Schwanz so kurz wie der des Luchses und Vorderläufen, die wesentlich kräftiger waren als die Hinterläufe, hat er nicht wie die Raubkatzen der Neuzeit Antilopen und Rehe gejagt, sondern seine Nahrung ausschließlich unter den langsamen Tieren gefunden. Mit einem Satz war dieses Raubtier, dem Dr. Lund den Familiennamen *Smilodon*, der Skalpellzahn, und den Artnamen *Populator*, der Verwüster, gibt, auf dem Rücken des Faultiers, und mit einigen gewaltigen Schlägen mit dem Kopf, die von den starken Nackenmuskeln geführt werden, hat er seine enormen oberen Eckzähne wie Säbel in den fleischigen Nacken seines Opfers gebohrt – ein Ausbund an Bosheit, das der Schöpfer zuallererst fortzuspülen gedachte, als er die Welt neu erschaffen wollte, mit ekelhaft nach hinten gezogenen, beinahe affenartigen Nasenlöchern, winzigen Schneidezähnen, und imstande, den Rachen so weit aufzureißen wie kein Löwe oder Tiger, um seine mörderischen Eckzähne benutzen zu können, die ihn indessen, wenn sie brachen, ebenso wehrlos gemacht haben müssen wie das Faultier, der gnadenlosen Willkür seiner eigenen Artgenossen ausgeliefert.

Es kommt vor, daß Dr. Lund nachts plötzlich aufwacht, weil er gesehen hat, daß zwei Knochen zusammenpassen, und er springt aus dem Bett, zündet die Öllampe an und wird in der Regel für seinen febrilen Eifer belohnt. Er fühlt sich wie ein unsichtbarer Spion in der Vorzeitwelt, hinabgelassen durch ein Loch in der Kalkkruste; und konzentriert eine Schreckenswelt studierend, die bisher noch kein Mensch gesehen hat, nicht einmal in den Höhlen Europas, dringt er in die Domäne der Vorsehung ein, findet, was er sucht, denkt über neue Zusammenhänge nach, zündet noch eine Öllampe an und macht sich daran, eine weitere Abhandlung zu schreiben, bis sonderbare Laute vom See durch den Palmengarten heraufhallen, Füße, deren Träger er nicht kennt, laufen über die Dachziegel, es pickt gegen die Scheiben, und sogar die Königspalme sieht aus, als könne sie der plötzlichen Einwanderung von Vorzeittieren nicht widerstehen, die ihn veranlassen, den Stuhl zurückzuschieben, denn ihm ist klar, daß er nicht länger unsichtbar und das Loch in der Kalkkruste schon längst mit Lianen und den obersten Blättern der Riesenfarne zugewachsen ist. Da läuft er auf gewundenen Pfaden dahin, die das Riesenfaultier ausgetreten hat, da sucht er Schutz hinter einem von unbekanntem Insektenleben summenden Baumstamm, den der Riesenelefant umgestürzt hat, da läuft er hinab in eine schwach erhellte Grotte, verfolgt von der Riesenhyäne, aber nur, um vom Knurren des *Canis troglodytes* wieder hinausgejagt zu werden, des sogar vom Säbeltiger gefürchteten Vorzeithundes, mit eiterfarbenem Sabber ums Maul, zur Bürste aufgestellten Nackenhaaren und einem vor unersättlichem Hunger schlagenden Schwanz.

Er läuft und läuft, tiefer hinein in den Wald, wo unbekannte Würmer die Bäume untergraben, Würmer so groß wie Kreuzottern, während die Kreuzottern so groß wie Boas sind und die Boas wie... und er denkt an die Midgardschlange, doch gleich darauf fällt ihm ein, daß hier in dieser Welt, tief unter der Kalkkruste, niemand ihn verstehen wird, wenn er den Tieren Namen gibt, weder als Märchentiere noch wissenschaftlich korrekt, er ist der erste, nackte Mensch, durch einen Irrtum eine Epoche zu früh erschaffen, ein Muster, ein Versuch, den Riesenaffen mit den hellen Bauchfellen zum Gespött, die auf ihn zeigen und sich gegenseitig an den Schwänzen greifen aus schierer klatschhafter Begeisterung darüber, daß er so schamhaft mit der einen Hand sein Geschlecht verbirgt, während er immer weiter läuft. Adlergroße Singvögel für hundert Abhandlungen, die ihn erbarmungslos von der Seite anstarren, Insekten für das Studium eines ganzen Lebens, Raubvögel in der Luft, mit Krokodilzähnen in den ellenlangen, gelben Schnäbeln, die nur darauf warten, daß er auf eine Lichtung hinausgejagt wird: alles ist Furcht, in einer dampfenden, kohlensäurehaltigen Wärme, die die Kraft aus ihm heraussaugt, so daß er am Schluß ... am Schluß die Hände fest um den Stuhlsitz legt, sich räuspert, ein wenig zurechtsetzt, wieder zur Feder greift und glücklich darüber ist, daß er im Schlaf zwei Knochen zusammengefügt hat. Und er lächelt gelöst bei dem Geräusch von Brandts tiefen Atemzügen und unverständlichem Schlafgemurmel auf der anderen Seite der dünnen, weiß gekalkten Zwischenwand, die, in Stirnhöhe endend, eher den Charakter eines Wandschirms hat und dadurch bis hinauf zu den gebrannten Dachziegeln mit ihrem Gewimmel von Gekkos den freien Luftaustausch zwischen den Zimmern möglich macht.

Hier im Mondlicht, das nur vom Schein der Öllampe gebrochen wird, und nachdem eine weitere Trockenzeit mit Höhlenreisen hinter ihm liegt, diesmal von der Lapa do Bau bis zu der besonders ergiebigen Lapa da Serra das Abelhas, berechnet Dr. Lund eines Nachts, nun nicht mehr ein Opfer ungebetener Phantasien, das Alter der Erde. Aus einer Höhle hat er rund siebentausend Barrilen Erde ausgraben lassen, hauptsächlich mit kleinen Knochen aus nachdiluvianischer Zeit. Seine Arbeitsneger zählten die Knochen in einer einzelnen Barrile, und von dieser Grundlage ausgehend kommt er zu dem Ergebnis, daß die Anzahl Tiere, die von der Neuschöpfung bis zum heutigen Tag allein in dieser Höhle repräsentiert waren, sich auf zwischen sieben und acht Millionen beläuft! Er holt seine Kladde hervor, tunkt die Feder ein und versucht sich klarzumachen, wieviel Zeit es gedauert haben muß, bis alle diese kleinen Knochen, die sämtlich aus Gewöllen stammen, aufgehäuft waren. Weil er weiß, daß Raubvögel besonders ungesellige Tiere sind, muß er davon ausgehen, das jeweils nur ein Paar zur Zeit in der kleinen Höhle gehaust hat, und nimmt er außerdem an, daß dieses Paar vier Tiere pro Tag gefressen hat, Mäuse und andere kleine Nager, Schlangen und Singvögel durcheinander, dann bedeutet dies, daß mindestens fünftausend Jahre zur Bildung der Schicht von postdiluvianischen Knochen nötig waren, wahrscheinlich mehr, vielleicht wirklich die sechs- oder achttausend Jahre, die er sich immer vorgestellt und gegenüber Peter Christian Kierkegaard ins Feld geführt hat. Rechnet er nun noch damit, daß Gott die halbe Anzahl an Jahren vergehen ließ, bevor er sich zum Diluvion entschloß, dann kommt das Erdalter leicht in die Nähe von zwölf Jahrtausenden, womit auch einzelne Geognostiker in Paris und St. Petersburg rechnen.

Mehr als das Doppelte der viertausendundvier alttestamentlichen und der achtzehnhundertachtunddreißig neutestamentlichen Jahre, die Peter Christian für wahr hält, wenn er anhand der Bibel rechnet! Dr. Lund lächelt und freut sich auf den Tag in ein oder zwei Jahren, wo er die Gespräche mit Peter Christian auf ihren Spaziergängen zwischen Blegdammen und Nytorv wieder aufnehmen wird, und nicht zuletzt nun, wo der alte Kierkegaard endlich, im Alter von zweiundachtzig Jahren, den Briefen aus Kopenhagen zufolge Anzeichen erkennen läßt, bald für immer die Augen schließen zu wollen und damit seine letzten Kinder und Verwandten in dem schwarzen Buch unangekreuzt stehen zu lassen. Viertausendundvier Jahre! Dr. Lund denkt sehnsüchtig an die nicht mehr ferne Zukunft, wenn Bischof Mynster und Leute seines Schlages die Ausbreitung der Naturwissenschaft nicht mehr bremsen können, weil alle deren grundlegende Gesetze bereits in der Schule lernen und viele sich in ihren Sparten ausbilden werden und auf diese Weise dazu beitragen, jeden Aberglauben zu bekämpfen.

Und er geht wieder ins Bett, während der Mond sein scharfes Licht auf das Riesenfaultier draußen im Palmengarten wirft.

Plötzlich ist die Stachelratte da, zwar nur die linke Backenzahnreihe von einem alten Individuum, mit einem Teil des Kieferknochens, doch genug, um den Verdacht aufkommen zu lassen, daß sie *vor* dem Diluvium da war. Dr. Lund sagt sich zuerst, daß es sich um einen Irrtum handeln muß. Doch immer mehr Zähne findet er, je länger er unter der aufgebrochenen Kalkkruste weitergräbt. Kein Zweifel. Bald kommen aus der roten Erde in immer mehr Höhlen zahlreiche fossile Überreste des Tieres zum Vorschein, und er ist in der Lage, einen ziemlich vollständigen Vergleich zwischen der jetzt lebenden Art aus der Familie *Loncheres elegans*, einem äußerst hübschen Tier von rattenhaftem Aussehen, und der Vorzeitart anzustellen. Sein Umherhuschen, seine Farbe, seine Lebensweise und sogar seine Spuren im Modder an den Ufern des Sees kennt Dr. Lund bereits. Der Rücken ist rostig gelbbraun, die Unterseite ist weiß, und die beiden Farben sind durch eine scharfe Linie voneinander getrennt. Auf dem Bauch fehlt das Wollhaar, und seine Borsten sind steif, flachgedrückt und spitz, aber ohne daß sie stechen können. Der Schwanz ist schuppig und dünn mit Haaren bewachsen, deren Länge gegen das Ende hin zunimmt, wo sie ein Büschel bilden. Das Tier hält sich gern in der Nähe von Wassertümpeln um Seen herum auf, wo es im Gras und auf Schilfbuckeln Nester baut. Es schwimmt mit der größten Eleganz, den Schwanz als Steuerruder benutzend, und ohne Schwimmhäute zwischen den Zehen. Die Fazendabesitzer jagen es gnadenlos, weil es auf seiner nächtlichen Nahrungssuche in die Maisfelder geht, an den Maispflanzen hochklettert, die Hüllblätter der Kolben durchknabbert und sämtliche Körner frißt.

Dieses Tier überlebte als einziges die Erderschütterung und die Sturmflut. *Warum??* Und wie? Durch einen winzig kleinen Irrtum? Mehrere Tage lang ist Dr. Lund außerstande zu arbeiten. Er läßt Knochen Knochen sein und macht verschiedene Touren zum See und an seinen Ufern entlang, allein, während Brandt im Haus und im Garten die Knochen für seine geplante *Dritte Abhandlung* über die Tierwelt Brasiliens vor der Erderschütterung zeichnet. Dr. Lund sieht alles, doch ohne Begeisterung. Hier und dort im Modder sind Spuren der Stachelratte, abgenagtes Schilf, Nestteile, und wenn er lange Zeit ganz still steht, kann er sie sehen – zuerst ihre Schnauze, dann ihre lebhaften, ängstlichen Augen, dann kommt der Körper zum Vorschein. Und plötzlich schießt sie an seinen Stiefelspitzen vorbei ins Schilf. Wie hat sie die Sturmflut überlebt? Schwamm sie dagegen an? Und wieviele? Der gesamte Bestand eines Binnensees, vielleicht sogar der von Lagoa Santa? Oder nur eine einzelne Familie? Wurde sie auf den einzigen Berg geschwemmt, der aus dem Wasser herausragte? „*Und Gott beschloß, als Strafe für die Bosheit der Tiere die Sintflut über die Erde zu schicken. Aber zu einem einzelnen männlichen und einem einzelnen weiblichen Exemplar der Familie* Loncheres elegans *sagte er: Euch will ich verschonen. Sammelt all eure Nahrung, die ihr in eurem Nest habt, und tragt sie dorthin, wo die Wellen euch nicht erreichen können ...*“

Irritiert unterbricht Dr. Lund sich selbst bei dem Versuch, die richtige Antwort zu finden. Er bekommt sie nie. Er denkt daran, die Knochen ganz und gar aufzugeben und stattdessen zur Botanik zurückzukehren, und zwar in Verbindung mit einer neuen, jahrelangen Reise noch tiefer ins Innere Brasiliens, ganz hinein nach Goiás und das untere Amazonas-Gebiet oder hinauf zur Mündung des Jequitinhonha-Flusses in Bahia. In Lagoa Santa redet man darüber, daß er anders, verschlossen und unfreundlich geworden und einmal sogar ganz gegen seine strenge, reinliche Lebensart unrasiert aufgetreten ist, und das gerade, als er endlich den vollen Respekt des Ortes gewonnen hat, sich nach dem Preis eines guten und gesunden Haussklaven erkundigt und einen Teil seines Geldes bei einem örtlichen Geldverleiher angelegt hat, Gefallen daran findet, für wohltätige Zwecke große Summen zu stiften und nicht mehr, wie damals,

als er in der Pension wohnte und sich umringt und beobachtet fühlte, die geringste Zurückhaltung zeigt, wenn es darum geht, den ernsthaft Interessierten, wie z.B. dem Besitzer der Venda, einem Amateurarchäologen, der zahlreiche Donnerkeile der wilden Indianer in Form von Flintäxten in allen Größen gesammelt hat, alles über die reiche, ungeheure Vorzeit zu erklären, von der die Knochen erzählen, wenn man ihre Schrift zu deuten versteht. Da kam die Stachelratte.

Aber nur sie. Dr. Lund findet keine Überreste anderer Tiere, die die Sturmflut überlebt haben, und er hat bald über hundert der größeren Höhlen besucht. Überall sagt die Schrift das gleiche. Über der Kalkkruste: Knochen aus der Neuzeit. Darunter: Knochen aus der Vorzeitwelt, immer mehr, und immer größere. Endlich, ohne seine Gedanken bis zur Unkenntlichkeit von der Stachelratte zerfasern zu lassen, setzt er sich gegen Ende der Trockenzeit 1838 an seine *Dritte Abhandlung.* Er ergänzt seine bisherige Beschreibung der Vorzeitwelt um eine wahre Fülle an neuen Details, er klassifiziert eine gewaltige Menge neuer Knochen und kann, als die Regenzeit unerwartet früh und mit Gerüchten von fürchterlichen Überschwemmungen im Landesinneren einsetzt, seine Abhandlung gerade noch abschließen und rechtzeitig absenden – mit folgender Konklusion:

daß die Nicht-Übereinstimmungen zwischen den *Säugetieren* beider Perioden umso größer werden, je weiter man in die Unterabteilungen des Systems hinabsteigt
daß die meisten Familien der Klasse der *Säugetiere*, so wie sie sich heute darstellt, nur einen Bruchteil derer in der verschwundenen Welt ausmachen
daß die Fledermäuse doch Verwandte in der Vorzeit gehabt haben
daß das allgemeine Gesetz über eine spezifische Verschiedenheit von Vorzeitarten und Neuzeitarten eine Ausnahme in Form der *Stachelratte Loncheres elegans* aufweist, sowie
daß AUCH NACH DEN LETZTEN UNTERSUCHUNGEN DIE EXISTENZ DES MENSCHEN IN DER VORZEIT NICHT NACHGEWIESEN WERDEN KANN, womit

Dr. Lund der Königlichen Dänischen Gesellschaft der Wissenschaften mitteilen kann, daß er weiterhin von der Richtigkeit jener

Verhältnisse überzeugt ist, wie er sie in seiner voraufgegangenen Abhandlung im Zusammenhang mit der großen Begebenheit geschildert hat, welche den Vorhang vor die Vorzeit zog und für immer jene Naturforscher zurückwies, die sich auf die Hypothese von der Unveränderlichkeit der Arten stützen.

Immer neue Höhlen gräbt er aus, entweder mit zwei, drei Arbeitern aus Lagoa Santa, oder indem er eine ganze Gruppe mit Hacken und Spaten an die Arbeit setzt und selber zusammen mit Brandt weiter die Ufer des Rio das Velhas abreitet und Eingänge in den Felswänden sucht, und seien sie auch noch so klein. Ein paar der Höhlen gibt er selber Namen – beispielsweise Lapa dos Curujes wegen ihrer unglaublichen Mengen von Kleinknochen in Eulengewöllen. Doch als die Monate vergehen, das neue Jahr längst das alte abgelöst und eine Trockenheit eingesetzt hat, wie es sie vor siebenundzwanzig Jahren zum letzten Mal gegeben hat, merkt Dr. Lund, daß er nicht der einzige ist, der nach Knochen sucht. In immer mehr Höhlen ist schon gegraben worden, erst kürzlich, fast wie in Panik, und nicht nach Salpeter, sondern nach Knochen. Gleichzeitig kommt ihm wieder die Geschichte zu Ohren, wenn er in Dörfern oder in abgelegenen Fazendas übernachtet, meistens von einem Negersklaven dem nächsten erzählt, der sie wiederum einem Fazendabesitzer weitergibt, der sie seinerseits mit einem nachsichtigen Lächeln Dr. Lund wiedererzählt – die Geschichte von dem Schatz, um den er und Pedro Dinamarquês sich bis heute gestritten haben, während der Schatz des Nachts, wenn nur die Indianer den Weg in die innersten Kammern finden, von Höhle zu Höhle weiterwandert.

Und die Geschichte wird immer phantastischer, während Peter Claussen noch immer keine anderen Lebenszeichen von sich gibt als die unbrauchbaren, ganz frischen Knochen, die er zurückgelassen hat, während alle die wertvollen ausgegraben sind. So wird erzählt, daß der Doktor mit der Brille und den klaren blauen Augen, die an den Gläsern kleben, so daß zwei schreckliche Löcher im Schädel alle entsetzen, wenn er die Brille abnimmt, aus sonderbaren Blumen, die er mit den Nägeln zerdrückt und aus einer kleinen Schale verspeist, die er stets am Gürtel trägt, Riesenkräfte gewinnt. Nur so ist es zu erklären, daß er eines Tages in Curvelo, vor vielen, vielen

Jahren den Riesen Pedro Dinamarquês nur zu berühren brauchte, damit dieser umfiel und vier Tage lang das Bett hüten mußte, weil in seinem Schädel das Blut tropfte. Und nun, sagt das Gerücht, nun jagt der Doktor mit den blauen Augen ihn gnadenlos, von Höhle zu Höhle, hinaus auf die Camposebenen, hinab in die Buriti-Täler und wieder hinauf und in neue Höhlen und wieder hinaus, so daß Pedro Dinamarques überall seine Hacken und Schaufeln zurückläßt auf seiner wilden Jagd nach dem Schatz mit der Schlangenhaut, die pulverisiert und bei Mondlicht geschnupft, ihm ewiges Leben schenken kann.

Was fängt man mit derlei Geschichten an? Anfangs lächelt Dr. Lund darüber, und besonders Brandt amüsiert sich in der ihm eigenen kichernden Art, die seinen Adamsapfel auf und nieder hüpfen läßt und ihm Lust macht, die Geschichten in einer Form zu illustrieren, die nach Dr. Lunds Meinung nichts mehr mit ihrer wissenschaftlichen Mission zu tun hat. Allmählich wird er der Geschichten überdrüssig, wie ihn gleichzeitig die Irritationen darüber, bei einer Höhle anzukommen, die Geräte auszupacken, alle Fackeln anzuzünden, in die Höhle hinunterzusteigen und sich harten Stößen auszusetzen, wenn er einen aus der Wand vorragenden Stalaktiten nicht sieht, sich durchnässen zu lassen und bis über die Stiefelschäfte in Wasserlöcher zu plumpsen – nur um zu entdecken, daß Peter Claussen dagewesen ist, Kraft kosten. Und kehrt er nach Lagoa Santa zurück, um sich zu erholen, gibt es gleich neue Probleme.

Vor allem die Goldmine Papa-farinha macht ihm ständig Sorgen. Dabei war er sicher gewesen, daß sie ihm nur Freude bereiten würde, als er auf Anraten ihres Besitzers, eines ungarischen Bergmanns und Oberstleutnants, einen Teil seines Geldes dort in Hypotheken angelegt hatte. Dr. Lund hatte die Mine in der Nähe von Sabará zusammen mit dem pensionierten englischen Unteroffizier aus Gongo-Soco gründlich inspiziert, und beide waren zu dem Schluß gekommen, daß die Mine mit ihrem großen Territorium, ihrer gutgeölten englischen Maschinerie und mit dem Gold, das in strahlendem Glanz in der Quarzschicht lag, die mehrere Klafter stark durch alle Gänge lief, nicht nur sicher, sondern auch unerschöpflich sei.

Doch die Unternehmung erwies sich rasch als Fehlschlag, weil es keinen Tropfen Wasser gab, um die Räder anzutreiben. Man mußte

„nur" auf die Regenzeit warten – wie der ungarische Oberstleutnant mit dem vielversprechenden Namen Franz Visner von Morgenstern versicherte – und Dr. Lund wartete eine Regenzeit, eine Trokkenzeit und wieder eine Regenzeit, doch die Bäche füllten sich nicht, keine Wasserfälle ergossen sich von den Bergen, und nicht einmal die Indianer, die mit Wünschelruten, Rattenschwänzen und Vogelfedern auf dem Territorium der Mine ausgesandt wurden, konnten den geringsten unterirdischen Wasserlauf ausfindig machen. Zu guter Letzt mußte der Oberstleutnant seinen Bankrott erklären, sein elegantes Haus dichtmachen und Papa-farinha Dr. Lund überschreiben, dem es unsäglich peinlich ist, die ganze Geschichte an Henrik Ferdinand zu schreiben, der ihm pünktlich via Rio de Janeiro sein Geld schickt und nun – wieder verheiratet – zum Abteilungsleiter und Justizrat befördert, in der Leitung der Nationalbank sitzt. Was mögen sie in Kopenhagen darüber denken, – daß er, der vielversprechende PW, bekannt mit den führenden Wissenschaftlern Europas, bis vor einigen Jahren das jüngste Mitglied der Königlichen Dänischen Gesellschaft der Wissenschaften, Protegé und spezieller Vertrauter H.C. Ørsteds, Reinhardts, Forchhammers und Schouws, sich plötzlich in Spekulationen stürzt und am Ende mit einem Bergwerk dasitzt, das solche Massen an Goldglimmer enthält, daß das Gold, zu Barren geschmolzen, ausreichen würde, halb Kopenhagen zu ernähren. Wenn es nur abgebaut werden könnte ...

Und ist es nicht die Mine Papa-farinha, die ihm Kopfzerbrechen bereitet, dann ist es Brandt, der sich in steigendem Grad in wahre Orgien von Selbstvorwürfen stürzt und stundenlang, von früh morgens an, wenn er schweißgebadet erwacht, davon redet, daß er geträumt hat, wie Wilhelmine und ihre drei Söhne in Christiania verhungern, und wie besonders der älteste, sein Liebling, ihm hohlwangig und bleich und die zerkratzten Hände ausgestreckt, mit der kaum vernehmbaren Anklage auf den Lippen entgegentritt: „Warum hast du uns verlassen? Warum bist du nach Brasilien gegangen?" Brandts unglückliche Lebensgeschichte kann Dr. Lund auf die Dauer wirklich nichts angehen, dennoch läßt er sich dazu bewegen, ihm tausend Spezies zu leihen, um sie nach Norwegen zu schicken, und auch hier ist es ihm unangenehm, Henrik Ferdinand zu informieren, denn der muß sich bald die sonderbarsten Vorstellungen darüber machen, was er mit seinem Geld anfängt. Doch er beruhigt den Bruder damit, daß er Brandt verpflichtet hat, die geliehene Summe in genau abgesprochenen Raten zurückzuzahlen.

Und ist es nicht Brandt, dann ist es der Sklave, den er inzwischen auf dem Markt in Sabará gekauft hat, und der in einem eigenen kleinen Haus im Palmengarten wohnt, das extra für ihn gebaut worden ist. Dr. Lund hat ihm erlaubt, zu heiraten und seine Frau bei sich zu haben, eine kleine, untersetzte Kreolin, die auf absonderlichen Umwegen aus Cayenne in Französisch Guyana hierhergekommen ist – ein Zugeständnis, zu dem in Lagoa Santa nur wenige bereit wären. Er hat für ein ordentliches Bett und regelmäßige Mahlzeiten gesorgt und ihm naturhistorische Hefte mit Illustrationen geliehen, damit er sie betrachten und vielleicht etwas aus ihnen lernen kann, und er verlangt von ihm nicht mehr, als daß er ihnen zur Verfügung steht, wenn er und Brandt seine Hilfe brauchen – und trotzdem ist der Sklave ihm täglich ein Ärgernis, weil er einfach ins Haus kommt, ohne anzuklopfen, ständig grinsend, mit den Zehen gegen die Knochen stößt, löffelweise Brandts Lieblingsmarmelade futtert, in den Bücherregalen wühlt, Fettflecken auf die kostbaren Meßinstrumente macht, die Stöße mit Brandts Zeichnungen durchsieht und die Augen aufreißt und jedes einzelne Detail erklärt haben will, eine Ecke im Garten als Abfallplatz benutzt, in die Beete tritt und wegen einer Kleinigkeit wegbleibt – schließlich in der Siesta, deren alles lähmende Hitze er ganz besonders liebt, so laut singt, daß auch die Nachbarn sich über ihn beschweren.

Und ist es nicht der Sklave, dann sind es die *Berichtigungen*, die Berichtigungen, die Dr. Lund täglich seinen ersten Abhandlungen hinzufügen muß, häufig in neuen, kleineren Abhandlungen, weil Knochen plötzlich auf eine andere Weise zusammenpassen, er entdeckt, daß er Skelette falsch gemessen oder den Kopf des Pacas auf die Halswirbel der Vorzeithyäne gesetzt hat, oder weil sich ganz neue Klassifikationen aufdrängen. Wochenlang sitzt er an dieser mühseligen Arbeit während der Regen herabrieselt, um schon im nächsten Augenblick wieder aufs Dach zu hämmern. Und sind es nicht die Berichtigungen, dann ist es die Stadt – ihr totaler Mangel an *Geist*, an begabter Gesellschaft, ergiebiger und inspirierender

Konversation, Kammerkonzerten und à jour geführter Literatur. Dr. Lund vermißt Riedel und sogar die Engländer in Gongo-Soco, wobei er gleichzeitig den Anblick des pensionierten Unteroffiziers schlechter und schlechter erträgt, der zu jedermann von Dr. Lunds unbrauchbarer Goldmine schwatzt und längst jede Mitverantwortung für seine Verbindung mit von Morgenstern abgelegt hat, und bittet Dr. Lund ihn eindringlich darum innezuhalten, wenn sie sich in der Venda begegnen, antwortet er mit einem grölenden *„hö! hö! hö!"*, schwankt vor und zurück, bereits betrunken, greift zum Glas und zitiert den boshaften Domprobst von Dublin:

So, naturalists observe, a flea
Hath smaller fleas that on him prey;
And these have smaller fleas to bite'em
And so proceed ad infinitum.

Und ist es nicht Jonathan Swift, ist es der Medizinmann des Ortes, der von seiner winzigen Hütte am südlichen Ortseingang seine Macht über die Schwarzen ausübt. Da wohnt er, umgeben von seinen gefleckten Schweinen und seinen Küken, eine Unzahl von Pfählen sind in seinem Garten rund um die Hütte in die Erde gesteckt, darauf sitzen Vogelschädel, Ochsenschädel, Rippen, kleine Kästchen mit Steinen und zerschlagenen Flaschenhälsen, aus Kokosnüssen geschnitzte Schreckensmasken, und mindestens einmal alle vierzehn Tage ertönt ein unbeschreibliches Heulen und Schreien, wenn sich die Schwarzen bei ihm versammeln zu dem, was *sie* unter einem Gottesdienst verstehen – sich zu Boden werfen, Segnungen am laufenden Band, ohne Zartheit und Grazie, krampfartige Anfälle von Besessenheit, Geisterbeschwörungen, ganze Flaschen mit Zuckerrohrbranntwein, die in einem Zug wie Milch oder Wasser hinuntergeschüttet werden, dutzendweise qualmende Zigarren, Tänze und monotone Gesänge auf Afrikanisch, von einem ewigen Trommeln begleitet, das erst verhallt, wenn die Sonne aufgeht und die Sklaven durch die Stadt schwanken, mit Augen, die noch erloschener sind als vorher, und ohne einen Blick für die katholischen Prozessionen, die zur selben Zeit aus der entgegengesetzten Himmelsrichtung kommen, mit dem neuen Pfarrer an der Spitze und mit allen möglichen und unmöglichen Heiligen, von den stärksten Männern auf den Schultern getragen, in Weihrauch eingehüllt und von Gesang umwogt …

Und zu guter Letzt, als das Tüpfelchen auf dem i, ist es Peter Claussen, *der Däne*, wie Dr. Lund mit zusammengebissenen Zähnen von ihm denkt, der mit seiner Hacke und seiner Schaufel und seinen Sklaven draußen durchs Hochland reitet und ihm in regelmäßigen Abständen kleine Aufmerksamkeiten sendet, *„von Forscher zu Forscher“*, mal in Form eines Backenzahns, mal in Form eines Schlüsselbeins, eines Zehenglieds oder eines Zwischenfußknochens, durch speziellen Caboclo-Kurier ins Haus geliefert und immer schön verpackt: „Von Pedro Dinamarquês!“, „Von Pedro Claudio!“ Oder nur: „Ein Backenzahn von Pedro!“ grinst der Caboclo und galoppiert davon.

Wenn alles zusammenkommt, melden sich die Schmerzen, meistens als ein Ziehen, das von den Schulterblättern ausgehend in die Armsehnen und -muskeln und bis in die Handgelenke fährt, oder das schlimmste – wie Glasscherben, die in sein Zahnfleisch schneiden und Zangen, die ihm einen Zahn nach dem anderen ausbrechen. Müde, müde, so müde, daß er kaum den Kopf hochhalten kann, und trotzdem außerstande zu schlafen, sitzt Dr. Lund manchmal fast den ganzen Tag und den größten Teil der Nacht im Bett, im Schoß das seinen Händen entglittene, zerlesene und zerfledderte Exemplar seines Lieblingsdichters Tieck, bis das gräßliche Brechmittel Ipecacuanha, für das er in Rio wegen der fragwürdigen Ingredienzen, die kein Apotheker in Europa akzeptieren würde, nur Verachtung übrig hatte, ihm Linderung verschafft.

Was nützt ihm der Brief des dänischen Generalkonsuls in Rio de Janeiro, daß er Ritter vom Dannebrog-Orden geworden ist? Er schreibt an Prinz Christian und bedankt sich, und den Konsul läßt er wissen, er möge das Ritterkreuz in der Schublade liegen lassen, bis er, höchst wahrscheinlich im nächsten Jahr, auf der Reise zurück nach Europa vorbeikommen und es abholen wird. Briefe können ihn plötzlich mit bis zu drei, vier und ganzen sechs Jahren Verspätung erreichen, so daß er sich zurückversetzt findet auf seinen Ritt mit Riedel, vollauf damit beschäftigt, für Hornemann und Schouw zu botanisieren und in Herbarien zu pressen. Aufmunternd antworten sie ihm, daß ihm eine Zukunft als Botaniker bevorstehe, und wie überaus erfreut man in Kopenhagen über die gründlichen, reichhaltigen und in jeder Hinsicht überraschenden Herbarien sei, die er aus Santos nach Hause geschickt habe. Normalerweise braucht ein Brief von Kopenhagen zwischen drei Monaten und einem halben Jahr, wenn die Regenzeit nicht dazwischenkommt, und es ist ihm unmöglich zu erahnen, welche Umwege die verspäteten Briefe genommen haben, bevor sie Lagoa Santa erreichten. Vielleicht haben sie in Rio de Janeiro in Lagerhäusern gelegen, vielleicht sind sie mehrere Male über den Atlantik hin und zurück gegangen, bevor der Blick des Schiffskapitäns auf den vergessenen Postsack fiel. Ein Hauch von Melancholie durchfährt Dr. Lund, als er daran erinnert wird, wie die Jahre vergehen und Regenzeit auf Regenzeit folgt, und doch preist er die Vorsehung, daß er nicht bei der Botanik geblieben ist, sondern die Höhlen fand, die ihm stets aufs neue die Energie zurückgeben, so daß er nach seinen Krankheitstagen wieder auf dem Maultier sitzt – und Brandt reitet hinter ihm.

Das Haus hat er inzwischen zu einem so geringen Preis gekauft, daß er, wenn er es vor seiner definitiven Abreise weiterverkauft, eine ansehnliche Summe gespart haben wird. In Europa spricht man in den wissenschaftlichen Zirkeln mit Bewunderung von ihm, erfährt er in Briefen von de Candolle, Eméry, Owen, von Humboldt und anderen führenden Naturforschern, und sie halten ihn sogar auf dem laufenden darüber, was in der Welt der Forschung geschieht. In Berlin veröffentlicht von Humboldt seine *Geognostische und physikalische Beobachtungen über die Vulcane der Hochebene von Quito* und seine bereits berühmte *Rede zum Säcularfest der Thronbesteigung Friedrich II.* In Paris kämpfen sie im achten Jahr um Cuviers wissenschaftliche Hinterlassenschaft und darum, wer sein wahrer Erbe ist, und auch in Kopenhagen gibt es Streitigkeiten, besonders zwischen den älteren und jüngeren Botanikern. In London hat Darwin sein *Diary of the Voyage of H.M.S. Beagle* herausgegeben, und man wartet gespannt auf seine kommenden Werke, wo er sich auf die rein zoologischen Resultate seiner Untersuchungen konzentrieren will. Dies alles kann Dr. Lund in Stößen von Briefen lesen, als die Regenzeit vorbei ist und der Postsack mit der Tropa ankommt, und er fühlt, daß er trotz allem nicht vollständig von der zivilisierten Welt abgeschnitten ist. Und als zusätzliche Aufmunterung erfährt er von Bekannten von Bekannten von Peter Claussen in Curvelo, daß *der Däne* zu einer längeren Europareise aufgebrochen ist, in Begleitung einer ganzen Mannschaft von Sklaven, mit Kisten voller wild durcheinandergewürfelter Knochen, Goldbarren, Ganz- und Halbedelsteinen und mit seiner kleinen, ausgeblichenen Frau, die trotz allem gewählt hat, wenn dies das rechte Wort ist, bei ihm zu bleiben.

In der Tat, Dr. Lund befindet sich an der richtigen Stelle des Erdballs, im Begriff, eine Mission auszuführen, um die die meisten seiner Kollegen ihn beneiden müssen.

Als die Trockenzeit 1840 ein paar Monate ins Land gegangen ist, sind neue Höhlen ausgegraben, neue Knochen gesammelt und numeriert, diesmal in Verbindung mit wiederholten Exkursionen zur Lapa da Lagoa do Sumidouro, der Höhle am See des Verschwindens. Dr. Lund entdeckte sie, als er an den Ufern eines großen Sees entlangritt, der von mannshohem Schilf umstanden war, von ungefähr der gleichen Ausdehnung wie der Lagoa Santa, doch wilder, weil keine Stadt mit ihm verbunden ist. In dem nächstgelegenen Flecken, lediglich eine Venda mit ein paar darumherum liegenden Lehmhütten, erzählte man ihm, daß die Indianer häufig bei lebendigem Leibe herausgeschnittene Wildschweinherzen an den Ufern des Sees opfern, und wenn ein weißer Mann oder sogar ein Mulatte sich diesem Opfer nähert, verliert er augenblicklich den Richtungssinn, tanzt viermal um sich selbst, so daß Norden zu Westen und Osten zu Süden wird, und wandert geradewegs in den See hinaus zu der Stelle, wo dieser alles zu den allesfressenden Ungeheuern in seiner Tiefe hinabsaugt. Nur wenn der Unglückliche das Glück hat, im letzten Augenblick am Ufer des Sees eine bestimmte rotgelbe Blumenwurzel zu finden, sie pflückt und auf seiner Wanderung hinaus ins Wasser zerkaut, gelingt es ihm, stehenzubleiben. Einen Moment lang erwachte bei dieser Räuberpistole der Botaniker in Dr. Lund, er verspürte Lust, die rotgelbe Wurzel zu suchen, da sie, als starker Tee getrunken, heilende Wirkung haben mochte – und da plötzlich entdeckte er, daß das ansonsten stille Wasser zu einem bestimmten, am südlichen Ufer gelegenen Kalkfelsen hingesogen wurde. Die

Wirbel zogen sämtliche Blätter, Äste und Zweige in die Tiefe hinab. Fische schlugen wie rasend mit dem Schwanz, um freizukommen.

Nun, wo die Trockenzeit ihren höchsten Punkt erreicht hat und er zurückgekommen ist, wird seine Vermutung bekräftigt, daß es sich um eine Höhle handelt. Der See ist vollkommen ausgetrocknet, und er steht an dem senkrechten Kalkfelsen, auf dem Grund des Sees, während das letzte Wasser sich in kleine Öffnungen im Felsen, *sangradores* verliert, die es sicher über unsichtbare Kanäle direkt in den Rio das Velhas leiten. An die Felswand klammern sich die Wurzeln mehrerer gutgewachsener Feigenbäume, als kämpften sie darum, nicht in die unterirdischen Kanäle hinabgesogen zu werden, und um ihn her, direkt beim Haupteingang der Höhle, häufen sich all die Äste und Zweige, die er auf der Wasseroberfläche sah, als er zum ersten Mal hier war. Die Höhle selbst ist eine der reichsten, die er je besucht hat, Knochen überall in einer kohlschwarzen, humusartigen Erde, doch ohne die übliche Kalkkruste, die aufgrund des ganzen Wassers, das der Lagoa do Sumidouro einmal jährlich abgibt, keine Zeit gehabt hat, sich zu bilden. Dr. Lund braucht nicht lange, um zu konstatieren, daß es sich in erster Linie um fossile Knochen aus der Vorzeit handelt. Hier ist Arbeit für Monate, vielleicht für ein ganzes Jahr. Mit dieser Höhle, deren Formen auch Brandt hinreißend findet und sogleich zeichnet, will er es genug sein lassen. Noch eine Regenzeit, in der er das Material bearbeiten und seine bisher gründlichste Abhandlung verfassen wird – und dann: Europa, Südfrankreich oder Palermo. Dänemark. Nach Hause!

Da trifft der Schein der Fackel einige Knochen, die anders sind als die Tausende und Abertausende, die er bis zu diesem Augenblick gesammelt und klassifiziert hat. Die Fledermäuse verlassen in Schwärmen die Höhle. Ein eiskalter Luftzug geht durch sie hindurch. Da liegen sie, in einer Schicht von Schneckengehäusen einer Art, die noch immer im See lebt, verstreut zwischen fossilen Knochen von Säugetieren, Reptilien und Fischen – Reste eines Menschen. Oder mehrerer Menschen: die Knochen weisen alle Stadien auf, von den vollständig versteinerten bis zu den leichten und spröden. Dr. Lund findet den ersten Schädel. Er findet den zweiten – und bald den dritten, vierten und fünften. Und die Schädel gehören zwei verschiedenen Rassen an, einige sind kleiner und verhältnismäßig wohlgeformt, andere größer und unvorteilhaft geformt – die Stirn dermaßem weit zurückgezogen, daß sie niedriger wird als selbst bei vielen Affen. Und er findet immer mehr Schädel, als er allmählich in eine andere Höhle gelangt. Und ein Stück weit von den fossilen Resten von Hirschen, Nabelschweinen und Pacas, zwischen Zähnen und Knochen von *Chlamydotherium humboldtii, Hoplophorus, Megatherium* und *Smilodon populator* finden sich jetzt zusammenliegende Menschenknochen. Sie sind sämtlich zerbrochen, wie nach schweren Schlägen. Sie gehören zu *einem* Individuum. Sie liegen in geringer Tiefe unter der Erdkruste, in einem Bereich von einigen wenigen Kubikfuß. Sie weisen charakteristische fossile Merkmale auf, denn sie sind sehr spröde, bröckelnd, weiß an den Bruchstellen – und *der Beweis* für ihr hohes Alter: sie kleben fest an seiner Zunge, als er sie an den Mund führt! Und doch scheint ihre Lage auf eine spätere Entstehung hinzudeuten …

In dieser Nacht bleibt Dr. Lund in der Höhle, auf einem kleinen Absatz, wo er gerade Platz hat, wenn er die Knie an die Brust zieht. Er atmet schwer, und er weiß, daß er mehr und mehr auf seine Gesundheit achten muß – aber die Vorstellung, ins Freie hinauszugehen und unter einem Schutzdach aus Zweigen und Palmenblättern zu übernachten, wie er es sonst zu tun pflegt, weist er als vollkommen unangebracht von sich. Er entzündet Talglicht auf Talglicht, Fackel auf Fackel. Er kann keinen Schlaf finden, während es unaufhörlich aus dem Inneren der Höhle tropft und gluckert. Brandt mault aus einem Winkel, wo er, in seine Ochsenhaut gehüllt, auf dem Boden hockt, weil Dr. Lund nicht schon längst den Negern befohlen hat, das Schutzdach für die Nacht zu bauen, und auch die Neger werden unruhig und bitten um die Erlaubnis, im Freien schlafen zu dürfen, da sie sich in der Nacht vor den Knochen fürchten.

Dr. Lund denkt an nichts anderes als an dies eine: wie war der Vorzeitmensch? Wie konnte er unter Säbeltigern, Riesenhyänen, Vorzeitaffen, gigantischen Bären und Millionen und Abermillionen von Giftschlangen, Riesenameisen, Vogelspinnen und Skorpionen so groß wie Hummerkrabben überleben? War er Menschenfresser – am schlimmsten gegen die eigenen Artgenossen, mit einem schwarzen Knoten von Bosheit, wo er heute das Herz hat, ein entsetzliches

Experiment, das der Schöpfer in den Wäldern wandern lassen mußte, um zu dem perfekten, befreiten Gegenwartsmenschen zu gelangen? Warum diese niedrige Stirn, die ihn zu einem halben Affen machte, immer noch das schlimmste Tier, das Dr. Lund kennt, eine schmutzige, unflätige, verlauste, grinsende und schmatzende *Karikatur?* Wie groß war das Gehirn des Vorzeitmenschen? Konnte er denken, fühlen, *sich erinnern?* Oder gebrauchte er ausschließlich seinen Instinkt? Ging er aufrecht oder krabbelte er teilweise? Schwang er sich mit Leichtigkeit in den Lianen der Bäume? Benutzte er Waffen – und welche? Flintäxte wie die ersten Wilden nach der Neuschöpfung? Keulen? Oder begnügte er sich damit, nur mit Steinen zu werfen und seinen Widersachern mit seinen klauenartigen Nägeln die Augen auszukratzen?

Das letzte Talglicht ist niedergebrannt. Aber bald kommt der Morgen und der erste Schwalbenschwarm zieht herein und wieder hinaus. Über dem Lagoa do Sumidouro wird die Sonne aufgehen, alles Leben wird erwachen, außer auf dem ausgetrockneten Grund des Sees, wo die Schnecken und die kleinen, weißen Krebse desperat zwischen toten Fischen kämpfen, um in dem verkrustenden Schlamm zu überleben. Dr. Lund schickt die Neger zur Ansiedlung hinauf, um getrocknetes Fleisch, Speck, Bohnen und Eier zu kaufen. Er beabsichtigt, längere Zeit hier bei der Höhle zu bleiben. Jeden Gang wird er untersuchen, jede Ecke der Höhle wird er umgraben, und mehr und mehr ist er überzeugt, daß die Knochen von den ersten Menschen *nach* dem Diluvium stammen und sich nur deshalb hier zwischen den Tieren der Vorzeit finden, weil es keine Kalkkruste gibt, die sie voneinander trennen könnte. Und immer mehr Menschenknochen findet er, einige davon mit einem harten Klang, der ihn beinah glauben läßt, daß er Metallabgüsse in den Händen hält. Er findet Spuren von mindestens dreißig Individuen aller Altersgruppen, von neugeborenen Kindern bis zu verbrauchten Greisen. Und nicht ein einziger Knochen ist ganz. Doch vielleicht ist die Zerstörung nach dem Tod eingetreten, von herabstürzenden Kalkblöcken oder Aasfressern verursacht?

Dr. Lund weiß es nicht, doch er gräbt energisch weiter, während Brandt zeichnet und zeichnet. Er vergißt zu essen, trinkt nur ein wenig Wasser oder kalten Tee mit reichlich Zucker. Die Menschenknochen liegen in der Hauptsache ungeordnet durcheinander. Was beweist das? Das Wasser kann diese Unordnung verursacht haben. Der Hauptteil der Gehirnschalen liegt zu einem Berg angehäuft, eine andere Gruppe enthält lauter Kleinknochen, Finger- und Zehenglieder, Mittelhand- und Mittelfußknochen. Die obersten der Knochen weisen alle eine rotbraune Färbung der Oberfläche auf. Einzelne Knochen findet er auch draußen auf dem Boden des Sees. Einen Kiefer. Einen fast intakten Fuß. Besonders zahlreich sind die Knochen von alten Menschen, Unterkiefer, denen alle Zähne auf natürliche Weise ausgefallen sind, dermaßen abgenutzte Kiefer, daß es nur noch Knochenstäbe sind. Dr. Lund schließt daraus, daß die Höhle ein Begräbnisplatz gewesen ist, und daß der Stamm oder die Gruppe oder das Vorzeitvolk schwerlich so grausam gewesen ist, wie er zuerst dachte. Hier in die Höhle wurden alle Toten geworfen, vielleicht oben von den Felsen herab in der Regenzeit, so daß die Wasserwirbel sie zu ihrem ewigen unterirdischen Frieden hinabsogen. Aber immer noch: *wann?* Vor oder nach dem Diluvium? Dr. Lund überzeugt sich noch einmal, daß es sich hier um die ersten Menschen nach der Neuschöpfung handeln muß, und die ersten überhaupt in Südamerika: es sind die Knochen des *Homo americanus*, die er zusätzlich zu allen übrigen gefunden hat, als ein spezielles Geschenk der Vorsehung, eine Belohnung dafür, daß er *durchhält*, genug für eine ganz neue Abhandlung, die die Einleitung zum zweiten Teil seiner Naturlehre *Der Schöpferplan* bilden soll.

Und nun schläft er wieder in der Schutzhütte, redet wieder mit Brandt; der dunkle Schatten über seinem Gesicht, wenn etwas nicht nach seinen Wünschen läuft, den Brandt mit seinem Künstlerblick wahrnimmt, ist verschwunden, ja er ist direkt überschwenglich und erzählt Brandt von all seinen Beobachtungen, während um sie her die Frösche lärmen, es im Schilf raschelt, wo die neckische Stachelratte sich herumtreibt, und aus der Ferne furchterregendes Heulen ertönt, als sei es wirklich der Caipor, der die Indianer jagt, die es gewagt haben, seinem heiligen Eigentum, den Wildschweinen, die Herzen herauszuschneiden. Dr. Lund erzählt, bei angezündeter Zigarre und zum Blubbern der Kessel mit den schwarzen Bohnen und dem gesalzenen Speck, daß viele der Schädel sämtliche charakteristischen Züge der indianischen Rasse aufweisen. Aber daß die

Zähne abweichen – statt an ihrem Ende eine querlaufende Schneidekante zu bilden, bilden sie eine ovale Fläche, deren Längsachse parallel zur Längsachse der Mundhöhle verläuft. Schläft Brandt? Dr. Lund fährt fort: es ist bekannt, und das sollte Brandt wissen, daß eine ähnlich abnorme Bildung der Schneidezähne, wie von Blumenback nachgewiesen, bei Skeletten der ägyptischen Mumien vorkommt! Alle Wurzelgewächse in Brasilien sind fleischig und weich! Also muß es sich um eins der *Erde essenden* Völker handeln – hört Brandt überhaupt nicht *zu?* – die von Humboldt erwähnt, verwandt mit dem ägyptischen Erdvolk ...!

Zu Hause in Lagoa Santa, nach einigen Monaten, in denen Dr. Lund und Brandt nicht miteinander geredet haben, infolge eines Streits, als Brandt sich vollkommen unerwartet, mit sonnenverbrannter Stirn, an den Schläfen hervortretenden Adern und blutunterlaufenen Augen weigerte, Knochen zu zeichnen, um stattdessen für mehr als eine Woche auf eine Exkursion um den See (oder in einen berüchtigten Tanz- und Vergnügungssalon in Sabará?) zu verschwinden, beendet Dr. Lund seine *Vierte Abhandlung*. Alle Menschenknochen liegen numeriert in einem Zimmer für sich, und es ist ihm gelungen, mit Hilfe von Stativen und Schnüren von der Decke ganze Skelette aufzustellen. Nach einer Versöhnung, die stattfand, während auf dem Kirchplatz schräg gegenüber das Neue Jahr 1841 mit Böllerschüssen begrüßt wurde, ist Brandt wieder fügsam und illustriert die Abhandlung mit großem Fleiß und äußerster Präzision. Der Sklave ist so viele Male zurechtgewiesen worden, daß er endlich gelernt hat, sich mit seiner Kreolin in seinem Häuschen für sich zu halten, er hat sogar aufgehört, während der Siesta zu singen. Und in Lagoa Santa redet man nicht mehr von Papa-farinha.

Dr. Lund ist in der Lage zu konkludieren:

daß er Knochen von Menschen gefunden hat, größtenteils fossile, spröde oder direkt zerbröckelnde, aber

daß er meint, in seiner neuen Abhandlung über die Tierwelt Brasiliens vor der letzten Erdumwälzung genug angeführt zu haben, um zu zeigen, daß sie nicht ausreichen, um als Beweismittel dienen zu können in der Frage, inwieweit der Mensch gleichzeitig mit den untergegangenen Tierformen, deren Überreste in den jüngsten Erdschichten dieses Landes bewahrt sind, existiert habe.

Es hat lange geschwelt. Überall in Brasilien herrscht Unzufriedenheit mit der konservativen, zentralistischen Regierung in Rio de Janeiro. Der Antilusitanismus der Bevölkerung wächst Jahr für Jahr. Spanisch Lateinamerika ist nicht *eine* Nation, von Feuerland bis zum Rio Bravo an der Grenze zwischen Mexiko und den Vereinigten Staaten, von Peru hinunter über Paraguay nach Uruguay und Argentinien. Warum sollte also Brasilien *ein* Land sein, eines der größten der Welt, unüberschaubar, eingeteilt in Provinzen, die nichts miteinander zu tun haben, von Pará im brennenden Nordeste zum klimatisch angenehmen Rio Grande do Sul, von den Sümpfen des Mato Grosso zum São Paulo der emsigen Einwanderer?

Eine Revolution nach der anderen bricht aus, zuerst *a rebelião da Cabanagem* in Pará, die fünf Jahre dauerte, dann *a rebelião da Sabinada* in Bahia, die ein Jahr dauerte, dann *a rebelião da Farroupilha* in Rio Grande do Sul, die nun schon das siebte Jahr andauert. In einer Stadt nach der anderen, einem Landbezirk nach dem anderen werden portugiesische Kaufleute und Fazendabesitzer aus der Kolonialzeit ausgeplündert, gejagt und im Extremfall ohne Gerichtsverhandlung hingerichtet, nicht selten von den Schwarzen, die sich des Kampfes zwischen den liberalen Föderalisten und den konservativen Zentralisten bedienen, um die Sklaverei abzuschütteln und überall dort, wo die Campos-Ebenen zu undurchdringlichem Urwald werden, Quilombos errichten. Geht Brasilien seiner Auflösung entgegen? Obwohl der Kaiser, in Brasilien geboren und deshalb anfänglich populär, unter dem Namen Pedro Segundo noch nicht achtzehnjährig die Regentschaft angetreten hat, breitet der Aufruhr sich von Provinz zu Provinz aus und erreicht via São Paulo schließlich auch Minas Gerais. Von Sabará bis Santa Luzia, von Lagoa Santa bis Curvelo sind alle Städte in den Händen der Aufrührer, und die Post ist nicht nur verspätet, sondern hört nach und nach gänzlich auf zu kommen und abzugehen, nachdem der Kaiser seinen tüchtigsten General, den Baron, Grafen, Marquis und Herzog von Caxias, Luis Alves de Lima e Silva, in das Herz von Minas Gerais entsendet hat, um den Aufruhr niederzuschlagen.

Letzteres – daß die Post ihren Betrieb einstellt – läßt Dr. Lund vor Wut außer sich geraten. Gerade als er neue Berichtigungen zu seiner letzten Abhandlung abgeschickt und seine *Fünfte Abhandlung* fertiggestellt hat, die ihn in die bis dahin schwersten inneren Konflikte stürzte, weil er nach ständig neuen Ausgrabungen eingestehen mußte, daß nicht nur die Stachelratte, sondern nun auch fünf Arten von der Gruppe der Hunde, die das Brasilien der Vorzeit bewohnten, noch immer hier leben; gerade da, als ihm klar ist, daß er vielleicht den gemeinsamen Titel der Abhandlungen verändern und die Worte *vor der letzten Erdumwälzung* auslassen muß, ohne zu ahnen, was er an ihre Stelle setzen soll, voller tiefgreifender Zweifel angesichts der Frage, ob es sich um Neuschöpfung oder Wiedererschaffung oder etwas ganz anderes, drittes gehandelt hat, von dem er nichts weiß und das mit Hilfe der Kalkkruste, nach der er bisher gegangen ist, nicht nachgewiesen werden kann, vielleicht eine Entwicklung ganz ohne Erdumwälzungen, in deren Verlauf gewisse Tierarten von selbst auf der Strecke blieben, weil sie plump und unzweckmäßig und ihren Feinden eine allzu leichte Beute waren, wie das Riesenfaultier, ja, wie selbst der Säbeltiger, dessen mörderische Zähne bei jeder Kleinigkeit brachen und ihn wehrlos machten, eine Entwicklung in kleinen Schritten, von Jahrhundert zu Jahrhundert, Jahrtausend zu Jahrtausend – ein Gedanke, der Dr. Lund tagelang ans Bett fesselt, erschöpft wie nie zuvor und zutiefst deprimiert, mit einem Gefühl, als hätte er die Energie von Jahren für nutzlose Schreibereien vergeudet, hier inmitten der Tische, Regale, Schubladen, Kisten und Fußböden mit ihrer Unzahl von Knochen, während Brandt konstant und nervös zwischen Lagoa Santa und dem vergnügungssüchtigen Sabará hin und her pendelt, weil er nicht weiß, wie er helfen kann – gerade da, wie zur Krönung seiner nagenden Zweifel, kommt nicht nur einer, sondern es kommen zwei, drei und bald an die zehn Briefe von Naturforschern in Europa, die alle leicht verwundert von diesem Peter Claussen berichten, der sich ausgab als der Entdecker der Knochen aus der Vorzeit Brasiliens, in Höhlen, die er als erster Weißer, auf Schritt und Tritt Gefahr für Leib und Leben auf sich nehmend, betreten habe.

In London verkauft er eine Auswahl seiner Knochen an das British Museum und ergreift Partei für Owen, der wesentliche Details in Dr. Lunds Biographie des Riesenfaultiers bestreitet, in Paris verkauft er den Rest seiner Knochen an das Musée de Paris, verspricht feierlich, beim nächsten Mal die Menschenknochen zu senden, denen er nach „einzelnen, vielversprechenden Funden" auf der Spur ist, und imponiert Blainville dermaßen, daß dieser seine Knochen in seiner prächtigen, gerade erschienen *Ostéographie* abbilden läßt. In Brüssel legt *der Däne* die Abhandlung *Notes géologiques sur la province de Minas Gerais* vor, worin er, bewaffnet mit dem falschen Titel *Membre de l'Institut Brésilien*, ausdrücklich die Ehre für sich in Anspruch nimmt, die Kalkhöhlen an den Ufern des Rio das Velhas entdeckt zu haben. Das äußerste, wozu Peter Claussen sich aufschwingt, ist die Bemerkung, daß er „zu einem gewissen Zeitpunkt" mit dem dänischen Wissenschaftler Dr. Lund zusammengearbeitet habe, der auf der Durchreise Minas Gerais besucht und auf seiner Fazenda Unterkunft erhalten habe.

Zusammenarbeit! Auf der Durchreise! Dr. Lund hat allen seinen Kollegen in Paris und London geantwortet und sie darüber informiert, wer mit wem „zusammengearbeitet" hat, und nun kann er die Briefe nicht absenden! Auf Wochen, vielleicht auf Monate hinaus kann er sich damit begnügen, sie selbst zu lesen, bis eine neue Regenzeit ihre Versendung erneut verzögern wird. Er ist dazu bereit, dem Tropeiro das Doppelte zu bezahlen oder einen indianischen Eilkurier zu Pferde anzuheuern, der die Briefe nach Rio bringen soll, doch niemand wagt es, den Auftrag zu übernehmen, nicht einmal gegen die dreifache Gefahrenzulage, jetzt wo General de Lima e Silva näher und näher rückt. Brandt zieht sich in einen Winkel des Palmengartens zurück, um Dr. Lund nicht unnötig zu irritieren, der ruhelos zwischen den Knochen hin und her, aus dem Haus aus und ein, durch den Ort vor und zurück wandert, während alle waffenfähigen Männer exerzieren und unten am See Schießübungen abhalten, die Frauen die Häuser mit Sandsäcken verbarrikadieren, die Kinder in der Kirche in Sicherheit gebracht werden und von fern die ersten Kanonenschüsse der kaiserlichen Armee dröhnen. Kampflüstern reiten Männer kreuz und quer durch den Ort, die Sklaven verstecken sich, die Kirchenglocken läuten, die Schweine wachen auf und versperren allen und allem den Weg, und an den Ortsausgängen werden aus Eßtischen, Stühlen, Kommoden und

Nachttischen Barrikaden errichtet. Das Ganze ist ein großes Durcheinander, Rufen und Schreien, und auf begeisterte Siegesmeldungen folgen Berichte von fürchterlichen Niederlagen für die Aufständischen in Santa Luzia und Sabará, wo alles niedergebrannt ist.

Um sich zu etwas Vernünftigem aufzuraffen, setzt Dr. Lund sich eines Vormittags an den innersten Tisch in der Venda, alles um sich her ignorierend, schickt einen Negerjungen hinüber in sein Haus, um Tinte, Feder und Papier zu holen, und schreibt den empörtesten Brief seines Lebens, der liegen und warten kann, bis Peter Claussen eines Tages von seinem schändlichen Triumphzug in Europa zurückkehrt. Dr. Lunds Brille beschlägt vor Erregung, als er ehrerbietigst *den Dänen* darauf aufmerksam macht, *daß* seine „Abhandlung" eine Anhäufung von Entstellungen sei, *daß* er kein Recht habe, in seine, Dr. Lunds jahrelange wissenschaftliche Arbeit einzubrechen, *daß* er, Dr. Lund, ihm, Peter Claussen, all die Ehre, die ihm im Zusammenhang mit der Maquiné-Höhle gebühre, in einer ausführlichen Anmerkung habe zuteil werden lassen, *daß* seine, Peter Claussens Prahlerei gegenüber Blainville ungeheuerlich und unzulässig sei, *daß* er, Dr. Lund, eine Wiederherstellung seines Rufes in Form eines Dementis verlange – *in duplo!* – und *daß* er, Dr. Lund, falls letzteres nicht in deutlicher Schrift und baldmöglichst ausgefertigt werde, mit dem größten Widerwillen sich der Machtmittel bedienen wird, die ihm zu Gebote stehen – zuallererst der Königlichen Dänischen Gesellschaft der Wissenschaften, deren Vorsitzender Seine Majestät König Christian VIII ist.

Lagoa Santa ist noch immer in den Händen der Aufständischen. Aus allen Nachbarorten und aus dem größten Teil des Hochlandes kommen sie, um sich den Bewohnern der Stadt anzuschließen, zu Pferde, auf Maultierrücken, zu Fuß, auf Ochsenkarren. Dr. Lund und Brandt bringen die Fenster ihres Hauses, immer noch die einzigen mit richtigen Scheiben im Ort, in Sicherheit, und sie sammeln die wertvollsten Knochen im Garten zusammen, zuallererst die des Riesenfaultiers, und decken sie mit Ochsenhäuten zu. Schwitzend, überanstrengt und immer noch mit dem Gedanken beschäftigt, ob es sich um Neuschöpfung, Wiedererschaffung oder jenes dritte handelt, von dem er nicht weiß, was es ist, und das stundenlang den dunklen Schatten über sein Gesicht wirft, wartet Dr. Lund auf die

Niederschlagung des Aufstands, damit die Post vor dem Neuen Jahr 1843 wieder abgehen kann. Er hat Schwindelanfälle, erneut Schmerzen in den Zähnen, und das Essen bereitet ihm Schwierigkeiten. Die folgenden Tage sitzt er überwiegend in seinem wackeligen Klappstuhl vor dem Haus und betrachtet das Spektakel. Hin und her reiten die Aufrührer, ohne ordentliche Uniformen, alte und junge durcheinander, schmutzig und unrasiert. Eines frühen Nachmittags, in der schlimmsten Siesta-Hitze, reitet eine Bande direkt auf sein Haus zu, wirft Lassos um die Pforte, reißt den Zaun um und fordert sein Haus als Hauptquartier. Er reißt die Brille herunter, erhebt sich empört und weist, mit der anderen Hand fest die geschwungene Krempe seines Strohhuts fassend, die Aufrührer zurück:

„Ich bin *Dr. Lund!* Ich bin *Dr. Lund!*"

Vor seinen Augen beginnt das Sonnenlicht zu flimmern. Der von den unruhigen Pferden aufgewirbelte Staub dringt ihm in die Kehle. Aber niemand soll seinen Grund und Boden betreten.

„Und ich bin *Dr. Claussen!*" schallt es plötzlich von dem größten Reiter auf dem größten Pferd, dessen Sattel und Zaumzeug mit Silber beschlagen sind. Und in einer Acht vor Dr. Lund hin und her reitend, mit der Peitsche knallend, den Vaqueiro-Hut schief auf dem Kopf, mit den stechenden Augen in seinem geröteten, grobschlächtigen Gesicht, mit einem neugewachsenen Vollbart und langem Haar á la Garibaldi und edelsteinbesetzten Ohrringen, und angestachelt von seinen Sklaven und Arbeitern brüllt *der Däne* ihm grinsend ins Gesicht, daß seine Stunde nun bald geschlagen habe, und zwar persönlich genauso wie wissenschaftlich: weiß der Doktor nicht, worauf die jüngsten Entwicklungstendenzen in Europa hinauslaufen? Hält er sich nicht in den *Annales des Sciences naturelles* auf dem laufenden? Hat er keine ordentliche Bibliothek? Weiß er, kurz gesagt, nicht, daß die Vögel von den fliegenden Fischen, die Löwen von den Seelöwen und die Menschen von den Meerfrauen und Meermännern abstammen? Und was hält er von der Idee, daß die Orchidee Kolibris und kleine Männer gebiert? Und der Riese grinst aufs neue, während seine Leute schon fast den ganzen Zaun um Dr. Lunds Haus niedergerissen haben.

Da dröhnen Kanonenschüsse ganz in der Nähe. Eine Kugel schlägt im Nachbargarten ein. General de Lima e Silvas Heer ist im

Eilmarsch von Santa Luzia herangerückt und greift nun Lagoa Santa von drei Seiten an. Alle flüchten in Panik, nachdem sie ziellose Schüsse in die Luft abgegeben haben. Der letzte, der aus der Stadt reitet, ist Peter Claussen, und bevor er in vollem Galopp zum See hinuntersprengt, an dessen Ufern entlang er entkommen kann, hinauf zur Serra da Piedade und von dort hinaus auf die Camposebenen, wendet er sich ein letztes Mal zu seinem Landsmann um und ruft so laut, daß er fast die aus der Stadt polternden Ochsenkarren übertönt: *„Nous sommes tous des travailleurs de la pensée, Monsieur le Docteur!"*

Wer nicht rechtzeitig flüchtet, wird niedergeschossen. Unmittelbar vor Dr. Lunds Haus sinkt der pensionierte Engländer zu Boden, nach einem einzelnen Schuß in die Brust, die Hand um eine Flasche Portwein und mit einem überaus verblüfften Ausdruck in den weit aufgerissenen Augen, die unverwandt auf Dr. Lund starren. Ein Sklave fällt ein paar Meter neben ihm. Ein Caboclo sinkt auf der Kirchentreppe nieder. Kurz danach rücken die ersten Soldaten ein, zu Trompetenfanfaren, unter dem großen kaiserlichen Banner. Wo ist Brandt? Ist Dr. Lund der einzige Überlebende außer den weinenden Kindern in der Kirche? Während sich in seinem Kopf die Eindrücke überschlagen, die Gedanken in alle Richtungen verirren und er die ganze Zeit die Kalkkruste vor sich wie Eis im Frühjahr verschwinden sieht, mit dem Echo von Peter Claussens idiotischen Rufen, aufgeschnappt von dem Narren in einem anarchistischen Café in Paris, noch in den Ohren, – in dem Grad erregt, daß er etwas tun muß, damit nicht alles in ihm überkocht unter der weißen Sonne, läuft Dr. Lund hinüber zur Venda und holt einen Ziehkarren für Kaffeesäcke, schiebt ihn zurück und wirft zusammen mit ein paar Soldaten, denen er durch seine Bestimmtheit imponiert, die Leiche des Engländers hinauf.

Er bugsiert den Karren hinüber zum Friedhof ein paar hundert Meter hinter der Kirche. Ein Dutzend Kinder stecken die Köpfe heraus und sehen erschreckt hinter ihm her. Er bringt es nicht über sich, wie er es sich zunächst gedacht hatte, den Engländer einfach unter offenem Himmel liegen und ihm von den schwarzen Urubus, die in immer größerer Anzahl über Lagoa Santa kreisen, die Leber heraushacken zu lassen, und wohl wissend, daß es nichts nützt, sucht er eine alte, rostige Schaufel und macht sich daran, in der steinharten, roten Erde ein Grab auszuheben. Eine halbe Stunde. Eine Stunde. Dann zieht vom See ein wenig Kühlung auf. Es hallen keine Schüsse mehr. Dr. Lund wirft die Schaufel hin, das Loch ist nur wenige Zoll tief. Er kommt wieder zu sich und geht zurück, um seinem Sklaven den Auftrag zu geben, den Engländer zu begraben, bevor es dunkel wird. Aber, natürlich, er ist mit allen anderen davongelaufen! Und Brandt! Wo bleibt Brandt? Da bekommt er drinnen im Haus hinter einem der Fenster den kahlen Hinterkopf des Norwegers zu Gesicht. Er eilt zu ihm und sieht Brandt auf allen Vieren vom Fenster fortkriechen, schlotternd vor Angst. Erst eine Stunde später, als Dr. Lund ihn davon überzeugt hat, daß Pedro Dinamarquês ein für allemal in die Camposebenen hinausgeritten ist, wo er mit seinem elenden Gewissen allein sein kann, beruhigt er sich.

Endlich kann General de Lima e Silva seinen persönlichen Einzug halten. Er beginnt sogleich ein Gespräch mit Dr. Lund und läßt seine Soldaten seinen Zaun aufrichten und reparieren. In Dr. Lunds Arbeitszimmer, über einer Tasse Tee mit Marmelade, tief beeindruckt, der erste Brasilianer zu sein, der die Bekanntschaft des *Homo americanus* in gesäubertem, numeriertem und aufgerichtetem Zustand macht, verspricht er feierlich, die Briefe des Doktors mitzunehmen nach Rio de Janeiro, wenn er die letzten Aufständischen, die sich jetzt bei Ouro Preto gesammelt haben, zerschmettert hat, eine Angelegenheit, die kaum der Rede wert ist: „Wie dreifingrige Faultiere jagen", lächelte er und zeigt auf Dr. Lunds Exemplar, das den größten Teil des Tags dazu gebraucht hat, aus einer Ecke des Zimmers unter das Schreibpult zu krabbeln. Dr. Lund genießt es, wieder mit einem zivilisierten Menschen mit großer Liebe zur Musik und zur Dichtkunst zusammenzusein. Endlich ist er ruhig.

Und alle Knochen liegen, wie sie sollen.

„Da die Höhlenreisen nun zu Ende sind", beginnt Dr. Lund seine *Sechste Abhandlung*. Er schließt sie am 22. November 1844 ab – ohne Konklusion. Er begnügt sich damit, seine zuletzt gefundenen Knochen zu beschreiben, direkt adressiert an Etatsrat Ørsted. Über achthundert Höhlen hat er ausgegraben. Nun ist die Frage, was mit den Knochen geschehen soll, „diesen meinen Kindern", wie er an

Henrik Ferdinand schreibt, für „deren weitere Erziehung“ er in der bestmöglichen Weise Sorge tragen muß. Gern möchte er Christian VIII. die Sammlung übertragen, doch nachdem dieser die Regentschaft angetreten hat, hat er offenbar das Interesse an der Naturgeschichte verloren.

Dr. Lund denkt stattdessen ernsthaft daran, die Sammlung nach Paris zu verkaufen, wo man sie wirklich zu würdigen wissen wird, und wo er, wenn er sich im Winterhalbjahr in Südfrankreich niederläßt, sich an ihrer Bearbeitung beteiligen – und gleichzeitig die letzten neuen Entwicklungstheorien aufarbeiten kann. Wiedererschaffung? Neuschöpfung? Es wäre Wahnsinn zu glauben, daß er die Antwort jemals in einer Einöde wie Minas Gerais finden wird. Er muß alle seine Gedanken an Ort und Stelle haben. Und das kann er nur in Europa, wenn er nicht enden will wie Peter Claussen mit seinem Glauben an die irrwitzigsten Theorien. Orchideen! Schließlich beschließt Dr. Lund jedoch, aus Dankbarkeit gegenüber der Königlichen Dänischen Gesellschaft der Wissenschaften, die ihm in den ganzen letzten Jahren eine feste jährliche Summe geschickt und Brandt bezahlt hat, die Sammlung seinem Vaterland zum Geschenk zu machen, allerdings unter der Bedingung, daß man ihm die neuntausend Reichstaler bezahlt, die er aus eigener Tasche für die Höhlengrabungen, den Kauf des Sklaven und den Bau des Nebengebäudes aufgewendet hat, das er für diesen, seine Kreolin und die größeren Knochen hat bauen lassen.

Dr. Lund hat noch Zeit, vor Beginn des Jahres 1845 eine zusätzliche Abhandlung zu schreiben – *Bemerkungen über versteinerte Menschenknochen aus Höhlen in Brasilien.* Darin ist er in der Lage zu konstatieren, *daß* Südamerika wahrscheinlich seit geologischer Zeit bewohnt gewesen ist, *daß* die in der fernsten Vorzeit hier lebende Menschenrasse die gleiche war wie bei der Ankunft der Europäer, und schließlich, *daß* diese Rasse aus der Alten Welt eingewandert sein kann. Ansonsten geht es um das Verpacken der Knochen. Aus beinah jedem Haus in Lagoa Santa bringt man ihm Kisten, und die ersten Interessenten haben sich bereits nach dem Preis seines Hauses erkundigt. Letzteres ist Brandt sichtlich unangenehm – er phantasiert fieberhaft davon, daß nun, wo alles in Lagoa Santa Ruhe und Frieden atmet, dies der einzige Ort sein wird, wo man leben kann, wenn sämtliche Hauptstädte der Welt bald von den furchtbarsten Revolutionen heimgesucht werden. Dr. Lund vermeidet es, mit ihm über die Zukunft zu reden. Eine gute Lösung würde es sein, ihn als Lithograph an die Sammlung zu binden, wenn sie in Kopenhagen aufgestellt wird. Aber will Brandt überhaupt zurück in den Norden?

Dr. Lund bekommt keine klare Antwort aus ihm heraus, während er an die zwölf Jahre zurückdenkt, die vergangen sind, seit er mit Riedel aus Rio de Janeiro hinausritt, und an die fünfzehn, die vergangen sind, seit von Humboldt im Lehrerzimmer des Collège de France mit einem Klatschen seine flache Hand auf die Wandkarte von Brasilien legte, genau dort, wo er sich nun wieder nach Straßenpflaster sehnt. Energische, lebendige Gesichter um sich her zu sehen! Der Frühling in Paris! Rom! Berlins strenge Museen! Wie man sich wohl fühlt, wenn man nach der Rückkehr von einem Besuch im Königlichen Theater in eine warme Wohnung den Schnee vom Mantel schüttelt? Wieder in Madame Børresens Speisehaus zu sitzen oder in Hennebergs Hotel warme Schokolade mit Vanilleschlagsahne zu trinken? Und Christian und Henrik Ferdinand, der jetzt mit seiner neuen Frau in ein großes Haus am Gammel Torv umgezogen ist … Und Henriette!

Peter Claussen läßt nichts von sich hören, doch nun ist es Dr. Lund gleichgültig. Bevor die Regenzeit alles in Lagoa Santa unter Wasser setzt, wird er zurück sein in der Zivilisation, selbst seiner Knochen Herr.

Eines frühen Morgens beschließt er, ein letztes Mal seine Lieblingshöhle zu besuchen. Langsam wird er über die blaugrünen Campos reiten. Die werden ihm immer fehlen, das weiß er. Es ist ein strahlender Morgen. Brandt redet im Schlaf. Die Sonne flimmert über dem See. Die Vögel erwachen. Wie es auch ist, es ist alles so, wie der Schöpfer es gewollt hat.

Dr. Lund empfindet tiefe Dankbarkeit, als er allein auf seinem treuen, ausgedienten Maultier, den Strohhut weit in die Stirn gezogen, dahinreitet, zur Lapa da Cerca Grande im Indianerfelsen Mocambo inmitten der zauberhaftesten Ebene in Minas Gerais.

III

„Da stehen diese Menschen nun, zufrieden mit ihren Einzelheiten, und doch kommt es mir so vor, als glichen sei dem reichen Bauern des Evangeliums; sie haben große Mengen in die Scheuer eingefahren, doch die Wissenschaft kann zu ihnen sagen: ‚Morgen werde ich dein Leben fordern', sofern sie es ist, die entscheidet, welche Bedeutung jedes einzelne Ergebnis in dem Ganzen haben soll. Insofern nun eine Art unbewußten Lebens im Wissen eines solchen Mannes existiert, insofern kann man sagen, daß die Wissenschaften sein Leben fordern; insofern es sich nicht so verhält, ist seine Tätigkeit wie die des Menschen, der durch das Zerfallen seines toten Körpers zum Fortbestehen der Erde beiträgt...

Wie glücklich sind doch Sie, der Sie in Brasilien ein ungeheures Feld für Ihre Beobachtungen gefunden haben, wo sich Ihnen bei jedem Schritt neue Merkwürdigkeiten bieten, wo die Schreie der übrigen gelehrten Republik Sie nicht in Ihrer Ruhe stören...“

Søren Kierkegaard, *Brief an den Naturforscher P. W. Lund*

„Von der Endlichkeit kann man viel lernen, aber nicht, Angst zu haben, außer in einem sehr mäßigen und verderblichen Sinn. Derjenige dagegen, der wahrhaft gelernt hat, Angst zu haben, wird wie im Tanz dahinschreiten, wenn die Ängste der Endlichkeit aufzuspielen beginnen, und wenn die Lehrlinge der Endlichkeit den Verstand und den Mut verlieren.“

Søren Kierkegaard, *Der Begriff Angst.*

8

Sein Kopf ist mit Bandagen umwickelt, damit das Licht ihn nicht irritiert. Er bebt am ganzen Körper. Das geringste Geräusch peinigt ihn. Und die Geräusche kommen von überall her. Die Schmeißfliege in der Ecke brummt weiter, sie ist im Spinnennetz gefangen. Die Mäuse nagen sich unter dem Haus durch, die Ratten folgen ihnen, die Schlangen peitschen in jedem Wasserloch des Gartens, und in der Tiefe waschen unterirdische Flüsse die ganze Erde fort, so daß das Haus bald sinken wird. Es regnet im dritten Monat. Die Kaffeebüsche im Palmengarten sind sicher längst untergraben und sinken einer nach dem anderen um. Die Süßkartoffeln verfaulen und werden eins mit der schmutzigen, salzigen, uneßbaren Lehmerde. Ein Mosquito kommt näher und näher. Er schlägt danach, doch im Dunkel hinter seinen Bandagen hat er keine Möglichkeit zu berechnen, von wo er kommt. Dort, nein dort! Dann ist er plötzlich an einer dritten Stelle, hoch oben unter dem Dach, wo die Gekkos hin und her laufen. Er wird zu einem ganz schwachen Ton, als würden in seinen Gehörgängen feinste Saiten angeschlagen, um Kraft zu sammeln und im Nu, diesmal von anderen Mosquitos begleitet, wieder über ihm zu sein.

Er schlägt wild in die Luft, bis die Erschöpfung seine Arme zwingt, auf der Decke liegen zu bleiben, pochend vor Schmerzen, mit einem ununterbrochenen Jucken in den Ellenbogen, Handgelenken und Knöcheln, als hätten sich Fremdkörper in ihn eingeschlichen, die er nie wieder loswerden kann, Insekten, die so klein sind, daß kein Mensch sie sehen kann, und die sich selbst durch die dickste Haut fressen, um zu den Knochen zu gelangen, ihrem wahren Wohnplatz, ihrem Jagdrevier, ihrer unendlichen, gewellten Einöde mit einer Unzahl von Grotten, deren feines Kalkgewebe sie sich einverleiben. Es eitert irgendwo. In der Leber? In der Gallenblase? Eine Entzündung? Unheilbare innere Wunden? Es zieht in den Nervensträngen, als sei ihr ganzer Saft ausgelaufen, vielleicht in die Blutadern, wo er das Blut verdünnt und bald das Herz erreicht, so daß es nur noch mit halber Kraft schlägt. Keine Medikamente helfen, auch nicht die, die der Generalkonsul gerade noch mit der letzten Tropa vor der Regenzeit aus Rio de Janeiro hergeschickt hat. Das Brechmittel Ipecacuanha hat er schon in Überdosen genommen, und weitere Aderlässe erträgt er nicht.

Nun hört er die Ameisen, nicht nur im Palmengarten, sondern auch draußen von den Camposebenen und ganz oben von der Serra da Piedade. Überall sind sie auf dem Vormarsch, in Millionen und Abermillionen von Soldatenrepubliken, nur mit dem Ziel zu zerstören, zu untergraben und zu morden; einander, ihre nicht minder mörderischen Erbfeinde, die Termiten, die Käfer, die Regenwürmer, die Schmetterlingslarven – morden um zu morden. Nicht eine Buriti-Palme bleibt verschont, nicht ein Zuckerrohrfeld lassen sie unangetastet, keinem Blatt und keiner Blume erlauben sie, den eigenen Lebenskreislauf von Geburt und Wachstum zu Alter und natürlichem Tod zu vollziehen. Die Blume ist ihr Feind. Die Farben hassen sie. Der schönste Duft irritiert sie. Die Bäume sind wehrlos, und wieder hört er, wie damals, als er zum ersten Mal nach Rio de Janeiro kam, das Geräusch von Blättern, die aus den Kronen der Bäume fallen, nachdem die Ameisen sie abgeschnitten haben, ein stilles, flüsterndes Geräusch wie von fallendem Schnee, wie sanfter Regen über dem Furesee an einem späten Juniabend, aber hier ist es das Geräusch von Schönheit, die nicht dasein darf, von Lebensdrang, der beschnitten werden soll, Farben, die ausgelöscht werden sollen, so daß alles zu Grus werden kann, ohne Kristalle, ohne eine Spur von Individualität, weil sie das Gegenteil von all den Quadraten, geraden Linien, Dreiecken und Rhomben ist, zu denen sich die Ameisen formieren, wenn sie aufmarschieren, um einander plötzlich in Form neuer Quadrate, Linien, Dreiecke und Rhomben zu begegnen und nach tagelangen Kämpfen in dem toten Grus weiterzumarschieren, auf ingrimmiger, logisch berechneter Jagd nach mehr Individualität, mehr Farben, mehr Schönheit, die in Schmerzen zur Erde fallen und zunichte werden kann.

Er hört sie. Von Lagoa Santa bis Curvelo. Von Curvelo bis tief hinein nach Goiás. Von Goiás nach São Paulo und von dort weiter bis Rio de Janeiro, wo nur das Meer ihren weiteren Vormarsch in die Alte Welt aufhält, in der nicht eine Säule in der Peterskirche, nicht ein Bergwald in Deutschland, nicht ein Schilfrohr am Furesee und nicht eine Blume im alten Garten von Rosenlund überleben würde, wenn sie hinübergelangten. Er hört sie, als redeten sie miteinander, in einer schneidenden, unharmonischen Tonsprache, ein Knallen von Befehlen, Signale aus dem Nichts, ein Knistern von Kieferzangen, ein stahlartiges Scherenklappern.

Und sogar im Haus sind sie. Überall. Er weiß, wo ihre Straßen sind. Eine Republik wohnt drüben bei Brandt, in der Außenwand. Er und Brandt können das Loch zumauern, zehn Tage später fällt der Putz zuckerfein zu einem Häufchen von der Größe eines Fingerhuts heraus, und die erste Ameise kommt wieder zum Vorschein, hält Ausschau, sendet ihre Scherensignale zurück und marschiert voran, gefolgt von zehn, zwanzig, Hunderten und bald Tausenden von Ameisen, über den Fußboden und unter einen Haufen von Knochen des vorzeitlichen Höhlenleoparden. Eine andere Republik marschiert im Arbeitszimmer schräg an der Außenwand hinauf, vom Boden bis ganz oben unter die Dachziegel, durchs Dach nach draußen, die Außenseite der Wand hinunter, zum nächsten Baum, hoch zu den Blättern, um sie abzuschneiden, zurück zum Haus, hinauf zum Fenster, am Fenstersims entlang, wieder ins Arbeitszimmer, beladen mit gezackten Blattstücken, Tag für Tag, Woche für Woche, dreimal alle zwölf Stunden – und was er auch über sie streut und wieviele der Einwohner der Republik er und Brandt auch mit ihren Stiefelabsätzen zertreten – zuweilen so viele, daß die Leichen den größten Aschenbecher im Haus füllen. Sie kommen wieder und wieder, als hätten sie so viele ihrer widerstandsfähigen Eier unter dem Fußboden gelagert, daß nicht einmal ein verheerender Brand sie vernichten kann.

Er hört sie alle. In den Wänden. Unter dem Dach. Im Holz des Bettes, so daß dessen Beine bald zerfallen werden. In einem Ring um das Tintenfaß. Im Schrank unter seinem kostbaren Schreibpapier. In sämtlichen Knochen, sowohl denen, die verpackt sind und bereitstehen, um unmittelbar nach der Regenzeit nach Kopenhagen abzugehen, als auch denen, die er noch numerieren, säubern und klassifizieren muß.

Das Böse? *Wessen* Erfindung? Dies ist ein anderer Planet um eine andere Sonne, so wie die Griechen ihn sich vorstellten, den dämonischen Doppelgänger der Erde, wie von Hieronymus Bosch gemalt, mit Menschen mit Stengelbeinen, Beulen an den Köpfen, vor Angst leuchtenden Augen, in einer schiefen und fließenden Landschaft voller Ungeheuer ringsum, und wo nur ein Gesetz gilt: daß jeder jeden frißt, und daß der, der zuerst kommt und am größten ist, am schnellsten satt wird und hinsinken kann, um zu verdauen, verdauen, verdauen, in einem Magen, der sogleich nach mehr Nahrung verlangt, mehr Mord, mehr Blut und rohem Fleisch. Das Brüllen des Magens, das Schreien der Därme, der Unflat der Exkremente. Knochen, die zermalmt werden, Haut, die in Stücke gefetzt wird, Augen ohne Seele, alle auf der Flucht und alle auf der Jagd. Morden! Morden! Vielleicht trotz allem *dieser* Planet?

Er dreht sich und wendet sich. Er will nach Brandt rufen, damit er ihm die Bandagen wechselt, aber er weiß, daß er gerade jetzt schläft, draußen in der Hängematte im Regen, von dem er sich so gern durchnässen läßt. Und der Sklave wird nichts verstehen, weil der Planet für ihn so ist, wie er immer war, und er keine Vorstellung von der Entwicklung des Lebens vom Kristall zum Menschen hat: er ist selbst ein Bewohner dieses *anderen* Planeten, wo der Mensch sich nie als ein befreites Ich erhebt.

Schmerzen, Schmerzen. Jetzt auch im Rückgrat, in die Lenden hinab und bis in die Schenkelknochen. Nein! Er denkt verworrene Gedanken, hier im Dunkel hinter den Bandagen, mit einer Tasse kalten Tees auf dem Nachttisch, an dem er unter Mühen nippt, einem hartgekochten Ei, das längst auf der Bettdecke zerbröckelt ist, und Brotkrümeln, die ihn im Rücken kratzen wie früher in der Nygade, als er Junge war. Die Uhr tickt, bleibt stehn, tickt wieder – er hat sie für einen Spottpreis in der Venda gekauft, ein Erbstück von einem der portugiesischen Fazendabesitzer in der Stadt, den die Aufständischen noch ausplünderten, bevor General de Lima e Silva seinen Einzug hielt. Tickt, bleibt stehn, tickt. Ihm kann es egal sein. Bis die Trockenzeit kommt, kann er die Zeit ruhig in Wochen und Monate einteilen, für die Wochen den großen Zeiger und die Monate den kleinen Zeiger, den Brandt drehen kann, wenn die Uhr vollständig stehenbleibt. Und der König hat noch immer nicht geantwortet. Warum ist er in Kopenhagen in Ungnade gefallen? Was war falsch daran, die Knochen testamentarisch seinem Vaterland zu vermachen?

Nein! Er denkt wirres Zeug. Der eine falsche Gedanke greift in den nächsten ein, und nur wenn es ihm gelingt, ein wenig Schlaf zu finden, nach etwas Brei und Makkaroni, beruhigt sich sein Gehirn – doch nur, um zu neuen verwirrten Gedanken wieder zu erwachen, die an jenem Tag begannen, als der Caboclo ihn von seiner Hütte in der Nähe der Lapa da Cerca Grande auf dem Ochsenkarren nach Hause fuhr, und er stundenlang auf den Palmenblättern lag, zusammengesunken, in Embryohaltung, als wäre nach dem, was in der innersten Kammer der Höhle geschehen war, alles in ihm in Auflösung gegangen. Dort lag er und sah starr zu dem klaren Himmel hinauf und kämpfte mit sich, um nicht vor Schmerzen in dem blutenden Zahnfleisch zu schreien, und um den Gedanken nicht zu Ende zu denken, einen Gedanken, der wie ein bösartiges Gelächter klang, ein *hi hi hi*, das von einem langgezogenen *he he he* abgelöst wurde: daß das Ganze ein Zufall ist, ohne Richtung und Ziel, so wie der Böse es wollte in seinem Kampf gegen den Schöpfer. Der Schöpfer baute sein Haus, und der Böse stieß es um und verwies den Schöpfer in andere Regionen des Universums, und zwischen den Steinen der Ruinen, die zu Grus zertrümmert und vom Wind zerstreut wurden, verkündete er sein Gesetz: daß nur der Stärkste überlebt – und der Geschmeidigste.

Die Stachelratte überlebte, weil sie ihren Feinden stets entwischt. Die Ameisen überlebten. Doch von Jahrhundert zu Jahrhundert fiel eine Tierart nach der anderen aus, und nicht nur die viel zu großen Raubtiere mit den viel zu großen Zähnen. Gemordet, über Felskanten in Abgründe oder in versteckte Löcher und ins Innere der Höhlen hinabgestoßen, beendeten sie alle ihre Tage – die friedlichen Gürteltiere, die vollkommen unschädlichen Faultiere, eine Unzahl von Hundearten, das Riesenstachelschwein, gewisse allzu plumpe Nager, wunderschöne, doch allzu zierliche Antilopen, Hirsche mit zu großem Zärtlichkeitsbedürfnis – alle mußten sie ausgerottet werden, um den Bösen in seiner Gier, Blut zu sehen, zu befriedigen. Es gibt nichts, das vollendete Schöpfung heißt – von Art zu Art, von Familie zu Familie. Nur zu einem Viertel, und nicht einmal das, kam der Schöpfer in seinem Werk voran, bevor der Böse eingriff, so daß alles zu einem globalen Blutbad, einem kosmischen Schlachthaus geworden ist, seit dem Morgen der Zeiten und solange, wie Leben auf der Erde sein wird. Die Ameisen – sie sind nur ein Teil der Zerstörung. Wo sie aufhören, fangen die Termiten an. Wo die Termiten aufhören, summen die Fliegen und verbreiten ihre ekelhafte Brut. Wo die Fliegen nicht mehr weiterkommen, spinnt die Spinne ihr Netz, um sogleich, nachdem sie es fertiggestellt hat, ein stiller, allessehender, schwarzer Punkt von zitterndem Hunger, von einem Vogel gefangen zu werden, der wiederum in dem Moment, wo er mit der Spinne an seinem Nest anlangt, von einem größeren Vogel gefangen wird, so daß er als zerkaute, blutige Masse von Federn und Knochen in den Mägen der Raubvogeljungen endet. Wirklich, es war ein Blutbad von Anbeginn an, weil der Schöpfer nicht fertig wurde. Nein! Er hat verrückte Ideen! Aber sie lassen sich nicht stoppen. In Spiralen, in Lianen. Er kann auf die Bettdecke schlagen, hoffen, daß Brandt aus seinem regennassen Schlummer erwacht. Die Gedanken wollen nicht einhalten, und bald erreichen sie die oberste Stufe in der Entwicklung, den Menschen. Er sieht ihn vor sich, er hört ihn in einer Parodie auf alles, was mit Musik und Tanz zu tun hat, nun wo sie drüben beim Medizinmann wieder anfangen: der Mensch wurde nie zu Ende erschaffen, abgesehen von einzelnen, einzigartigen Genies, die davon Zeugnis ablegen, was der Schöpfer sich im Innersten vorgestellt hatte, ein von Humboldt, ein H.C. Ørsted, die wahren, befreiten Geistes-Titanen. Doch die anderen. All die anderen, die Millionen von *anderen*, – die vergaß der Schöpfer, als er von dem Bösen verjagt wurde, und er mußte sie zurücklassen als Menschen ohne das Innere des Menschen, die Hände sind da, die Köpfe, die Augen, das Haar, der aufrechte Gang, aber ihre Herzen und ihre Hirne wurden nie fertig, so daß sie für immer empfänglich sein werden für wilde Ideen und sich gegenseitig im Namen jedweden Fanatismus totschlagen, stets bereit, sich abscheuliche Sekten auszudenken, Steine und Federn anzubeten und sich wahnwitzige Bilder zu machen, die der Aberglaube ihnen diktiert. Sie sind halb Tier, halb Mensch: sie tanzen bereits die fünfte Stunde, sie glauben allen Ernstes, daß der Medizinmann sie in Bären, Wölfe oder Urubus verwandeln kann, während sie Zuckerrohrschnaps in sich hineinschütten und sich vor armseligen Knochen und Schädeln auf die Knie werfen. Es kann sich zu einem Blutbad ausweiten. Vielleicht Menschenopfer? Lebenden kleinen Kindern herausgeschnittene Herzen?

Er blickt geradewegs ins Dunkel. Ein Heer von Sonnen erleuchtet plötzlich alles, als er zwei Finger fest in die Augenhöhlen preßt, um den brennenden, fieberartigen Schmerz hinter den Augäpfeln zu lindern.

Brandt! Wann wird er wach? Ist noch immer Siesta? Wieviel Uhr ist es? Nun, was letzteres betrifft, hat er beschlossen, daß es vollkommen gleichgültig sein kann. Er wartet auf niemanden, niemand wartet auf ihn. Ist es Nacht? Schläft Brandt gar nicht draußen in der Hängematte? Ist er in aller Stille nach Sabará geritten, um mit dem einen oder anderen Negermädchen bis in den frühen Morgen zu tanzen? Er ist doch jetzt über fünfzig! Er sollte mehr an seine Gesundheit denken, mehr Früchte und weniger Schokolade essen, Milch statt mit Kokosmilch verdünnten Zuckerrohrschnaps trinken, und wenn er nun ... *die Krankheit* bekommt! Er ist dicker geworden im Lauf der letzten Jahre, und er hat noch mehr Haare verloren. Er hat auch angefangen, ein bißchen zuviel Geld zu leihen und mit zweifelhaften Spekulanten in Lagoa Santa zu verkehren. Aber er hat inzwischen nicht mehr so viele Alpträume von Wilhelmine und seinen drei Söhnen. Der älteste hat es sogar als Kaufmann zu etwas gebracht und schreibt, daß er bald nach Brasilien kommen und Kaffee kaufen will. Brandt! Wo *ist* er? Er bekommt Lust, nach ihm zu rufen, doch es tut schon weh, wenn er nur die Stimme hebt, im Kehlkopf und in den Ohren, wo ein zu laut ausgesprochenes Wort oder ein etwas zu helles Lachen sich in Wellen bis an die Schädeldecke fortpflanzt, die die Laute wie ein Echo widerhallen läßt. Hat Brandt weitere Knochen verpackt? Dreißig Kisten sind vor der Regenzeit abgegangen, mit dem Tropeiro Joaquim Dias da Silva, dem zuverlässigsten von allen. Die Tropa zählte über vierzig Maultiere, und der *arrieiro* und die acht *camaradas*, die den Zug begleiteten, wirkten vertrauenerweckend. Die größte Tropa, die je von Lagoa Santa abging! Hat der Generalkonsul eine Möglichkeit für den Transport der Knochen über See gefunden? Und wird der König sie annehmen? Nein! Er will nicht mehr an den König denken. Er greift zum Mund. Noch ein Zahn, der sich lockert. Im Unterkiefer hat er jetzt fast alle Zähne verloren, im Oberkiefer mehr als die Hälfte. Er wird Brandt rufen. Er muß helfen.

Wie kann er Brandt jemals erzählen, was in der Lapa da Cerca Grande geschah? Brandt hört nicht auf, ihn auszufragen, und deswegen hat er doch keine Lust, nach ihm zu rufen. Sein Bart juckt. Er weiß, daß er kreideweiß ist, wie sein ungeschnittenes Haar, das ihm jetzt bis zu den Schultern reicht. Seit jenem späten Nachmittag, als Brandt in seiner Malerkluft ihn in Empfang nahm und ihm vom Ochsenkarren herunter und ins Haus half und er sich selbst in dem fleckigen Spiegel neben dem Eingang sah, einen Augenblick lang nur, ein Gesicht mit ausdruckslosen, rotumränderten Augen, triefend vor Alter, eingefallene Wangen, poröse, pergamentartige Haut und weißes, wirres Haar, seit dem Augenblick hat er keine Lust gehabt, sich selbst zu sehen. Brandts erschrockener Ausdruck, wenn er ihm in der ersten Zeit die Bandagen wechselte, genügt ihm vollkommen. Inzwischen hat er gelernt, sich zu beherrschen, und lächelt in letzter Zeit sogar, als sei nichts geschehen. Aber dennoch kommt jeden Tag die Frage, wie beiläufig: was ist geschehen? Und jeden Tag weist er Brandt unwirsch ab.

Was ist geschehen? Was ist geschehen? Woher sollte er das wissen? Wie von den flackernden Talglichtern in der Höhle erzählen, obwohl nicht der geringste Wind war, und von dem polternden Donnern, als habe jemand irgendwo auf eine gigantische Steinzeittrommel oder einen ausgehöhlten Baumstamm geschlagen? Wie von den drei Negerjungen erzählen, die plötzlich da waren und ebenso plötzlich verschwanden? Wie von seinem eigenen kolossalen Schatten an der Höhlenwand erzählen, der ihn lähmte, so daß er keinen Schritt tun konnte, und davon, wie er sich trotzdem, brüllend vor Schmerz, losreißen und zum Eingang und hinaus ins Freie gelangen konnte, wo alles in ihm in Auflösung ging, so daß seine Knochen sich so zerbrechlich anfühlten, als würden sie bei der geringsten Berührung brechen. Und das Maultier, das am Fuß des Indianerfelsens mit getrocknetem Schaum vor dem Mund auf der Seite lag, vom Biß einer Cobra getötet? Und als er sich über das Grasland und die Camposebene dahinschleppte, zwischen den verkrüppelten Bäumen, und zu der Stelle kam, wo der Pfad sich dreiteilte und und wo die drei Negerjungen wieder standen und ihn stumm zum Haus des Caboclos führten, wo er auf dem Lehmfußboden übernachtete? Wie? Was war da geschehen? Er weiß es selbst nicht.

Seitdem hat er das Bett nicht verlassen. Alle Fensterläden sind geschlossen. Jeder Tag bringt seine neuen Schmerzen mit sich, und an den überraschendsten Stellen – im großen Zeh, wie eine Ahle, die quer hindurchgetrieben wird, in den Fingerspitzen, unter den Nägeln, *im Haar!* Er weiß nicht, wie er in den Briefen an Henrik Ferdinand und Christian, die er Brandt diktiert, wenn die Sonne untergegangen ist, Lagoa Santa zur Ruhe kommt und nur die Frösche vom See herauf in weitem Umkreis zu hören sind, von seiner Krankheit erzählen soll. Er findet die Worte nicht. Weil er sich nichts daraus macht, sie in der Dunkelheit hinter seinen Bandagen auszusprechen? *„Ich habe die Zähne verloren!"* Oder weil er befürchtet, besonders Henrik Ferdinand unnötige Sorgen zu verursachen? *„Mein Haar ist weiß geworden, und mein ganzer Körper ist voller Eiterstellen. Ich ertrage weder Licht noch Geräusche. Grüß alle!"* Nein, in höflichen Wendungen erzählt er, daß er nicht ganz so gesund ist, wie er es hier in diesem angenehmen Klima erwarten könnte, und dies jetzt, wo er nach zehn Jahren unentwegter Höhlenreisen und der gerade überstandenen Absendung der ersten großen Kisten mit Knochen sich ein wenig erholen wollte. Zahngicht. Müdigkeit. Das wagt er zu schreiben, das wird daheim in Kopenhagen keine allzu große Beunruhigung auslösen.

In Briefen an Ørsted, Forchhammer und Schouw bringt er seine tiefe Trauer darüber zum Ausdruck, daß Reinhardt, der große Anreger, der seinerzeit in dem neu eingerichteten Königlichen Naturhistorischen Museum ihm dazu riet, in die warmen Länder zu gehen, tot ist – ein unersetzlicher Verlust für die dänische Zoologie. Aber sein vielversprechender Sohn tritt ja nun in seine Fußspuren, auf die Weise wird die Tradition aufrechterhalten, und wer sonst als der junge cand. phil. Johannes Theodor Reinhardt wäre der Richtige, um als Inspektor für die Knochensammlung angestellt zu werden, wenn sie demnächst in Kopenhagen aufgestellt wird? Was seine *eigenen* Zukunftspläne anbelangt? Palermo oder Südfrankreich! Wieder vermeidet er zu beschreiben, wie es ihm geht, um stattdessen anzudeuten, daß die Angst vor der Lungenkrankheit ihn weiterhin nötigt, sich von dem kalten dänischen Winter in gebührendem Abstand zu halten. Und wenn ihm neue Gedanken bezüglich der Knochen kommen, fügt er sie in aller Gründlichkeit bei, nicht ohne einen Hinweis darauf, daß man in Paris und London glücklich sein werde, von den Perlen der Sammlung Gipsabgüsse zu bekommen, was eine ordentliche Summe für ihre Pflege einbringen könne.

Cand. phil. Johannes Theodor Reinhardt! Plötzlich kommt er darauf: ist es *sein* Name, der den König irritiert? Die gesamte Naturwissenschaft in Kopenhagen ist zerstritten, nicht zuletzt die jüngeren Forscher, die sich zu Schulen formieren und scharf gegeneinander und besonders gegen ihre älteren Kollegen Front machen. Forchhammer lehnt es ab, sich an der Polemik zu beteiligen. Ørsted schwebt über den Wassern. Schouw, der freilich immer noch viel wertvolle Kraft darauf verwendet, daß Dänemark eine freie Verfassung bekommen soll, beklagt sich über den neuen, „brutalen" Zeitgeist. Die Krähwinkelmentalität. Bald wird man die Blumen in *demokratische* und *reaktionäre* einteilen und von *vom Volk gewählten* Tieren im Gegensatz zu den *privilegierten* sprechen! Nichts kann einen mehr in Erstaunen versetzen, wenn es sich um die Politik dreht, die imstande ist, alles zu korrumpieren, selbst die reinste und uneigennützigste Wissenschaft. Wo steht Reinhardt junior in dem Ganzen? Ist auch er einer dieser destruktiven Phantasten? Wenn nun der König gegen die Gruppe Partei ergriffen hat, zu der er gehört, vielleicht die rabiateste, und deshalb nichts von sich hören läßt, wegen der folgenden Zeilen in jenem Brief an die Majestät, in dem er die Knochen endgültig seinem Heimatland testamentiert: „*... für welchen Posten ich mir alleruntertänigst Herrn Candidat Reinhardt zu empfehlen erlaube, als denjenigen von unseren jüngeren Naturforschern, der sich vorzugsweise mit jenen Zweigen der Zoologie beschäftigt hat ...*"

Nein! Wieder ein verrückter Gedanke! Ein Reinhardt mischt sich nicht in die Politik, dafür bürgt der Familienname. Aber kann es andere Zeilen in dem Brief geben, die den König verärgert haben? Ist seine Einleitung falsch, nicht ehrerbietig genug? „*Allergnädigster König! Im Vertrauen auf das große Interesse, das Eure Majestät stets den Wissenschaften im allgemeinen zu schenken geruht hat, und insbesondere der Wissenschaft, die in diesem Land den Hauptgegenstand meiner Arbeiten ausgemacht hat, wage ich alleruntertänigst, mir Ihre allergnädigste Aufmerksamkeit für eine Angelegenheit zu erbitten, die den Zweck verfolgt, dem*

Vaterland die Früchte dieser Arbeiten zu sichern ..." Hat er die Wörter allergnädigst und alleruntertänigst vertauscht? Und muß es am Anfang Eure Majestät heißen? Ist seine Unterschrift zu unleserlich – *schlampig*, würde der König sagen? Hat der Brief nicht den richtigen Rand? Hat er gekleckst? Hat er zuviel und zu heftig durchgestrichen? Nein! Verrückte Ideen! Er muß sich den Brief aus dem Kopf schlagen. Der König hat sicher längst geantwortet. Aber sein Brief ist verspätet ... oder vielleicht in Rio verloren gegangen – wo ohne Zweifel das Gelbfieber ausgebrochen ist. Sicher sind alle tot, auch der Generalkonsul, und gerade, als die Kisten mit den Knochen ankamen! Jetzt stehen die Kisten irgendwo in der Stadt, genau da, wohin die Tropa gekommen war, bevor das Gelbfieber den Tropeiro dahinraffte. Die Sklaven, die alles überleben, werden sie bald aufbrechen, und alle Medizinmänner der Stadt werden um die besten und größten Schädel kämpfen, so daß die Früchte seiner Mühsal auf Pfählen enden, oder an Lianen in Bäumen aufgehängt, oder in häßlichen Mustern ausgelegt, oder sogar in die Erde vergraben, daß nur der oberste Teil der Gehirnschale herausragt, wie es gewisse Medizinmänner gerade in der Umgebung von Rio de Janeiro zu tun pflegen.

So wird auch sein Werk, zerstreut in alle Winde, damit enden, dem Bösen zu dienen, wenn die Schwarzen darum herumtanzen und ihre Geister anrufen, und nicht einmal Brandt kann er sich anvertrauen, weil er dann eingestehen muß, daß alles, was er ihm seit jenem Tag, als sie in aller Stille von der Fazenda Porteirinhas fortritten, über die Entwicklung beigebracht hat, nicht stichhält. Die Kalkkruste war bedeutungslos. Deswegen haben sie verdient, daß die Maquiné-Höhle zugemauert wurde. Alles, was Brandt gezeichnet hat, hat er zu keinerlei Nutzen gezeichnet. *Hi hi hi:* jede Höhle, die sie besucht haben, haben sie umsonst besucht, mit verbundenen Augen, von einem falschen Glauben angetrieben. *He he he:* jeder Knochen, den sie numeriert und vorsichtig in Kisten verpackt haben, zeugt nun von ihrer Torheit. Dies wird nie mehr der Planet des Schöpfers. Der draußen im Universum wohnt, wo sein Plan auf einem glücklicheren Planeten gelingen wird – aber nicht hier, und schon gar nicht hier im Inneren Brasiliens, wo der Böse zum ersten Mal Fuß faßte und das Gebäude des Schöpfers umstürzte. Vergeudet sind ihre Jahre. Vergeudet jedes Gespräch. Vergeudet die sechs Abhandlungen, die unzähligen Berichtigungen und die Abhandlung über die Menschenknochen. Nein, Brandt wird zusammenbrechen, wenn er ihm die grauenvolle Wahrheit erzählt. Er wird einen Knacks fürs Leben bekommen, schlimmer als den, den er zu Hause in Wilhelmines Norwegen bekam, schlimmer als den, den er bei seiner Ankunft in Curvelo und Peter Claussens Herrschaftsbereich bekam, und nachher muß auch er im Bett liegen und ist zu nichts nütze, zahnlos, weißhaarig, mit langen Nägeln und Schmerzen überall, überall ...

Er *muß* diese Gedanken loswerden! Ob es hilft, wenn die Bandage gewechselt wird? Und der König hat ihn *nicht* vergessen. Er weiß es ...

Die Uhr tickt nicht mehr.

Ein Geräusch weniger.

Nun macht Brandt sich an der Feuerstelle zu schaffen. Sobald er Feuer unter dem Brei und den Makkaroni angezündet und das Brot eingeweicht hat, wird er zu ihm hereinkommen, jeden Tag exakt zu demselben Zeitpunkt, genau wenn die Sonne über der Camposebene untergeht. Er tritt an sein Bett, nimmt die Decke von ihm, damit er sie nach draußen tragen und das zerbröckelte Ei abschütteln kann. Dann kommt er zurück, immer noch auf Zehenspitzen, und flüstert, daß es nun wohl *an der Zeit* sei ... Er reicht ihm einen Unterarm, an dem er sich festhalten kann während des qualvollen Prozesses, sich aufzurichten. Dann zieht er ihm die Pantoffeln an. Sie sind mit besonderer Sorgfalt von der Frau des Vendainhabers genäht, und sie wärmen seine Füße bis über die Knöchel. Brandt huscht zur Feuerstelle und wärmt sein Hemd, so daß es genau die richtige Temperatur hat, weder ein Grad zu viel, noch ein Grad zu wenig. Danach wärmt er seine Hose, daß auch sie die richtige Temperatur hat. Dann zieht er ihm die Weste an und kurz darauf die Jacke. Er richtet ihn auf. Es dauert lange, manchmal eine Viertelstunde. Er wird schwindelig. Jeden Tag wird er schwindeliger und schwindeliger, wenn er aus dem Bett aufsteht. Der Sklave kommt dazu. Er kann seinen bittersüßen Schweiß riechen, noch bevor er ganz bei ihm ist. Gemeinsam bugsieren der Sklave und Brandt ihn nach draußen, ums Haus herum und zum „Örtchen". Glücklicherweise ist sein Stuhlgang in Ordnung. Brandt kontrolliert, daß die Farbe ist, wie sie sein soll, ohne Blut. Auch das Wasserlassen bereitet ihm keine Schmerzen, und er denkt, daß vielleicht noch nicht alle Hoffnung verloren und er vor der nächsten Regenzeit wieder so gesund ist, daß er nach Rio de Janeiro reisen kann, wenn dort nicht das Gelbfieber herrscht, daß er mit Riedel zusammensein und seine Kaiserparks genießen, sich in seiner à jour geführten Bibliothek aufhalten, zu Konzerten gehen – und dann eine Schiffspassage nach Europa bekommen und dafür Sorge tragen kann, daß die letzten Kisten mit Knochen ordnungsgemäß abgehen, am liebsten mit der Korvette „Galathea", wenn sie auf ihrer Erdumseglung Brasilien anläuft. Wenn nicht das Gelbfieber, wenn nicht die Medizinmänner die Sammlung auseinandergerissen haben, wenn nicht der Böse ...

Auf dem Rückweg vom „Örtchen" bleibt er an einer bestimmten Stelle stehen, wo er das Rauschen in der Krone der Königspalme hören kann. Manchmal hat der Regen gerade aufgehört, und er atmet in tiefen Zügen den Duft der warmen, dampfenden Erde ein, der Blumen, der Seeluft und der verwelkten Palmenblätter, die irgendwo in der Nähe verbrannt werden. Alles in ihm erwacht, die eine gute Erinnerung nach der anderen taucht auf. Einmal wacht er eines frühen Morgens zusammen mit Riedel auf, ein anderes Mal kommt er nach einem langen Tagesritt in einem Buriti-Tal an und hat noch alle seine Zähne. Es kommt sogar vor, daß seine Nervenstränge vibrieren von Leben, und die schlimmsten Schmerzen verschwinden. Aber dann löst sich wieder alles in ihm auf, und Brandt und der Sklave müssen ihn noch fester halten, damit er nicht fällt auf dem endlosen Weg zurück ums Haus, ins Haus hinein und zum Bett, wo es noch eine Viertelstunde dauert, ihn auszuziehen und hinzulegen. Bald kommt das Essen und eine Tasse warmer Tee. Und bald beginnen die Gedanken wieder.

Aber Brandt summt zufrieden. Es duftet gut.

So gehen die Stunden, jeden Tag. Monat für Monat.

Die Trockenzeit ist gekommen. Bald ist sein Geburtstag, und Brandt überredet ihn, daß er versucht, ein paar Runden durchs Haus zu gehen, und am besten ohne Bandage um die Augen. Anfangs weigert er sich. Er weiß, daß das Licht ihn blenden wird, auch wenn die Fensterläden noch immer geschlossen sind. Aber er läßt zu, daß Brandt ihm die Haare schneidet, äußerst vorsichtig, Strähne für Strähne. Die ganze Zeit fürchtet er, daß die Schere ihn im Nacken oder am Kieferansatz berührt und ihre Kälte ihn durchfährt. Fast den ganzen Tag braucht Brandt fürs Haareschneiden, und nicht ein Haar gerät unter das Nachthemd, um dort zu einer konstanten Irritation zu werden. Als Brandt damit fertig ist, darf er ihm auch die Nägel schneiden, die so lang geworden sind, daß sie in die verkehrte Richtung wachsen, wieder ins Fleisch zurück. Hier muß Brandt mit noch größerer Behutsamkeit zu Werke gehen. Jeder Nagel, der geschnitten wird, ist eine Operation für sich, und wo er mit der Schere nicht hinkommen kann, muß Brandt mit starkem Zwirn feilen, weil alles in ihm bei der geringsten Berührung bebt. Endlich kann Brandt mit ein paar aufmunternden Worten seiner Zufriedenheit Ausdruck verleihen, daß er also nun ... nun *wirklich* wieder der alte ist! Will er die Bandage immer noch nicht abnehmen?

In zwei Tagen, vielleicht. In einer Woche. Wenn die Hitze am schlimmsten ist. Aber erst müssen alle Fensterläden mit Papier verklebt werden, wo auch nur der geringste Spalt die Sonne hereinläßt. Und seine Brille muß ein paar Stunden vorher in die Sonne gelegt werden, damit auch sie die richtige Temperatur hat. Nach zehn Tagen läßt er endlich zu, daß die Bandage entfernt wird, doch so langsam und so vorsichtig, daß Brandt sich auf eine mehrstündige Arbeit einstellen muß. Nach fast fünf Monaten im Dunkeln sieht er wieder. Es tut nicht so weh, wie er befürchtet hatte. Er erkennt die meisten Möbel, die Regale mit seinen wissenschaftlichen Werken, den Rest der Knochen. Das Schreibpult steht, wo es hingehört. Niemand hat das Papier, das Tintenfaß, die Federn oder das Kopierbuch für die Briefe entfernt. Er sieht, wie seine Füße sich unter der Decke bewegen. Er hält die Hände ganz dicht vor die Augen und erkennt sie, auch wenn fast kein Fleisch mehr auf den Fingerknochen sitzt und die Knöchel weiß unter der Haut leuchten. Die Brille wird ihm auf einem Teller hereingebracht, und sie schmerzt nicht, als er sie langsam aufsetzt, im Gegenteil, ihre Sonnenwärme pflanzt sich in angenehmen Wellen in seine Schläfen und weiter in die Wangen fort. Er hat Lust, sich rasieren zu lassen. Der Bart reicht ihm bis auf die Brust. Er sticht ihn schlimmer als je zuvor. Auch damit müssen Brandt und der Sklave ihm helfen – er will sich immer noch nicht im Spiegel sehen. Vorsichtig erhebt er sich von seinem Bett. Er ist imstande zu gehen, zwei Schritte, fünf, zehn und bald den ganzen Weg durch das Schlafzimmer. Brandt lächelt ihm im Halbdunkel zu. Gerade jetzt ist es so schön im Palmengarten, flüstert er. In ein paar Minuten geht die Sonne unter ...

Am Tag darauf sitzt er wieder in seinem Lieblingsstuhl im Arbeitszimmer. Er will sich langsam an das Licht gewöhnen, und nur ein einzelner Fensterladen wird ein wenig geöffnet, so daß er den Sonnenstreifen über einen Haufen mit Pacaknochen tanzen sieht. Eine Woche lang sitzt er so, wenn er nicht in seinem Bett schläft. Er kann nun auch wieder Käse essen und Brot, das nicht in Wasser eingeweicht ist. Er freut sich darauf, daß der Tropeiro mit dem Postsack kommt. Ein weiterer Fensterladen wird um eine Spur aufgestellt. Es sind nur noch wenige Tage bis zu seinem Geburtstag. Dann kommt endlich der Postsack. Brandt sortiert alle Briefe, so daß er sie der Reihe nach vorlesen kann. Der Antwortbrief des Königs ist dabei.

Er läßt ihn sich mehrere Male vorlesen, zum letzten Mal an einem Tag im Juni, seinem fünfundvierzigsten Geburtstag. Brandt hat alle Öllampen angezündet, um festliche Stimmung zu schaffen. Er hat sich Mühe gegeben mit dem Brei und den Makkaroni mit Kräutern. Es herrscht eine angenehme Temperatur im Haus. Der Sklave sägt Brennholz beim Nebengebäude. Seine Kreolin ist in den Ort hinaufgeschickt worden, um frische Milch zu kaufen.

Wieder und wieder liest Brandt, auf dem Boden hockend, geduldig, Wort für Wort, mit beifälligem Nicken und Pausen, wo er dies für angebracht hält:

„Herrn Doktor Wilhelm Lund! ... Die Direktion des Königlichen Museums der Naturwissenschaften ist angewiesen worden, die Sendungen entgegenzunehmen, welche teilweise bereits eingetroffen sind oder noch von Ihnen erwartet werden. Diese werden ungeöffnet aufbewahrt werden, bis cand. phil. Reinhardt von der Expedition mit der Korvette ‚Galathea', mit der er im Juni vorigen Jahres in See gegangen ist, und die im Frühjahr 1847 auf der Rückreise Rio Janeiro anlaufen wird, zurückkehrt.

In der Zwischenzeit werden Räumlichkeiten und Schränke für die Aufstellung der Sammlung eingerichtet, und cand. phil. Reinhardt wird als Inspektor mit besonderer Gage für diese Sammlung angestellt, die das Museum Ihren Verdiensten um die Wissenschaften und Ihrer Vaterlandsliebe schuldet.

Schon jetzt haben Ihre Abhandlungen mit den dazugehörigen Abbildungen, welche in die Schriften der Gesellschaft der Wissenschaften aufgenommen worden sind, die besondere Aufmerksamkeit der Naturkundigen erregt, und in nicht geringerem Grad ist dies der Fall gewesen mit den Sendungen, die ich bereits früher für meine partikuläre Sammlung von Ihnen erhalten habe.

Es wäre mir eine große Freude, wenn Ihre Gesundheit es Ihnen erlaubte, Ihr Vaterland zu besuchen und mir Gelegenheit zu geben, den Ausdruck meines Dankes und meiner Wertschätzung mündlich zu wiederholen, als deren Beweis ich Sie die Übersendung meiner Medaille ‚Ingenio et Arti', derer Sie sich als Wissenschaftler so überaus verdient gemacht haben, zu betrachten bitte.

Mit Hochachtung und Wohlwollen verbleibe ich, Herr Doktor Lund, Ihr Ihnen verbundener und geneigter

Christian VIII."

Plötzlich klingt es von draußen herein:

„*Troholodyt! Troholodyt!*"

Brandt fährt hoch und läuft hinaus. Kurz darauf kommt er zurück und erzählt, daß vier Jungen mit Hampelmännern in der Form von Skeletten die Beete mit den Süßkartoffeln zertrampelt haben. Er hat sie nicht erwischt, aber der Sklave ist ihnen nachgelaufen. Sie werden ihre wohlverdiente Strafe bekommen.

Dr. Lund muß wieder das Bett hüten. Aber die Bandage läßt er weg.

Noch zwei Zähne verliert er.

9

Der Tod trägt Bandagen um den Schädel, und der Tod hat sich in Lagoa Santa niedergelassen. Er kommt aus den kalten Ländern, und in seinem Gepäck hat er sonderbare Instrumente in kleinen, mit lila Samt gefütterten Kästen mitgebracht, eine Hacke, die jeden Felsen bis hinunter in die Tiefen spalten kann, wo die Ungeheuer hausen, eine Schaufel, die die Erde hundert Leguas weit werfen kann, und eine vergoldete Brille mit gefärbten Gläsern, die er aufsetzt, wenn er die Bandagen abnimmt und von seinem Haus am See losreitet. Der Tod sieht alles, und doch sieht niemand ihn, weil er den Kopf immer in die verkehrte Richtung wendet. Jedesmal wenn er die Brille abnimmt, laufen seine Augen aus und legen sich wie zwei kleine wasserfarbene Flecken auf den Boden. Sie trocknen nie aus, und deshalb kann man immer sehen, wo der Tod reitet, wenn man genau nachsieht. Der Tod ist weder jung noch alt, und wenn er die Brille abnimmt und mit seinen zwei schwarzen Löchern über den See und zur Serra da Piedade blickt, schmerzen alle seine Knochen, weil er sieht, ohne sehen zu können, hört, ohne hören zu können. Der Tod ist es müde, der Tod zu sein, aber solange am Tag die Sonne scheint und des nachts der Mond und Trockenzeit und Regenzeit sich abwechseln, wird er keine Ruhe finden.

Der Tod ist kein Skelett. Dünne Haut klebt auf seinem Schädel und an seinen Knochen, aber wenn er vergißt, das Winterzeug aus seiner kalten Heimat anzuziehen, wird die Sonne seine Haut verbrennen, und ohne sehen und ohne hören zu können, wird er auf die Campos-Ebenen hinauswandern, um dort, wo der São Francisco-Fluß so breit wird, daß es zehn Tage dauert, ihn zu überqueren, im Sand umzusinken und sich aufzulösen. Dann kommt eine ganz neue Zeit, und zwei Sonnen werden am Himmel leuchten.

Der Tod ist der Mann mit den Skeletten. Er sammelt und sammelt, als suche er jemand. Auch die Tiere fürchten ihn, wenn er sie ansieht, ohne sie anzusehen. Sogar der Caipor läuft fort, wenn er sich auf seinem Maultier nähert.

Und der Tod wohnt in Lagoa Santa.

Der Tod ißt Knochen. Von weit draußen am Horizont kommt er auf seinem Maultier herangeritten, gefolgt von seinem summenden und rotwangigen Farbenmischer, der ihm Bilder von all den Knochen gibt, die er sich einverleibt, wenn er zu einer Höhle kommt und von seinem Maultier steigt und in das Dunkel der Erde hinabsteigt, wo er alles sieht und alles hört. Die Knochen, die er nicht ißt, nimmt er mit. Aus denen macht er Möbel, und in einem riesigen Kessel kocht er die größten, so daß sein Haus ewig von Dampf erfüllt ist. Der Tod ist der Mann ohne Farbe, der Mann ohne Träume, der Mann ohne Nacht und Tag, und an seinem Skelett sitzt kein Fleisch. Er umwickelt sich unter dem Mantel mit feuchten Tüchern, und die Brille mit den aufgemalten Augen setzt er nur auf, weil er fürchtet, daß man ihn erkennt. Der Tod hat Angst. Der Tod hütet ein schreckliches Geheimnis, und trifft die Sonne ihn auf die Stirn, wenn sie genau zwischen zwei Palmen und in der Nähe des Flusses steht, wird sie direkt über seinem linken Brillenglas ein Loch einbrennen, und er wird im selben Augenblick erstarren. Eine neue Zeit wird kommen, und niemand wird mehr in die Höhlen der Berge hinabsteigen müssen, um dort aus Angst vor dem Tod zu sterben.

Der Tod ist *um velho esqueleto.*

Und der Tod hat Angst, es zu zeigen.

Der Tod wird bald sterben. Sankt Georg jagt ihn von Land zu Land, über alle Berge, über die Meere und die Flüsse, über das Sertão, in die Catinga, in den Urwald und wieder heraus, von Flecken zu Flecken. Es war einmal eine Zeit, da war der Tod der stärkere und brauchte Sankt Georg nur mit seiner Skeletthand anzurühren, um ihn zu fällen. Aber Sankt Georg fand den geheimen Schatz in einer Höhle weit oben im Norden, wo der Rio Cipó in den Rio das Velhas einmündet, und während der Vollmond am Himmel schien, aß er die pulverisierte Schlangenhaut, die ihm ewiges Leben gab. Mit seiner Hacke und seiner Schaufel reitet er nun hinter dem Tod her, seinen roten Mantel und seine Peitsche mit dem silberbeschlagenen Schaft schwingend, und eines Tages wird er den Tod fangen. Wenn die Regenzeit vorüber und das Schilf um den See herum verwelkt ist und der Tod in seinem Haus mit dem großen Garten, wo die Blumen so blaß sind wie die Haut des weißen Mannes, seinen letzten Knochen verspeist hat, wird Sankt Georg zur Tür seines Hauses geritten kommen, sie eintreten und mit klirrenden Sporen an den am herrlichsten bestickten Stiefeln in ganz Minas Gerais an das Bett treten, in dem der Tod liegt, und mit einem Schlag seinen Schädel vom Skelett trennen.

Eine neue Zeit wird kommen, und Sankt Georg wird alle Kranken heilen und die Alten jung machen.

Der Tod hütet seine Knochen wie eine schöne Frau ihren Schmuck. Niemand darf ihnen nahekommen. Der Tod ist so müde, daß keiner die Zahl seiner Jahre kennt, aber er ist nie müde. Er hat O-Beine mit großen, nackten Füßen und ein Auge mitten auf der Stirn. Er hat überall Fleisch – außer an der rechten Hand. Brummend wie ein Bär sitzt er in der Tiefe seiner Höhlen und kratzt sich mit der Skeletthand im Nacken. Er kommt zu jedermann, aber er tut es nur ungern, und deshalb hat er es immer eilig, zu seinen Höhlen zurückzukommen. Man weiß nie, in welcher von ihnen er wohnt. Aber einige Höhlen mag er lieber als andere. Am liebsten mag er die, an deren Wände die Indianer rote Gürteltiere gemalt haben. Man darf ihn nie stören, und wenn man seine Knochen nimmt, bestraft er einen mit etwas, das noch schlimmer ist, als lebendig begraben oder in einer Schlangengrube zu Tode gebissen zu werden. Langsam zermalmt er das Innere des Räubers, läßt sein Blut dünn werden und nimmt ihm die Hälfte seiner Seele fort und schickt sie auf einen ewigen Ritt auf die Hochebene. Das bißchen Seele, das noch übrig ist, kann den Körper nicht aufrecht halten. Der Räuber kann keine Farben mehr sehen, alles um ihn her wird zu Asche. Aber er muß weiterleben und sich danach sehnen, wieder eine ganze Seele zu bekommen.

Der Tod ist ein munterer Herr, und er kennt viele Arten zu strafen, auch wenn er es nicht leiden kann.

Und er kann Berge brüllen lassen.

Er weiß nicht mehr, was er in den Briefen nach Kopenhagen diktieren soll. Erzählt er all die Geschichten, die Brandt hauptsächlich in der Venda aufschnappt und mit nach Hause bringt, müssen sie glauben, daß er verrückt geworden ist, wenn dergleichen ihn plötzlich interessiert. An Henrik Ferdinand schreibt er, daß es mit der Zahngicht nun etwas besser geht und daß er Brandt wieder Geld hat leihen müssen – bei Rückzahlung mit Zinsen. Den größten Teil seines Vermögens kann er weiterhin in Kopenhagen stehenlassen, er weiß, daß das den Bruder beruhigen wird. Ein paarmal hat er den Eindruck, daß die Familie glaubt, es sei Brandt – „dieser Brandt" – der ihn beeinflusse, zu bleiben, und deshalb gibt er sich viel Mühe zu erzählen, eine wie große Hilfe Brandt ihm ist, und daß auch *er* hofft, bald aufbrechen zu können – um die Stellung als Lithograph bei der Sammlung anzutreten, wenn diese, mit dem Segen des Königs, aufgestellt wird. Brandt nickt, lächelt ein wenig, kratzt sich im Nacken – und doch scheint es, als zögere er zu schreiben. Und noch ein zersetzender Gedanke reiht sich an all die anderen, noch ein Verdacht wächst in ihm, bis er auch den in die Flucht jagen muß, indem er zu sich selbst sagt: Du bist krank! Du bist krank! Krank wie nie zuvor! Krank in Brasilien, wo man nicht weiß, was ein ordentlicher Arzt ist, krank hier in der Provinz Minas Gerais, wo die Häuser nur so aussehen wie richtige Häuser, wo die Straßen zuwachsen und jeder Tag einen mit ganz neuen, bösartigen Geräuschen überrascht, krank hier in Lagoa Santa, wo nicht einmal die Kirche in der Lage ist, die Menschen zu erziehen, weil sie selbst von Aberglauben durchdrungen ist, krank hier in diesem Haus, in diesen vier schlampig hochgemauerten Zimmern, die nur sein Standquartier sein sollten, sich aber längst an ihn gewöhnt haben und nun verlangen, daß er in alle Ewigkeit hier bleiben soll. Krank, krank – nur weil er krank ist, meldet sich der Gedanke zusammen mit den anderen, und besonders wenn Brandt ein Diktat aufnimmt und plötzlich zögert, wenn ein sonderbarer Ausdruck in seinen verschwommenen Augen erscheint, wenn er abwesend lächelt und seine kleinen merkwürdigen Grunzlaute ausstößt: Hat Brandt es so *gewollt?* sagt der Gedanke – und fährt fort: Hat Brandt etwas dafür getan, ihn an diesen Ort zu binden? Hat er die ganzen Jahre gelogen, wenn er sich bereit erklärte, in den Norden zurückzukehren? Wie hat er das gemacht? Hat er sich mit den Wänden verschworen? Einen Pakt mit den Möbeln geschlossen? Die Dielenbretter verhext? Bei Mondlicht die Ziegelsteine angerufen?

Dr. Lund kann Brandt nicht kennen. Er sieht ihn plötzlich, wie er ihn vorher nie gesehen hat. Vorher war er *Brandt.* Der verlorene, der unglückliche Brandt, der redselige und unpräzise Künstler, unbeholfen, froh, seinen festen Lohn zu bekommen, verläßlich bei der Arbeit als sein Gehilfe. Nun ist sein Gang verändert, als ginge er die ganze Zeit und verheimlichte irgendetwas. Er summt auch in einer Weise, als freute er sich einer List, die er hinter seinem Rücken inszeniert hätte. Wer sind die „Geschäftsleute", mit denen er in der Venda verkehrt? Und sein Blick! Er hat einen grünlichen Schimmer bekommen! Er ist so stechend geworden! Er weiß etwas, das *er* nicht weiß! Sein Lächeln ist nicht mehr unsicher, von Schmerz gezeichnet. Es ist schadenfroh. Sein Adamsapfel strotzt vor Freude über etwas, worüber er sich nicht freuen sollte. Er ist in etwas verwickelt, hat es auf etwas abgesehen! Zehn Jahre hat er von seinen Zinsen diesen norwegischen Künstler unterhalten, diesen Bohemien, dessen Traum es ist, mit den Dichtern Burgunder zu trinken, er hat ihn vor dem sicheren Untergang bei Peter Claussen gerettet, und jetzt dankt er es ihm damit, ihn in diesem elenden Haus einzusperren, das nicht einmal der vorige Pfarrer hat behalten wollen.

Am schlimmsten ist es, wenn Brandt in Sabará ist, und ganz besonders, wenn er einen Tag länger als verabredet fortbleibt und ihn dem Gutdünken des Sklaven und seiner Kreolin überläßt. Und als der Sklave bei einer solchen Gelegenheit plötzlich verschwindet, ist Dr. Lund sicher, daß Brandt böse Absichten hat. Unter Aufbietung seiner ganzen Energie richtet er sich im Bett auf, setzt sich auf die Bettkante und erhebt sich langsam ganz von dem Bett. Die Fensterläden in seinem Schlafzimmer und im Arbeitszimmer sind noch immer geschlossen. Aber der Sklave ist dagewesen, so still, daß nicht einmal eine Maus ihn gehört hat. Die Knochen sind in Unordnung. Und später, auf dem Weg zur Feuerstelle, entdeckt er, daß alle Töpfe mit Brandts Lieblingsmarmelade weg sind. So wird auch der Betrüger betrogen! Sich auf seinen Stock stützend, faßt Dr. Lund einen Beschluß, der ihn schwer belastet, doch es führt kein Weg darum herum, er muß die Wahrheit wissen. Er geht in Brandts Zimmer. Bereut es in der Tür. Geht zurück. Dann wiederholt er seinen Beschluß und geht wieder in Brandts Zimmer, zieht, eine Hand vor die Augen haltend, den Laden vor, zündet die Öllampe an, stellt sich an sein Schreibpult und schlägt sein Briefkopie-Buch auf. Er muß wissen, mit wem er Pläne macht, Pläne, die sicher darauf hinauslaufen, das Haus zum Hauptsitz des einen oder anderen unedlen Handelsunternehmens zu machen, wenn und falls ... falls und wenn ...

Er blättert vorsichtig, mit einem Gefühl, die Sünde seines Lebens zu begehen. Es sind Briefe an Wilhelmine und die Söhne in Norwegen, voller Entschuldigungen, aber auch mit Versicherungen, daß er, Peter Andreas, nie aufhört, an sie zu denken, und daß sein Wohltäter, der dänische Naturforscher Dr. phil. P.W.Lund, ein Mensch, dessen Güte er in einem Brief nicht zu beschreiben vermag, arm an Worten wie er ist, ihm wieder Geld geliehen hat, so daß der älteste Sohn seine Laufbahn als Kaufmann beginnen kann. In einem sehr erzürnten Brief, der vor der letzten Regenzeit geschrieben ist, weist Brandt seine Frau zurecht, weil sie damit droht, an den dänischen König und die Königliche Dänische Gesellschaft der Wissenschaften zu schreiben und um Geld für ihren Lebensunterhalt zu bitten, nachdem sie „zum Wohle der Naturforschung gutwillig auf ihren Ehemann verzichtet“ habe. Dr. Lund blättert weiter, er hat Angst, daß die Öllampe plötzlich zerspringt und das Kopiebuch, das Pult und damit das ganze Haus in Brand setzt, als Strafe für seine Untat. Aber er *muß* lesen, was Brandt auf seine kleinen Merkzettel geschrieben hat, die zwischen den Briefkopien liegen, vorwiegend Zettel, die mit seinen Besuchen in Sabará zu tun haben. Findet er eine Spur, wird die Vorsehung ihm verzeihen, weil sie versteht, daß er sich mit allen Mitteln aus den Klauen des Norwegers retten muß. Aber nicht ein Zettel deutet in die vermutete Richtung. Auf dem einen erinnert Brandt sich selbst daran, daß er sich nach allen möglichen Medikamenten für den Doktor erkundigt, auf einem anderen merkt er sich, daß er untersuchen will, ob nicht doch Wasser zur Goldmine des Doktors fließen könnte. Und die ganze Zeit erinnert er sich selbst daran, rechtzeitig zu den vereinbarten Zeitpunkten die Zinsen für seine Schulden zu bezahlen.

Langsam merkt Dr. Lund, wie das Schuldgefühl beinah sein Herz stillstehen läßt, und als er zum Schluß zwei Briefe an Forchhammer liest, die Brandt geschrieben hat, ohne daß *er* die mindeste Ahnung davon hatte, weiß er, daß er noch weit mehr Unheil verdient, als er schon hat erdulden müssen. Ausführlich, in seiner kindlichen, steilen gotischen Schrift, mit eingestreuten norwegischen Schreibweisen, und als bereite jedes Wort ihm die größte Mühe, berichtet Brandt von dem Unglück, das über dem kleinen Haus in Lagoa Santa liegt, und daß der Herr Doktor – der selbst, stolz wie er ist, sich sträubt, ernstliche Mißklänge in den Briefen nach Hause über seine Lippen kommen zu lassen – so krank ist, daß er nicht die leichteste Berührung mit Gegenständen aus Glas und Metall ertragen kann, und daß das kleinste Insekt, das sich in sein Zimmer verirrt, ihn aufweckt und in Angst versetzt, und daß in solchen Fällen „der Schlaf ganze Stunden, ja nicht selten die ganze Nacht ausbleibt".

Brandt beschreibt sein Bemühen, ihn nicht aufzuwecken: „... schon das Geräusch, das vom Blättern in einem Buch in der Stille der Nacht herrührt, weckt ihn aus dem Schlaf auf, weshalb ich mich stets so still verhalten muß, als sei ich ins Grab gesunken", oder „... ich lege Pinsel und Feder nieder und winde mich wie ein Zimmer- oder Küchenmädchen, um so gut als möglich die Versäumnisse und Nachlässigkeiten unseres wilden Negers auszugleichen, da der Doktor, nachdem er genötigt gewesen ist, ihm eine wohlverdiente Züchtigung zu erteilen, entweder selbst oder durch mich, sich sehr elend fühlt, und ein zunehmendes Unwohlsein mehrere Tage anhält, nachdem solche Szenen in unserer traurigen Einsiedelei stattgefunden haben." Und die Bewohner von Lagoa Santa – sie betrachten sie, „wie man in Europa fremde Tiere in der Menagerie betrachtet, denn unsere Bewegungen, wenn wir im Gespräch in unseren Zimmern auf und ab schreiten, oder wenn sie hören, daß ich dem Doktor laut vorlese ... kommen diesen Naturmenschen höchst unerklärlich vor."

Am Schluß entwirft Brandt den Plan, aus Norwegen eine Karriole zu bestellen, in der der Doktor ausfahren und er, Brandt, auf dem Rücksitz mitfahren kann, „bis der Doktor Selbstvertrauen genug gefaßt hat, allein zu fahren". Sie soll einen bequemen Sitz haben. Um die Radachse soll eine Gabel sein, damit sie auf steilen Wegen nicht rückwärts rollt. Sie soll gute Federn haben und so geschmiert werden können, daß sie die Hitze Brasiliens verträgt. Der Rücksitz soll abnehmbar, und sie soll mit gutem Zaumzeug ausgestattet sein. So wird der Doktor hoffentlich bald wieder zu neuen Höhlenreisen aufbrechen können, lautet Brandts Hoffnung, und er schließt:

„Sollte es sich mit der Zeit zeigen, daß der Doktor nicht den beabsichtigten Nutzen aus einer solchen *voiture* zieht, werde ich die Ausgaben auf mich nehmen."

Dr. Lund hat das Kopiebuch geschlossen. Er bläste die Öllampe aus. Er denkt daran, Brandts Monatslohn zu verdoppeln, zu verdreifachen. Mögen alle Mächte ihm verzeihen! Und möge Brandt nie den geringsten Verdacht schöpfen, daß er in seinen Papieren geschnüffelt hat! Auf dem Rückweg ist er nahe daran, auf die Knie zu fallen und um Vergebung zu bitten. Dann denkt er plötzlich daran, was Forchhammer zu Brandts Briefen sagen wird. Er hat sicher Ørsted alarmiert, der wiederum den König alarmiert hat. Seine Brüder beratschlagen, Henriette steht hinter der Tür und lauscht und träumt nachts schreckliche Dinge von ihm. In der Gesellschaft der Wissenschaften reden sie nur noch von ihm, und der eine fügt etwas hinzu, der andere multipliziert – bald werden alle erdenklichen Mythen über seinen Zustand in Kopenhagen kursieren. Man wird die Lungenkrankheit vermuten. Man wird etwas viel Schlimmeres vermuten. In den „freisinnigen" Kreisen werden sie sicher phantastische Geschichten erfinden, daß er einen Tropenkoller bekommen hat, oder noch schlimmer ... *die Krankheit.* Oh, er kennt Kopenhagen. Klatsch hat er immer verachtet. Nein, er muß ihnen zeigen, daß es nicht stimmt, daß er der Alte ist.

Und er geht in sein Arbeitszimmer, mit einer Zielstrebigkeit, die ihn einen Augenblick alle Schmerzen vergessen läßt. Hektisch macht er sich daran, die Bücher neu zu ordnen, und er bekommt sogar den Appetit zurück, als er sie in Händen hält. Owen: *On the Mytodon Robustus.* Linné: *Systema natura.* Wagler: *System der Reptilen.* Burck: *Magellan oder die erste Reise um die Welt.* Cuvier: *Cours de l'histoire des sciences naturelles et de la philosophie de l'histoire naturelle, professé aux Collège de France.* Und alle wichtigen Werke und Abhandlungen Ørsteds, Forchhammers, von Humboldts, Réaumurs, Ampères und Milne-Edwards'. Und Kant. Und Auguste Comte, von dem sie in Rio de Janeiro als dem großen, neuen Stern am Firmament der europäischen Philosophie reden; Riedel hat es ihm im letzten Jahr als Geburtstagsgeschenk geschickt, mit einer langen, herzlichen Widmung, in der Hoffnung, daß sie sich bald wiedersehen.

In ihre Gesellschaft gehört auch er mit seinen eigenen großen Abhandlungen, die er vielleicht nur ein wenig abstauben, korrigieren und von den gröbsten Mißverständnissen befreien muß, und Das Werk steht da. In diesem Bund von Geist und Wissen, initiiert von Linné, der danach die Fackel weiterreichte, wird er aufs neue Inspiration und Tatendrang finden. Er liest wieder. Er genießt die kunstvolle und geniale Fähigkeit der Buchstaben, dieses Unersetzbare zu bilden, das man Sinn nennt. Er erinnert sich an den Duft in den großen Bibliotheken von Paris, ein stilles Husten von einem Lesetisch, das Geräusch gedämpfter Stimmen in den Vorzimmern und das Brausen von gespannter Wachheit, das ihn durchfuhr, wenn er nach der Lektüre von Cuviers letzten Abhandlungen in den Schneematsch hinaustrat.

Er freut sich über all seine alten Unterstreichungen und eingelegten Zettel und erinnert sich der Gespräche mit Carsten Hauch, der Vorlesungen Ørsteds und wenig später des Auditoriums in Kiel, wo er seine Dissertation verteidigte. *Alles lernen.* Das soll wieder sein Motto sein. Und als er zur Feuerstelle geht, um den Topf mit kalten Makkaroni vom Tag zuvor zu holen, und anschließend die Kiste mit den Zigarren öffnet, die brüchig sind vor Trockenheit, und eine herausnimmt und als Belohnung für später auf das Schreibpult legt, sieht er wieder den Zusammenhang der Vernunft. Ihm geht buchstäblich ein Licht auf. Er ist wieder auf der alten Spur und verspürt Lust zu schreiben, während die beginnende Trockenzeit draußen im Freien alles knistern, die Zikaden wie nie zuvor zirpen und die Gekkos unter den Dachziegeln ganz still pulsieren läßt. Eine Sabiá singt im Garten, und ihr Ruf dringt ihm nicht als Belästigung ins Gehirn. Seinem einen Fuß geht es schon viel besser.

Dr. Lund findet alle seine gedruckten Abhandlungen. Er nickt ihnen wiedersehensfroh zu und öffnet vorsichtig einen der Fensterläden einen Spalt weit. Er weiß, daß er sich nicht vollständig geirrt haben kann. Auch ein von Humboldt muß seine Momente voll bangen Zweifels gehabt haben. Nachdem er den Makkaronitopf ausgekratzt und ein Glas kaltes, abgekochtes Wasser vom Nachttisch getrunken hat, legt er neues Schreibpapier auf das Pult. *Siebente und abschließende Abhandlung;* sie soll das Ganze sammeln, und er wird sie im Laufe des angenehmsten Teils der Trockenzeit schreiben

– daß sie bereitliegt, wenn der junge Reinhardt mit der „Galathea" in Rio de Janeiro ankommt und hoffentlich sein Versprechen wahr macht, auf direktem Weg nach Lagoa Santa zu reisen, um einen kürzeren Besuch abzustatten. Kalkkruste oder nicht: es *sind* zwei Welten, die, an der der Schöpfer sich versuchte, und die, für die er sich endgültig entschied. Aber vielleicht war die Flut nicht global. Vielleicht verheerte sie die Kontinente einzeln, so daß gewisse Tierarten, und vielleicht mehr, als ihm klar ist, flüchten konnten.

Jetzt weiß er es! Und während er die Abhandlung im Kopf zurechtlegt und folgendermaßen plant -: vormittags: *Lesen, Notizen*, nachmittags: *Schreiben, mindestens zwei Seiten*, abends: *Berichtigungen und Reinschrift*, – wächst der Zorn in ihm und läßt ihm in den Armhöhlen den Schweiß austreten und seinen Bart ganz besonders heftig jucken. Was hat Brandt geschrieben? Wie fremde Tiere in der Menagerie! Wie man in Europa ... Affen, Monster, Zwerge und bärtige Damen begafft ... und, ja, den Neger von Sankt Thomas, den der Zirkusdirektor vor vielen Jahren auf dem Gammel Torv zur Schau stellte, und dessen zwei Stirnen die Jungen aus Borgerdyden mit Carl an der Spitze faszinierten. Und all das hat Brandt für sich behalten. Nicht einen Augenblick hat er sich darüber beklagt, wie die Bewohner von Lagoa Santa ihn behandelten.

Dr. Lund beschließt, den Lohn seines Gehilfen zu verdoppeln, während er sich fragt, ob er wohl in der Lage ist, sich selbst zu rasieren: er hat noch immer keine Lust, sich im Spiegel zu sehen.

Schauen sie durch die Fenster zu ihm hinein? Er spürt es. Sein Zorn schwillt an zu Raserei, und er greift den Topf und wirft ihn an einen der Fensterläden. Zum Glück ist dort niemand.

Er hat noch einen langen Weg bis zur Genesung vor sich.

Am folgenden Tag, als Brandt sich immer noch nicht blicken läßt, beschließt Dr. Lund, aus dem Dunkel auszubrechen. Er tönt seine Brillengläser mit Tinte und öffnet die Fensterläden einen Spalt weiter. Dann zieht er sich unter großen Mühen die Stiefel an. Zum ersten Mal seit bald zwei Jahren wird er dem Garten einen Besuch abstatten. Der Strohhut sitzt wieder auf seinem Kopf, und die Tinte auf den Brillengläsern gibt allem einen angenehmen, hellblauen Ton, der die stärksten, direkten Sonnenstrahlen abhält. Der Garten ist einigermaßen unverändert. Nicht annähernd soviele Kaffeestauden, wie er befürchtet hatte, sind vom Regen untergraben. Es rieselt überall. Einen Tag Hitze, den anderen wieder Feuchtigkeit, als könnte sich die Trockenzeit in diesem Jahr nicht recht entschließen. Bald wird das Frühjahr sich mit einer Unmenge grüner Triebe einstellen, und die Tyrannen und alle anderen Vögel werden einander im Paarungstanz verfolgen. Die Wolken ziehen in der einen Luftschicht mit Winden aus Nordwest, in einer anderen mit Winden aus Südost und Ost. Draußen auf den Campos brennt es, und an manchen Stellen ist die ganze Landschaft in dunkle Rauchwolken gehüllt, die die Serra da Piedade vollkommen verdecken. Dr. Lund spürt, daß die Wärme bald schwül werden wird, zum August hin. Blitze werden in der Ferne zucken. Und dieses Jahr wird es besonders viele leuchtende Insekten geben, allen voran die Lampyriden und Elateriden, Feuerfunken, die periodisch erlöschen, um aus den Büschen, in denen sie verborgen sind, aufzufliegen und durch die Luft zu wirbeln.

Überall in den Wasserlöchern hört er den Rapacuia, den Frosch, der sich in nächster Nähe der Häuser aufhält. Es ist Sankt Hans, und der letzte Winterregen, *chuva de São João* , der oft mild und nordisch ist, wird kühlere Nächte mit sich bringen. Dann muß er sich gut einpacken. Dr. Lund fühlt alle Jahreszeiten auf einmal. Von seinem Bett aus hat er die Durchschnittstemperatur, die Regenmenge, die Winkel der Sonne ausgerechnet. Er hat dem Nestbau der Vögel, dem Wuseln der Stachelratte und dem Rascheln der Schlangen gelauscht. Nun ist er wieder zurück in der Natur, die nie verwirrten Gedanken zum Opfer fällt. Ihrer Gesetzmäßigkeit will er sich wieder unterordnen.

Eine Prozession kommt vorüber. Sie muß unten am Seeufer begonnen haben. Er sieht alle Heiligenstatuen, an der Spitze die schwarze Jungfrau Maria, auf der anderen Seite der Mauer, die Brandt hat bauen lassen, um die lümmelhaften Negerjungen fortzuhalten, vorüberschaukeln. Er hört Schritte, Murmeln, das Poltern des Ochsenkarrens, der die Blumen trägt, mit denen die Kirche geschmückt werden soll. Er hört auch den Priester an der Spitze der Prozession seine lateinischen Gebete zum Himmel senden. Hunde bellen, und Weihrauch steigt zu den Baumkronen auf. Dr. Lund verspürt Lust, Lagoa Santa wiederzusehen, schon um zu zeigen, daß er kein fremdes Tier ist, und langsam geht er durch den Garten und ums Haus herum und kommt gerade nach draußen, als die Prozession um den Zaun vor dem Eingang biegt. Ein paar Kinder erblicken ihn und laufen zu ihren Müttern, die sie fest im Nacken packen und sie in die Mitte des Prozessionszuges schieben. „*O homem das cavernas!*" hört er die Mütter murmeln, wobei sie ängstlich die Gesichter hinter ihren Schals verbergen.

Still geht er dem Zug nach. Bald kommt er an der Pension vorüber, wo er zuerst gewohnt hat. Nichts hat sich im Lauf der letzten zwei Jahre verändert, die gleichen Schweine schlafen vor dem Eingang, die Schnauzen in den roten Schlamm gebohrt. Hühner und Küken laufen auf dem Gang, der in den schmuddeligen Gastraum führt, ein und aus, und auf einem Stuhl unter einem der Fenster sitzt die alte Inhaberin mit den langen schwarzen Schnurrbarthaaren über den eingetrockneten Lippen, dem spärlichen weißen Kopfhaar, das wirr von der hellroten Kopfhaut in die Höhe steht, und in demselben schmutzigen Rock, den sie schon anhatte, als er vor über zehn Jahren bei ihr sein Standquartier suchte. Ihr ganzes Leben lang hat sie dort gesessen, uralt von Anfang an, und sie kann noch hundert Jahre dort sitzen. Sie ist die einzige, die ihn nicht zur Kenntnis nimmt, wo alle Prozessionsteilnehmer sich mittlerweile nach ihm umgedreht haben, und selbst die Männer mit einem ängstlichen Ausdruck, während ein anhaltendes, ein wenig neugieriges Flüstern hörbar ist:

„*O homem! O homem!*"

Er betritt die Venda. Die Caboclos und Sertanejos weichen vor ihm zurück, als er zur Schanktheke schreitet. Nur der Vendainhaber läßt sich nichts anmerken und reicht ihm den Teller mit den gekochten Eiern, eine Flasche mit abgekochtem Wasser und etwas trockenes Brot. Willkommen, Herr Doktor! Hoffentlich wird der Herr Doktor bald wieder ganz gesund werden! Alle in der Stadt haben sich solche Sorgen um den Doktor gemacht! Die Zuvorkommenheit des Vendainhabers ist grenzenlos, auch etwas getrocknetes Fleisch und kleine Würste bietet er an – auf Kosten des Hauses. Und indem er ständig die Fliegen von einer großen offenen Wunde an seiner Stirn fortwedelt, erzählt er begeistert von weiteren indianischen *coriscos* – Donnerkeilen –, die er gefunden hat, während der Doktor bettlägerig war, soviele, daß er anfangen kann, sie an einen interessierten Aufkäufer aus Ouro Preto zu verkaufen. Und er kann auch eine Geschichte erzählen, die den Herrn Doktor vielleicht interessiert. Doch, tatsächlich: wo der Jequitinhonha die Provinz Bahia erreicht, liegt eine seltsame Stadt aus behauenen Steinen und mit vergoldeten Dächern, die mehrere tausend Jahre alt ist, und deren Bewohner alle alt, weißhaarig und dünnhäutig sind. Sogar die Kinder werden alt geboren, mit über neunzig, aber alle sind glücklich, weil alle so alt werden, wie sie selbst wollen, und Krankheiten gibt es nicht in der Stadt. Alle beten jeden Tag dreidreiviertel Stunden die Sonne an, die zum Dank auf sie scheint, ohne zu warm oder zu kalt zu sein. Es ist verboten, Fleisch zu essen, aber Tee aus den Blättern des zwölffingrigen Kräuterbuschs hält alle schlechten Gedanken fern. Alle wohnen in Häusern, die mit schöneren Möbeln ausgestattet sind als das des Gouverneurs von Ouro Preto, und mitten in der Stadt steht auf einer hohen Säule eine menschliche Figur, die mit dem ausgestreckten rechten Arm nach Norden zeigt. Nähert man sich aus Zufall der Stadt, muß man sich fürchterlichen Prüfungen unterziehen, bevor man richtig in sie eingelassen wird. Man muß mit dem Höhlenbären ringen und eine lebende Schlange verspeisen, doch dann geht das Tor auf, und der Neuankömmling wird gleichberechtigt mit den anderen aufgenommen und lebt gesund und munter, solange er Lust hat.

Warum erzählt der Vendainhaber ihm diese Geschichte? Und ist er es, der Brandt all die anderen Bären aufgebunden hat? Dr. Lund spürt, daß die Menschen in der Venda noch immer Angst vor ihm haben, und dieser kindlichen Phantasie müde, die jede Tatsache verfälscht, setzt er sich etwas später in eine Ecke. Es war vielleicht unbedacht von ihm, sich so plötzlich von seinem Krankenlager zu erheben. Er fühlt sich ein wenig schwindelig. Alle senden ihm Seitenblicke, ausgenommen ein junges Paar, das direkt neben ihm sitzt und sich küßt. Sie sind nicht älter als sechzehn, siebzehn Jahre. Er ist Portugiese, sie Mulattin. Sie sitzt auf seinem Schoß, krault ihm den Nacken, spielt mit einer Locke von seinem Haar. Zuweilen lacht sie laut auf, und es kommt Dr. Lund vor, als erkenne er dieses Lachen wieder. Um ihn her tanzen alle, venetianische Spiegel erstrecken sich vom Boden bis zur Decke, und darin kann er die unzähligen, kostbaren Kandelaber sehen, und die vornehmen römischen Gäste, die kommen und gehen. Die meisten tragen Halbmasken, auch das schwarzhaarige Mädchen an seiner Seite, das ihn jetzt weich um den Nacken faßt, eine Locke von seinem Haar dreht und den Kopf zurücklegt und ihn mit seinen dunklen, mandelförmigen Augen hinter der Halbmaske anlächelt. Sie fragt ihn, ob er sie nach Hause bringen will, und er sagt ja. Es klingt in ihm vor Glück. Er küßt sie, ganz leicht. Da fällt sein Auge auf einen kleinen Spiegel an der Wand, zwischen all den anderen. Niemand tanzt darin, da sind keine Kandelaber, keine vornehmen Gäste kommen und gehen, nur eine Kruste von schmutzigen Fingerabdrücken und Fliegendreck. Hinter der Kruste küßt das Mulattenmädchen immer noch seinen Freund und läßt es sich gefallen, daß er die eine Hand tief unter ihren Rock steckt und kurz danach gierig den Schweiß von ihrem Schenkel leckt. Neben ihnen sitzt ein alter Sonderling mit blaugetönter Brille, weißem Haar, das unter dem Strohhut hervorsteht, nur etwas dünner Haut über dem scharf konturierten Schädel und ohne Zähne in dem eingefallenen Mund hinter dem weißen, zottigen Bart.

Ein Schrecken durchfährt Dr. Lund, und der Schrecken wird zu Panik, die sein Blut heiß und wild pochen läßt, als es plötzlich zwischen seinen Schenkeln schwillt. Das ist der Heide, der in ihm erwacht. Er ist kein Mensch mehr. *Sehen* sie ihn? Am ganzen Körper bricht ihm der Schweiß aus. Er drückt die Hände fest in den Schoß. Die hellblaue Farbe, in die alles getaucht ist, wird mit einem Mal zur ureigensten Farbe der Hölle, und als die Sonne hinter ein paar Wolken verschwindet, wird alles zu flüsternden Konturen und tuschelnden Schatten. Er schiebt den Tisch von sich und steht auf, als er wieder Herr über seinen Körper ist. Er geht direkt zum Ausgang.

Die Sonne scheint wieder, als er ins Freie tritt. Er weiß, daß er auf die großen, meterbreiten Löcher auf dem Weg achten muß, die der Regen seit November letzten Jahres gegraben hat. Er geht und geht, einen Schritt zur Rechten, einen Schritt zur Linken. Als er eine Schar Negerjungen unten beim Zaun vor seinem Haus sieht, erhöht er das Tempo und versucht, über die Löcher hinwegzusteigen. Ihm ist immer noch schwindelig. Haben die Jungen Skelette bei sich, die sie zappeln lassen, wobei sie rufen und schreien, während er sich nähert? Und stecken sie Rattenschädel auf den Zaun? Und ist es

Brandt, der im selben Augenblick auf dem Einfahrtweg in die Stadt auftaucht, auf seinem Maultier reitend und den Sklaven neben sich, zu Fuß?

Er schlägt mit der Stirn auf den Boden. Der Strohhut fliegt von seinem Kopf. Er will aufstehen, danach greifen, aber alles verschwimmt ihm, und das einzige, was er sieht, sind wasserfarbene Augen, die wie kleine Seen auf der Erde liegen, den ganzen Weg zu seinem Haus hinunter. Und das Haus liegt direkt über dem Eingang zu einer großen Höhle, und es ist von gigantischen Farben umkränzt. Das Riesenfaultier klettert auf die rotbraunen Ziegelsteine, um dem Säbeltiger zu entkommen, der von den Camposebenen herangelaufen kommt. Er hört ein Brüllen der Wonne, und langsam schlägt er dessen Richtung ein, ihm nach, durch die Catinga, über die Hochebene. Er muß wissen, wer so brüllt, und noch immer kann er in der Ferne sein Haus erkennen. Die Sonne geht auf, und bald wird sie zu zwei Sonnen, die alles verbrennen.

Gegen Abend kommt er an. Die Sonnen sind in entgegengesetzten Himmelsrichtungen untergegangen, die Frösche erwachen, und das Riesenfaultier gleitet die ganze Zeit vom Dach. Er kommt an, und dort sieht er sich selbst mitten im Eingang der Höhle. Da sitzt er mit bandagiertem Kopf und zerfetztem Strohhut und brüllt vor Wonne, während er sich zwischen den Schenkeln kratzt, wo es nur die widerlichen Affen tun.

Ein paar Meter entfernt steigt Brandt von seinem Maultier und sieht angeekelt zu.

10

Henrik Ferdinand wartet vor dem Eingang zur Nationalbank auf ihn. H.C. Ørsted hat eiligst alle Mitglieder der Gesellschaft der Wissenschaften zu Tee und Sherry geladen, damit sie ihm gemeinsam ihre Huldigung darbringen, und in dem Brief hat der König versprochen, ihn persönlich zu empfangen, um ihm das Großkreuz des Dannebrog-Ordens zu überreichen. Es wäre unverzeihlich, wenn er zu all diesen Arrangements auch nur eine halbe Stunde zu spät käme. Man redet sogar von einem Fackelzug ihm zu Ehren durch das Innere Kopenhagens. Henrik Ferdinand allein muß Stunden, ja Tage gebraucht haben, um Blumen zu kaufen, sie mit seinen weiblichen Assistenten in Vasen zu arrangieren und in Hennebergs Hotel Kochschokolade und Vanilleschlagsahne zu kaufen. Im Kgl. Naturhistorischen Museum sind die wichtigsten Säle geräumt, die Fußbodenbretter sind frisch lackiert, versilberte Schaukästen sind aus Berlin und St. Petersburg geordert, und sämtliche Zoologiestudenten mit Christians Sohn Henrik an der Spitze warten nur darauf, daß die letzten Kisten mit Knochen aus Lagoa Santa eintreffen, so daß sie ausgepackt und ausgestellt und in günstigen Fällen zu ganzen Skeletten zusammengefügt werden können, die Wissenschaftler von Paris bis Calcutta nach Kopenhagen strömen lassen werden.

Dr. Lund hat es immer gewußt: durch einen Zauberschlag, wie damals, als Konstantin der Große das Christentum zur Staatsreligion machte, wird Kopenhagen zum Athen des Nordens, zum Byzanz des Nordens werden, zur Heimstatt aller wahren Forschung und Philosophie, wo der Schöpfer alle mit seinem Finger anrührt, und nur in den schlimmsten kalten Monaten wird er, Dr. Lund, sich in Monaco niederlassen, um dem Brustleiden keine Angriffsmöglichkeit zu bieten, wie er es der Mutter versprach, als er sie zum letzten Mal im Garten unten am Peblingesee sah und sie ihm im Licht des Kandelabers so zärtlich zulächelte – in der Gewißheit, daß er derjenige sein würde, der die Familie zum höchsten Gipfel der Ehre zurückführen würde. Nun ist sie wieder bei ihm. *Sie* darf er unter keinen Umständen je enttäuschen, und in Monaco wird er ihr zum Gedenken ein eigenes Zimmer einrichten, mit ihrer Haarspange, ihren Sommerkleidern, ihrem Schmuck, ihren Schuhen, ihren Briefen an ihn, die mit lavendelduftenden Seidenbändern verschnürt sind, und mit der goldenen Locke seines eigenen Haares, die sie voller Stolz abschnitt, als er zwei Jahre alt war, und in einem herzförmigen Konvolut für ihn aufbewahrte.

Und hinter all dies muß Brandt Fragezeichen setzen! Er sollte seinem Gehilfen eigentlich gar nichts mehr erzählen, sondern die Freude über den Empfang, den sie ihm in Kopenhagen zugedacht haben, für sich behalten. Doch nun, wo er sich wieder gesund und voller Energie fühlt, vor der definitiven Abreise von Lagoa Santa, und die letzten Knochen zum Abtransport mit der Tropa bereitstehen, kann er es sich nicht verkneifen, hier und da ein übermütiges Wort über all das fallen zu lassen, zu dem er nun zurückkehren wird, eine Welt, die Brandt aus gutem Grund nicht kennt, wo Familienzusammenhalt und begabte Konversation hochgehalten und einmal in der Woche Konzerte gegeben werden, und wo die Natur jedem, der ihre verzaubernde Schrift zu lesen wünscht, zu täglicher Freude gereicht. Doch jedesmal, wenn er etwas sagt, starrt Brandt ihn an, mißbilligend, im schlimmsten Fall wie gelähmt, als gönne er ihm die Heimreise zu dem triumphalen Empfang in Kopenhagen nicht.

Immer wieder hat er es Brandt gesagt: er wird ihn *nicht* im Stich lassen, das Haus kann *er* verkaufen, wenn er nur verspricht, die letzten Kisten mit Knochen nachzusenden, das Geld kann *er* behalten, als Extralohn, als Belohnung, wenn er will, die ihn in die Lage versetzt, die Schiffsreise nach Kopenhagen zu bezahlen, wo nichts ihn daran hindern kann, die Stellung als Lithograph anzutreten. Hat nicht auch Brandt Lust, die Alte Welt wiederzusehen? Weiß er nicht, daß auch *er* in Paris, in Rom, in Berlin und in Kopenhagen mit Bewunderung aufgenommen werden wird, weil er daran beteiligt war, all die Knochen aus der Vorzeit Brasiliens auszugraben, die unter der magischen Kalkkruste verborgen gewesen sind, die sie beide als erste in der Welt durchbrochen haben. Nie wieder braucht sich Wilhelmine um den morgigen Tag zu sorgen, wenn es sich bis ganz hinauf in die Kleinstadt Kristiania herumgesprochen hat, daß ihr fortgelaufener, gescheiterter Ehemann nun als ein Pionier, vor dem sich alle verbeugen, aus dem brasilianischen Amerika zurückgekehrt ist. Ist *das* etwa zuviel gesagt? Oh, ja! Offensichtlich! Und dann weigert sich Brandt, noch etwas von dem Empfang zu hören, den Ørsted vorbereitet. Und Henrik Ferdinands Empfang wischt er mit einer unsichtbaren Handbewegung vom Tisch. Und zwei Tage hat er gebraucht, um ihm ein neues Maultier zu kaufen, wo er es in zwei Stunden hätte besorgen können.

Der alte norwegische Minderwertigkeitskomplex, den er plötzlich in Obstruktion ummünzt?

Das soll Brandts eigene Sorge sein. Dr. Lund weiß, daß er das beste Gewissen der Welt hat, als er eilig zum Wasser hinabreitet. Von dort wird er am Ufer entlang um den halben See reiten und dann den nächsten Pfad einschlagen, der direkt nach Rio de Janeiro führt, wo Riedel mit all seinen kaiserlichen Parks in voller Illumination ungeduldig auf ihn wartet, und der Kaiser selbst führt das Empfangskomitee an, das sich aus sämtlichen europäischen Generalkonsuln zusammensetzt. Den Koffer hat er im Schoß, da ist er am sichersten. Er mußte ihn Brandt buchstäblich aus den Händen reißen, der ihn plötzlich schnappte und verstecken wollte, nachdem Dr. Lund unter Mühen alle seine Hemden, seine ganze Unterwäsche, seine Abhandlungen, Linné und Owen, eine Tüte mit Eiern, eine mit Salz und eine mit Zucker darin eingepackt hatte. Brandt besaß sogar die Unverfrorenheit, den Sklaven zu Hilfe zu rufen, so daß er ihm drohen mußte, ihn so gründlich zu verprügeln wie noch nie, falls er sich nicht auf der Stelle in sein Häuschen zurückzöge – mit dem Resultat, daß der schwarze Pavian die Augen aufriß, bis die Pupillen zu zwei rollenden Punkten in dem Weißen wurden, auf seinen nackten Füßen kehrt machte und dem Ausgang zuflog, um wieder fortzulaufen – diesmal vielleicht für immer.

Aber jetzt kann es ihm vollkommen gleichgültig sein. Das Haus gehört Brandt, mit allem Drum und Dran, mit Feuerstelle und Töpfen, Ameisen, Bandagen und ungewaschenem Bettzeug, vergifteten Medikamenten und elendem Kaffee, Palmengarten und Zaun, und selbst, als Brandt ihm ein ganzes Stück den Pfad zum See hinab nachlief und der Zeitpunkt gekommen war, wo er ihn nicht mehr zu beachten brauchte, wandte er sich höflich ein letztes Mal zu seinem

Gehilfen um, den die Tropensonne und ein Übermaß an Zuckerrohrbranntwein augenscheinlich in einem bedrohlichen Grad zerrüttet hatten, und rief mit der ganzen wiedergewonnenen Kraft seiner Stimme:

„All das *Meine* ist von nun an das *Ihre*, Herr Brandt! Außer den Knochen! Die *schicken* Sie!"

Aber er hat das Gefühl, daß auch dieses letzte Angebot nicht hilft. Bald wird Brandt hinter ihm herreiten, vielleicht nachdem er Hilfe aus dem Dorf geholt hat, mit dem er sich von Anfang an verschworen hat. Deshalb schlägt Dr. Lund ein höheres Tempo an auf dem neuen Maultier, an dessen Geruch er sich nur schwer gewöhnen kann, und dessen Trab nervöser ist als der des Maultiers, das ihn so getreulich von Höhle zu Höhle getragen hat. Er erblickt eine Baumgruppe vor einem Felsvorsprung. Dort versteckt er sich hinter dem Maultier, seine Arme ruhen auf dem Koffer. Kurz danach reitet Brandt tatsächlich in vollem Galopp vorüber, im offenen Malerhemd, das er in der Eile nur nachlässig in die Hose gestopft hat; die Haarsträhnen um die kahle Schädeldecke sind zerzaust, und die geröteten, erregten Augen spähen wild in alle Himmelsrichtungen.

Dr. Lund lacht in sich hinein, voller Zufriedenheit darüber, daß sein kleines taktisches Ausweichmanöver über alle Erwartung gut gelungen ist.

Immanuel Kant aus Königsberg war es, der Philosoph des Pflichtgefühls, der die Verirrungen und Tagträumereien verurteilt, der ihn im letzten Moment rettete. Als er wieder im Bett lag, nach einem Sturz, zu dem es, wie Brandt hartnäckig behauptete, kam, nachdem er allein und wie im Schlaf das Haus verlassen hatte, fielen ihm eines frühen Morgens, als er wütend war über all die Räuberpistolen, die Brandt ihm ständig auftischte, die vier fundamentalen Fragen ein, die Kant seiner Zeit zu überprüfen aufgab, und die schon Schulvorsteher Nielsen den ältesten Klassen in Borgerdyden, zuweilen mit Hilfe der Tafel eingetrichtert hatte:

1. Was kann ich WISSEN?
2. Was muß ich TUN?
3. Was darf ich HOFFEN?
4. Was ist der MENSCH?

Was kann er WISSEN? Dr. Lund konzentriert sich darauf, alles Unwesentliche beiseite zu lassen, alle irritierenden, nebensächlichen Fragen, jeden verwirrten Gedankengang. Er kann WISSEN, *daß* irgendjemand – irgendetwas – ihm nicht wohl will. Woher kann er das WISSEN? Das Bett! Die Bandagen! Das Haus! Die Ameisen! Der Sklave! Die Bewohner von Lagoa Santa! Die Schmerzen. Die Briefe mit den Einladungen zu allen Empfängen, die immer noch nicht angekommen sind! Die Worte, die ihm fehlen, wenn er selbst seine Briefe diktiert und sich danach erkundigt, wann die Feierlichkeiten in Kopenhagen stattfinden! Brandt, der sich zu den überraschendsten Zeiten weigert, Diktate aufzunehmen! Er legt alles zusammen, so wie Immanuel Kant angibt, ohne falsche Analogien. Was muß er TUN? Ruhig, ruhig nachdenken, wohl WISSEND, daß das Böse stets vom Guten aufgewogen wird. Andernorts in der Welt, wo die Straßen sauber sind und die Kinder ein klares Lachen haben, will man sein Bestes, dort wo man sehnsüchtig darauf wartet, daß er zurückkehrt – und daß er Ordnung in seine einzigartigen Funde bringt. Was muß er TUN, um dorthin zu gelangen? *Weitermachen, wie er angefangen hat*, nachdem er so tat, als sei er immer noch krank, um während Brandts Mittagsschlaf draußen in der Hängematte in aller Stille seinen Koffer mit den notwendigsten Dingen zu packen.

Noch ist Trockenzeit. Da hilft die Natur ihm – wieder einmal. Was darf er HOFFEN? *Daß seine Flucht gelingen wird*, und das wird sie, wenn er keinen Moment lang aufhört, an Kant zu denken und vor jedem Schritt, den er tut, *gründlicher nachdenkt als je zuvor*, sich nicht *distrahieren* läßt, nicht von den Blumen am Wegrand, auch nicht von den Vögeln, und *nicht einmal, wenn er eine neue Höhle erblicken sollte*. Die Zeit ist vorbei. Er weiß, daß die Mutter ihm darin Recht gibt. Jetzt kommen die Jahre der Bearbeitung, der Reife und des Überblicks, wo er *in seinem besten Alter*, das von Humboldt als den goldenen Sommer nach dem übermütigen Frühjahr preist, Tag für Tag das Werk darüber schreiben kann, was DER MENSCH ist, das Werk, an dem Brandt und die übrigen Bewohner von Lagoa Santa ihn hindern wollen, weil sie dann einsehen würden, wie zurückgeblieben sie sind, zerrissene Seiten im Schöpferplan, selbst als Experimente unbrauchbar.

Brandt ist nur noch eine rote Staubwolke, und Dr. Lund kann weiterreiten, um den halben See und den Pfad hinauf, der direkt nach Rio de Janeiro führt. Die Sonne brennt, das Maultier dürstet schon. Das kann er WISSEN: daß er weiter muß, allem trotzend. Das kann er HOFFEN: daß das Maultier den Strapazen gewachsen sein wird, und daß bald ein kleiner Bach auftaucht, wo es seinen Durst löschen kann. Das kann er TUN, bis der Bach sich zeigt: dem Maultier zureden, es mit liebevollen Worten aufmuntern, es sanft streicheln. Das Tier der Bibel. Balthasar. Freund der Propheten und Heiligen, in Psalmen und Hohen Liedern gepriesen als das Gegenstück zu dem heidnischen und kriegerischen Araberhengst, vielleicht mit einem kleinen Stück einer menschlichen Seele, das es in die Lage versetzt, die aufmunternden und wegweisenden Worte der Vernunft zu verstehen. Jetzt hat er sich an seinen Gang und seinen Geruch gewöhnt. Nun weiß das Tier, daß er sein Beschützer ist, und es versteht ihn und wird ihn in Dankbarkeit und frei zu den illuminierten kaiserlichen Parks von Rio de Janeiro tragen.

Es wird wärmer. Der Schweiß rinnt über seine Schläfen und über den Nasenrücken, so daß seine Brille die ganze Zeit abgleitet. Seine Schenkel schmerzen, und es zieht in seinem Rückgrat. Doch das sind nur Nachwehen. Und dem Koffer ist nichts geschehen. Wird ihm schwindelig, so daß der Pfad vor ihm verschwimmt, dann ausschließlich deswegen, *weil er den ernstesten Entschluß seines Lebens gefaßt hat*, um sich im letzten Augenblick vor dem sicheren Untergang zu retten. Die Natur versteht ihn und setzt alles daran, ihm zu helfen. Die Pflanzen nicken ihm billigend zu, die Kristalle reflektieren die Sonne mehrere Kilometer voraus auf dem Pfad, die Bemtivie, die Sabiá und die ersten Tyrannen des Jahres flöten ihn vorwärts, vorwärts, wohl wissend, daß er in dieser entscheidenden Stunde seines Lebens nicht die Zeit hat, sie zu studieren. Sie sind seine Verschworenen, dankbar dafür, daß er sie so gründlich klassifiziert hat, wie auch die Pflanzen ihm für die vielen Male danken, als er sie ins Herbarium gepreßt hat.

„Paß auf den Koffer auf!" flüstern die verkrüppelten Bäume ihm zu. „Erzähl in Europa von uns!" zischen die Schlangen, die alle beschlossen haben, sein Maultier nicht zu beißen, wie eine von ihnen, in einem Anfall von Bosheit und verhext von dem Mann im

Berg mit dem Auge in der Mitte der Stirn und ohne Haut über den Knochen der rechten Hand, es an jenem späten Nachmittag vor der Lapa da Cerca Grande getan hat. "Vergib uns allen die Schmerzen, die wir dir zugefügt haben! Jede Schramme! Jeden Fieberanfall! Vergib uns! Vergib uns!" flüstern alle Tiere und alle Pflanzen, und Dr. Lund grüßt sie alle und vergibt ihnen, sogar dem Aasgeier, glücklich darüber, Lagoa Santa mehrere Kilometer hinter sich gelassen zu haben, so daß seine Flucht halbwegs gelungen ist. Eines Tages, denkt er, eines Tages werden auch dieses Land und diese Natur zivilisiert werden, viele werden in seine Fußstapfen treten, angeregt durch sein Beispiel, um zu studieren und zu klassifizieren, und dann, im Herbst seines Lebens, wird er sie in seiner Bibliothek entweder in Monaco oder in Rosenlund mit Aussicht auf alle Kiesgruben empfangen, froh über jeden Gruß, den sie von der Sabiá, der Bemtivie und von den verkrüppelten Bäumen und den schüchternen Kristallen bringen. Da gleitet er langsam über den Hals des Maultiers vornüber. Erschrocken fällt es in Trab und läßt ihn mitten auf dem Pfad zurück.

Die Sonne ist in seinem Kopf. Sie zerschneidet alles. Er greift vor sich hin, um die tausend kleinen Flammen zu löschen, rote, gelbe, weiße, hellblaue, orangefarbene. Es brennt in seinen Haaren. Er kann den Strohhut nicht finden. Der Staub legt sich in einer dicken Schicht auf seine Zunge, er kann kaum noch Luft bekommen. Genau vor ihm marschieren die Ameisen, in einer Reihe, so weit er blicken kann. Sie krabbeln über seinen Handrücken, unter sein Hemd. Kurz danach erreichen sie seine verschwitzte Armhöhle. Sie beißen und spritzen ihr Gift in die Wunden. Er schreit, doch nicht einmal die Sabiá hört ihn. Etwas später fällt er erneut, doch ohne sich zu stoßen. Es ist die dicke, poröse Kalkkruste, hier und da von einer beinah breiigen Beschaffenheit, durch die er fällt, und um ihn her fallen alle Tiere mit in die Luft gestreckten Beinen und vor Angst verdrehten Köpfen – alle werden sie umkommen, um den Wunsch des Bösen, Blut zu sehen, zu befriedigen. Tiger und Höhlenleoparden, ein Regen von Gekkos, Vorzeit- und Neuzeitantilopen durcheinander, Hunde und Ratten – überall öffnet sich die Kalkkruste unter ihnen, so daß sie bald als zerschmetterte Knochen im Innern der Höhlen enden können. Aber mitten im Fall stoppt er – während die Tiere weiterfallen. Etwas trägt ihn. Er schwebt wieder dem Licht zu, der Sonne entgegen, die jetzt die ganze Erdoberfläche in Brand setzt und die Büsche, die verkrüppelten Bäume und selbst die kleinsten Grasbüschel wie Fackeln leuchten läßt. Ein kühler Wind kommt von Norden und versucht, das Feuer zu löschen, kurz danach regnet es ein wenig, aber es brennt noch immer, und nun wieder in seinem Kopf, in seinem Unterleib und in seiner Haut, die bald nur noch eine ätzende, verkohlte Schicht von Nichts um seine Knochen ist.

Stück für Stück wird er in einen Busch oder auf einen Haufen trokkener Palmenblätter niedergelegt. Er ahnt ein Gesicht. Er glaubt, es zu kennen, die kleinen Augen, die schmale Nase, die Lippen. Es regnet immer stärker auf ihn nieder, und als er die verklebten Augenlider zu öffnen versucht, sieht er über sich eine blutrote Wolke. Blitze zucken daraus hervor. Er liegt auf Zuckerrohr, jetzt kann er es riechen. Es stößt, und sein Nacken schlägt die ganze Zeit gegen ein Stück hartes Holz, den Schaft eines Spatens oder einer Hacke. Er sieht das Gesicht nicht mehr. Er fällt wieder. Direkt neben ihm wird der Säbeltiger mit einem Fauchen zum Abgrund hingesogen. Sogar die Ameisen müssen sterben. So weit er blicken kann, wirbeln ihre zerstörten Hügel durch die Kalkkruste, wie Säcke mit Grus, die ein Loch bekommen haben.

Das erste, was er sieht, als er erwacht, sind die Kinder. Sie haben aufgeblähte Bäuche, und das älteste hat einen *papo*. Eine gigantische Geschwulst wächst aus seinem Kehlkopf, die bald die Größe einer Melone haben wird. In der Ecke sitzt eine Negerin, deren Beine mit mehreren Lagen Leinen umwickelt sind. Sie ist sicher aussätzig, und auch sie hat den Papo, auch wenn ihre Halsgeschwulst nur die Größe einer Apfelsine hat. Plötzlich weiß er, wo er ist – in dem Dorf Rio Manso, das alle voller Furcht Arraial dos Papos nennen, wegen der entsetzlichen Krankheit, die in Schwellungen des Bindegewebes an der Kehle besteht, der Krankheit der Kalkebenen, der fast immer *o mal de São Lazar* folgt. Er liegt ganz still. Dann und wann kommt die Frau zu ihm und fächelt ihn mit einem Palmenblatt und befeuchtet seine Lippen mit einem nassen Tuch. Er schließt die Augen, um sie nicht zu sehen. Er weiß, daß es sich nur um eine Prüfung handelt, die letzte, der er sich unterziehen muß vor allen Empfängen, ein furchterregender Aufenthalt auf dem direkten Weg zurück nach Rio de

Janeiro und Europa, und wenn er seine Gedanken wieder sammelt und alle Analogien ausschließt, wird ihm sein Maultier bald nachkommen und vorsichtig die Tür aufstoßen, so daß er aufstehen und weiterreiten kann.

Und nun ist es Carl, der ihn ruft und ihm Mut macht, nicht aufzugeben und Alptraum und Wirklichkeit zu verwechseln – Carl, mit dem er immer zur Schule ging, und der ihn beschützte, so daß die Zigeunerinnen aus dem Innern des unbekannten Landes Fælleden seine Herzhand nicht fassen und mit boshaftem Lächeln seine Zukunft lesen konnten. Etwas später versucht Carl, ihm entgegen zu kommen, mit ausgestreckten Armen und vor Schmerz verzogenen Mundwinkeln. Er ermutigt ihn nicht mehr, nun braucht er selbst Ermutigung, wie er da zwischen Himmel und Erde gefangen ist, als Strafe dafür, daß *er*, Wilhelm, an jenem Tag im Forsthaus einen kleinen grünen Zweig präparierte, so daß er einer Larve glich, und bebend vor Wonne ein etwas zu oberflächliches Mitglied der Gruppe in die Einsamkeit der Selbstanklagen verwies mit den Worten: „Nun, Student Beck kann wohl nicht *klassifizieren!*"

Er dreht sich auf der Ochsenhaut um. Nun ist die Stunde der Rechenschaft gekommen, die Stunde der Strafe, weil er sich dafür entschieden hatte, in Markvor Lunds Fußstapfen zu treten, anstatt zum Licht zu streben, und für immer wird er Carl rufen hören und auf sich zukommen sehen. Er erwacht. Er blickt geradewegs auf einen Ochsenschädel, der an der Wand hängt, bekränzt von Ketten aus kleinen Steinen und Zähnen von allen möglichen Tieren, Schnüren mit Papageienfedern und sonderbaren Zeichen auf zerrissenen Pappstückchen. Er erhebt sich langsam. Keine Stelle an seinem Körper, die nicht schmerzt. Die Kinder sind noch immer da. Die Frau kommt mit einer Schale Wasser, einer alten Apfelsine und einem Stück Brotkruste zu ihm. Er bekommt exakt zwei Schlucke hinunter. Das Brot wird in seinem Mund zu Asche, die Apfelsine setzt sich wie trockene Fasern zwischen seine letzten Zähne. Er starrt weiter unverwandt auf den Schädel. Er erkennt ihn wieder. Aber er weiß nicht, woher. Und als er aufsteht, vom Hungern schwindelig, sieht er immer mehr Schädel und jetzt auch leere Flaschen mit frischen aufgesteckten Talglichtern, Vogelfedern in Haufen und eine Schachtel mit Mäuseschädeln.

Er denkt wieder an das Gesicht, das einen Augenblick lang über ihm war, als er zwischen dem Zuckerrohr lag. Wer war das? Dann geht er zum Ausgang. Die Frau ruft ihm jammernd nach, daß er ganz still liegenbleiben solle, doch er muß um jeden Preis hinaus und fort von hier. In dem winzigen verdorrten Garten vor der Hütte sind noch mehr Schädel, entweder in Mustern ausgelegt, auf Pfähle gesteckt oder in den Büschen aufgehängt. Alle, die vorüberschleichen, haben einen Papo, und viele sind aussätzig. Es kommt ihm vor, als höre er die kleinen Kupferglocken, die um ihre Hälse gebunden sind. Manchen fehlt ein Bein. Rasch merkt er, wie die Geschwulst aus seinem Kehlkopf wächst, zuerst so groß wie eine Nuß, dann wie eine Apfelsine, schließlich wird sie so groß wie sein Kopf. Er muß sie schnell verbergen, und verwirrt blickt er sich nach seinem Maultier um, damit er ein Hemd aus seinem Koffer holen kann. Niemand darf ihn so sehen. Wenn es sich erst bis Europa herumspricht, daß er vom Papo befallen ist, will niemand etwas mit ihm zu tun haben, und seine Knochen werden aus den versilberten Schaukästen genommen und vom König an schlechte Museen in der ganzen Welt verkauft, weil er glaubt, daß sie die Krankheit übertragen.

Er weicht allen aus, und alle weichen ihm aus. Zwischen den Sklavenhütten dahintorkelnd, in einem Geflimmer von Sonne und Staub, erblickt er in der Ferne einige Häuser aus Ziegelsteinen und eine Kirche. Er steuert darauf zu, doch kaum ist er der Hölle der Sklaven hier im Dorf der Verdammnis entronnen, da tritt der Riese aus einem Haus und kommt, in seinen karmesinroten Mantel gehüllt, mit seinen gespreizten Schritten direkt auf ihn zu. Er will vor ihm davonlaufen. Er will um Hilfe rufen. Irgendwer muß ihn hören. Sie können ihn jetzt nicht im Stich lassen, mit einer wachsenden Geschwulst und unter der weißen Sonne, die ihn bald vollkommen blind macht, so daß er nur noch verzerrte Konturen und doppelte Schatten wahrnimmt. Er will sich nach seiner Brille bücken. Sie liegt dort drüben, ein paar Meter vor ihm. Die Kinder schreien hinter ihm her. Daran ist er gewöhnt. Doch nicht daran, plötzlich im Dunkeln zu gehen und alle zwei Meter Gespenster zu sehen. Der Alptraum dauert an, aber der Riese ist kein Gespenst. Er ist die Strafe. Er ist die Rache. Und jetzt steht er genau vor ihm, eine Flasche in der Hand, aus dem Mund nach Eingeweiden und Zuckerrohrbranntwein stinkend, von seinem widerlichen Hof umringt, Brüdern, Vettern und Sklaven durcheinander. Er stellt sich so vor ihn, daß die Sonne einen Augenblick verschwindet. Noch bevor der Riese den Mund aufgemacht hat, weiß er, was er sagen wird – genau die Frage, die ihm das Gefühl gibt, als würde ihm mit einem gewaltigen Schlag der Kopf vom Nakken getrennt:

„Nun, Doktor! Können wir nicht mehr *klassifizieren?!*"

Mehr und mehr Menschen scharen sich um den Riesen. Eine alte Frau fällt vor ihm auf die Knie und küßt seinen Mantel. Kinder bringen ihm Früchte. Jemand reicht Dr. Lund seine Brille, und jetzt sieht er, daß *der Däne* unter seinem Mantel eine kaiserliche Offiziersuniform trägt. Und etwas später sieht er die Häuser, die Venda, den Kirchplatz und Brandt, der direkt neben ihm steht, immer noch mit dem nachlässig in die Hose gestopften Malerhemd und den unordentlichen Haaren. Brandt ergreift sanft seinen Arm und will ihn wegbringen. Der Riese reißt den Mantel an sich, daß die alte Frau zu Boden fällt, und befiehlt seinem Gefolge aufzusitzen.

„Der Seelöwe, Doktor! Das sage ich Ihnen: *der Seelöwe!*" grinst er und wirft die Flasche mehrere Meter weit von sich.

Dann reitet er davon, auf dem Weg, der von Lagoa Santa direkt hinauf zum Rio das Velhas führt.

Er reitet auf das Hochland hinaus, und er kann keine Ruhe finden. Er sitzt auf seinem Maultier, durstig, doch ohne den Durst löschen zu können, hungrig, doch ohne essen zu können. In alle Ewigkeit wird er so reiten, mit einer alten, blaßblauen Jacke und einer Leinenhose bekleidet, deren Löcher seine verkohlte Haut durchblicken lassen. Von Höhle zu Höhle reitet er, doch jedes Mal, wenn er einen Eingang erreicht, dreht das Maultier ab. Er hat den Strohhut tief über die Augen gezogen, und trotzdem hat er ständig die Sonne im Gesicht, und er reitet nach Osten, wenn er glaubt, daß sein Weg nach Westen, und nach Norden, wenn er glaubt, daß er nach Süden führt. Das Maultier trägt ihn, wohin er will, und es wird niemals müde. Aber er weiß nicht, wo dieses „wohin" liegt, und er wagt nicht, an die Augen des Maultiers zu denken, weil ihm eine Ahnung sagt, daß es nicht dessen eigene sind. Nie tritt ihm Schaum aus dem Maul, und keine Schlange kann es durch ihren Biß töten. Seine Ohren zeigen in die falsche Richtung, und er ahnt, daß seine Stirn weiß ist. Jeden Morgen zur gleichen Zeit weckt es ihn, und wie müde er auch sein mag, er muß sich von der Ochsenhaut erheben, sie zusammenrollen, das Feuer löschen und weiterreiten von nirgendwo nach nirgendwo, auf Pfaden, die alle mit Briefen übersät sind, die wie welkes Laub fortwehen, Einladungen, die Feuer fangen, wenn sein Blick sie trifft, Konzertbillette, die seine Finger versengen, und ausgerissene Seiten aus Werken, die ihm die Wahrheit erzählen können, nach der er sucht, aber zu Staub zerfallen, wenn er sich nähert.

So ist er jahrelang geritten, und so wird er weiterreiten, während die andere Hälfte seiner Seele weder seinen Kopf noch auch nur einen Finger mehr heben kann, nun da er wieder in seinem Bett liegt, in einem Dunkel, das nicht mehr den Bandagen zuzuschreiben ist, sondern den Augenlidern, die er nicht öffnen kann, und den Schmerzen, die alles in ihm auslöschen, wo sie vorher alles verbrannten. Gelingt es ihm in endlosen Abständen, die Augen zu öffnen, nimmt er nirgendwo eine Farbe wahr. Schwarze Gekkos laufen unter den schwarzen Dachziegeln, und nun gleichen sie den schrekkenerregenden Gekkos, von denen die Griechen fabelten, Galle spuckend und giftsprühend und allein durch eine Berührung mit der Zungenspitze in der Lage, das Trinkwasser der Brunnen in eine schwarze, klebrige Flüssigkeit zu verwandeln. Mehr und mehr Gekkos kommen hinzu, sie laufen an den Wänden auf und nieder, unter seinem Bett ein und aus und an den Fensterläden hin und her und stoßen ihre hungrigen Schreie aus. Jeden Augenblick verlieren sie die Schwänze, die in sein Bett fallen. Wie Aale, die in drei Stücke geschnitten werden, wie tausende Regenwürmer, wie Schlangen, die nur aus Köpfen und Schwanzspitzen bestehen, legen sich die schwarzen Eidechsenschwänze wie eine unruhige und schlüpfrige Decke über ihn, und Brandt hat keine Zeit, zu kommen und sie zu entfernen, so beschäftigt wie er ist mit seiner Malerei oder mit dem Kochen von Makkaroni oder damit, lange, geheimnisvolle Gespräche mit dem Pfarrer zu führen.

Plötzlich hat der lispelnde, tonsurierte Pfarrer angefangen, tägliche Besuche abzustatten. Oft sieht er zu ihm herein, wobei Brandt ihm über die Schulter blickt, schwarz wie alles andere, mit seinem schwarzen Gebetbuch in seinen schwarzen Fingern, und er kann dem Pfarrer nichts antworten, wenn er dieses oder jenes lateinische Gebet über seiner Brust gemurmelt hat, weil seine Stimme mit der anderen Hälfte seiner Seele dort draußen reitet, wo alles jetzt so weiß ist, wie hier alles schwarz ist. Aber was soll er zu dem Maultier sagen? Es wird nie ein liebevolles Wort verstehen, und es trägt ihn trotzdem an die Orte, wo er nicht nicht weiß, was er dort soll. Nirgendwo kann er mehr etwas entdecken, das einer Farbe auch nur ähnelt. Die Ameisen sind weiß. Und nicht nur die Stirn des Maultiers, sondern auch der Rest seines Körpers ist weiß wie Kreide, wie juckender, Ekzeme hervorrufender Kalk. Die Blumen sinken hin, weiß. Die Bäume brauchen nicht erst welk zu werden, weil sie von Anfang an weiß und leblos sind. Und das Maultier trabt in den Jequitinhonha-Fluß, und das Wasser ist weiß wie Milch, schneidend weiß, rasend weiß. Das Maultier trägt ihn hinüber, und kurz danach kommt er zu der weißen Steinstadt mit den Dächern, die einmal aus Gold waren. Aber er muß keine Schlange essen, und er muß auch nicht mit dem Höhlenbären ringen, um eingelassen zu werden. Die Stadttore öffnen sich vor ihm, und das Maultier führt ihn zum Eingang eines großen Saals, wo sie alle um einen langen Tisch am Ende des hallenden Steinfußbodens sitzen und Tee trinken und auf ihn warten, unter einem Gobelin, der eine Gruppe junger, nackter und athletischer Naturforscher mit all ihren Instrumenten auf den Schultern auf dem Weg in den Urwald zeigt.

Da sitzen sie alle – Ørsted, Cuvier, von Humboldt, Milne-Edwards, Rudolphi vom Naturhistorischen Museum in Berlin mit dem versiegelten Glas mit den Eingeweiden des schwarzen Urubus, Linné mit seiner *Flora suecia* im Schoß und Schouw mit all seinen kostbaren Herbarien. Die Studenten aus Kiel haben sich eingefunden und stehen mit Fackeln an den Wänden und hinter allen Schaukästen mit den in Silber eingefaßten Scheiben und den in präziser Ordnung ausgestellten Knochen, die alle mit neuen Nummern und Beschreibungen auf kleinen Karten versehen sind, die daneben liegen. Mitten im Saal steht das Skelett des Riesenfaultiers und reicht bis hinauf unter das Dach. Es ist früh am Morgen, und er befindet sich irgendwo in den Polarländern, auch wenn er noch immer das Rauschen des Jequitinhonha-Flusses hört. Und plötzlich bekommt alles Farbe. Ørsted hat einen roten Kopf. Linnés römischer Mantel ist gelb wie Löwenzahn. Cuvier lächelt in einem blauen Morgenmantel aus Seide. Alle warten, daß er vortritt und ihren Dank entgegennimmt. Er tut vorsichtig drei Schritte nach vorn, nähert sich dem Riesenfaultier, tritt zwischen dessen Beine und geht bis zu dem Tisch am Saalende. Die Studenten applaudieren ihm und heben ihre Fackeln zur Decke. Ørsted lächelt ihm noch immer zu. Dann öffnen sie alle ihre bestickten Hemden. Er wendet sich ab und läuft so schnell er kann zwischen den Beinen des Faultiers hindurch zu dem Maultier, das dort steht und mit ihm zugewandten Hinterteil auf ihn wartet. Auch die Studenten öffnen ihre Hemden, nachdem sie ihm die Fackeln nachgeworfen haben. Sie haben alle den Papo.

Brandt läßt die Pinsel fallen und eilt ihm zu Hilfe.

Einige Wochen später sitzt Dr. Lund im Bett auf; er ist jetzt in der Lage, regelmäßig zu essen und lauwarmen Tee mit Honig oder Marmelade zu trinken. Der Pfarrer besucht ihn nicht mehr, vielleicht ist es Dr. Lund wirklich gelungen, seine klagenden Gebete mit ein paar Worten dahingehend von sich zu weisen, daß er seinerzeit den protestantischen Glauben nicht verworfen habe, um sich nun zu dem papistischen zu bekehren. Weitere Kisten mit Knochen sind abgegangen, bald sind nur noch die Dubletten im Arbeitszimmer übrig. Dr. Lund fühlt sich belebt bei dem Gedanken, daß Reinhardt nun in Lagoa Santa ist, nach einer langen und gefahrvollen Reise, die ihn um die ganze Erde führte, und im Bett liegend erzählt er Brandt, wie alles im Haus ummöbliert und neu eingerichtet werden soll, damit es wirklich schön ist, wenn der Ehrengast zum ersten Mal eintritt. Alle Töpfe müssen dreimal gewaschen werden. Das dreifingrige Faultier soll draußen im Nebenhaus, wo der Sklave nicht mehr wohnt, angekettet werden. Am Eingang soll das Unkraut entfernt werden, und es würde sich auch nicht schlecht machen, wenn der Zaun in einer neuen und freundlichen Farbe gemalt würde. Brandt mag seine Staffelei gern in seinem Zimmer stehen haben, aber am liebsten sieht Dr. Lund, daß all seine Farbtöpfe schön geordnet auf den Regalen stehen, wie auch die letzten Knochen in einer Art und Weise ausgelegt werden sollen, die Reinhardt zu erkennen gibt, daß im Hause noch immer wissenschaftlich gearbeitet wird. Aller Staub muß entfernt werden. Die Bücher sollen hübsch nebeneinander stehen, und die Fensterläden sollen einen kleinen Spalt breit geöffnet sein. Keine Nachttöpfe. Keine Spucknäpfe. Doch gern eine Flasche Portwein auf einem Tisch – wenn Brandt einen Neger nach Sabará schicken kann, um von den Engländern dort eine zu kaufen.

Dr. Lund wird wieder gewaschen und seine Haare geschnitten. Brandt sucht das schönste Hemd aus dem Koffer, mit dem ein Negerjunge eines späten Nachmittags ankam – wo immer er ihn nun gefunden haben mochte. Alles muß nach einem genauen Plan ablaufen, kein Detail darf danebengehen, und Dr. Lund ist erfreut, festzustellen, daß sein Gehilfe wieder dienstwillig ist. Es fehlt nicht viel, und er braucht sich mit dem Gedanken, einen neuen Sklaven zu kaufen, nicht mehr abgeben. Und während der Tag herankommt, an dem die Einladung an Reinhardt geschickt werden kann, der sicher in der verwahrlosten Pension leidet, bereitet Dr. Lund seinen Gehilfen darauf vor, welch vornehmen Gast sie bei sich begrüßen werden. Ohne Reinhardt gäbe es nichts, das dänische Zoologie hieße, norwegische übrigens auch, denn es war in Gudbrandsdalen, wo Reinhardt als jungem Mann die Augen aufgingen für die Natur, so daß er die Theologie aufgab. Ohne Reinhardt würde das Königliche Naturhistorische Museum nicht existieren, und Cuvier sprach stets von ihm als seinem gleichrangigen nordischen Kollegen. Er muß inzwischen über die achtzig sein, Professor emeritus, aber immer noch jung, kraft seiner Liebe zur Natur.

Brandt versteht nicht. Er sieht zweifelnd aus. Er stellt wunderliche, ein wenig naseweise Fragen – und gerade jetzt, wo er sich ansonsten von seiner besten Seite zeigt. Aber jetzt können die Obstruktionen des Norwegers ihm nichts mehr anhaben.
Er hat es GEWUSST: daß der Etatsrat, Professor und Ehrendoktor der Philosophie Johannes Christopher Hagemann Reinhardt, sein Wohltäter und Inspirator, der ihm im Namen der Wissenschaft dazu riet, in die warmen Länder zu ziehen, um dem Brustleiden zu entgehen, zu ihm hierher nach Lagoa Santa kommen würde, nun wo er selbst verhindert ist, nach Kopenhagen zu reisen.

11

Der junge Mann kommt zu dem älteren. Seinerzeit kam er zu ihm in das neu eingerichtete Kgl. Naturhistorische Museum in der Stormgade. Dort lauschte Peter*wil*helm, oder PW, wie er jetzt hieß, den Vorlesungen des Älteren über die neue Zeit, die der Schöpfer angekündigt hatte, und in der die Wissenschaft, wenn sie nur von allen theologischen Spekulationen befreit werden kann, überzeugend zeigen wird, wie der Geist die Materie durchdringt, und wie selbst die kleinste Blume und das geringste Insekt ein Glied im Schöpferplan darstellen. Wilhelm wußte, daß er in Reinhardt nicht nur einen Freund, sondern auch ein Vorbild hatte, und nach den Vorlesungen, wenn er zu Vibens Hus hinausging und seine zwei Preisaufgaben plante, war Reinhardt in seinen Gedanken.

Nun kommt der junge Mann wieder zu dem älteren, und der ältere ist ein alter Mann von sechsundvierzig. Es ist im Juli 1847, und cand. phil. Johannes Theodor Reinhardt, neuernannter Inspektor der Knochensammlung und verantwortlich dafür, daß sie schnellstmöglich nach seiner Rückkehr von der Erdumseglung aufgebaut wird, ist darauf vorbereitet, daß mit Dr. Lund etwas geschehen ist, wofür es keine einfache Erklärung geben kann. Tagelang redet er mit Brandt darüber, was getan werden könnte, um Dr. Lund aus seiner Verwirrung zu befreien und ihn zu überreden, nach Dänemark zurückzureisen. Reinhardt wohnt in demselben Zimmer der Pension, in dem Dr. Lund vor zwölf Jahren geschlafen und gearbeitet hat, und während er darauf wartet, daß Dr. Lund ihn empfängt, unternimmt er mehrere Exkursionen zum Rio des Velhas, um Exemplare der unzähligen Fische des Flusses zu fangen, zu studieren und zu präparieren. Er befürchtet, den Lieblingsschüler seines Vaters vielleicht überhaupt nicht zu Gesicht zu bekommen.

Dr. Lund ist auf einer langen Reise. Sie führt ihn von den Küsten Siziliens zu den durchsichtigen Morgen der Ile de France, von der Rue Corneille und den Revolutionswirren zu Fuß durch die deutschen Staaten nach Dänemark und von dort, nachdem er Petrea und

Henrik Ferdinand umarmt hat, nach Hamburg, von wo eine Brigg ihn nach Brasilien bringt. Ihm fallen mehr und mehr Episoden wieder ein, und allmählich in ihrer richtigen Reihenfolge. Er erinnert sich an die Einfahrt nach Rio de Janeiro, an die Leuchtschrift der Krustazeen im Wasser, die Negerjungen, die mit Mangofrüchten und Apfelsinen zum Schiff hinausgesegelt kamen. Er studiert die Unkrautpflanzen in der Umgebung von Rio de Janeiro, später reitet er durch den Urwald, hinauf ins Hochland. Er überquert Flüsse und hört die Eingeborenen vom Caipor erzählen, bekommt Fieberanfälle, wird wieder gesund und führt lange Gespräche mit dem deutschen Botaniker Ludwig Riedel, während die Sonne untergeht. Er reist von den Ungeheuern des São Francisco, sowohl denen an den Kanus als auch denen auf dem Grund des Flusses, zu der düsteren Barockstadt Ouro Preto und von dort zurück nach Curvelo. Und er erinnert sich an den Schmetterling *Psyché*, der unerwartet von einer staubigen Türschwelle gerade in dem Moment aufflog, als er die Nachricht von Petreas Tod gelesen hatte. Er stand ganz still in einem Sonnenstrahl, als würde er vom Wind getragen. Dann flatterte er über ihn hin und verschwand himmelwärts.

Von Curvelo reist er durch den Wald der Schmerzen nach Lagoa Santa mit den Häusern aus rotbraunen Ziegeln. Und er ist jung und imstande, in einem Winkel von einhundertachtzig Grad zu sehen. Langsam findet er wieder zu sich selbst, durch Erinnerungen, die ihn froh stimmen, aber auch durch das Wiedererleben von Situationen, die ihn aufs neue jedes Gefühl für Zeit und Ort verlieren und alle Farben und Düfte verschwinden lassen. Wieder ist er auf Reisen, wieder ist er unterwegs zu sich selbst, und nachdem er schlaflos, wieder und wieder die Tage und Nächte nacherlebt hat, als Brandt steif und fest behauptete, daß es nicht *der* Reinhardt sei, sondern sein Sohn, der nach Lagoa Santa gekommen war, kann er einigermaßen klar denken und sogar über sich selbst lächeln, weil er so vollständig vergessen konnte, daß er ja selbst vor zwei Jahren in den Briefen nach Hause seine große Trauer über den Tod des älteren Reinhardt zum Ausdruck gebracht hatte.

Seine andere Hälfte reitet nicht mehr draußen in den Campos umher, er kann den Kopf wieder heben, die Finger bewegen, Nahrung zu sich nehmen und Brandt bereits neugierig danach fragen, wie der junge Reinhardt ist, ob er sich trotz der verwahrlosten Pension in Lagoa Santa gut eingelebt hat, ob er seine Studien an den Ufern des Rio das Velhas fleißig vorantreibt, und welche Grüße und Briefe er von der „Galathea" mitbringt.

Er will alles über die Erdumseglung hören. Als Reinhardt ihn endlich besucht, auf seiner Bettkante sitzt, braungebrannt lächelt, mit vollen Wangen und einem Backenbart wie gutgetrimmte Bürsten, und flüsternd seine große Freude darüber zum Ausdruck bringt, bei *ihm* zu sein, dem berühmtesten dänischen Wissenschaftler neben Ørsted, der in London, Paris und Berlin gefragt ist, da muß er, Reinhardt, ohne auch nur eine Woche zu überspringen, alles über die Reise der Korvette „Galathea" im Laufe genau der drei Jahre erzählen, die Dr. Lund hofft, eines Tages wenn schon nicht vergessen, so doch in der richtigen Perspektive sehen zu können. Jedes Wort dringt in ihn ein und weckt in seinem kranken Körper neue Lebenskraft. Er folgt begeistert der Schilderung von der Ausrüstung der Korvette, fragt nach den neuesten wissenschaftlichen Instrumenten, nach der Zielgenauigkeit der Kanonen und dem Umfang und der Zusammensetzung der Mannschaft – ist Kamphøvener ein Botaniker mit Zukunft? Ist Rink ein Geologe, für den Forchhammer bürgt? Ist Kjellerup ein Entomologe, mit dem man rechnen kann? Und Professor Behn, die persönliche Wahl des Königs als Zoologe, jetzt auf dem Weg durch das Innere Südamerikas, nachdem er nördlich von Chile von Bord ging – ist er ein Forscher oder ein wilder Abenteurer? Und kommt er vielleicht durch Lagoa Santa? Reinhardt hat glücklicherweise Lobesworte für die meisten, die neue Forschergeneration führt die besten Traditionen weiter, und keiner beabsichtigt, seinen Forscherdrang zu unterdrücken, nur um Bischof Mynster und seine Leute zu erfreuen. Und alle sind sie für eine freie Verfassung.

Das Letzte läßt Dr. Lund aufmucken. Politik und Wissenschaft dürfen nie vermischt werden, weist er Reinhardt zurecht, während er in bester Laune an Helsingör vorübersegelt und die Musik an Deck melancholische Abschiedstöne nach Kronborg hinüberblasen hört. Dänischer Wind! Dänisches Meer! Er hört die unteren Segel auf der „Galathea" fallen, sieht die Leesegel sich an den ausgefahrenen

Spieren blähen und hört das Geräusch, als die großen Marssegel zurückgeworfen werden. Plymouth! Britannien! Er hat es nie geschafft, nach England zu kommen, und deshalb muß Reinhardt soviel wie möglich aus seinem Aufenthalt dort machen. Die *Godemer* haben immer noch Dr. Lunds Bewunderung, ihre erste Eisenbahn von Recife nach São Francisco ist geplant, bald werden andere dazukommen, und in wenigen Jahrzehnten wird das Reisen auf dem Rücken von Maultieren und die Versendung von Waren mit der Tropa nur noch ein Märchen sein. Sogar in Minas Gerais hat man angefangen, die Wörter der Engländer zu gebrauchen – *budget, deficit, bill, funding loan,* und *Viagens de Gulliver* und *Robinson Crusoe* sind Bücher, die einigermaßen gebildete Familien in Lagoa Santa wieder und wieder lesen. Und der englische Portwein! Auf einmal bekommt Dr. Lund Lust auf ein Glas, und freudig kommt Brandt mit der schiefen, verstaubten Flasche angelaufen, die er aufgetrieben hat. Nun sitzt Dr. Lund ganz aufrecht. Seine Augen leuchten.

„Willkommen und *skål*, Reinhardt! *Erzählen Sie!*"

Am 24. August passieren sie den Wendekreis des Steinbocks. Die ersten Kaptauben finden sich ein. Wie sich die „Galathea" der Südspitze Afrikas nähert, tauchen auch der Albatros und die schwarze Schwalbe, *Mother Karey's chicken* auf. Diese Vögel fliegen rastlos unter dem Himmel, und sie kommen von nirgendwo. Wo ist ihre Heimat? Wo bauen sie Nester? *Mother Karey's chickens* beherbergen die unglücklichen Seelen, die in den Wellen des Meeres keine Ruhe finden konnten, der Verdammten, und kein Seemann mit Selbstrespekt wird es wagen, eine der schwarzen Schwalben zu schießen. Dann wäre er selbst verdammt.

„Und Sie? Haben *Sie* auf sie geschossen?" fragt Dr. Lund.

Er ist erschöpft. Er sieht Blut. Aber er will noch mehr hören. Nein, es gelang Reinhardt oder den anderen Forschern nie, eine der schwarzen Schwalben zu treffen. Aber bei ruhigem Wetter wiegen sich die Vögel im Kielwasser des Schiffes, und dann kann man sie mit Fischschnüren fangen, an denen sie mit großer Gier anbeißen, und sie bieten der Besatzung Anlaß zu großer Heiterkeit, wenn sie mit ihren unbeholfenen Bewegungen auf ihren Schwimmfüßen umherwatscheln ohne fortfliegen zu können, weil sie das Meer brauchen, um abheben zu können. Der einzige, der sie nicht leiden kann, ist der Zweitkommandierende, weil sie immer Tran erbrechen, als würden diese verlorenen Seelen landkrank, wenn sie sich auf einem fremden Element befinden.

„Haben Sie sie *getötet?*“ fragt Dr. Lund.

„Nur die notwendigen Exemplare für Museen“, antwortete Reinhardt.

„Wie viele?“

„Zehn – zwölf Stück.“

„Das ist nicht gut...“ flüstert Dr. Lund.

Er schließt die Augen. An einem der nächsten Tage wird er Brandt den Auftrag geben, die alten Piston-Gewehre fortzuwerfen. Es dürfen keine Mordwaffen im Hause sein, und kein Tropfen Blut darf zu sehen sein, auch nicht von Eigelb. Deshalb wird Dr. Lund nie mehr zulassen, daß in seinem Haus Fleisch gegessen wird. Damit muß Reinhardt sich abfinden. Vielleicht ein Fisch dann und wann, einer von Reinhardts eigenen Günstlingen – aber nie mehr Fleisch. Dr. Lund hat wieder böse Träume. Er sieht sich selbst, wie er lebenden Tieren das Fell abzieht, und er ist blutig bis über die Ellenbogen. Er stopft Vögel aus, während sie noch leben, und füllt Sägemehl in das dreifingrige Faultier, während es noch das eine Hinterbein bewegt. Am nächsten Tag fragt er Reinhardt, ob er an die Seemannsgeschichten von *Mother Karey's chicken* glaubt.

„Wenn man an alles glauben wollte, könnte man ebensogut die Wissenschaft aufgeben“, erwidert er, ein wenig irritiert darüber, daß er plötzlich keine Eier mehr zum Frühstück bekommen soll.

Es ist Land in Sicht, und auf der „Galathea“ bricht nach siebenundsiebzigtägiger Seereise Jubel aus. Der Anker fällt an der grünen Coromandel-Küste, gegenüber von Tranquebar. Dort liegt das Dansborg-Fort. Dort weht die dänische Kriegsflagge, wie sie es seit über zweihundert Jahren getan hat. Nun soll die Kolonie veräußert werden.

„Schade, daß Dänemark nicht...“ sagt Dr. Lund.

Es schmerzt ihn auch zu hören, daß der Versuch, stattdessen die Nikobaren zu kolonisieren, kaum von Erfolg gekrönt sein wird. Ein dänisches Singapur wäre ansonsten gute Sache, und die Urwälder der Nikobaren sagen ihm zu. Dort versammeln sich eines frühen

Morgens die dänischen Naturwissenschaftler am Strand. Kurz danach dringen sie in den Urwald ein, dem sich die Eingeborenen wegen der unzähligen giftigen Schlangen, vielleicht der gefährlichsten in der ganzen Welt, zu nähern weigern. Doch weder Reinhardt, Behn, Kamphøvener, Kjellerup oder Rink haben Angst. Sie botanisieren, sammeln Steine und Erde, schießen Vögel, brechen Zweige ab, notieren und numerieren. Plötzlich verändert sich alles, und sie befinden sich in einem unwegsamen Terrain, dessen Boden mit stinkendem Brackwasser bedeckt ist, das um die hohen Hügel mit den verhaßten weißen Ameisen plätschert. Die Mangrovenbäume lassen ihre Zweige in die Erde hinab- und ihre Wurzeln daraus hervorwachsen. Die Luft ist drückend heiß. Kein Windstoß dringt in diese dicke Luft ein, und verpestete Dünste füllen seine Lungen. Alle haben ihn verlassen, Reinhardt als erster. Aber mit seinen letzten Kräften geht er weiter in südwestlicher Richtung – nur um zu entdecken, daß alles noch schlimmer wird. Er setzt sich. Er atmet aus. Die Eingeborenen kommen und flößen ihm ein paar Tropfen Kokosmilch ein. Die Kinder und die Frauen heulen laut, und eine Stunde, nachdem der Tod eingetreten ist, werden acht Tücher in verschiedenen Farben um ihn gehüllt und mit Stricken an seinen Ellenbogen, Hüften und Füßen festgebunden. Boten schwärmen aus, damit die Bewohner der umliegenden Dörfer zu seiner Beerdigung kommen können, und sie kommen mit Speeren in den Händen. Zwischen all den Ameisenhügeln wird ein Grab von drei Fuß Tiefe ausgehoben. Alle legen ihren Schmuck ab, und alle seine Knochen, eine Handvoll Glasperlen, seine Töpfe und seine unbeschriebenen Papierbögen werden von dem Gefolge zum Grab getragen. Rinde vom Upeh-Baum wird um seinen Leichnam gehüllt, ein lebendes Küken wird an seine Brust gebunden. Die ersten Schreie des Kükens sind das Zeichen für einen Klageruf aller Anwesenden. Alle stehen nun um das Grab, die Frauen in der ersten Reihe. Seine Leiche mit dem Küken wird hinabgesenkt, und ein Schwein wird geschlachtet. Mit seinem Blut wird der Rand des Grabes besprengt.

„Nicht mehr *Blut!* Nicht mehr *Blut!*" stöhnt er.

Brandt hält ihn behutsam im Nacken. Reinhardt sieht betrübt aus und fragt, ob sie nicht nach einem Arzt senden sollten – falls es einen gibt. Aber Brandt ist ruhig. Er hat gesehen, daß Dr. Lund sich trotz allem seit Reinhardts Ankunft außerordentlich erholt hat, und einen Moment später schlägt Dr. Lund die Augen auf. Einen Augenblick lang weiß er nicht, wer der Mann auf seiner Bettkante ist, mit einem parfümduftenden weißen Hemd und einer in die Knopflöcher geflochtenen goldenen Uhrkette. Doch dann erkennt er den jungen Reinhardt, ja er sieht sogar Züge, die ihn an den Vater erinnern. Er will mehr hören, besonders über das chinesische Volkstheater, das so ganz anders ist als das europäische. Er ist nach Pulo-Pinang gelangt, und er gleicht dem fremden Unbekannten, der auf seinen Wanderungen an den orientalischen Hof kommt und durch seine Tapferkeit das Land aus großer Gefahr befreit und zur Belohnung des Königs Tochter zur Frau und ein Stück fruchtbares Land als Mitgift bekommt, mit Blumen und Tälern und Wasserfällen, die die Goldminen funktionieren lassen.

Pulo-Pinang. Er sagt den Namen laut, und Reinhardt lächelt erleichtert und wischt sich mit einem Taschentuch, in das kunstvoll in Orange und Königsblau sein Namenszug eingestickt ist, den Schweiß aus dem Nacken. Muskat, Nelken und Zucker werden überall angebaut. In der Stadt sind Zimmerer, Schreiner, Schmiede, Schneider und Bäcker in ihren offenen Werkstätten beschäftigt, und in der frischen Brise hängen lange, mit chinesischen Schriftzeichen bemalte Papierstreifen, goldene Sentenzen mit jahrtausendealter Lebensphilosophie, die sie am Abend vor Neujahr untereinander tauschen. An den Fruchtständen wird geschältes Zuckerrohr verkauft, das nicht von Ameisen zerbissen ist, rote, wilde Bananen, Orangen in allen Größen, Ananas, Wassermelonen und Mangusinen. In einem Haus ist ein Fest mit Gesang und Musik, es ist eine Hochzeitsfeier, und das Brautpaar hat sich längst hinter weichen Vorhängen zurückgezogen. Da liegt eine Pagode, und da, genau gegenüber, liegt das Theater unter freiem Himmel. Der Rauch von einer Unzahl von Rauchstäbchen würzt die Luft, und es ist beinah unmöglich, zwischen Schauspielern und Zuschauern zu unterscheiden, denn letztere sitzen Tee trinkend bis auf die Bühne. Mitten in diesem Gewimmel ist eine Prinzessin angekettet. Ein Ritter will sie retten, und seine Arien sind dazu angetan, selbst die schwersten Gefängnistore aufspringen zu lassen. Pulo-Pinang. Singapur. Die Gaspar-Straße. Die Philippinen. Das chinesische Festland. Amoy.

Tscusan. Schanghai. Der Stille Ozean. Die Sandwich-Inseln. Die Van-Diemen-Straße. Die Jeddo-Bucht. Oahu. Tahiti. Und dort ... Valparaiso mit seinen vierzigtausend Einwohnern, wie ein Amphitheater an einem Berghang gelegen und, etwas, das zu hören Dr. Lund wehtut: ganz und gar ohne Vegetation. Nicht ein Garten. Nicht ein Baum. Doch dafür eine Unzahl von Kaleschen, Wiener Kutschen und von Ochsen gezogenen Arbeitskarren mit Kupferkies und Kupferbarren.

Dr. Lund sieht Brandt an, der kichert und wiedererkennend zu Reinhardts Beschreibung nickt. Hat er diesen und jenen getroffen? Sitzt der Redakteur der Zeitung, für die Brandt seinerzeit gearbeitet hat, noch immer im Gefängnis? Gibt es noch immer blutige Duelle im Hafenviertel? Aber jetzt kann Dr. Lund nicht länger darauf warten, daß die „Galathea" um Kap Horn und via Montevideo und Buenos-Aires direkt nach Rio de Janeiro segelt – dem vorletzten planmäßigen Stop der Korvette vor Kopenhagen. Wieder füllt sich seine Brust mit heftiger Wiedersehensfreude, als er Brasiliens bewachsene Berge, über denen die Gipfel von Gávea, Dois Irmãos und Corcovado als die höchsten Spitzen aufragen, von See aus erblickt. Er gleitet still an den kleinen Inseln Redonda, Rasa und genau östlich der Einfahrt nach Rio de Janeiro an den Inseln Pai und Mãe – Vater und Mutter – vorüber. Nun ist er innerhalb der Forts Santa Cruz und Lago, und dort ... dort erkennt er Botafogos weißen Strand mit den eleganten Landsitzen im Hintergrund und den Kaffeenegern in eiligem Trab unter den Palmen. Die Stadt hat nun fast zweihunderttausend Einwohner, und alles ist strahlender geworden, kaiserlicher, europäischer. Riedel sendet ihm die besten Grüße, auch vom Kaiser, der mit Bewunderung von seiner einsamen Arbeit in den Höhlen im Inneren seines unendlichen Reichs vernommen hat. Claussen! Nein, nicht *der Däne*, sondern sein Bruder, der Curvelo den Rücken gekehrt hat, ist tatsächlich derjenige, der Reinhardt hilft, Maultiere zu beschaffen, sie packt und ihm in jeder Weise gute Ratschläge für die weitere Reise nach Lagoa Santa mit auf den Weg gibt. Reinhardt verzichtet auf die Tropa, um stattdessen die Reise in eigener Regie durchzuführen, mit fünf Maultieren für insgesamt sechshundert Milreis, eine Summe, die Dr. Lund nicht im Traum bezahlen würde, um eine Reise in Brasilien um ein paar Wochen zu verkürzen (was ihm schon für sich genommen unbegreiflich ist), wie er auch nie eines speziellen „Präparators" bedurfte, in Reinhardts Fall einer der Matrosen der „Galathea", der kaum sonderlich viel Sinn dafür haben dürfte, wie man Vögel ausstopft und Fische und Schlangen in Ω-Form in Gläser einlegt. Er kann verstehen, daß der Befehlshaber der Korvette, Kammerherr Steen Bille, auch nur widerwillig zustimmte, einen seiner Männer mit nach Lagoa Santa zu schicken, und er tat es sicher nur, weil Reinhardt für seine absonderliche Disposition im voraus die höchstpersönliche Erlaubnis des Königs eingeholt hatte.

So ändern sich die Zeiten, und eine neue Jugend entwickelt andere Gewohnheiten. Doch Brasiliens Natur ist nach Reinhardts etwas verschwommener Beschreibung zu urteilen noch immer dieselbe. Serra d'Estrela und Serra dos Orgãos zeichnen sich mit ihren abgerundeten Gipfeln scharf gegen den Himmel ab, wie in einem Winkel von fast einhundertachtzig Grad gesehen, mit ihrem kräftigen, jungfräulichen Wald, wie der Schöpfer ihn gewollt hat, und wo Bäume, Büsche, Schlingpflanzen, Orchideen, Aroiden, Bromeliazeen und ananasartige Pflanzen um Platz kämpfen und in den Klüften im Schutz der baumartigen Farne unzählige Bäche sprudeln. Namentlich erfreut es Dr. Lund, die Melastomazeenbüsche und Lasiandras mit ihren großen, rosenroten oder purpurfarbigen fünfblättrigen Kronen wiederzusehen. Und der berühmte Feigenbaum in der Nähe von Petropolis, den er zwar selbst nie sah, doch den bereits Auguste de Saint-Hilaire im zweiten Jahrzehnt des Jahrhunderts mit Verwunderung beschrieb – vielleicht der einzige Baum, der das Diluvium überlebte – er steht noch da! Der junge Reinhardt hat es mit eigenen Augen gesehen! Und trotzdem muß er über die Strapazen klagen, während er zur gleichen Zeit ihn auffordert, sich auf die Reise zu begeben, nur in die entgegengesetzte Richtung, und er, Reinhardt, wird mit ihm durch dick und dünn gehen und ihn den ganzen Weg zurück nach Dänemark begleiten.

„In einem Monat?" Vielleicht! Wer weiß! „Auf jeden Fall *vor* der Regenzeit!" insistiert Reinhardt. Warum nicht? Vielleicht! Dr. Lund will gerade jetzt nicht über das Datum der Heimreise entscheiden, und er kann Brandt ansehen, daß er ihn versteht. Und wieder muß Reinhardt erzählen, jetzt über das letzte Stück des Wegs. Viele Leguas von Lagoa Santa entfernt fingen die Leute schon an, ihm von

O illustre sabio dinamarques mit dem Strohhut, der Brille und den unzähligen Kisten mit Knochen zu erzählen, und Dr. Lund ist erfreut, sich selbst wiedererkennen zu können. Er sitzt nun in seinem Lieblingsstuhl im Arbeitszimmer, und die Fensterläden sind gerade so weit geöffnet, daß er den Palmengarten sehen kann.

„Ja, da sind wir endlich in Lagoa Santa angekommen!" sagt er und zündet eine knisternd trockene Zigarre an. „Reinhardt! Sie haben mir den Appetit wiedergegeben!"

Gedankenverloren blickt er auf die letzten Knochen.

Da liegt die Stadt, vom Licht der späten Nachmittagssonne übergossen, mit den rotbraunen Ziegeldächern, die ihn an Südfrankreich erinnern, mit dem Blick auf den See, der ihn an den Furesee erinnert, und nun weiß er sogar eine ganze Menge mehr über die Fische, für die er sich nie richtig interessiert hat, doch von denen Reinhardt mit großer Sachkenntnis berichtet. Über zwanzig verschiedene Arten hat er in der kurzen Zeit, seit er hier ist, gezählt, und er vermutet, daß es mindestens noch einmal soviele gibt. Man grüßt sie in der Stadt, und Dr. Lund ist froh darüber, daß keine Negerjungen hinter ihm herrufen, nun wo er Besuch aus Dänemark bekommen hat. So wenig bedarf es offenbar. Jeden Nachmittag ein Spaziergang von einer Stunde durch Lagoa Santa auf und ab, und das Gerede über ihn hört auf – fühlt er.

Dort liegt die Kirche mit ihren drei kleinen, gefängnisartigen Fenstern ganz oben unter dem roten, moosbewachsenen Dach, und die Zikaden singen in den goldenen Grasbüscheln an ihren warmen Mauern wie nie zuvor. Ein junges Paar kommt aus der Kirche, Hand in Hand, und sie lächeln ihm freundlich zu, offenbar mächtig beeindruckt von Reinhardts Backenbart, seiner eleganten Kleidung und seinen zwei Ringen, einem an jedem kleinen Finger, die vor Karat blitzen. Der Pfarrer ist plötzlich gesprächig, als er durch eine Hintertür aus der Kirche tritt, von Kopf bis Fuß in Staubschwarz, aber mit einem selbstgenähten, löcherigen Strohhut, der ihn aussehen läßt, als sei er imstande zu vergessen, daß das Leben etwas anderes ist als Latein. Und er bestellt sogar Grüße von dem alten Pfarrer, der nun Rektor des Colegio Duval in São João d'El Rei ist und den ältesten Schülern dort mit Bewunderung von dem Doktor hier im Ort erzählt, der durch sein Beispiel den Brasilianern zeigt, was Wissen und Fleiß vermögen.

Alles duftet kräftig und schwer und kündigt von der herannahenden Regenzeit, und jeder Vogel erkennt Dr. Lund, während Reinhardt fortfährt, von seinen Fischen zu erzählen. Und zum See hinunter sind neue Häuser gebaut worden – über zweitausend Einwohner hat Lagoa Santa jetzt, Sklaven, Freigelassene und Weiße. Es sind auch mehr Händler in die Stadt gezogen, und sie wirken, als könne man ihnen vertrauen, allen voran ein junger, kultivierter Franzose, Monsieur Foulon. Er bietet Dr. Lund an, ihm behilflich zu sein, falls er sein Geld anzulegen wünscht, und er wird ohne Schwierigkeiten die neuesten wissenschaftlichen Meßinstrumente aus der Schweizersiedlung Nova Friburgo ordern können, wo er über mehrere gute Kontakte verfügt.

Alles trägt dazu bei, Dr. Lund in eine bessere Stimmung zu versetzen. Es ist, als träte er langsam, langsam aus einem dunklen Tunnel heraus, den er unmöglich beschreiben kann, und am allerwenigsten sich selbst. Aber warum auch? Der Name Nova Friburgo läßt ihn klarer sehen. Der Gruß des ehemaligen Pfarrers schärft sein Gehör. Und die Gespräche mit Reinhardt erfreuen ihn, weil er ohne Mühen in der Lage ist, sich auf den neuesten Stand der wissenschaftlichen Entwicklung in Kopenhagen zu bringen. Eine Naturhistorische Vereinigung ist gegründet worden, und sie blüht. Er hatte zwar in verstreuten Bemerkungen in Briefen davon gehört, aber jetzt sieht er, wie sie sich im Auktionssaal der Börse treffen, häufig sonntags (eine Spitze gegen Mynster?), und nicht nur die Naturforscher, sondern auch verschiedene von Kopenhagens vornehmsten Damen und ein Philologe wie Madvig, ein Philosoph wie Sibbern, ein Rechtsgelehrter wie Kolderup-Rosenvinge – sämtlich Namen, mit denen er einst in Bakkehuset flüchtig bekannt wurde. Es scheint, als ob die Naturwissenschaft endlich ein Teil der Allgemeinbildung geworden sei. Der Botanische Garten gedeiht, aber das Kgl. Naturhistorische Museum ist immer noch so klein, daß angebaut werden muß, wenn Platz für die Knochensammlung geschaffen werden soll. Zum Glück ist der König der Sache zugetan.

Die Streitigkeiten unter den jüngeren Forschern schreibt Dr. Lund ausschließlich der wachsenden demokratischen Opposition zu, die ihre Drachensaat schon in Paris und Berlin gesät hat und jetzt auch wieder in Brasilien, diesmal in Pernambuco sät: „Reinhardt! Eine freie Verfassung kann nur böse Folgen haben! Wir werden alle enden wie *Mother Karey's chickens*, und ohne eine Korvette, die uns aufsammelt!"

„Dr. Lund ...!"

„Ich *sage* es nur!"

Er will sich auf keine weitere Diskussion einlassen. Zu viele Worte machen ihn wieder müde – wenn er selbst sie sagen soll. So bittet er Reinhardt, ob sie nicht umkehren können zum Haus, wo Brandt sicher inzwischen das Essen fertig hat – Makkaroni, Grütze und abgekochtes Wasser. Und Kokosmilch für den Gast!

Aber er sieht, er riecht, er hört. Und alles hat Farben.

„Von einem solchen Ort Abschied zu nehmen!" sagt Reinhardt und hält ein, greift sich an die Brust und blickt träumend über den See, läßt sich aber schon kurz darauf von einer schönen Negerin ablenken, die mit einem Krug mit indianischer Ornamentik auf dem Kopf die Straße von der Stadt herunterkommt und ihm mit weitgehend intakten Zähnen zulächelt.

Der Seemann ist eifrig damit beschäftigt, zu präparieren, als sie am nächsten Tag in die Venda kommen. An seiner Seite sitzt die Negerin, auf die Reinhardt während des Essens mehrfach zu sprechen kam, und reicht ihm Baumwolle, Sägemehl, Draht, Nadeln in allen Größen von den kleinen mit Kupferspitzen bis zu den kräftigen und sichelförmigen und denen mit Widerhaken. Vor der Venda steht wieder eine Anzahl von Kisten mit Knochen und wartet auf den Abgang der Tropa. Nur Knochen, die einen Erinnerungswert haben, will Dr. Lund behalten: ein Keilbein aus der Maquiné-Höhle, einen Unterkiefer aus Sumidouro, ein Schienbein aus der Lapa da Cerca Grande, einen Eckzahn vom Säbeltiger und vier Schädel. Brandt hat angefangen, auf eine Weise zu flöten, die Dr. Lund nicht umhin kann zu belächeln, weil er weiß, wie viele Jahre der Norweger davon geträumt hat, die Knochen aus dem Haus zu bekommen, damit er es anstreichen und mit ganz neuen Möbeln, in die er sich in Sabará verliebt hat, einrichten kann. Und während sie in der Venda sitzen und dem Seemann zuschauen, fragt sich Dr. Lund, was in

Brandt eigentlich vorgeht. Möchte er mit ihm nach Europa zurückkehren, oder läßt sein Flöten darauf schließen, daß er vorhat zu bleiben? Es bleibt ihm überlassen, und falls er bleibt, wird Dr. Lund veranlassen, daß Henrik Ferdinand ihm eine jährliche Rente sendet.

Der Vendainhaber ist begeistert und serviert ihnen Kanne auf Kanne von *cha de pedestre* und kleine Kuchen dazu, Käse und dicke Marmelade, die aus Blumen aus dem Garten hinter dem Haus gemacht ist. Immer mehr Leute aus dem Ort kommen in die Venda, um diese Gesellschaft von Europäern zu betrachten, vor allem den Seemann, der sie die ganze Zeit laut zum Lachen bringt, indem er mit Zunge und Gaumen merkwürdige Laute produziert und sich voller Stolz an die Brust schlägt, wenn er wieder einen neuen Vogel ausgestopft hat. Dr. Lund sitzt genau neben ihm und muß zugeben, daß er sein Handwerk versteht. Da stehen sie in Reih und Glied, Vögel in allen Größen und allen Farben, neben Gläsern mit Fischen, mit denen die Negerjungen in die Venda gelaufen kommen, nachdem Reinhardt sie zum See hinuntergeschickt hat. Selbst will Dr. Lund nie wieder einen Vogel ausstopfen, das Versprechen, in seinem Haus kein Blut mehr sehen zu wollen, das er sich selbst gegeben hat, gedenkt er zu halten, und mehrmals gibt es ihm einen schmerzlichen Stich, wenn ein Vogel, den Reinhardt am gleichen Morgen geschossen hat, plötzlich den Schwanz bewegt oder unversehens mit den Augen blinkt.

Aber den Seemann kann er leiden. Sein Nacken ist glühend rot, seine Nase pellt sich, und große, dunkelbraune Augenbrauen hängen wie Quaste über seine blauen und fröhlichen Augen. Dann und wann bricht er in Gesang aus: die Moritat von dem Seemann und den drei arabischen Prinzessinnen oder von der Mutter, die nach dreißig Jahren plötzlich ihren Sohn wiedersieht, oder von dem verlorenen napoleonischen Spanier auf Fünen, und nach vollendetem Vortrag zwinkert er Dr. Lund zu und drückt die Negerin so herzhaft an sich, daß Reinhardts wohlfrisierter Backenbart zu beben beginnt:

„Na, *das* kannten Sie auch nicht, Doktor?"

So vergeht fast der ganze September. Neue Kisten mit Reinhardts Ausbeute türmen sich über den Kisten mit Knochen, und Reinhardt kann stundenlang über den Fischen sitzen, die die Negerjungen ihm bringen, und die Sertanejos und Caboclos sehen neugierig zu, als verberge sich Goldstaub unter den Schuppen, die Reinhardt einzeln zählt. Das Monokel fest vor das rechte Auge geklemmt und die Hemdärmel kunstgerecht bis eben unter die Ellenbogen aufgekrempelt, und jeden Tag in einem frischen Hemd, untersucht Reinhardt mit einer Pinzette jeden einzelnen Fisch, bevor er ihn über die Schulter dem Seemann reicht, der ihn einlegt und das Glas versiegelt. Und nun hat er endlich herausgefunden, wo Cuvier sich geirrt hat! Die Frage hat ihn lange beschäftigt, und er bittet Dr. Lund, der über seiner Tasse Tee eingenickt ist, näherzurücken.

Dr. Lund weiß, daß es nutzlos ist, weil er nicht mehr in der Lage ist, Details zu erkennen, doch um Reinhardt eine Freude zu machen, folgt er seinem Wunsch und tut als sähe er zu, während Reinhardt mit leicht erregter Stimme darlegt, daß der aus dem São Francisco-Fluß stammende *Lepipterus francisci* in jeder Hinsicht mit dem von Agassiz beschriebenen *Pachyurus squamipennis* übereinstimmt – also im Gegensatz zu dem, was Cuvier meinte und lehrte! Findet man nicht bei beiden die gleiche kolossale Stachelreihe in der Afterflosse? Ist nicht bei beiden der Rand der vorderen Kiemenklappe bis in die unterste Ecke mit kleinen Dornen bewaffnet? Eine genaue Untersuchung der alten Exemplare in Paris und München wird dem Baron kaum Ehre bringen!

„Nun wissen wir *das*, Doktor!" läßt der Seemann sich mit einem Grinsen vernehmen.

Reinhardt stöhnt, und plötzlich kann er sich nicht mehr beherrschen: „Ihre Manieren, Poulsen! Ihre Manieren, ich muß doch bitten!"

Am nächsten Tag ist der Seemann verschwunden. Sie warten eine Stunde, sie warten zwei – noch immer zeigt er sich nicht, und in der Pension hat man ihn seit dem frühen Morgen nicht gesehen. Auch bei der Negerin, einer Sklavin mit der Goldkette um den Knöchel als Zeichen dessen, daß sie gerade freigelassen worden ist, die jetzt als Hausmädchen bei einem Fazendabesitzer und seiner alten Mutter dient, hat man ihn nicht gesehen – und was schlimmer ist: sie auch nicht. Einige meinen, sie auf dem Weg um den See gesehen zu haben, auf Maultieren. Andere und glaubwürdigere Zeugen, darunter ein soeben angekommender Caboclo, meinen, sie in vollem

Galopp auf einem Pferd auf dem Weg in Richtung Diamantina gesehen zu haben, er vorn und in einer sonderbaren Sprache singend, sie dahinter sich an ihn klammernd. Reinhardt will ihnen umgehend einen Boten nachreiten lassen. Hier handelt es sich um glatte Desertion, die Steen Bille rapportiert werden muß, wenn der Entlaufene nicht wieder auftaucht.

„Polizei! Es muß doch *Polizei* in der Nähe sein!" fragt Reinhardt, während er seinen Backenbart quer über die verschwitzten Wangen glattstreicht und von einem zum anderen blickt, aber keine andere Antwort erhält als ratloses Kopfschütteln. Der Inhaber der Venda schenkt ihm ein Glas Limonade ein, das er irritiert zu Brandt hinüberschiebt. Auch Dr. Lund kann ihm nicht helfen. Er beteiligt sich nur wenig an der ganzen Aufregung, hört mit einem Ohr, sieht mit einem Auge, doch dafür merkt er, wie plötzlich ein Schatten auf ihn fällt. Er blickt auf, und plötzlich reitet er auf seinem Maultier von Lagoa Santa fort, fällt, liegt stundenlang und schmort in der Sonne, und alles in ihm ist zerschlagen. Dann ist der Schatten über ihm, und bevor er aufgehoben und vorsichtig auf das Zuckerrohr gebettet wird, nimmt er ein Gesicht mit einer breiten Nase wahr, Lippen, die von der Sonne von Jahrzehnten gesprungen sind, und Augen, die nichts ausdrücken. Jetzt sieht er das Gesicht wieder. Dann bewegt sich der Schatten von ihm weg und der Medizinmann tritt an die Theke, um ein paar Flaschen Zuckerrohrbranntwein zu kaufen für die Sklaven, wenn sie in ein paar Stunden wieder unten bei seiner Hütte tanzen wollen, wo all die Schädel in den Büschen hängen oder in Mustern in seinem verdorrten Stück Garten ausgelegt sind.

Reinhardt will nicht mehr von dem Seemann reden. Stattdessen erzählt er, während Dr. Lund wieder im Bett liegt und Brandt das Geschirr spült, von einem bestimmten Fisch, dem seine ganz besondere Zuneigung gehört. Sein Unterkiefer ist länger als der Oberkiefer und springt vor, wenn der Mund sich schließt. Seine Farbe ist silberweiß mit einem gräulichen Schimmer über dem Rücken, von dem sich einige unbedeutende dunkle Bänder schräg zur Seitenlinie hinabziehen, und ... hört Dr. Lund *zu?* ... an der Längsseite bis zur Schwanzflosse zählt er bis zu einhundertdreiunddreißig Schuppen. Wenn der Herr Doktor gestattet, wird er, Reinhardt, den Fisch nach dem Lieblingsschüler seines Vaters benennen: *Pachyurus lundii!* Kann das den Doktor nicht bewegen, bald die Entscheidung über das Datum der Heimreise zu fällen? Bald wird der Regen wieder strömen …

Dr. Lund hört nicht zu. Vom Hochland her hört er draußen den Caipor heulen, und er fällt in den Schlaf einer langen, ruhigen Nacht.

12

Und die Jahre vergehen.

Die Knochen liegen unberührt in ihren Kisten hoch oben unter dem Dach in Christiansborg, und es gibt keine Anzeichen dafür, daß die Sammlung nun, nach dem Tod Christians VIII., noch aufgestellt wird. Der neue König hat an anderes zu denken als das Wohl der Naturwissenschaften, und selbst aus den drei Lagerräumen wird die Sammlung – aus welchen Gründen, ist unklar – entfernt, um schließlich in unzugänglichen Kellern in Kopenhagen zu enden, die ebenso feucht und dunkel sind wie die Höhlen, aus denen sie stammt. Eins hängt vom anderen ab, und im *Jornal do Comércio*, der größten Zeitung in Minas Gerais, liest Dr. Lund, nun Titularprofessor im Rang der fünften Klasse, mit seiner neuen, kostbaren Brille sorgfältig alle Notizen über den dreijährigen Krieg zwischen Dänemark und den rebellischen Herzogtümern, und erfährt gleichzeitig in Briefen von Henrik Ferdinand und Christian von dem neuen Wahlgesetz, das – worin er den Brüdern nur Recht geben kann „entsetzlich" ist.

Auch in Brasilien wird sicher bald die Demokratie eingeführt werden, auch wenn der Aufstand in Pernambuco niedergeschlagen worden ist. Aber Dom Pedro Segundo hat sich mit seinem Beschluß, die Ernennung der Minister dem Konseilpräsidenten zu überlassen, den liberalen Kräften beugen müssen. Frankreich hat sich wieder in eines seiner unseligen revolutionären Abenteuer gestürzt, und für die Art und Weise, wie in Deutschland die Generation der Neudeutschen danach strebt, das Land zu einen, kann Dr. Lund sich ebenso wenig erwärmen wie für das „Dänemark bis zur Elbe" der Phantasten in seiner Heimat. Er liebt Holstein als einen Landstrich, wenn er auch mit dem Lohbeck der Mutter als Ausgangspunkt seine Natur nie wirklich erkundet hat. Er liebt Seeland als einen Landstrich, wenn er an Dänemark zurückdenkt, die Seen, die Wälder, die Strände – doch warum aufspalten und wieder neu zusammensetzen, mit emsigen Linealen in der Hand, in ganz anderer Weise, als der

Schöpfer es sich gedacht hat? Können Bäume *abstimmen?* Können die Vögel *Grenzen* ziehen? Wann ist ein Mäusenest neudeutsch und wann ist es gesamtstaatlich dänisch? Und warum alles niederbrennen, bald auch die Natur, im Namen der Gleichheit? Ist der Löwe nicht Löwe, das Lamm nicht Lamm? Streit, Streit! Er macht den Menschen glücklich, da fühlt er sich im Pakt mit ... was? Seinen innersten Instinkten? Dem Willen zur Macht? Dem Weltgeist? Aber welchem? Dem des Schöpfers oder dem der Politik?

„Der Weltgeist, Dr. Lund, ist Herr über die Capricen der Reaktion“, belehrt der Neudeutsche Burmeister ihn.

Burmeister hatte seine Ankunft ein Jahr zuvor angekündigt, durch Riedel darüber ins Bild gesetzt, daß Dr. Lund keine ungeladenen Gäste empfängt. Er ist ein Forscher der neuen Generation, dem Dr. Lund anfänglich gern zuhört, nach Lagoa Santa gekommen, um dem berühmten dänischen Forscher ein ganzes Kapitel in seiner geplanten *Reise nach Brasilien* zu widmen. Nie hat Dr. Lund einem Menschen zugehört, der so viele Zahlen auswendig kann, und während er sich unaufhörlich mit seinen polierten Nägeln an die goldgefaßte Emaille seiner Vorderzähne schlägt, erzählt Burmeister, ein wenig übergewichtig, mit tiefliegenden Augen und außerstande, seine Beine ruhig zu halten, so daß es wirkt, als ginge er, selbst wenn er sitzt, alles über komparative Statistik, Punktstatistik, allgemeine Statistik und die verfeinerte Form von Statistik, die darin besteht, Statistik über die Statistik zu treiben. Dem Neudeutschen zufolge ist *die Statistik* die überragende Wissenschaft der neuen Zeit, voller ungeahnter Möglichkeiten, wenn man sich ihr verschreibt. Mit ihrer Hilfe kann man nicht nur messen, ausrechnen, zusammenziehen, sondern auch *vorhersehen.* Bis zurück in die Römerzeit wird man Zahlenwerte finden, die, auf die richtige Weise dechiffriert, Aussagen darüber machen können, wieviel Einwohner eine Stadt wie Berlin im Jahre 1937 haben wird. Reine, schiere Vernunft. Wissenschaft.

Es amüsiert Dr. Lund zuzuhören, selbst wenn es ihm schwerfällt, Burmeisters Überzeugung von der überwältigenden Bedeutung der Zahlen zu teilen, aber zumindest bleibt er so lange davor verschont, über Politik zu reden. Die Anzahl der Kaffeesäcke in Rio de Janeiro, wieviele Barrels Genever Holland zwischen 1840 und 1850 nach

Brasilien exportiert hat, das Verhältnis von Weißen, Freigelassenen, Sklaven, Männern, Frauen und Kindern selbst im kleinsten Viertel von Rio de Janeiro, und auf wieviele Fische im Amazonas man schließen kann, wenn man die Wassertiefe mißt und sie mit der Anzahl der Wellen pro Stunde malnimmt – die Statistik wird es zeigen. Die Statistik hat die Antwort. Aber da fangen Burmeisters Beine buchstäblich zu laufen an, so daß er aufstehen und vor Dr. Lund, der in einem neuen Gartenstuhl sitzt, den Brandt ihm geschreinert hat, auf und ab gehen muß. Jetzt ist Burmeister bei der Politik.

Und hier zeigt die Statistik, daß die Rassen und Nationen dazu verurteilt sind, einander zu bekämpfen, daß ein gesammeltes Deutschland, inklusive Holstein, eine Weltmission von ganz spezifischer Art hat, und daß Statistik vereint mit *Soziologie* vereint mit *Kraniologie* (einer Wissenschaft, in der die Franzosen dank der berühmten *instruments craniometriques* des Monsieur Maurice Maurice leider die Führung übernommen haben) zu der notwendigen Eliminierung minderwertiger Rassen führen können wird. Nicht zuletzt die Neger in Brasilien sind zum sicheren Untergang verurteilt, und mit einer bemerkenswerten Erregung und einem physischen Widerwillen, die ihn alles um sich her vergessen, die Augen nach innen kehren und alle Nervenspitzen in seinen Wangen zittern lassen, spricht der Neudeutsche von den Schwarzen, denen er in einer viertel Sekunde ansieht, wo sie herkommen – aus Angola, Guinea, oder dem Congo. Die Nase, und es ist Angola. Das Haar, wenn man den krausen Teppich so nennen kann, und es ist Guinea. Und Congo – das sind die Schlimmsten. Ihr Geruch. Ihre unterentwickelten Gehirne, halb Gorilla, halb Reptil, und lediglich gewisse Steuerzentren mit dem Menschen gemeinsam. Er hat die Seiten über die Neger in Rio de Janeiro schon geschrieben, falls Dr. Lund Lust hat zu hören. Oder selbst zu lesen. Oder vielleicht für späteren Gebrauch und Einfügung in sein wissenschaftliches Archiv abschreiben zu lassen.

Dr. Lund sagt ja zu letzterem, plötzlich müde nach einigen Monaten, in denen er den größten Teil des Tages auf gewesen ist und sogar im Garten mitgeholfen hat, Unkraut zu jäten, bestimmt hat, wo neue Kletterpflanzen an der Mauer hochwachsen, neue Teebüsche gepflanzt und neue Beete in Stufen zum See hinunter angelegt werden sollen, mit großen Steinen als Schutz gegen den Regen – bereit, die Rosen aufzunehmen, die Monsieur Foulon ihm aus Nova Friburgo zu beschaffen versprochen hat. Nun ist die Luft voll von störenden Wörtern, und es summt in seinem Kopf, während er darüber spekuliert, ob Burmeister ein wahrer Ausdruck des neuen Deutschlands ist, das also Holstein umfassen soll, oder nur ein etwas übereifriger Debütant in der Wissenschaft, der Anleihen bei der Phantasie und der Politik machen muß.

Direkt zornig wird er indessen, als Burmeister in bodenloser Arroganz Gott und jeglicher Form von Glauben abschwört. Gott ist tot, ist es immer gewesen, mag er nun Kuni-Tsu-Kami, Zeus oder Jehova heißen, er gehört zur *Re*aktion, ist ein von Königen und Kaisern erfundenes Opium fürs Volk, und ginge es nach Burmeister, würden alle Kirchen Deutschlands, katholische wie evangelische, schon morgen umgetauft in Tempel der Vernunft, wie Robespierre es seinerzeit mit den französischen gemacht hat. *Tempel der Vernunft!* Hier muß Dr. Lund lautstark protestieren, dergleichen wünscht er in seinem Garten nicht zu hören, wie frei von der Kirche er sich auch betrachtet – und Burmeister verkneift sich weitere Worte, entschuldigt sich förmlich und zappelt mit den Beinen.

Kurz nach dem Besuch des Neudeutschen, der damit endete, daß er sich auf dem Weg nach Congonhas das Bein brach und dort mehrere Wochen lang das Bett hüten mußte, dem Vernehmen nach in einem Zustand konstanter Raserei, erhält Dr. Lund von einer englischen humanitären Organisation in Rio de Janeiro die Aufforderung, eine Beschreibung der Situation der Sklaven abzugeben, und hier hat er nichts dagegen, sich einzumischen in etwas, das wohl als Politik betrachtet werden kann, aber nichts mit der Abdankung des Kaisers, mit Pöbelherrschaft in den größeren Städten, abgebrannten Gütern, willkürlichen Hinrichtungen und all dem übrigen aus jenem Europa zu tun hat, das nicht gerade danach aussieht, darin muß er Brandt mehr und mehr Recht geben, als entwickelte es sich zu dem erstrebenswertesten Aufenthaltsort.

Siebzehn präzise Fragen sind ihm zur Beantwortung gesandt worden, und froh, wieder selbst eine Feder führen zu können, schreibt Dr. Lund dem Vorsitzenden der Organisation: *daß* die

Sklaven von Sonnenaufgang bis Sonnenuntergang und häufig länger arbeiten, *daß* ihre Nahrung ausschließlich aus Gemüse und Früchten besteht: Reis, Bohnen, Mais, Mandioca, Süßkartoffeln, Kohl, Bananen und Apfelsinen, dreimal am Tag serviert und nur mit Salz gewürzt, *daß* der Sklavenhalter sie nur mit Arbeitskleidung, Hemd und Leinenhose versieht, während sie ihre Sonntagskleidung selbst nähen müssen, *daß* ihre religiöse Erziehung und Unterweisung ausschließlich darin besteht, daß sie ein paar Gebete auswendig lernen und irgendwelche leeren Zeremonien nachäffen sollen, *daß* Bestrafungen im allgemeinen durch Peitschenhiebe erfolgen – allerdings gewisse nachgiebige Gesetze existieren, die sie vor allzu großer Grausamkeit schützen sollen, *daß* sie weniger Kinder als die freigelassenen Sklaven und die Weißen haben, *daß* sie diese mit großer Zärtlichkeit behandeln, *daß* sie weit mehr Krankheiten haben als die Weißen, *daß* ihre Krankheiten überwiegend *sarna*, Pocken, Scharlach, Masern und Dysenterie sind, *daß* die Sklavinnen froh sind, wenn ihre Kinder sterben, weil sie diese dann nicht als Sklaven aufwachsen sehen müssen, und daß daran nichts Tadelnswertes ist, wenn man die hoffnungslosen Lebensbedingungen der Sklaven bedenkt, *daß* Brasiliens Gesetze verbieten, ihnen öffentlichen Schulunterricht zu erteilen, aber nicht privaten, *daß* die meisten Brasilianer der Aufhebung der Sklaverei als etwas Positivem entgegensehen, aber Schwierigkeiten haben zu sehen, was sie ersetzen könnte, um die Ökonomie des Landes aufrechtzuerhalten, *daß* der Sklavenhandel solange weitergehen wird, bis man etwas gefunden hat, das das Übel ersetzt, *daß* sie sehr arm sind, sich aber nicht um das Morgen sorgen, *daß* die freigelassenen Sklaven sich keine bessere Kleidung leisten können als die Sklaven, und schließlich, *daß* die Engländer in der Goldminenkompanie Moro-velho die Sklaven besser behandeln, als es in den Goldminen der Fall ist, die in brasilianischen Händen sind.

Aus irgendeinem Grund wünscht der Vorsitzende der humanitären Organisation in einem persönlichen P.s., alles über das Brechmittel Ipecacuanha zu erfahren, und Dr. Lund ist in der Lage, ihn aufzuklären, daß es aus der Pflanze *Cephalis ipecacuanha*, die überall in den Urwäldern wächst, besteht, der Pflanzen aus den Campos-Regionen beigemischt werden – die sie in gewissen Fällen ersetzen –, darunter *Polygata poyaya, Jonidium ipecacuanha* und *Ricardonia alba, rosa & scabra.*

Jeden Vormittag arbeitet Dr. Lund einige Stunden im Garten, während Brandt ein Stück vom Ufer entfernt ein Lusthäuschen auf Pfählen zimmert. Jede einzelne Pflanze muß individuell behandelt werden. Jeder Busch muß in seiner eigenen Weise beschnitten werden, und schneidet Dr. Lund aus Versehen einen frischen Zweig oder auch nur ein Blatt ab, das noch nicht verwelkt ist, pflanzt sich der Schmerz des Busches durch seine Arme fort, so daß er lange Zeit ganz still stehen muß, bis der Busch wieder atmen und sich der Sonne entgegenstrecken kann. Die Pfade harkt er sorgfältig, und zwar so, daß die Steinchen, die am kristallhaltigsten sind, so liegen bleiben, wie sie es selber am besten finden. Dann geht er, vorsichtig Schritt für Schritt, zum Haus hinauf. Hinter einem mit Kletterrosen bewachsenen Schirm zieht er sich um, nachdem er genau zwanzig Minuten lang sein tägliches „Luftbad" genommen hat. Seine Haut wird vom Sauerstoff, der Sonne und der ganz leichten Brise, die ihre Nahrung aus dem heilkräftigen Wasser des Sees zieht, gereinigt.

Auf einem Stein liegt seine Brille in einem bestimmten Winkel zur Sonne, so daß sie die gleiche Temperatur behält, die sie hatte, als er sie abnahm. Nur ein Grad weniger, und ein Zucken durchfährt ihn, und er ist wieder für mehrere Tage ans Bett gefesselt. Dann betritt er das Haus, doch auch hier muß er seine Vorsichtsmaßnahmen beachten und jeden Schritt in aller Ruhe tun. Dreiunddreißig Minuten, nachdem die Sonne senkrecht am Himmel gestanden und die Siestahitze sich über Lagoa Santa gelegt hat, hat das Haus endlich die gleiche Temperatur, wie sie im Garten herrscht, wo er gearbeitet hat, und er kann ganz eintreten. Brandt kommt von seinem Bau, und gemeinsam essen sie zu Mittag. Dr. Lund hat herausgefunden, daß die Kombination von Flüssigkeit auf dem Weg hinab durch seine Speiseröhre und dem Klang gesprochener Wörter ihm nicht bekommt, und deshalb verbietet er Brandt, zu ihm zu sprechen, wenn er entweder aus einem Glas Tee oder aus einer Tasse von dem Kaffee trinkt, den er immer lieber mag, gut gezuckert und mit viel Milch.

Brandt ist sechzig geworden, und unerwartet bekommt er Besuch von seinem ältesten Sohn, der aus New York gekommen ist, wo er in Geschäften für die Handelsfirma tätig war, die er inzwischen in Bergen besitzt, und die so glänzend geht, daß Dr. Lund sogar damit rechnen kann, die tausend Speziestaler zurückzubekommen, die er Brandt seinerzeit geliehen hat, damit der Sohn ordentlich in Gang kommen sollte. Groß und flachsblond, ständig ein helles und anstekkendes Lachen lachend, gut gekleidet, ohne stutzerhaft zu sein, athletisch und imstande, den Vater hochzuheben und vor Wiedersehensfreude viermal im Kreis durch die Luft zu schwingen, detailliert über alles und alle berichtend, begeisterter von Brasiliens Volksleben als von seiner entweder gerodeten oder grünen Hölle an Natur, schafft Brandt junior in dem kleinen Haus in Lagoa Santa eine ganz neue Atmosphäre. Alle in der Stadt mögen ihn, viele bringen ihm Geschenke in Form von Halbedelsteinen und Steinen mit Goldglimmer, geschnitzte Puppen, Gürteltiere aus Speckstein und kleine bestickte Säckchen mit magischem Pulver, das ihn vor bösen Geistern schützt. In wenigen Wochen ist sein Vater, dessen Haarzotteln längst grau geworden sind, und der nun auch Ärger mit den Zähnen hat, um mindestens fünf Jahre jünger geworden und knickt nicht mehr in den Knien ein.

Mit Hilfe des Sohnes wird das Seehaus binnen weniger Wochen fertig, gezimmert wie ein veritables norwegisches Wikingerhaus und mit einem kunstvoll aus Jacarandaholz geschnitzten feuerspeienden Wikingerdrachen, der vom Dach über den See zur Serra da Piedade schaut. Dr. Lund ist beeindruckt von dem Haus; endlich hat Brandt es so bekommen, daß er sich wohlfühlt mit der Staffelei mitten im Zimmer und den Farbtöpfen in wildem Durcheinander, in dem nur ein Künstler sich zurechtfinden kann — und ohne auch nur den geringsten Splitter eines Knochens. Es ist Brandt sogar ein ausgemachtes Vergnügen, Dr. Lund nun zum Mittagessen *einladen* zu können, und um die Freude noch zu steigern, läßt er ein paarmal die Einladungen eine Woche vor dem Tag herausgehen, an dem er seine Festmahlzeiten zubereitet: gebratenen Fisch, Mus von süßen Kartoffeln, eine Unmenge von Kräutern und Bourgogne dazu, den der Sohn kistenweise mitgebracht hat. Dr. Lund hält sich ausschließlich an seinen Brei, Makkaroni, das Brot, die Eier und den Käse, alles durch den Palmengarten heruntergetragen und zum Seehaus gestakt von dem neuen Sklaven, den Brandt gekauft und darin unterwiesen hat, das Essen für den Doktor zuzubereiten.

Doch der Duft belebt ihn, es ist fast wie Südfrankreich, und nur, um Brandt nicht daran zu hindern, sich in einem ununterbrochenen Wortstrom mit seinem Sohn zu unterhalten, verzichtet er zu Brandts Erleichterung darauf, überhaupt etwas zu trinken, während er die Bücher und illustrierten Zeitungen betrachtet, die Brandts Sohn aus Europa und aus New York mitgebracht hat, u.a. mit einem Artikel von Honoré de Balzac, der in *Entre Savants* und *Guideâne a l'usage des animaux qui veulent parvenir aux honneurs* die Naturforscher verspottet. Besonders auf Baron Cuvier, den er Cer ... Cercuea ... Cer*ceau* nennt, hat Balzac es abgesehen, wenn man aus den Worten schließen darf, die Dr. Lund trotz der neuen starken Brille nur mit Schwierigkeiten lesen kann ..., *A ... parquer les animaux ... dans ... les ... des ... di ... divisions absolues ...* Doch, Dr. Lund merkt die Absicht und legt den Artikel beiseite. Und lächelt dennoch. Und bleibt eine Stunde länger im Seehaus, als er vorgehabt hat, nun in bester Stimmung, weil Monsieur Foulon in der späten Nachmittagssonne drüben im Palmengarten auftaucht und mit etwas winkt, das wahrscheinlich ein nagelneues Barometer ist, und überhaupt, weil Brandt und er sich mit den meisten Familien in der Stadt immer besser stehen, die alle voll des Lobes sind über Brandts Seehaus, das so eingerichtet ist, daß er aus seiner Hängematte direkt ins Kanu steigen und abstoßen und auf den See hinausgleiten kann, um zu zeichnen und seine Aquarelle zu malen, die er inzwischen auch an die Fazendabesitzer verkauft. Als er von dem Sklaven zu ihnen herausgestakt worden ist, verspricht Monsieur Foulon sogar eine Ausstellung mit den besten Bildern des *Meisters*, und mit einer Anzeige im *Jornal do Comércio*.

Ebenso schnell, wie er gekommen ist, ist der Sohn wieder abgereist. Ein Tornado von nordischem Sommer und Draufgängertum hat sich zurückgezogen nach Rio de Janeiro, um in Kürze den Hardangerfjord zu erreichen, und wieder hält Dr. Lund sich ausschließlich in seinem eigenen Haus auf, wenn er nicht draußen ist, während Brandt mitten auf dem See sitzt – glücklicherweise nur so weit vom Ufer entfernt, daß der Sklave ihn rufen kann, wenn es nottut. Dr.

Lunds Augen sind jetzt so schwach geworden, daß er Bücher, Zeitungen und Briefe nur wenige Zentimeter vor die Augen halten muß, und nach einer weiteren Regenzeit gibt er es auf zu lesen, so daß Brandt, der lange Zeit nach der Abreise des Sohns von all den Neuerungen fabelte, die er in Gang setzen wollte, das eine Mal eine Palmölfabrik, dann wieder spezielle und handliche Herbarien für alle Schulkinder in Minas Gerais, ihm zwei Stunden vorlesen muß, eine vor dem Mittagsschlaf und eine gleich nach dem Abendessen.

Es interessiert Dr. Lund besonders, aus der Zeitung die letzten Neuigkeiten vom Kampf gegen den Pampas-Tiger zu hören – das Untier, den Verbrecher und Schänder, die personifizierte Furcht der Menschen, den Diktator Rosas, der jahrelang Brasiliens Wirtschaft geschädigt hat, indem er die südlichen Flüsse sperrte, sich die Macht über Uruguay, Paraguay und Argentinien aneignete und das spanische Vize-Königtum wiederherstellte, allerdings in einer grotesken, pervertierten Form, mit einem Heer ungepflegter Gewaltverbrecher. Nun hat Brasilien, unter Führung der ersten handlungskräftigen Regierung seit vielen Jahren, die in kürzester Zeit das verschlafene Defizit des Landes in einen energischen Überschuß verwandelt hat, vierzigtausend von General de Lima e Silvas Männern gegen das Ungeheuer entsendet, das größte Heer in Südamerika seit den Unabhängigkeitskriegen, und der Bandit ist in die Flucht gejagt, vernichtet. Und Pedro Dinamarquês, der nach einigen fürchterlichen Schwindelaffären und Auseinandersetzungen mit Fazendabesitzern in Curvelo mit seinen verbliebenen Brüdern oder Vettern und seiner Sklavengarde bei dem Pampas-Tiger in Sold gegangen war, kann nie wieder nach Brasilien zurückkehren. Es heißt, daß er, von *der Krankheit* in ihrem schlimmsten Stadium gepeinigt, als gebrochener Mann nach England gegangen sei.

In Kopenhagen sind die Knochen immer noch nicht aufgestellt. Aber die Wälle sollen geschleift und große Arbeiterviertel gebaut werden, im Takt mit dem Anwachsen der Industrie. Vielleicht ganz hinaus bis Vibens Hus und Rosenlund? Es gibt noch immer keine Lösung für das schleswig-holsteinische Problem, und viele sehen einen neuen Krieg kommen.

In England hat bald jede gebildete Familie eine große Sammlung von Konchylien, ausgestopften Tieren und naturhistorischen

Nachschlagewerken, und es ist üblich geworden, an die Küsten hinauszufahren, um Schalentiere zu suchen und in den Dünen zu botanisieren. Man spricht von *Aquarien* für den Hausgebrauch, und alle Arten von Vogelkäfigen werden teuer gehandelt. Jedes zweite Kind hat einen Globus.

In Brasilien wird endlich der Sklavenhandel aufgehoben. Es wird über neue gigantische Goldfunde getuschelt, vielleicht ist man nur wenige Leguas von Lagoa Santa entfernt auf die eigentliche Hauptader gestoßen. Aber das Wasser in Papa-farinha fließt nicht.

Die Jahre vergehen, und Dr. Lund ist *nicht* fett geworden.

Überall in seinem Haus liegen Fische in allen Größen, auf Packpapier, Palmenblättern, Pappstücken und Strohmatten. Präparierte Fische in versiegelten Gläsern stehen bereit, um mit der Tropa nach Rio de Janeiro zu gehen, und Schneckenhäuser und Reptilien aller Arten liegen auf den Regalen, wo früher die Knochen lagen.

Reinhardt ist wieder in Lagoa Santa, und es ist ihm noch immer nicht geglückt, in die Fußspuren seines Vaters als Direktor des Kgl. Naturhistorischen Museums zu treten. Das quält ihn. Man hat es auf ihn abgesehen in Kopenhagen, und er hat das Gefühl, als Sündenbock für irgend etwas ausersehen worden zu sein, aber er weiß nicht was. Aber in Lagoa Santa kann er ausspannen, und oft spricht er von Brasilien als *terra minha* – deren Sitten er freilich unentwegt kritisieren muß. Wenn er die Wahrheit sagen soll, dann liebt er Indien am meisten von allen Ländern – dort gibt es eine jahrtausendalte Kultur, und wäre er als Engländer geboren, würde er seine Arbeit dort ausführen. Dr. Lund hört sich seine Klagen an. Er versteht nicht richtig, was Reinhardt hier im Leben eigentlich sucht, es kommt ihm vor, als seien die Kräfte in ihm, die nach unten ziehen, stärker als sein Aufwärtsstreben, und irgend etwas in seinem Charakter macht ihn vollkommen ungeeignet für das Leben in den Tropen. Wenn die Sonne über dem See untergeht und er mit Fischen beladen vom Rio das Velhas zurückkehrt, kommt er zur Ruhe und träumt von „einem stillen, tätigen Leben im Dienst der Wissenschaft“. Aber kurz darauf wird er unruhig, und in der Stadt macht er keine glückliche Figur, weil er die Neigung hat, gewissen verheirateten Frauen auf eine „freisinnige“ Art und Weise den Hof zu machen, als glaube er, daß alles erlaubt sei. Und jetzt dieser Brief von Christian, der von Henrik Ferdinand, der von dem und dem Naturforscher, der es wieder von jemand anderm... gehört hat, daß er, Dr. Lund, *fett* geworden sei. Es kann nur Reinhardt sein, der solche Fehlinformationen ausstreut. Dr. Lund wird sich Reinhardt ernstlich vornehmen, wenn er vom Rio das Velhas zurückkehrt.

Da knallt ein Schuß, und Reinhardt kommt mit schweißtriefendem Backenbart zur Tür hereingelaufen. Er hat sich in viele Meter Angelschnur verwickelt und ist bis zu den Armen hoch voller Schuppen. Völlig außer sich versteckt er sich hinter der Tür zum Arbeitszimmer. Noch ein Schuß wird abgefeuert. Die Kugel geht knapp über das Dach. Dr. Lund verlangt, daß sofort alle Fenster heruntergenommen werden, weil es, allem Fortschritt zum Trotz, Monate dauern wird, neue Scheiben zu beschaffen, und der Gedanke an den Durchzug, der im Haus entstehen wird, wenn die Scheiben zerstört sind, läßt ihn schaudern. Wer hat den Aufruhr begonnen?

Von wo geht er aus? Sind es wieder die Liberalen, die sich erheben, oder ist es ein Sklavenaufstand? Reinhardt ist immer noch zu mitgenommen, um mit der Sprache herauszurücken. Aber er muß es wissen. Dann wird alles still, und erst beim Abendessen, als Brandt in der Küche wirkt, weil der Sklave den Brei anbrennen und die Makkaroni zerkochen läßt, erzählt Reinhardt, daß...

„... Man hat also auf Sie persönlich geschossen?" fragt Dr. Lund. Aus schierer Erregung trinkt er sein Wasser unversehens in drei Schlucken aus, ohne daran zu denken, daß Reinhardts Antwort Störungen in der Speiseröhre bewirken kann.

„So war es wohl", antwortet Reinhardt und sieht weg.

„Dies ist ein *katholisches* Land, Reinhardt!"

„Ich weiß, ich weiß!"

„Und ein *süd*amerikanisches Land!"

„Ich weiß!"

„Reinhardt?"

„Ja?"

„So etwas *tun* wir hier nicht!"

„Herrgott, es war doch nur ein Blick..."

„Ich sagte, so etwas *tun* wir hier nicht!"

Die Cholera hat sich Lagoa Santa bis auf sechzig-siebzig Leguas genähert. Sie hat sich von Rio de Janeiro nach Minas Gerais ausgebreitet, wo sie bis zu einem Drittel der Bevölkerung hinwegrafft. Am schlimmsten ist es in der Stadt Paraíba, wo täglich ein Dutzend Menschen sterben, unter ihnen sämtliche Tropeiros, die Waren und Post ins Herz der Provinz bringen sollten. Und Gerüchten zufolge ist in der Hauptstadt auch noch das Gelbfieber aufgetreten. Schon den dritten Monat hat Reinhardt deshalb seine Abreise aufschieben müssen, und vielleicht ist es das, was ihn aus der Fassung bringt, denkt Dr. Lund. Gleichzeitig läßt er jedoch keine Woche verstreichen, ohne auf all die Intrigen zurückzukommen, die ihm das Leben in Kopenhagen so unerträglich machen.

„Wenn man nur bleiben könnte", sagt er kurz danach. „Aber wir müssen ja bald an die Heimreise denken. Er heißt, die Cholera sei zum Stillstand gekommen..."

„*Wir?*"

„Ihre Brüder erwarten Sie noch immer sehnsüchtig, und ihre Kinder erst, erwachsene, junge Menschen, reden ständig von dem Tag, an dem sie Sie endlich sehen werden. Doch oh, wenn man nur bleiben könnte..."

„*Ihr* Platz ist in Kopenhagen!" antwortet Dr. Lund. „Und zwar bei den Knochen! Und eine Sache noch, Reinhardt..."

„Ja?"

„Ich bin nicht *fett* geworden! Rücken Sie selbst die Dinge zurecht, wenn Sie die Freundlichkeit haben wollen..."

Die Cholera ist tatsächlich ein paar Leguas hinter Paraíba zum Stillstand gekommen, und Reinhardt kann sich auf die Heimreise vorbereiten. Die letzten Wochen arbeitet er vom Morgen bis zum Abend, fleißig wie eine Ameise und ohne auf Kopenhagen oder sein Unglück zu sprechen zu kommen. Fisch auf Fisch wandert ins Glas, nachdem er sie beschrieben und ihre Schuppen gezählt hat, und von der Stadt hält er sich ganz fern, insbesondere von der Venda, wo er riskieren kann, daß der Klatsch aufflackert, wenn er sich nur zeigt. Glücklicherweise hört Dr. Lund auf einem seiner wöchentlichen Spaziergänge in der Stadt, daß „man", wer dies nun sein mag, dem dänischen Fischsammler mit dem schönen Backenbart vergeben habe, aber daß die Wärme es ja nun einmal an sich habe, unzivilisierte

Erregung hervorzurufen. Dr. Lund erwähnt dies gegenüber Reinhardt mit keinem Wort, weil er befürchtet, daß er seine Dummheit nur wiederholen würde, doch er hat angefangen, größere Sympathie für ihn zu empfinden, nachdem er gesehen hat, mit welchem Eifer er in seiner Arbeit aufgeht. Aufrichtig und sachlich begeistert ist er, wenn er von seinem neuen Lieblingsfisch spricht, einem kleinen Mall von nur fünfzig Millimetern, der in jeder Hinsicht außergewöhnlich ist, weil er sich in der Kiemenhöhle des großen Siluroid aufzuhalten scheint. Endlich findet Reinhardt den richtigen Namen für ihn, die Krone seiner Arbeit in Lagoa Santa – *Stegophilus insidiosus*.

„Ein sonderbarer Vertreter", sagt er leise. „Der Typ eines *ganz* neuen Geschlechts."

„Wie heißt er?" fragt Dr. Lund plötzlich.

„Wer?" Reinhardt blickt verwirrt zu Dr. Lund hinüber, der in der Ecke des Arbeitszimmers sitzt, noch immer mit dem Strohhut auf dem Kopf.

„Das Unglück hat immer eine Adresse, Reinhardt."

„Krøyer ... der Zoologe ..."

„Es kommt einem immer eine Stachelratte quer."

Dr. Lund erhebt sich und geht, um seinen Mittagsschlaf zu halten.

Es vergehen ein paar Jahre, und nun wird im Ernst geschossen.

Dr. Lund schafft es nicht einmal mehr, dem Sklaven Order zu geben, die Fenster zu retten, als die ersten Kugeln schon hindurchschlagen. Gerade sieht es danach aus, als sei Lagoa Santa im Begriff, eine der am meisten respektierten Städte in Minas Gerais zu werden, ein Umstand, den Brandt voller Stolz der Anwesenheit des Doktors zuschreibt, mit ständig wachsender Zahl von Neuankömmlingen, zuletzt ein französischer Kunstreiter mit Familie, der mit seinen weißen Pferden in Kopenhagen und in Kristiania war und nun auf dem Kirchplatz in seinem Zirkuszelt schon die zweite Woche Vorführungen gibt, als der berüchtigte, ausgebrochene Bandit aus Ouro Preto, Joaquim Domingos, genannt Veneno, sich mitten in einer Vorstellung im Zirkus einfindet, alle am Eingang festhält und kostenlosen Aufenthalt für mehrere Tage in der Stadt verlangt. Überall im Hochland schließen sich ihm Sklaven an, entlaufene wie freigelassene, und in kürzester Zeit hat Veneno den größten Teil der inneren Provinz unter seinem Kommando. In den Goldminen wird alles geraubt, und die Engländer, die sich zur Wehr setzen, werden unter den gigantischen, wassergetriebenen Stempeln des Hammerwerks zu einer blutigen Masse gestampft. In Sabará werden die Handelskompanien erneut niedergebrannt, und in Lagoa Santa muß Monsieur Foulon sein gesamtes Warenlager ausliefern, darunter ein von Dr. Lund bestelltes Aquarium, wenn er sich nicht bei lebendigem Leibe auf dem Kirchplatz häuten lassen will. Die schwarzen Urubus schweben am Himmel. Auch bei Dr. Lund kommt Besuch, ohne an die Tür zu klopfen. Sie wird eingetreten.

„Ihr Name und Ihr Anliegen!"

Der Schwarze antwortet nicht.

„Ihr *Name*, habe ich gefragt!"

Der Schwarze grinst.

Dr. Lund versperrt ihm den Weg, und aus irgendeinem Grund schiebt der Schwarze ihn nicht zur Seite. Die Nachbarfamilie ist geflüchtet, doch auch wenn er niedergeschlagen werden sollte, Dr. Lund hat nicht die Absicht, aus dem Weg zu gehen, geschweige denn aus der Stadt zu fliehen, und er erinnert sich an die Bemerkung des Vaters, wenn er bei den sonntäglichen Essen in Rosenlund von der englischen Kanonenkugel erzählte, die genau in seinem Kontor in der Nygade einschlug: „Ein Lund hat *niemals* Angst!" Der Schwarze sieht sich um. Im Hintergrund taucht Veneno auf. Er winkt den Schwarzen zu sich, ohne Dr. Lund eines Blickes zu würdigen, und kurze Zeit später stürmen alle seine Männer in eines der größten Häuser. Schreie ertönen. Möbel werden aus den Fenstern geworfen. Die meisten Familien haben nun in der Kirche Zuflucht gesucht, und der Pfarrer liegt auf den Knien vor dem Eingang und hebt ein Kreuz zum Himmel.

Einige Tage später senden die Behörden in Ouro Preto eine Truppenabteilung nach Lagoa Santa, um Ruhe und Ordnung wiederherzustellen, aber genau vor Dr. Lunds Haus wird sie von einer Schar entlaufener Galeerensklaven aus Bahia angegriffen, die jahrelang plündernd durchs Land gezogen sind und sich nun Veneno angeschlossen haben. Dr. Lund hat nie etwas Schrecklicheres gesehen. Keiner der Soldaten überlebt. Die Galeerensklaven, nur mit schmutzigen Leinenhosen bekleidet und viele von ihnen mit Goldringen in den Ohren, machen sie einen nach dem anderen nieder und spielen mit ihren Köpfen Ball. Der Leichenhaufen wächst und schickt einen entsetzlichen Gestank durch die zerbrochenen Scheiben in Dr. Lunds Haus.

Es ist Dr. Lund unmöglich, seinen Mittagsschlaf zu halten, unmöglich, etwas zu essen, und zu trinken wagt er schon gar nicht bei all diesem Rufen und Schreien. Das dreifingrige Faultier hat eine Kugel in den Rücken bekommen, und mit von Trauer gezeichneter Stimme bittet er Brandt, die Bluttropfen aufzuwischen und das Tier im Garten auf die schonendste Weise zu töten. Der Sklave hat sich aus dem Staub gemacht, und in der Hast hat er das Barometer, das Monsieur Foulon gebracht hatte, von seinem Regal gerissen, so daß es nie mehr funktionieren wird. In seinem Hauptquartier in dem größten Haus gibt Veneno unaufhörlich neue Befehle aus, er trägt eine von den Uniformen der Soldaten, aber die Innenseite nach außen gekehrt und mit Medaillen aus bemalter Pappe, Henkeln von zerschlagenen Kaffeetassen und Gold- und Silbermünzen behängt. Um seinen Hals hängen die Zähne der erschlagenen Regierungssoldaten in mehreren Lagen, und wenn er auf einem der weißen Pferde des Kunstreiters durch die Stadt reitet, schwingt er das eroberte Kaiserbanner und singt dazu schmutzige Lieder, so laut, daß es bis hinauf zur Serra da Piedade zu hören ist.

Jetzt wird es den Behörden zu bunt. Eine neue, gut bewaffnete und gut organisierte Abteilung Soldaten rückt heran, unter der Leitung des Polizeichefs von Ouro Preto höchstpersönlich. Wenige Tage später ist Lagoa Santa wieder so friedlich wie vorher, die Leichen sind auf dem Friedhof begraben, wo die Sklaven normalerweise begraben werden, und Dr. Lund kann wieder Wasser und Nahrung zu sich nehmen, doch er ist so erschüttert über die Grausamkeit des Menschen, daß er mehrere Tage nicht in der Lage ist zu sprechen. Es fehlt nicht viel, und er muß wieder von morgens bis abends im Bett liegen, auch das Licht hat wieder angefangen, ihn zu belästigen, so daß er fürchtet, zum ersten Mal nach vielen Jahren die Bandagen wieder hervorsuchen zu müssen.

Aber es gelingt ihm, den Anblick der rollenden Köpfe zu vergessen, bald lärmt es nicht mehr in seinen Ohren, und in den Briefen nach Hause beschreibt er den Aufruhr in ruhigen Wendungen, damit Henrik Ferdinand und Christian sich nicht ängstigen, und gleichzeitig erzählt er in Briefen an Reinhardt kleine Begebenheiten aus der Stadt, in der das Leben nun wieder seinen gewohnten Gang geht.

Besondere Freude macht es ihm, an Reinhardt zu schreiben, der ihm in seinen Briefen anvertraut, wie sehr er Lagoa Santa vermißt, wenn er zu Hause auf dem Weg ins Museum, dessen Direktor zu werden er nun völlig aufgegeben hat, durch den melancholischen Schneematsch stapft. Vielleicht *hat* er wirklich sein Herz hier verloren, vielleicht war es *tatsächlich* nur ein verzeihlicher Fehler, jener Blick, und Dr. Lund weiht Reinhardt in alles ein, was er auf seinem wöchentlichen Spaziergang durch die Stadt hört und sieht. Da ist die Musikkapelle, die erste ihrer Art in ganz Minas Gerais, mit Trompete, Klarinette, Posaune und Pauken, ausgedacht, ausstaffiert, auf die Beine gestellt und jeden Sonntag Nachmittag auf dem Kirchplatz dirigiert von dem rührigen Kunstreiter, der sich in Lagoa Santa wie zu Hause fühlt und davon träumt, die Stadt zum musikalischen Zentrum der Provinz zu machen. Da ist der Mystifikator Ilidio, abwechselnd liberal und konservativ, der nach Sergipe gereist ist in der Hoffnung, sich dort eine politische Karriere aufzubauen. Da ist Filobertinho, der immer stärker an eingebildeter Furcht vor Vampiren leidet. Pedro, der gesuchte Pedro, ist jetzt gegen Kaution in die Stadt zurückgekommen. Manoel ist nach Frankreich gereist. Die Jury in Santa Luzia hat die Schurken Bonze und Neves freigesprochen, dafür ist Luis Alves zur zwanzig Jahren auf den Galeeren verurteilt worden. Manoel Bonito hat seine Fazenda gekauft, Monsieur Foulon hat neben seinem Haus ein Rancho gebaut, José baut Paraguay-Tee an ... und es ist ein *Glasplattenpiano* in die Stadt gekommen, zusammen mit einem äußerst weltgewandten Senhor Américo Fonseca und seiner hinreißenden kleinen Tochter. Soweit ist alles in Ordnung ...

Es herrscht wieder ein großer Zustrom von Goldwäschern nach den großen neuen Funden, und eine alte Negerin hat im Rio das Velhas einen Diamanten von über hundert Karat gefunden. Einen Arzt gibt es noch immer nicht in der Stadt, und Dr. Lund berichtet, letzteres auch mit einem gewissen Stolz in den Briefen an Henrik Ferdinand, daß die Kranken oft zu ihm kommen, so daß er – als der Einäugige unter den Blinden – helfen kann. Meistens verschreibt er Ingwer-Tee mit Honig, ein wundervolles Getränk, das er auch dort in der Heimat allen empfehlen kann, und das die Nerven schont. Es steht ein neuer Krieg bevor, und es gibt eine neue Teuerung – Reinhardt ist gerade rechtzeitig zurückgekehrt. Riedel in Rio de Janeiro ist ernstlich krank, und jeden Augenblick kann das Gelbfieber wieder ausbrechen. Der Strom von deutschen Kolonisten nach Petropolis ist nicht imstande, die Ökonomie des Landes zu verbessern. Man kann nur hoffen, daß diese Neudeutschen nicht alle so sind wie Burmeister, der schon lange wieder zu Hause ist und seine *Reise nach Brasilien* mit einigen reichlich nichtssagenden Seiten über seinen Besuch in Lagoa Santa herausgebracht hat. „Es ist eben", schreibt Dr. Lund, „nicht alles Gold, was glänzt." Doch das Studium der zweiten Hauptabteilung der Weltordnung, der moralischen, ist ihm eine Quelle der Gemütsruhe.

In einem Brief von Henrik Ferdinand, den er mit zweijähriger Verspätung erhält, erfährt er, daß der jüngste Kierkegaard tot ist. Zuvor hatte er seine wütenden Artikel aus „Fædrelandet" zugesandt bekommen, und sie hatten ihm nicht zugesagt. Allzuviel Theologie. Gegenüber Henrik Ferdinand bedauerte er damals, daß ein so unverkennbares Talent, wie die Artikel es bezeugten, so völlig auf Abwege geraten konnte. „Vielleicht", schrieb er, „würden Amtspflichten und eheliche Sorgen ihn von der bedauerlichen Ichbezogenheit befreit haben können, die, was leider zu befürchten ist, beständig zunehmen und zum Schluß verderbliche Folgen für Leib und Seele mit sich führen wird."

Dr. Lund macht sich nichts daraus, daß er mit seiner Voraussage Recht behalten hat, und mit einer gewissen Zärtlichkeit erinnert er sich des jungen, linkischen *quodlibetarius* im rotkohlfarbenen Mantel, mit den allessehenden Augen, dem korngelben, nach vorn gekämmten Haar und dem ein wenig rüsselartigen Mund, im Laufschritt auf dem Weg zur Universität, auf der Flucht vor den schweren Schritten des Vaters um den Eßtisch in der dunklen Wohnung am Nytorv. Das ist alles eine Ewigkeit her. Dr. Lund verspürt Lust, auf den Brief zu antworten, aber jetzt ist es zu spät. Und Peter Christian Kierkegaard läßt aus Gründen, die nur er selbst kennt, nie mehr von sich hören. Nicht nur das Weltmeer trennt sie. Aber als er aus dem Fenster schaut, fällt Dr. Lunds Blick auf den Schmetterling *Psyché*, und wie damals in Curvelo scheint er einen Augenblick still in der Luft zu schweben, ohne die Flügel bewegen zu müssen, bevor er zum Himmel aufflattert und im Licht der späten Nachmittagssonne verschwindet.

Bei dem Medizinmann unten am Ortsrand hat wieder der Tanz begonnen.

Tempora mutantur et nos mutamur in illis.

Längst sind neue Scheiben in die Fenster gekommen. Dr. Lund hat keine Schwierigkeiten mehr mit dem Trinken, wenn gleichzeitig zu ihm gesprochen wird, und seine Augen sind eine Ahnung besser geworden. Die Knochen in Kopenhagen sind allem Anschein nach immer noch nicht aufgestellt, und auf dem Schreibpult im Arbeitszimmer des kleinen Hauses in Lagoa Santa liegt aufgeschlagen Charles Darwins *On the Origin of Species by the Means of Natural Selection, or the Preservation of Favoured Races in the Struggle for Life.* Brandt hat ihm im Verlauf der Regenzeit die meisten Kapitel vorgelesen, doch die ganze Zeit muß er selber zu dem Werk greifen und darin lesen, obwohl er weiß, daß seine Augen es nicht vertragen. Er empfindet nicht so sehr Schmerz, Schmerz darüber, daß ein hochbegabter Naturforscher sich so fürchterlich irren kann, als Irritation und Unmut, gemischt, und das gesteht er ein, mit Bewunderung angesichts der unendlichen Detailfülle und der präzisen Einzelbeobachtungen des Werks – besonders der, daß kein einziges Haustier zu finden ist, das nicht hängende Ohren hat, weil seine Muskeln zu wenig gebraucht werden.

Die Irritation, und es irritiert Dr. Lund, daß er sie nicht abschütteln kann, rührt in erster Linie von einer einzelnen Bemerkung im Kapitel über die Aufeinanderfolge der gleichen Typen her, über „die wunderbaren Sammlungen fossiler Knochen, die die Herren Lund und Claussen in den Höhlen Brasiliens gefunden haben". *Die Herren!* Darwin besitzt immerhin die Höflichkeit, ihn als ersten zu nennen, aber ohne Doktortitel, daß der Leser glauben muß, daß sie es beide seien, oder keiner von ihnen. Wo hat Darwin die „wunderbaren Knochensammlungen" der Herren – (*seine!*) – gesehen, wenn sie noch immer in Kopenhagen in Kellern herumliegen? Höchstens einige Abbildungen kann er bei Blainville und in Zeitschriften gesehen haben, ein paar Dubletten hier und da, sowie Claussens zusammengewürfelte und unklassifizierte Sammlung, die er an das British Museum verkauft hat. Oder hat Darwin sich Brandts Zeichnungen in seinen eigenen Abhandlungen angesehen? Aber warum nennt er dann die Abhandlungen nicht – in einem Werk, das mit dem Anspruch auftritt, alles zu wissen, und das nun das große Gesprächsthema in Europa geworden ist, am Erscheinungstag bereits den Buchhändlern aus den Händen gerissen, bewundert und verteufelt und mit entsetzlichen Konsequenzen, wenn man es beim Wort nimmt?

Ein Satz! Eine Klammer! Eine Fußnote! Dazu ist er geworden, und dazu noch in der Gesellschaft Peter Claussens. Deshalb also wollte Claussen nach England – um sich bei Charles Darwin mit der flachen Nase einzuschmeicheln, in einer letzten Hoffnung, der wissenschaftlichen Welt zu imponieren! Es ist Dr. Lund nur ein geringer Trost, daß *der Däne*, wie aus Curvelo zu hören war, unheilbar geisteskrank in einem Armenhaus in London gestorben ist. Für immer werden ihre zwei Namen miteinander verknüpft sein in einem Werk, das alles erdenkliche Unheil anrichten wird, das Kampf und Zerstörung sieht, wo der Schöpfer Planmäßigkeit und Harmonie gewollt hat, und das einer neuen Moral Tür und Tor öffnen wird, wo alles erlaubt und der Schwache nur dazu da ist, um von dem Starken niedergetreten zu werden. Glaubt Darwin an gar nichts? Ist er nur ein wildwüchsiges Sammlerhirn? Bereitet es ihm einen ästhetischen Genuß, sich vorzustellen, daß das Ganze von Anbeginn an ein Blutbad war und immer sein wird?

Unsinn, Unsinn und noch einmal Unsinn, davon zu reden, daß die Arten sich „natürlich“ (was immer das heißen mag) aus „einigen wenigen ursprünglichen Formen“ entwickelt haben, oder vielleicht sogar aus „einer einzigen Form“! Hokus, und der Fisch wird zu einer Schildkröte. Pokus, und die Schildkröte kriecht ans Festland und wird zu einem Säugetier. Fidibus, und das Säugetier wird zu einem Menschen ... Das ist es wohl, worauf Darwin hinauswill, daß der Mensch nicht als oberste Stufe in der Entwicklungsfolge geschaffen ist, sondern abstammt (schon das Wort!) von ... *dem Affen* vielleicht? Es ist ja fast so, als hörte man den alten Fabrizius aus Kiel! *Keine Hexerei, nur Behändigkeit!*

Was sagt Frankreich?

Alle diese Gedanken ermüden Dr. Lund, und er bittet schließlich Brandt, Darwin fortzustellen. D – er soll direkt vor de Candolle stehen, der unbezweifelbar lesenswerter ist, und unmittelbar nach Cuvier, der sich mit ihm, was die Vielfalt der Details anbelangt, durchaus messen kann. Brandt hat angefangen, sich unten bei dem Medizinmann aufzuhalten, und es ist etwas Träumerisches über ihn gekommen, nun wo er auf die Siebzig zugeht. Immer noch scheint es, als werde er jünger mit den Jahren, und Dr. Lund mit seinen bald Sechzig fühlt er sich als der Ältere von ihnen beiden. Worüber macht Brandt sich Gedanken? Und woran liegt es, daß ihm selbst immer trister zumute ist? Es ist nicht Darwin. Der wird schon noch zur rechten Zeit in seine Grenzen verwiesen werden. Aber Riedel ist tot. Und von Humboldt, das Beste, was das alte Deutschland zu geben hatte. Und Henrik Ferdinands zweite Frau ist tot. Und Søren Kierkegaard, der viel, viel zu jung starb, gejagt von der Erinnerung an seinen Vater. Tot, alle sind sie tot. Und er selbst? Es gibt Tage, da fühlt er, daß der Augenblick sich nähert, wo er fortmuß. Dann schließt er seine kleine Praxis, so daß die Bewohner von Lagoa Santa selber herausfinden müssen, was ihnen fehlt, legt sich ins Bett und hat zu nichts anderem Lust, als mit Brandt zu sprechen.

„Woran *glauben* sie eigentlich, Brandt?“

„Wer? *Ich?*” klingt es in singendem Norwegisch.

„Die Schwarzen. Ich meine die Sklaven …“

Brandt weiß nicht recht, was er sagen soll, und Dr. Lund weiß auch nicht richtig, was für eine Antwort er wünscht. Und die Monate vergehen. Die Sabiá singt im Palmengarten. Von morgens bis abends peitscht der Regen herab, und alles duftet. Im Bett sitzt Dr. Lund mit einem Brett vor sich und schreibt an die Gesellschaft der Wissenschaften über die Teepflanze *Neea theifera*, die die Brasilianer *caparrosa-do-campo* nennen. Sie wächst überall in der Umgebung von Lagoa Santa, und er hat sie immer geliebt. Da der Aufguß von den Blättern keinen spezifischen Geruch hat, empfiehlt er zum Würzen die Blätter der Kletterpflanze *Mikania*, und er fügt von beidem Proben in einem kleinen Päckchen bei. Wenn die Gesellschaft der Wissenschaften ihn über den Teingehalt des Tees aufklären könnte, würde er erfreut sein. Man kann Benzin benutzen, um es auszulösen.

An Henrik Ferdinand schreibt er, daß er ihm seine große Sammlung von Holzarten sowie die indianischen Bogen und Pfeile senden wird, die er seit vielen Jahren besitzt. Es sind Kuriositäten, die für den Fall, daß die Familie sie nicht zu behalten wünscht, dem Ethnologischen Museum verehrt werden können. Die Bogen sind alle aus dem Holz der Brejaubapalme gemacht, und sie werden gespannt, indem man die Füße dagegen stemmt. Von den Pfeilen sind einige für die großen Säugetiere, größere Vögel und Fische im tiefen Wasser bestimmt, andere, stumpfe, sind für kleinere Vögel und für Fische an der Oberfläche bestimmt. Sie können Vögel von Baumspitzen herunterholen, wo ein Schrotgewehr nicht hinreicht.

Am Schluß bittet Dr. Lund seine zwei Brüder, ihm das folgende Billett, von ihnen beiden unterzeichnet, zu senden: „Wir, die Unterzeichneten N.N. und N.N., alleinige Erben unseres Bruders Peter Wilhelm Lund, erklären hiermit, daß wir uns verpflichten, im Falle des Todes unseres oben genannten Bruders an Herrn P.A.Brandt, soweit derselbe ihn überlebt, eine jährliche Leibrente von fünfhundert Reichsbanktalern in Silber zu zahlen, eine Verpflichtung, die wir in Anerkennung der treuen Dienste, die derselbige unserem Bruder geleistet hat, gerne auf uns nehmen, und die im Falle unseres Todes bis zum Tode des besagten Herrn Brandt auf unsere Erben übergeht."

Er sagt Brandt, der sich gerade an der Feuerstelle zu schaffen macht, nichts davon. Beim Abendessen ist Dr. Lund froh zu erfahren, daß es Brandts Sohn gutgeht. Dann geht er wieder ins Bett, und Brandt liest ihm aus dem Arbeitszimmer, im Licht der Öllampe, Gedichte vor.

Besonders Bouterweck sagt ihm zu:

Die wahre Welt, in der wir leben,
Ist unser Herz. Was dieses in sich schließt,
Ist Wirklichkeit. Nur Traum ist alles Streben
Nach dem, was draußen ist, und wie ein Dunst zerfließt.

13

Dr. Lund achtet sorgfältig darauf, daß niemand Brandts Farbtöpfe, geschweige denn die Staffelei aus dem Seehaus entfernt. Alles soll so stehen bleiben, wie es stand. Doch das elegante Kanu, in allen Farben des Regenbogens bemalt und mit festem Sonnenschirm, gepolsterten Sitzen und einem kleinen Wikingersegel im Steven ausgestattet, hat er den Jungen des Medizinmanns geschenkt. Oft sieht er sie draußen auf dem See beim Fischen. Sie singen und rufen, sie gehen auf den Händen oder machen Kopfsprünge ins Wasser, und wenn sie das Segel hissen, können sie in kürzester Zeit vom einen Ende des Sees zum anderen gleiten. So geht das Leben weiter, ganz im Geiste Brandts, wenn er sein großes Vertrauen zu den heranwachsenden Generationen und seine mangelnde Furcht zu sterben bekannte – so sehr er sich in seinem langen Leben auch gefürchtet, ja oft vor Angst gebebt haben mochte, mal vor diesem, mal vor jenem, nicht zuletzt in den Jahren, als er ohne den inneren Kompaß, ausgehungert und fiebergeplagt, und verfolgt von dem eisigen Schatten seines schlechten Gewissens über all das, was zu Hause gewesen war, durch Brasiliens Sümpfe und Einöden gewandert war.

Ein friedvolles Lächeln lag auf seinen Lippen, als sei er in jeder Weise bereit zu der langen Reise, und als sei er gerade von seinem jubelnden Sohn hochgehoben und viermal im Kreis geschwungen worden, als Brandt einige Monate nach dem Einsetzen der Trockenzeit 1862 dort unter der Königspalme lag, im Sonnenuntergang, im Pakt mit der Natur, die er in den letzten Monaten in immer farbenfroheren Aquarellen gemalt hatte. Dr. Lund setzte sich mühevoll neben ihn, drückte ihm sanft die Augen zu und hielt lange Zeit Brandts Herzhand an seine Brust, nachdem er seine Lippen mit ein paar Tropfen des Apfelsinenweins benetzt hatte, den Brandt voller Stolz herzustellen begonnen hatte, und von dem er eine Probeflasche in der Hand hielt, sicher ein Geschenk für den Nachbarn.

Das Begräbnis dauerte fast einen ganzen Tag. Nachdem ihr eigener und der Sklave des Nachbarn Brandt zum Haus hinauf getragen, ihn in sein Bett gelegt und in seine Sonntagskleidung gekleidet hatten, wurde er am folgenden Tag in einem mit königsblauem Samt ausgeschlagenen Sarg mit einem rosenroten Kissen mit weißen Kanten, in den norwegischen Farben aufgebahrt. Zwei Tage lang stand der Sarg in seinem Zimmer, und Dr. Lund saß vom Morgen bis zum Abend bei ihm. Am Morgen des dritten Tages wurde der Sarg auf einen Ochsenkarren geladen. Gestützt von Senhor Fonseca ging Dr. Lund unmittelbar hinter dem Wagen, als er sich langsam in Bewegung setzte. Seine kleine Tochter hielt ihn an der Hand und blickte dann und wann mit ihren dunklen, mandelförmigen Augen zu ihm auf, wobei sie flüsterte, sie sei sicher, daß Brandt, der liebe Brandt, der sie so schön gezeichnet hatte, nun heimgekehrt sei zum lieben Herrgott. Mehr Menschen schlossen sich an, und als der Ochsenkarren bei dem Hang mit der Aussicht über die endlose Camposebene anlangte, an der Stelle mit der roten, roten Erde, wo Dr. Lund auch selbst begraben werden will, bekam Brandt in Übereinstimmung mit seinem Kinderglauben, der ihn sein ganzes Leben lang nicht verlassen hatte, ein christliches Begräbnis, das von Pater Adriano gehalten wurde, dem dritten Pfarrer in der Stadt, seit Dr. Lund hierherkam. Der Sarg wurde in die Erde gelassen, und plötzlich regnete eine Unzahl von Blumensträußen auf ihn hinab, von allen Freunden Brandts gepflückt und gebunden. Sklaven füllten Erde auf, ein Kreuz wurde errichtet, und alle sangen, daß man es über die Dächer der Stadt und über den See hin hören konnte. Dr. Lund und Senhor Fonsecas Tochter waren die letzten, die das Grab verließen, und hinterher wurde er zu ihrem Vater ins Haus eingeladen. An diesem Abend spielte er fast bis Mitternacht Schubert auf dem Glasplattenpiano, anfänglich etwas unsicher, ob er nicht verlernt habe, zu spielen und Noten zu lesen. Seit Italien hatte er nicht mehr an einem Piano gesessen.

Die ganze Zeit, während seine Finger sich langsam an die Tangenten gewöhnten, sah er Brandts Lächeln vor sich.

Er weiß, daß sie sich wieder begegnen werden.

In Kopenhagen ist endlich die Knochensammlung aufgestellt worden, allerdings erst nach einer ziemlich peinlichen Debatte in *Fædrelandet*. Dr. Lund ist nicht gerade begeistert darüber, daß sein

Name in einer derartigen Form zum Mittelpunkt von wütenden Angriffen und Gegenangriffen wird. Eine ihm unbekannte Person, die mit „k" unterschrieb, füllte plötzlich Spalte auf Spalte mit dem Skandal, der darin bestand, daß die Knochensammlung noch immer ungeöffnet stehe, und das, obwohl Reinhardt seit fast zehn Jahren als Inspekteur der Sammlung eine persönliche Gage bezogen habe. Warum hat er nichts getan? Weiß er nicht, daß Dr. Lund ein weltweit bekannter Name ist? Weiß er nicht, daß man in Paris und London die Sammlungen mit Kußhand nehmen und in den vordersten Schaukästen ausstellen würde? Reinhardt erwiderte ebenso hitzig, daß er diese Art von persönlichen Angriffen nicht akzeptiere, daß alles seine Ursachen habe, und daß, während „k" seinen Artikel geschrieben habe, der Beschluß gefaßt worden sei, die Sammlung aufzustellen.

Dr. Lund hatte keine Lust, in dem Streit Partei zu ergreifen, und das schrieb er Reinhardt zusammen mit einer Klage über einen Artikel in der Zeitung, der sein Leben und seine wissenschaftliche Leistung darstellte. Sympathisch, nun ja. Aber könnte Reinhardt den Artikelverfasser nicht wissen lassen, daß er als junger Wissenschaftler nicht dadurch berühmt wurde, daß er „den Vogel ohne Magen" entdeckt und beschrieben hat. Solche kindischen Räubergeschichten werden seinen Namen nur lächerlich machen, insbesondere, wenn man glaubt, daß der Artikelverfasser und er unter einer Decke stecken. Und man wird vielleicht daraus schließen, daß er auch hinter dem mystischen „k" stecke, vielleicht sogar dieser zufällig gewählte Buchstabe des Alphabets selber *sei*. Aber Dr. Lund mußte einräumen, daß viel gewonnen wäre, wenn der ganze Wirbel dazu führte, daß "seine Kinder" endlich ihren rechten Platz in der Sonne fänden, von einem stetigen Strom von Besuchern bewundert und von Naturforschern mit Sinn für ihre Geschichte und ihre Verschiedenheit gestreichelt. Und wiederum erzählt er vom Leben in Lagoa Santa, läßt neue Briefe folgen mit Karten von der Stadt, die Brandt zeichnete, bevor er starb, und mit Kreuzen und Pfeilen und Mitteilungen darüber, wer wo wohnt und wo neue Häuser gebaut worden sind. Ilidio ist nun wieder in der Stadt, nachdem er auch in Sergipe eine unglückliche Figur gemacht hat. Er träumt von einer ganz neuen Partei, die Lagoa Santa über den größten Teil Brasiliens bekannt machen soll – Die Kaiserliche Demokratische Partei, und es ist ihm gelungen, drei freigelassene Sklaven als Mitglieder zu gewinnen. Monsieur Foulon hat bei einigen Transaktionen mit deutschen Kolonisten in Petropolis erhebliches Pech gehabt und lebt nun ausschließlich davon, Rüben anzubauen. Der Kunstreiter hat ein doppelt so großes Zirkuszelt gekauft, und er dirigiert sein Orchester immer noch so, daß es eine wahre Freude ist. Rita hat sich mit Carlos verheiratet. Anstelle von Bernardo ist ein neuer Postmeister gekommen. Nicht weit von Padre Adrianos Fazenda ist eine Diamantmine gefunden worden. Und Manoel Bonito ist tot. Und jetzt Brandt ...

Der See ist im Begriff, zuzuwachsen. Die ungewöhnlich harte Trockenzeit ohne einen einzigen Schauer, nicht einmal *chuva de São João* stellte sich ein, hat mittlerweile den See eines guten Teils seines Wassers beraubt. Man kann jetzt zum Seehaus hinaus*gehen*, aber glücklicherweise blieb Brandt dieser Anblick erspart, wie er auch davor verschont wurde mitzuerleben, daß es wieder Ärger mit Wilhelmine in Norwegen gibt. Er starb, wie er in seinen letzten, glücklichen Jahren lebte, aber Reinhardt soll weder die Gesellschaft der Wissenschaften noch die Familie alarmieren. Man nimmt sich seiner gut an in der Stadt, insbesondere ein gewisser Senhor dos Santos, ein Mulatte, dessen kleiner Junge ganz außergewöhnlich begabt ist und singt wie ein Wiener Sängerknabe. Er besucht ihn regelmäßig mit Essen und anderen Dingen des täglichen Bedarfs, und wenn nicht er, dann Senhor Fonseca, und wenn nicht der, dann ein alter Bekannter aus Sabará, der Schweizer Behrens, der mittlerweile daran denkt, in das kleine Haus in Lagoa Santa einzuziehen.

Aber, fügt Dr. Lund erschöpft hinzu, wenn Reinhardt und die Gesellschaft der Wissenschaften einen jungen, begabten Studierenden, am besten einen Botaniker ausfindig machen könnten, der Lust hat, ein paar Jahre in Brasilien zu verbringen, wird seine Tür – inzwischen aus Glas und mit schützendem Gitter davor – ihm offenstehen. Und am Ende berichtet er über ein neues Mittel gegen Ameisen. Er wurde durch einen Artikel im *Jornal do Comércio* darauf aufmerksam, und es hat beste Aussichten, den Wettbewerb zu gewinnen, den der Kaiser in der Hoffnung, Brasiliens Landplage Nummer Eins beizukommen, persönlich ausgeschrieben hat. Es handelt sich ganz einfach um essigsaures Kupferoxyd, Grünspan. Die bloße Berührung mit dieser Substanz wirkt tödlich auf die Ameisen. Man streut es in einem Ring um die Hügel oder in einem Halbkreis vor den Löchern in den Häusern aus. Da kommen die Ameisen zum Vorschein, nichtsahnend, gierig, bereit für das Zerstörungswerk des Tages. Unverdrossen reißen sie nieder. Aber nach zwei Tagen verändert sich die Szene unerbittlich. An die Stelle der Einfuhr von Blättern, Zuckerkristallen, Makkaronistücken und angetrocknetem Brei aus den Töpfen tritt die Ausfuhr von Leichen und kleinen Körnern des Giftes. Die Kranken schleppen sich zwischen ihren toten und sterbenden Kameraden dahin. Nach weiteren drei bis vier Tagen werden die beiden ersten Szenen von der dritten und vierten abgelöst, es herrscht Toten- und Grabesstille. Leichen liegen überall. Vorhang.

Neue wissenschaftliche Expeditionen mit allen modernen Meßinstrumenten sind nach Brasilien gekommen. Viele Forscher legen ihre Reiseroute um über Lagoa Santa, unter ihnen ein bekannter Entomologe, ein Schädelmaler aus München, die Brüder Camargo und Camargo aus Lissabon, drei englische Krokodiljäger auf dem Weg zum Amazonas sowie ein Anthropologe aus Pamplona mit der Idee, daß die brasilianischen Indianer direkt von den baskischen Seefahrern abstammen, die als die ersten, vielleicht sogar schon im siebten Jahrhundert, in die Neue Welt kamen. Aber in der Regel muß Dr. Lund sie unverrichteter Dinge in der Venda warten lassen, da er keine geistige Anstrengung verträgt.

Er hofft, daß man das zu Hause versteht.

Stud. mag. Johannes Eugenius Bülow Warming, ein Bauernsohn aus dem nordwestlichen Südjütland, robust und vierschrötig, nach dem Besuch der Volksschule in Vejle Abiturient der Kathedralschule in Ribe, schon als kleiner Junge darauf versessen, Botaniker zu werden, ist in Rio de Janeiro an Land gegangen, beladen mit Instrumenten, Büchern und Herbarien sowie – einer Kamera. An der Praia dos Mineiros, einer der nördlichsten Schiffsanlegebrücken in der Kaiserstadt, geht er an Bord des kleinen Dampfbootes „Inhumerim". Nach einer Fahrt von mehreren Stunden erreicht das Boot die nördliche, flache Küste der Bucht und geht den Inhumerim flußaufwärts.

Einige Tage danach verläßt Warming zusammen mit den übrigen Passagieren das Dampfschiff, das zum Abschied dreimal pfeift. Nun ist er wirklich in Brasilien, und an den Beförderungsmitteln hat sich nichts geändert, seit Dr. Lund vor vierzig Jahren von Rio de Janeiro zur Fazenda Rosário ritt. Nur ein paar wenige Eisenbahnstrecken und eine einzige, fünfundzwanzig Leguas lange, makadamisierte Landstraße gibt es im Reich des Dom Pedro Segundo.

Im Gegensatz zu Reinhardt hat Warming nicht das Geld, sich eigene Maultiere und einen Führer zu mieten, und deshalb schließt er sich der Tropa an. Im Mai 1863 erreicht er Porto d'Estrela. In dem großen Rancho haben sich mehrere Tropas einquartiert, es herrscht ein wildes Rufen und Schreien, und überall türmen sich Kisten, Warenballen, Fässer und Packsättel. An verschiedenen Stellen brennen Feuer, über denen Bohnentöpfe oder Kaffeekessel hängen. Einige der Neger sind damit beschäftigt, Riemen aus Ochsenhaut um die letzten Waren zu schnüren, die aus Rio de Janeiro angekommen sind, andere sitzen an transportablen Ambossen und schmieden Hufnägel. Viele rollen Zigaretten, und noch nie hat Warming ein Volk soviel rauchen sehen. Er fotografiert alles, von morgens bis abends, und häufig versetzt er die Neger in wilden Schrecken, wenn der Magnesiumblitz losgeht.

Dann geht die Reise weiter auf Lagoa Santa zu. Er achtet auf jede Blume, selbst auf die geringsten, die in der Rinde der Bäume wachsen. Warming weiß, daß er in das richtige Land gekommen ist, und zum richtigen Zeitpunkt in seinem Leben; er ist zweiundzwanzig Jahre alt, und er bringt eine Unzahl von Grüßen für Dr. Lund mit, dem er hoffentlich nicht seine gesamte Zeit als Vorleser widmen muß, und von dem er so viele sonderbare Geschichten gehört hat. Daß man ihn nicht ansprechen darf, wenn er beim Essen trinkt. Daß er manchmal wirres Zeug redet – um danach tagelang zusammengesunken in seinem Lieblingsstuhl zu sitzen, ohne zu irgendjemand zu sprechen, mit leerem Blick auf die kleine Handvoll Knochen starrend, die noch immer von seinem Lebenswerk zeugen. Daß er mehrere Tage lang von Gicht geplagt wird, wenn er nur auf ein Tröpfchen Wasser tritt, das der Sklave verschüttet hat, und daß er die sonderbare Idee hat, man könne zu den Blumen sprechen, wenn man nur ihre heimliche Sprache verstehe, worüber er Reinhardt gegenüber gesprochen haben soll, um unmittelbar danach, als schäme er sich, von etwas völlig anderem zu sprechen.

Warming freut sich besonders darauf, Dr. Lund eine komplette Sammlung von Fotografien seiner Familie zu überreichen; am besten gelungen sind die Bilder von Henrik Ferdinands Kindern aus beiden Ehen. Auch von dem alternden Bischof in Ålborg, Peter Christian Kierkegaard, bringt er Grüße, und solchermaßen gespannt auf die Begegnung mit dem Einsiedler in Lagoa Santa, bekleidet mit einem indianischen Poncho, die Ziehharmonika auf dem Rücken, eifrig mit dem Tropeiro Manoel de Sanso redend, den verstehen und mit seiner Überfahrt über den Atlantik unterhalten zu können sein ganzer Stolz ist, weil er in Rio de Janeiro in kurzer Zeit Portugiesisch gelernt hat, reitet er auf seinem Maultier durch den atlantischen Urwald, nach Petropolis und von dort nach und nach in die offeneren Regionen mit den Futterbäumen des dreifingrigen Faultiers und den weißblättrigen Cecropien, die durch die tropische Vielfalt hindurchschimmern. Bald ist er in einem Blumengarten, bald in der Wüste, bald in einem tiefen Tal, und endlich tun sich die blaugrünen *campos cerrados* vor ihm auf. Nirgendwo sieht er Spuren von Menschen. Alles ist Stille und Leere, bis plötzlich hinter einem Höhenzug eine Tropa mit Zucker und Baumwollstoffen auf dem Weg zur Hauptstadt auftaucht, während sie selbst Porzellan, Steingut, Küchengeräte, Manufakturwaren und überseeische Medikamente transportieren.

Dort liegen endlich die rotbraunen Dächer von Lagoa Santa.

Dr. Lund zittert vor Ergriffenheit, als er die Fotografien sieht. Er nimmt sie aus dem Album. Er setzt sich und betrachtet sie eins nach dem anderen, tagelang. Er vergißt, sein „Luftbad" zu nehmen, er vergißt, seine sämtlichen Vorsichtsmaßnahmen beim Verlassen und beim Betreten des Hauses einzuhalten, wenn er auf das „Örtchen" geht. Die ganze Familie ist bei ihm. Dies muß eine der größten Erfindungen der Menschheit sein – nur dadurch, daß man auf einen Auslöser drückt und Magnesium verpuffen läßt, ein Gesicht, eine Seele auf einem Stück Pappe festhalten zu können. Eines Tages wird man vielleicht auch Stimmen einfangen können? Zug für Zug erkennt er Henrik Ferdinand und Christian wieder, beide haben rundliche Wangen, graues Haar und Verantwortung im Blick, Westen mit Uhrketten, gutsitzende Jacken – und Falten. Er erkennt die kleine Henriette in der erwachsenen, mündigen Frau wieder, die ihn direkt anblickt, ernst, vielleicht ein wenig einsam, und doch in Harmonie mit ihrem innersten Wesen, mit einem Mittelscheitel und flach zu zwei Knoten an den Ohren hinabgestrichenem Haar. Und ihre fröhlichen, gesunden Brüder aus Henrik Ferdinands erster Ehe mit Petrea – Gutsbesitzer Wilhelm, Rittmeister Christian und der jüngste, Cand. theol. Peter, der mit den klarsten Augen und dem jungenhaftesten Lächeln. Und Ferdinand, Ole Henrik und Troels, der junge Historiker – Henrik Ferdinands erwachsene Jungen aus seiner zweiten Ehe. Und Christians Kinder, vorwärts, vorwärts! Der Zukunft sicher, offensichtlich begeistert über den Magnesiumblitz, der gerade vor ihnen explodiert ist, so daß ihre Gesichtszüge für immer auf die Pappe gebannt sein werden …

Sie werden ihm zuviel, alle diese quicklebendigen Gesichter, die ihn anspringen, ja fast zu ihm *sprechen* – und er muß sich ins Bewußtsein rufen, daß sie ja nicht, und besonders Henriette, die sie alle übertönt, wenn sie ihn bittet, vom Faultier zu erzählen, mit Kinderstimmen reden. Und trotzdem hört er die ganze Zeit ihre Stimme aus der großen Stube im Haus am Blegdamsvej. Erzähl, Onkel Wilhelm! Erzähl! Doch, sie *ist* es! Es *ist* Henrik Ferdinand! Es *ist* Christian! Sie *sind* es, wie sie da sind – auch die, von denen er nur in Briefen gehört und die er sich ganz anders vorgestellt hat, als er durch das Innere Brasiliens ritt oder von einer Höhlenreise mit Brandt heimkehrte, – oft mit einer Mischung von Zügen seiner Mutter und seines Vaters mit denen der Kierkegaards. Diesem gab er die Stirn seiner Mutter. Jener gab er Peter Christian Kierkegaards schwere Augen. Doch macht die Natur auch unerwartete Sprünge, eine Nase kann drei Generationen übersprungen haben, ein Paar Augen kann den gleichen Ausdruck haben, wie es ihn vor vier Generationen gab. Es ist zu überwältigend.

Die ganze Zeit geht Dr. Lund im Arbeitszimmer auf und ab, um die Eindrücke sich setzen zu lassen, und nur weil Warming neugierig neben ihm sitzt, fängt er nicht an zu weinen. Er schiebt alle Bücher in den Regalen ganz an die Wand und stellt die Fotografien in einer Reihe davor auf, nach dem Alter, Henrik Ferdinand und seine

Kinder von rechts nach links und Christian und seine Familie von links nach rechts. Warming eilt hinzu, um ihn zu stützen, doch erregt fährt er ihn an, daß er gut selbst stehen könne, und bittet den jungen Botaniker, auf seiner Ziehharmonika „La Parisienne" zu spielen. An Henrik Ferdinand schreibt er, als Warming auf seine erste Botanisierexkursion um den See gezogen ist, es komme ihm vor, als habe ein ganz neues Kapitel in seinem Leben begonnen, als der Tropeiro Manoel de Sanso eines späten Nachmittags an seine Glastür geklopft habe und ein äußerst begabter, äußerst aufmerksamer junger Mann mit dem Zauberpaket mit einem Album voller Fotografien hinter ihm eingetreten sei, die unversehens seine teuren Erinnerungen an das Elternhaus wachgerufen hätten. Ein Schlag an die Klangfigur, und das Hexenmehl in seinem Inneren ordnete sich zu den feinsten Mustern. Dann fällt ihm ein, daß es wohl das Beste wäre, wenn ordentliche Nahrung ins Haus käme, und er schickt den Sklaven nach einem Sack Bohnen, einem Sack Reis, Kräutern jeglicher Art, Tüten mit Graupen, Apfelsinen, Bananen und – wenn er selbst nur davon verschont bleibt, mitansehen zu müssen, wie das Gelbe vom Rest getrennt wird – zwanzig frischen Eiern. Außerdem Kaffee, Josés Paraguay-Tee, Milch, Zucker und eine Flasche Zukkerrohrbranntwein für Warming. Am folgenden Tag stellt er ihn der Stadt vor. Von der Venda gehen sie hinüber zu Padre Adriano, der in dramatischen Wendungen und mit drohend gegen den Horizont erhobenen Händen erzählt, daß seine Fazenda seit dem Gerücht über die Diamantenmine von schießenden und messerwerfenden Banditen heimgesucht wird, und von dort weiter zu dem Mulatten dos Santos in seinem bescheidenen Haus, wo sein begabter Junge, dem Dr. Lund Unterricht im Notenschreiben und im Singen nach dem Liederbuch zu erteilen begonnen hat, sie mit Begeisterung empfängt. Dann machen sie noch einen Abstecher die Hauptstraße hinauf und begegnen Ilidio, der Warming auf der Stelle für seine Kaiserlich Liberal-Demokratische Volkspartei, wie er sie nun getauft hat, anwerben will und von dem enormen Interesse für seine Bemühungen spricht, das überall in Brasilien außer in Lagoa Santa besteht. Warming lächelt, Warming weicht aus, und es imponiert Dr. Lund, wie gut er Portugiesisch spricht, und wie willensfest er hinter der höflichen Fassade ist. Sie begrüßen Senhor Fonseca und seine kleine Tochter. Auch den neuen Postmeister, und den Kunstreiter, der ein Bärenjunges aus Sankt Petersburg bestellt hat. Und sie kommen am Viertel der Schwarzen in der unteren Stadt vorüber, und da sitzt der Medizinmann vor seinem kleinen Schuppen und zieht Strohhalme in seinen alten Strohhut ein, wie immer unbestimmbaren Alters; ihre Augen treffen sich, und einen Augenblick weiß Dr. Lund nicht, was er tun soll, um ihm Warming vorzustellen. Es bleibt bei einem Nicken, und dann sind sie wieder auf dem Weg zurück zum Haus.

Es ist Jahre her, daß Dr. Lund sich so kräftig gefühlt hat, und das Gefühl hält die nächsten Monate an. Oft sitzt er auf einem kleinen Klappstuhl vor der Glastür und betrachtet all die Fotografien, die Warming von ihm gemacht und selbst entwickelt und kopiert hat. Manche zerfließen wie weißer Brei, andere haben kohlschwarze Schatten oder Striche quer über den größten Teil des Gesichts. Aber ein paar sind auf jeden Fall gelungen: auf einem ist er von der Seite aufgenommen, als er an einer Ecke des Hauses sitzt und über den Palmengarten und den See zur Serra da Piedade hinaufblickt, dem Blumenberg, den Warming bereits besucht hat und als die größte Offenbarung seines Lebens betrachtet, auf einem anderen ist er *en face* aufgenommen, ohne den Strohhut mit der geschwungenen Krempe, und wie durch Zauberei sieht er aus, als sei er in seinem besten Alter. Bevor …

Warming träumt von einer ganz neuen Art von Botanik, während er auf der Harmonika vor sich hinspielt, und eigentlich mag er die Herbarien überhaupt nicht, weil sie den ganzen Saft aus den Pflanzen pressen. Sie liegen jetzt im ganzen Haus , zwischen unzähligen Vasen, Tassen, Eimern und Schalen mit frischen Blumen in Wasser, eine duftende Farborgie, wie dieses Haus sie noch nie erlebt hat. Warming zufolge, und er entschuldigt sich, falls er sich vielleicht nicht klar genug ausdrückt, darf die neue Botanik sich nicht damit zufriedengeben, nur zu klassifizieren und die Pflanze von ihrer Umgebung getrennt zu beschreiben. Die göttliche Zweckmäßigkeit einer Pflanze, die im Kampf ums Überleben ausgebildet worden ist, kann man nur verstehen, wenn man ihren Boden, ihre Nachbarpflanzen, die Bienen und alle anderen Insekten, mit denen sie in

Kontakt kommt, versteht, das Klima, Schatten und Sonne und den Nachttau. Sie muß in ihrer *Nische* gesehen werden, ein Ausdruck, bei dem Warming nicht sicher ist, ob er in einem streng wissenschaftlichen Zusammenhang gebraucht werden kann. *Die lange Kette des Lebens*, von der schon die Thomisten sprachen: zerstört man ein Glied in der Kette, oder läßt man es außer Betracht, zerstört oder verschleiert man den Blick für die Summe von Zweckmäßigkeit.

Dr. Lund ist erfreut, daß Warming – und in diesen Zeiten – den Mut und die Überzeugung besitzt, das Wort göttlich zu gebrauchen, aber er ist kritisch gegenüber der Formulierung: Zweckmäßigkeit, ausgebildet im „Kampf ums Überleben". Das klingt ein bißchen zu sehr nach der brutalen, willkürlichen Abstammungslehre, die der *godemer* vorgebracht hat. Doch vielleicht ist es gar nicht Darwin, den Warming im Kopf hat, auch wenn er eines Tages im Garten, bevor Dr. Lund ihn bitten mußte, das Thema abzubrechen, erklärte, wie sehr er von seinem Werk eingenommen ist. Vielleicht ... „Lamarck?" fragt Dr. Lund plötzlich, mit einem bemerkenswerten Instinkt.

Warming nickt.

„Lamarck!" erwidert er, leicht errötend, als handele es sich um einen verbotenen Namen.

„Ein merkwürdiges Schicksal!" sagt Dr. Lund, und gibt Warming zu verstehen, daß er hier gern frei reden dürfe. Dr. Lund hat sich nie in Lamarcks *Zoologische Philosophie* vertieft, die von Cuvier in geringschätzigen Wendungen abgetan worden war, demselben Cuvier, der desungeachtet eine hübsche Gedenkrede auf seinen Konkurrenten verfaßte, als dieser tot war. Können erworbene Eigenschaften vererbt werden? Ob die Giraffe durch Jahrtausende ihren langen Hals bekommen hat, weil sie sich danach sehnte, von den Kronen der Bäume zu fressen? Der Gedanke ist ungleich ansprechender als die Idee des Engländers, daß das Ganze ein evolutionäres Blutbad sei, und Lamarcks betrübliches Schicksal ist nicht unähnlich dem so vieler verkannter Naturforscher und Künstler. Und bevor Warming sich geöffnet und von seinem heimlich auserkorenen Vorbild erzählt hat, hat Dr. Lund von dem bemerkenswerten, armen Zimmermannssohn aus Ouro Preto berichtet, der in der Zeit des Barock in Congonhas die zwölf jüdischen Propheten vor der Basilika Bom Jesus de Matosinhos aus dem Stein meißelte. Verehrt zunächst, später ein Ausgestoßener, als der Aussatz ihn befiel, so daß er nachts seine Statuen meißeln mußte, bei Fackellicht und fern von allen Menschen, am Schluß mit Hammer und Meißel an seine schmerzenden Hände gebunden, schuf Antonio Francisco Lisboa, im Volksmund Aleijadinho genannt, sein Lebenswerk trotz seines grausamen Mißgeschicks.

„Charakter, mein junger Freund! Es ist alles Charakter! Sagt man ‚Abstammung' oder ‚Evolution' oder ‚Zweckmäßigkeit', so sage ich ... *Charakter!* Betrachten Sie Aleijadinhos jüdische Propheten!"

Und Dr. Lund erzählt von dem jüdischen Volk, das er immer bewundert hat, seit er vor langer Zeit Lessing und Baggesen las. Immer verfolgt, immer verdammt, immer heimatlos, immer dem „Gesetz der Veränderung" ausgeliefert, dem „Kampf ums Überleben", und doch in allem Wesentlichen das gleiche Volk durch die Geschichte bis heute. Ist der Jude deutsch geworden, weil er nach Deutschland kam? Wurde er dänisch, als er nach Dänemark kam und blaue Augen, Apfelwangen und korngelbes Haar bekam? Und würde er, auch wenn es zehn Generationen dauerte, zu einer Giraffe werden, wenn er plötzlich in die Savanne Afrikas versetzt würde? Nein, mehr als irgendein anderes lebendes Wesen ist der Jude, Gottes Auserwählter und Gottes Gezüchtigter, Gottes Augapfel und der, den Sein Zorn niemals zur Ruhe kommen läßt, der Beweis für die Konstanz und den gotterschaffenen Charakter der Arten:

„Studieren Sie das Gesicht des Juden, Warming! Sieht er aus, als stamme er vom *Barsch* ab?" beschließt er das Gespräch, befiehlt dem Sklaven, die Fensterläden für die Nacht zu schließen, drückt die Zigarre aus, eine ganz neue und sehr milde Sorte, die Warming aus Rio de Janeiro mitgebracht hat, und überläßt die Tropennacht seinem fleißigen Gast. Aber er kann keinen Schlaf finden. Die ganze Zeit hört er die Schreie der Gekkos. All die Gedanken, die in ihm keimen, wachsen, sich entfalten, nach einem Jahr, in dem er so gut wie nichts gelesen, über so gut wie nichts nachgedacht hat, krank durch die Leere nach Brandts Tod, und dabei die Fotografien auf den Regalen, die noch immer zu ihm sprechen und eine Erinnerung nach der anderen wachrufen, bis er endlich gegen Morgen, während die

Sabiá erwacht und Warming sich nebenan in Brandts altem Bett umdreht, zum klingenden Lachen unzähliger tanzender Gäste mit Halbmasken in den venetianischen Spiegeln in Schlaf fällt und zur gleichen Zeit *sie* – das Mädchen Sarah – an seiner Seite sitzt und ihm erzählt, was das Wort *Schekhina* in der Sprache ihres Volkes bedeutet.

All das, woher der Mensch kommt.

All das, zu dem der Mensch zurückkehren wird.

Die Regenzeit ist bald überstanden.

Dr. Lund hat es sich in den Kopf gesetzt, daß der kleine Junge des Mulatten dos Santos mit Warming zurück nach Dänemark reisen soll. Er will einen Teil seines Vermögens dafür verwenden, dieses Naturkind, dessen Fähigkeiten sich mehr und mehr entfalten, auszubilden. Für eine solch große Begabung nichts zu tun, wäre eine Sünde, und Dr. Lund schreibt an Henrik Ferdinand und bittet ihn um Vorschläge, wo Nereo, der Junge, wohnen kann, welche Schule die beste ist (doch wohl Borgerdyden?), und ob die Gefahr besteht, daß die dänischen Jungen ihn wegen seiner dunklen Hautfarbe nekken. Nereo kann jetzt „Kong Christian" und „Den gang jeg drog afsted" fast fehlerfrei singen, er hat angefangen, ein wenig Dänisch und Französisch zu sprechen, nachdem er zweimal wöchentlich in jeder Sprache eine Stunde Unterricht bei Dr. Lund bekommen hat, und über Pflanzen und Blumen weiß er inzwischen alles, nachdem er Warming auf seinen Ausflügen in die Camposgebiete und sogar bis zum Gipfel der Serra da Piedade begleitet, von wo er gregorianischen Kirchengesang ins Land hinausgesungen hat. Mit Geld von Dr. Lund hat der Junge eine Gitarre gekauft, und zuweilen spielen er und Warming zusammen. Könnte Dr. Lund die Begleitung auf dem Glasplattenpiano spielen, wäre er glücklich.

Dafür hilft er Warming, allen seinen Pflanzen Namen zu geben, und es freut ihn, daß er noch immer gut in Latein ist. Gelbblühende, gewundene, kletternde Camposkräuter mit allen erdenklichen biologischen Eigentümlichkeiten. Primäre und sekundäre Vegetationsformen. Büsche, Sträucher und Hackfrüchte. Disteln, Orchideen, Erbsenblüten. Er erkennt die meisten wieder und lernt ganz neue Pflanzen und Büsche kennen, viele davon in einer großen Ecke des

Palmengartens angepflanzt, den er Warming gänzlich überlassen hat.

Nicht die geringste Blume ist entbehrlich, nicht die häßlichste Distel, nicht einmal dornige Zweige aus dem Wald der Schmerzen dürfen übersprungen werden in dem Werk, das Warming eines Tages schreiben zu können hofft – die komplette Beschreibung der Flora von Lagoa Santa, mit jeder Pflanze und jeder Blume in ihrer speziellen Nische. Ist die tropische Natur so ungesellschaftlich, wie viele in Europa behaupten, nachdem sie nichts als Herbarien in den Museen studiert haben? Wissen sie es dort? Warming meint nein. Jede einzelne sprießende Pflanze ist von den anderen abhängig, nicht ein Busch kann isoliert werden, nicht einmal die sonderbare *eriocaulácea* mit langstieligen Blütenstengeln, die bis zu einem Meter hoch werden, karmesinrot.

„*Praepalanthus claussenianus!*" schlägt Dr. Lund vor.

Warming lächelt. Er weiß offenbar, auf wen Dr. Lund anspielt, und der Name ist angenommen.

Zum dritten Mal sieht Dr. Lund den Schmetterling *Psyché* in der Luft stillstehen, in einem Sonnenstrahl genau vor der Fotografie von Henrik Ferdinands jüngstem Sohn Peter. Dann fliegt er durchs Fenster hinaus und zum Himmel auf, und ein paar Monate später bekommt Dr. Lund die Nachricht, daß Peter nach einer während des Rückzugs von Alsen erlittenen tödlichen Verwundung nun entsprechend seinem eigenen Wunsch auf dem Friedhof von Ulkebøl begraben liegt, mit den von seinen Kameraden für seinen Grabstein ausgewählten Worten: „Er war treu bis in den Tod". Er hatte sich als Freiwilliger gemeldet und bis zuletzt sein fröhliches Wesen behalten und sollte gerade seine Laufbahn als Universitätslehrer in der Sprache beginnen, die er am meisten liebte – Hebräisch.

„*Und so sei Friede, Friede Deinem Staub und Sternenglanz Dir zum Gedenken!*" beschließt Christian Richardt das Erinnerungsgedicht auf Peter Lund, das dem Brief seines Vaters an den Onkel in Brasilien beigefügt ist. Dr. Lund legt das Gedicht vor die Fotografie, und mehrere Monate spricht er nur wenig mit Warming. Er wußte, daß der unglückselige Krieg als Folge der fehlgeschlagenen Politik der nationalliberalen Phantasten kommen mußte, aber daß er Peter, den Jüngsten, fortreißen mußte, ist mehr, als er fassen kann, und wieder meldet sich die Müdigkeit, wieder sackt er zusammen, außerstande zu verstehen, warum er selbst noch immer hier zwischen Warmings Blumen und Herbarien lebt, in einer Zeit, die grausamer und grausamer werden wird, wie sie der Neudeutsche Burmeister hingerissen voraussah, eine Zeit, in die er einfach nicht hineingehört. Peters klare Augen! Sein jungenhaftes Lachen! Warum *er?*

Es gibt Fragen, auf die gibt es nie eine Antwort, und wenn Warming in einer weiteren Regenzeit abends auf seiner Ziehharmonika spielt und Nereo auf seiner Gitarre immer tüchtiger wird, kehrt die Freude langsam zurück in Dr. Lund, die Freude über alle, die noch leben, Henriette vor allen anderen – und Troels, der nun angefangen hat, ihm zu schreiben, und enthüllt hat, daß er es war, der hinter jenem mystischen „k" steckte, die Freude über Warmings Tüchtigkeit und über das Leben, das nun schon das zweite Jahr im Hause herrscht. Stundenlang kann Dr. Lund auf seinem Klappstuhl im Vorgarten sitzen, alle Vorübergehenden grüßend und immer bereit, einen Kräutertee zu empfehlen, wenn einer von ihnen sich krank fühlt, oder an der Ecke des Hauses, gefesselt von dem Blick über das Camposland, von dem unaufhörlich Rauch aufsteigt, hier wie ein Ausrufezeichen, dort wie ein Fragezeichen.

Es ist, als könne er alle Blumen auf dem Gipfel der Serra da Piedade riechen – und als höre er ihr sanftes Flüstern untereinander. Und die Zeit vergeht. Bald muß Warming die Rückreise antreten, schiebt sie jedoch immer wieder auf, bald mit dieser, bald mit jener Ausrede. Dr. Lund wünscht nichts lieber, als ihn bei sich zu behalten, aber Warming hat eine große Zukunft als Forscher vor sich, und nur in Europa kann er seine neue Botanik ausarbeiten, die für Dr. Lund inzwischen Konturen annimmt. Nische! Ökologisch! Keine schlechten Begriffe! Aber wenn Warming seinen Aufenthalt um eine weitere Trockenzeit und wieder eine Regenzeit verlängert, werden die Tropen ihn nie mehr loslassen. Deshalb drängt Dr. Lund darauf, daß Warming heimreist, sobald die Regenzeit 1866 überstanden ist – und daß er Nereo mitnimmt.

Aber plötzlich will Nereo nicht. Er weint tagelang, als der Abreisetag sich nähert und der Vater seine Sachen gepackt hat, die Gitarre in einen Kasten, der selbst die härtesten Stöße aushält. Wochenlang hatte Nereo von dem Land hoch im Norden erzählt, in das er nun fahren sollte, mit Schnee und Millionen von Zugvögeln, wo die Jungen und die Mädchen himmelblaue Augen haben und es eine Masse grüner Inseln gibt, zwischen denen man mit Wikingerbooten hin und hersegeln kann, wenn nicht gerade meterhohe Eisberge im Wasser treiben. Nun versteckt er sich hinter seinem Vater, bleibt stundenlang in seinem Kanu auf dem See, und einmal schrie er wie vor einem unbeschreiblichen Schmerz, als der Vater ihn auf den Schoß nahm und ihm erzählte, wie schön es in dem Land sei, aus dem der Doktor komme.

Und Warming muß die Reise zurück nach Rio de Janeiro mit dem Tropeiro Manoel de Sanso allein antreten – überzeugter denn je von seiner Theorie, daß alles in seinem richtigen Zusammenhang gesehen werden muß, und daß man kein Glied von seiner Kette isolieren darf. Zum Abschied gab Dr. Lund ihm eine Tüte mit seinem Lieblingstee, seine eigenen alten Herbarien, sein ausführliches, verblaßtes Reisetagebuch sowie eine Abschrift seines Lieblingsgedichts auf Portugiesisch, *Cancão do Exílio*, von Gonsalves Dias in der Verbannung geschrieben, dessen Schlußstrophe er ganz besonders in sein Herz geschlossen hat:

Não permita Deus que eu morra,
Sem que eu volte para lá;
Sem que desfrute os primores
Que não encontro por cá;
Sem qu'inda aviste as palmeiras,
Onde canta o Sabiá.

Und ein paar Jahre vergehen.

Ein Schwiegersohn des Kaisers, Herzog August von Sachsen Coburg Gotha und sein Bruder Philip besuchen Lagoa Santa zusammen mit einem Fotografen. Sie machen Bilder von Dr. Lunds Haus, vom Seehaus, vom Palmengarten, von der Stadt, doch Dr. Lund selbst weigert sich, vor den fremden Gästen mit seinen letzten Knochen im Schoß zu posieren, und er muß leider erklären, daß er außerstande ist, ihnen beim Auffinden des Eingangs zur Maquiné-Höhle behilflich zu sein, auch wenn er im luxuriösesten Tragstuhl transportiert würde. Die Gesellschaft ist auf Anregung von Dom Pedro Segundo höchstpersönlich angereist, und durch seinen Schwiegersohn läßt der Kaiser Dr. Lund mitteilen, daß er alle seine Abhandlungen übersetzen und auf feinem Papier herausgeben werde, wenn er Exemplare davon zu fassen bekomme. Herzog August flüstert auch etwas davon, daß der Kaiser vorhabe, dem Herrn Doktor den vornehmsten brasilianischen Orden zu verleihen, doch nichts interessiert Dr. Lund weniger als derartige äußere Ehrenbekundungen. Sein dänisches Ritterkreuz liegt immer noch beim Generalkonsul in Rio de Janeiro in der Schublade, und da wird auch das Kommandeurkreuz des Dannebrog Ordens landen, wenn es ihm – was Henrik Ferdinand hat läuten hören – verliehen wird.

Herzog August und Prinz Philip machen sich mit Exemplaren der Abhandlungen wieder auf den Weg, um wenig später nach Curvelo zu gelangen, wo es ihnen nicht gelingt, den Eingang zur Maquiné-Höhle zu finden, nicht einmal mit Hilfe von Peter Claussens noch lebenden Sklaven oder seinen unzähligen Kindern, Mulatten und Mulattinnen mit krausem, korngelbem Haar. Das beruhigt Dr. Lund, und er lächelt zufrieden, als er von Senhor Fonseca die Geschichte zu hören bekommt, wie der Herzog sein herzögliches Zelt aufschlagen und sämtliche Bewohner der Umgebung zusammenrufen ließ und vergebens eine große Belohnung demjenigen versprach, der als erster den Eingang mit dem großen, verräterischen Eriodendron fände. Aber Bäume müssen darumherum gewachsen sein, oder der Regen hat ihn fortgespült, oder er ist von Lianen überwachsen – der Herzog fand nicht, was er so hartnäckig suchte, bald ist er zurück in Rio de Janeiro, und wieder redet man von Curvelo bis Lagoa Santa von dem kostbaren Schatz, der im Inneren der Höhle liegt, mit der Schlangenhaut, die pulverisiert und bei Mondschein durch die Nase eingesogen, Dom Pedro ewiges Leben schenken wird.

In Lagoa Santa ist vieles verändert. Neue Menschen sind zugezogen, andere sind abgereist. Man redet davon, daß die Stadt ihre erste Schule bekommen soll, und man ist gespannt, ob es gelingen wird, so tief im Landesinneren einen guten Lehrer zu bekommen. Monsieur Foulon ist tot. Rita ist Carlos davongelaufen. Die Frau des Postmeisters hat Zwillinge bekommen, und man klatscht darüber, daß das eine so schwarz ist wie das andere weiß. Neue Methoden ermöglichen den Fazendabesitzern, die Kaffee-Ernte zu verdoppeln, aber die Bodenerosion hat ein bedrohliches Ausmaß angenommen. Der Zuckerrohrbranntwein wird besser destilliert, und Dr. Lund hat seine Goldmine an einen englischen Neuankömmling verkauft, der eine Dampfmaschine benutzen will, um die Pochstempel in Gang zu bringen.

In vielen der Häuser gibt es jetzt richtige Fensterscheiben, aber auch mit dem neuen Wunderpulver gelingt es nicht, den Ameisen beizukommen. Sterben sie in dem einen Hügel, leben sie im Hügel direkt daneben wieder auf. Die vornehmsten Familien haben sich Kameras angeschafft, Volieren im Garten und Aquarien in den Wohnzimmern, und in der Venda macht der neue Inhaber Reklame damit, daß er fehlerfrei entwickeln und Abzüge machen kann. Ilidio beschuldigt nun jeden, der ihm über den Weg läuft, sich an Verschwörungen gegen ihn zu beteiligen, und sogar der bekannte Entdeckungsreisende Richard Burton, der in die Stadt gekommen war, um Dr. Lund zu besuchen, wurde brutal am Arm geschüttelt und zu einer sofortigen Stellungnahme für oder gegen die Kaiserlich National-Liberale Einheitspartei, wie sie inzwischen heißt, genötigt. Richard Burton mußte wieder abreisen, ohne Dr. Lund begrüßt zu haben, nachdem der Schweizer Behrens, nun in dem kleinen Haus mit dem Palmengarten wohnhaft, ihn wissen ließ, daß der Doktor seit längerer Zeit krank sei und keine Erregung vertrage. Behrens ist sich freilich nicht darüber im klaren, daß Dr. Lund in aller Stille einen quälenden Kampf kämpft, um nicht in Erregung zu geraten – über ihn.

Anfänglich war alles friedlich zwischen ihnen. Behrens war außerordentlich froh darüber, aus Sabará fortzukommen. Hier in Lagoa Santa konnte er endlich seinen Roman über einen mitteleuropäischen Siedler schreiben, der im stickigen tropischen Schlingpflanzenwald immer tiefer sinkt, Mozart vergißt, Goethe vergißt, um sich schließlich das Leben zu nehmen, zerfressen von den Schweinemilben, die die Ratten dazu bringen, sich den eigenen Schwanz abzubeißen, wenn sie sich dort festgesetzt haben. Die Herausgabe bei einem Verleger in Bern, der sich auf exotische Erzählungen spezialisiert hat, ist gesichert, und den größten Teil des Tages, außer wenn er für Dr. Lund Essen zubereitete, arbeitete Behrens in Brandts altem

Zimmer. Aber nach drei Monaten wurde er selbst zu der Person, die in seinen Gedanken und in seiner Feder war. Auf seinem Nachttisch standen leere Flaschen, überall lag mit Tinte bekleckstes Papier herum, und in langen unzusammenhängenden Tiraden schimpfte er auf Brasilien, unrasiert, ungewaschen, immer betrunkener.

Dann räumte er alles auf, fand wieder zu seinem alten Ich zurück, doch drei Monate später, als es Dr. Lund endlich gelungen ist, die unangenehme Episode zu vergessen, wiederholt sie sich – schlimmer als vorher. Wie in einem kochenden Kessel brodelt es in ihm von Selbstvorwürfen, weil er, hergelockt durch Lügengeschichten von leicht verdientem Geld, sein Leben in diesem Brasilien vertan habe, und er ergeht sich in weinerlichem Selbstmitleid oder in so wüsten Beschimpfungen gegen seine Umgebung, daß der Sklave sich in seinem Häuschen versteckt. In seinem Bett oder im Garten, wenn er jätet oder pflanzt, oder wenn er sein „Luftbad" nimmt, das wieder eine Notwendigkeit in seinem täglichen Rhythmus geworden ist, wird Dr. Lund mit den Verwünschungen des Schweizers bombardiert, und sie verursachen ihm körperliche Schmerzen, sie setzen sich als Migräne oder Magenschmerzen oder Schmerzen in der Speiseröhre fest. Behrens hat nun alles zerrissen, was er geschrieben hat. Er traktiert seine Möbel mit Fußtritten oder wälzt sich auf dem Boden, wobei ihm der Speichel aus dem Mund läuft, wenn er nicht zur Venda hinaufeilt und mit neuen Flaschen unter dem Arm zurückkommt. Die ganze Zeit fabelt er davon, daß er nun „die Methode" gefunden habe, die beste und die schnellste, besser als innerlich von Schweinemilben zerfressen oder von Lianen erdrosselt zu werden – eine Flasche Wasser, nicht wahr, eine Handvoll essigsaures Kupferoxyd, *nicht wahr*, und dann kopfüber in den See. Kein Behrens mehr. Die Erde ist wieder einen Schmarotzer los, wieder ein Bankrotteur weniger. Brasilien! *Scheiße!*

Noch lange, nachdem Dr. Lund Behrens aus dem Haus geworfen hat, liegt er ununterbrochen im Bett. Er kann nichts essen, nichts trinken. Er hat das Gefühl, daß das Haus begonnen hat, in einem Pfuhl von Unrat zu versinken, der von der Fäulnis von Jahrhunderten brodelt. Überall stinkt es nach Alkohol und Erbrochenem, und es kommt ihm vor, als bewege sich Behrens' Geist noch immer in den Zimmern, nachdem sein Körper in die Pension umgezogen ist, und als riefe er all die Erinnerungen wieder wach, die Dr. Lund glaubt, glücklich vergessen zu haben die Erinnerungen an damals, gleich nachdem das geschehen war, für das es ihm niemals gelingen wird, Worte zu finden. Und wieder reitet er über das Campos-Land dahin, während er gleichzeitig hier liegt, leer, leer, und zu den Gekkos hinaufblickt. Alles ist in einem Augenblick weiß, im nächsten dunkel. Es gibt nirgendwo Farben, aber sein Schatten ist trotzdem überall, auch wenn alles im Dunkeln liegt. Er breitet sich über alle Wände aus, wenn er sich im Bett aufrichtet, als wolle er ihn festnageln. Er wendet sich um, und nun liegt der Schatten auf dem Boden, vom Bett bis ganz zur Tür des Arbeitszimmers mit all den Fotografien, die er nie mehr sehen, mit denen er nie mehr sprechen wird.

Er steht auf, doch kaum hat er das Bett verlassen, als alles in ihm erstarrt, wie damals in der Lapa da Cerca Grande. Der Sklave kommt mit dem Essen herein, stellt erschrocken die Töpfe auf den Boden und verschwindet. Aber er kann nicht einmal das Essen erreichen. Der Schatten hält ihn gefangen. Dann fällt er. Vier Tage liegt er bewußtlos auf dem Boden, bis er plötzlich die Augen aufschlägt und ihre mandelförmigen Augen im Halbdunkel ahnt. Er will nach ihr greifen:

„Koblenz! Koblenz!“ flüstert er.

„Aber Doktor Lund! Doktor *Lund!*“ hört er kurz darauf Senhor Fonseca, der mit seiner Tochter gekommen ist, um nach ihm zu sehen. Sie ist jetzt siebzehn Jahre, und sie lächelt ihn an. Jeden Tag im Verlauf der Regenzeit besuchen sie ihn, wie stark es auch schüttet, und manchmal kleben ihre Haare an den Wangen.

Es riecht nicht mehr nach Alkohol und Fäulnis im Haus, und an der Hand von Senhor Fonsecas Tochter kann er wieder ins Arbeitszimmer gehen, um die Fotografien anzusehen.

Eines Tages, als er an sie denkt, an ihren Duft, ihre Augen, ihr regennasses Haar, dankbar dafür, daß er nicht noch einmal ruhelos über das Hochland dahinreiten muß, faßt er Mut und bestellt die kleine *banda*. Sie soll früh am nächsten Morgen, bevor die Sonne aufgeht, in seinen Garten kommen. Plötzlich wagt er, was er nicht wagte, als Warming hier war, und erst recht nicht, als er Reinhardt zu Gast hatte, der kicherte beinah über ihn, als er ihm von seiner Idee erzählte. Jahrelang hat er sie mit sich herumgetragen, besonders wenn er gepflanzt hat. Er weiß, daß er sich nicht irren kann. Und die Banda kommt, drei Caboclos mit einer Marimba, einer Viola und einer Holzflöte. Er setzt sich auf seinen Klappstuhl vor Monsieur Foulons Rosen aus Nova Friburgo. Und das, worauf er gehofft hatte, geschieht. Als die Banda zu spielen beginnt, öffnen die Rosen sich. Sie verstehen ihn. Und die drei Caboclos lachen nicht über ihn.

Die Sonne ist aufgegangen.

14

Zweimal in der Woche unterrichtet er die Kinder von Lagoa Santa in Naturgeschichte und Geografie, und manchmal erzählt er ihnen auch etwas von der Kunst und der Dichtung, von der Zeit, als der erste Mensch im Inneren der Höhlen malte, bis zu den Statuen des Aleijadinho in Ouro Preto und Congonhas, von dem blinden Homer in dem alten Griechenland, der Odysseus auf seine gefahrvolle Reise sandte, bis zu Gonsalves Dias, der die Sabiá singen lassen kann, wie es kein anderer Vogel vermag.

Nereo Cecilio dos Santos, den er als seinen rechtmäßigen Sohn adoptiert hat, begleitet ihn zur Schule hinüber, die Dr. Lund mit einem festen Betrag unterstützt. Nereo ist nun ein junger Mann Anfang zwanzig und kann inzwischen Französisch schreiben, Dänisch lesen und seine eigene Sprache so fließend meistern, daß er in der Lage ist, vielen in der Stadt beim Schreiben von Briefen zu helfen. In der Schule, zwei kleinen Räumen in dem Haus, wo früher die elende Pension lag, ist Nereo gelegentlich als Lehrer in Portugiesisch und Rechnen tätig, aber am liebsten wollen die Kinder den alten Doktor hören, der vor vielen, vielen Jahren in die Stadt geritten kam, sich ein Haus kaufte, mit Dem Bösen Mann aus Curvelo um den geheimen Schatz kämpfte, der sich von Höhle zu Höhle fortbewegt, und ihn liegen ließ, als er ihn endlich fand, weil das Donnern des Berges ihm erzählte, daß die pulverisierte und bei Mondschein eingesogene Schlangenhaut einen schrecklichen Preis dafür verlangte, daß sie ewiges Leben gab. Später, als Der Böse Mann fortgezogen war, um in den kalten Ländern zu Eis zu frieren, setzte sich der Doktor in seinen Garten und fand heraus, wie er zu den Blumen sprechen konnte. Jede Blume muß auf eine bestimmte Art und Weise angesprochen werden. Der Rose müssen die Wörter zugesummt werden. Den lilafarbenen Kletterblumen an der Mauer muß nach jedem vierten Wort zugeflötet werden. Den Disteln soll man ganz leise zubrummen. Alle Blumen öffnen sich, wenn der Doktor es will. Aber davon erzählt er nichts in der Schule. Das ist sein Geheimnis.

Da sitzt er in einer Ecke des Klassenzimmers, mit dem Strohhut auf dem Kopf und seiner Brille mit den vergoldeten Rändern, die ihn alle erkennen läßt, obwohl er vor vielen Jahren in der tiefsten von allen Grotten fast blind geworden ist. Er erzählt den Kindern über das Innere der Erde, da wo sie aus Feuer besteht, weil die Erde einmal ein fliegender Stern war und es die Gegenwart nicht gab. Zahlreiche seltsame Tiere haben die Erde bevölkert, aber vor ihnen war nur Leere und Öde, und die Erde war unbewohnt, weil sie unbewohnbar war. *„Erzähl! Erzähl!“* Und er erzählt von der Zeit, als nichts als Erdbeben war, und schmelzende Massen von Erde und Stein und Lava die Erde an tausend Stellen bersten ließ, sie anhoben und verschoben und umstürzten. Kratsch! Land wurde zu Meer und Meer zu Land, damals, als die junge Erde als flüssige Feuermasse, in Dämpfe wie von Millionen Töpfen mit kochenden Bohnen gehüllt, sich durch den unendlichen Weltraum bewegte. Und diese flüssige Masse wurde zu einer Kugel, am kugeligsten am Äquator und in Brasilien, während sie an den Polen eins auf die Mütze bekam, dort wo die Seehunde und die Pinguine leben. Und er erzählt ihnen von dem Leben, das entstand, als die Kugel zum Stillstand kam und sich nun nur noch um sich selbst drehte, und Gott sah, wie schön sie war, und sagte: „Es werde Licht! Es werde Leben! Es werde Freude!“, und alle Tiere kamen, vom Waschbär und Faultier, das am Anfang so groß war, daß es über die Dächer in Lagoa Santa hinwegkriechen könnte, bis zum Tiger, der einmal Zähne hatte, die so lang waren wie Säbel, und den Kolibris, von denen der alte Troll tief im Urwald sagt, daß sie die Orchideen kleine Männchen zur Welt bringen lassen, kleine gute Geister, die auf jedes Kind aufpassen, wenn es schläft.

„Erzähl! Erzähl!“ Und er erzählt von den kalten Ländern, wo die meiste Zeit des Jahres Schnee liegt, so daß man die Spuren aller Tiere sehen kann, die des Bären und die des Hirsches, vom Wolf bis zum kleinsten Vogel, trip, trap, trip, trap da kann man ihnen über das Land folgen, durch die Täler und in die Wälder bis ganz nah an ihre Nester und Höhlen, in denen manche von ihnen sich schlafen legen, bis es Sommer wird. Sogar dem Bär kann man auf den Bauch klopfen, wenn er schläft, nur muß man Honig bei sich haben und um seine Schnauze streichen. Und er erzählt ihnen von Dänemark und

von der Stadt, in der er selbst ein kleiner Junge war, und wie es ist, ein Junge oder Mädchen zu sein in einer Stadt, wo der Schnee auf alle Dächer fällt wie blauweiße Wattebäusche und an den Scheiben schmilzt und zu Wassertropfen wird, die miteinander Kriegen spielen, während klingende Glöckchen von den Wagen ohne Räder läuten, die die Pferde durch die Straßen ziehen, wobei ihr Atem wie kalter Dampf aus den prustenden Nüstern schießt. Und auf dem Globus, der nun mit der Tropa aus Rio de Janeiro gekommen ist, und den er der Schule geschenkt hat, zeigt er ihnen, wo Dänemark liegt. Der Globus steht gleich neben dem Stuhl, auf dem er sitzt, und keins der Kinder kann verstehen, daß Dänemark so klein ist, daß Brasilien zweihundertmal größer ist.

Und der alte Mann erhebt sich und geht langsam zu seinem Haus und setzt sich auf seinen Klappstuhl und wartet darauf, daß Nereo von einem Besuch bei seinem kranken Vater oder vom See zurückkommt, wo er damit beschäftigt ist, das Seehaus mit neuen Pfosten abzustützen.

Es soll so stehenbleiben wie zu Brandts Lebzeiten.

„Haben Sie *verdammt* gesagt?“

„Ja, und der Teufel soll mich holen, wenn ich es nicht getan habe!“ erwidert Dr. Lund.

„Ich hatte nicht geglaubt, daß Sie fluchten!“

„Doch, zum Teufel!“ Vor Begeisterung hüpft Dr. Lund in seinem Stuhl in dem kleinen Lusthaus, das er sich an sein Arbeitszimmer hat anbauen lassen, auf und ab. Hier kann er zur gleichen Zeit sowohl drinnen als auch draußen sein. Wieder hat er die Geschichte erzählt, als er sich in der Venda zum Schlafen niedergelegt hatte, und *der Däne* eintrat und fast den ganzen Raum ausfüllte und Riedel einschenkte und sagte, daß zum Glück niemand hier in dieser Wüstenei seine Sprache verstehe, worauf er, Dr. Lund, sich still aufgerichtet und auf einen Ellenbogen gestützt, den Strohhut aufgesetzt, sich geräuspert, die Augen des Fremden fixiert und trocken bemerkt hatte: „Da sollten Sie nicht so verdammt sicher sein!“

Willum de Roepstorff, ein junger dänischer Zahnarzt, der mit der Absicht, hier eine Praxis zu eröffnen, in die Stadt gekommen ist, doch nun, nachdem er entdeckt hat, wie nachlässig die Brasilianer im

Inneren von Minas Gerais mit ihrer Mundhygiene sind, davon träumt, Palmölfabrikant zu werden, Roepstorff meint, daß der Doktor, als er die Geschichte zuletzt erzählte, das kleine Wörtchen verdammt nicht gebraucht habe. Aber hol ihn der Teufel, wenn er es nicht getan hat, er pflegt seine Erlebnisse, oder was er zu diesem oder jenem sagte, nicht umzudichten, er weiß wohl besser als andere, wie sein Leben verlaufen ist, und er erinnert sich an jedes Glas in der Venda, jede Flasche, jeden Sack Kaffee und jedes einzelne Bund Zuckerrohr, als wäre es gestern gewesen, *verdammt.* Aber abgesehen von seinem Drang, ihn die ganze Zeit zu belehren, und nicht zuletzt, wenn sie über Religion reden, ist dieser Roepstorff, der sich einverstanden erklärt hat, sein Halbtagssekretär zu sein, und der im Begriff steht, mit seiner brasilianischen Frau ins Nachbarhaus einzuziehen, in der Hoffnung, bald die Palmölfabrikation in Gang zu bringen, ein sympathischer Mensch, und Dr. Lund ist der Vorsehung dankbar, ihm in seinem hohen Alter begegnet zu sein, auch wenn ihr erstes Gespräch lautete:

„Sagten Sie Zahnarzt, Herr Roepstorff?"

„Ja."

„Da kommen Sie dreißig Jahre zu spät!"

Dr. Lund hat seinen Tag etwas anders eingerichtet, aber immer noch so, daß er von dem vorhergehenden in nichts abweicht. Er hat nichts mehr dagegen, daß man im Gespräch mit ihm die Stimme hebt, dafür erträgt er nicht die geringste Berührung, und deshalb weigert er sich, jemand die Hand zu geben, und entschuldigt sich damit, daß er Ekzeme bis zu den Ellenbogen hinauf habe. Jeden Morgen steht er zwischen halb sechs und sechs Uhr auf und trinkt eine Tasse Milch mit ein wenig Kaffee. Exakt um neun Uhr frühstückt er, eine große Schale mit Sahne mit sehr starkem Kaffee dazu – so stark und in solchen Mengen, daß die Leute in der Stadt darüber reden. Es fehlt nicht viel, und der Doktor bekommt einen Schlaganfall vor lauter Kaffee, und nach dem Kaffeetrinken soll er stundenlang einen kupferroten Kopf haben!

Eineinhalb Stunden vergehen damit, daß er mit der Lupe liest oder sich von Nereo vorlesen läßt, dem er nun auch angefangen hat, Latein beizubringen. Meistens handelt es sich um Briefe und wissenschaftliche Abhandlungen, die Reinhardt ihm zusendet, und es hat den Anschein, als sei es ihm gelungen, in der Beschreibung immer neuer Fische Trost zu finden und – nach einer Verspätung von so vielen Jahren! – einer Beschreibung der Campos-Brände in Minas Gerais, die sich nicht mit Dr. Lunds Ansicht deckt, ihm aber Respekt abnötigt. Von Warming hört er nur einmal im Jahr etwas, und soweit er verstehen kann, ist er inzwischen nach Uppsala gegangen, um dort Karriere zu machen, nachdem er sich mit seinen Kollegen in Kopenhagen überworfen hat, diesem Kopenhagen, das sich in immer kleinkariertere Richtung entwickelt haben muß, während es gleichzeitig den Rang einer Großstadt gewinnt, und man von einer völlig neuen „naturalistischen" Literatur spricht.

Um halb elf nimmt er sein zweites Frühstück zu sich, unbedeutende Kleinigkeiten, etwas Salat, ein paar Bohnen. Nach dem Frühstück kann er weder lesen noch schreiben, und erst gegen Abend wird er wach und trinkt ein Glas Limonade oder eine Tasse Tee und widmet sich nun all der Literatur, die nichts mit Naturwissenschaft zu tun hat. Wort für Wort liest er Schillers und Goethes am wenigsten volkstümliche Gedichte, bis ihm die Augen schmerzen, oder er läßt sich Briefe von Peter Christian Kierkegaard vorlesen, der plötzlich den Kontakt wieder aufgenommen und sich in den Kopf gesetzt hat, ihn zum „Grundtvigianismus" zu bekehren – worauf der nun wieder hinauslaufen mag – und voller Schmerz die wilden Anfälle von Schwermut beschreibt, die seinen Sohn Poul Egede Pascal die Familie, die Kirche, das Leben, kurz – alles verfluchen lassen. Diese Theologie! Diese Familie! Weicht denn der Fluch nie von ihr?

Dr. Lund erwidert in einem Brief, den zu schreiben er fast vierzehn Tage braucht, daß er es noch immer ablehne, Gott in drei aufzuspalten, daß der erste Glaubenssatz ihm auch heute noch mehr als genüge, daß Christus einzigartig gewesen sei, gerade weil er *Mensch* gewesen sei, und daß er stets einen „kindlichen", aber unerschütterlichen Glauben an eine Vorsehung im christlichen Sinn bewahrt habe, ohne die kein Haar auf seinem Kopf gekrümmt werde. Dabei lasse er es bewenden – *da* sei sein Rubicon, und auf der anderen Seite des Flusses sehe er die Christenheit in unzählige Fraktionen zersplittert. Statt des klaren Lichts der Lehre das Dunkel des Mystizismus. Statt des Geistes der Liebe der des Hasses und der Intoleranz. Und während er schreibt, nun mit einer großen, ausufernden

Schrift, mit nur wenigen zitterigen Zeilen per Seite, wo er früher so klein schreiben konnte, daß jede Seite zu einer Abhandlung wurde, erinnert er sich wieder an Kopenhagen und an die ewigen Diskussionen mit Peter Christian, dessen Augen immer so fern vor sich hinsahen, als befände sich dort draußen, wo alles Leben aufhört, die Tür, die zum ewigen Frieden führte. Nie sah er eine Blume auf seinem Weg – auch keine von denen, die von der Phantasie hervorgelockt werden, wie das großartige Kirchenlied *Pangue, Lingua* - Rede, Zunge! – das Dr. Lund immer bei sich hat und nun in einer Abschrift aus der Feder Nereos an seinen alten Freund, den Disputierteufel sendet. Rubicon! Nein, Dr. Lund überquert ihn nicht. Und doch fehlt nicht viel, daß er zum ersten Mal in seinem Leben Lust bekommt, sich in den Streit einzumischen, als die Kirche, unterstützt von der Regierung in Rio de Janeiro (?), eine heftige Kampagne gegen die Freimaurer inszeniert. Warum dürfen *die* nun nicht dasein? Was für einen Schaden richten sie an? Was ist daran auszusetzen, daß begabte Menschen eine eigene Vereinigung über die Ländergrenzen hinweg bilden und sich gegenseitig auf dem schweren Weg des Lebens stützen? Ist Hilfsbereitschaft jetzt verboten? Auch Burmeister hatte es auf diese Außenseiter abgesehen, wenn auch aus vollkommen anderen Gründen, und als er liest, wie die Kirche im Namen der Orthodoxie ihre Angriffe gegen die Freimaurer verschärft, beschließt er endgültig, daß er nicht von Padre Wellington, dem vierten Pfarrer in seiner Zeit, ein christliches Begräbnis bekommen möchte. Er will der Natur angehören, ihr allein, und das schreibt er in sein Testament, in dem er außerdem Nereo sein Haus und die Einrichtung überläßt und dafür sorgt, daß diesem von seinem mittlerweile ansehnlichen Vermögen eine feste jährliche Summe ausbezahlt werden kann, solange er lebt, und diese später auf seine Kinder übergehen soll, falls er vorhat, eine Familie zu gründen. In einem Umschlag, der von Nereo erst nach seinem Tod geöffnet werden darf, beschreibt Dr. Lund, wie er sich seine Beerdigung wünscht.

„Sind Sie auch sicher, was Sie tun?" fragt Roepstorff.

„Verbessern Sie mich nicht!" erwidert Dr. Lund, leicht irritiert über Roepstorff, der sich im Handumdrehen zum Katholizismus bekehren ließ, nur um heiraten zu können.

Sitzt er vor seinem Haus, fällt ihm alles andere ein als Worte. Er vergißt, was er nach Hause geschrieben hat, und wer es war, der an ihn geschrieben hat, und wieder fühlt er, daß er zu Zweien wird, doch diesmal spürt er nicht solchen Schmerz wie damals, als er eine Ewigkeit übers Hochland ritt auf dem Maultier, das ihn von nirgendwo nach nirgendwo brachte, und er sah, ohne zu sehen,und hörte, ohne zu hören. Er erhebt sich, während er gleichzeitig sitzen bleibt, schiebt vorsichtig das Tor auf und geht in die Stadt und sieht alles und hört alles. Die Pflanzen an der Kirchenmauer, die Steine, die Büsche, die Sträucher, die Schlangen in den Löchern auf dem Weg zum See hinunter, das Schilf, die kurzen, hastigen Wellen des Sees – er ist überall zur gleichen Zeit, und er hat keine Lust, Namen zu geben. Alles spricht. Die Blumen öffnen sich, wenn er sie ansieht, und es gelingt den Ameisen nicht, sie zu zerstören. Menschen gehen an ihm vorüber, die meisten sind Neger, Caboclos und Sertanejos, mit löcherigen, in die Stirn gedrückten Strohhüten, in armseligen Leinenhosen und mit Zuckerrohr beladene Maultiere hinter sich herziehend. Er ist auf dem Weg zu den Campos cerrados. Er sieht die Palmen in den Tälern, er übernachtet in ihrem Schutz, und nicht einmal der Caipor tut ihm etwas, nachdem er seine Fußspuren entdeckt hat, die in beide Richtungen weisen. Die Sonne geht auf, es regnet, und irgendwo ertönt ein Flöten – es sind Kinder, die zwischen den Röcken ihrer Mütter spielen, und wenn sie auch keine Zähne haben, lächeln sie ihm doch zu und bitten ihn, ihnen die Spuren der Tiere zu den Nestern und Höhlen zu zeigen, wo sie die Regenzeit verschlafen und einem nichts tun, wenn man mit einer Blume ihre Schnauze kitzelt. Dann hört man Musik, und er ist wieder in der Stadt. Er betritt sie von unten kommend und geht langsam an der kleinen Hütte des Medizinmanns mit all den Ochsenschädeln vorüber, um die die Schwarzen tanzen, um einer nach dem anderen in Trance zu fallen und alle bösen Geister aus dem Körper vertreiben zu lassen. Der Medizinmann sagt noch immer nichts, doch ihre Augen treffen sich. Sie nicken einander zu. Der Medizinmann hat nicht das geringste dagegen, daß er stehenbleibt und zusieht, und er bleibt, bis die Sonne aufgeht und die Schwarzen zu ihren Hütten zurückkehren, mit glückselig erloschenen Augen, hier und da eine letzte Beschwörung flüsternd, in einer Sprache, die er nicht versteht, Wörter aus dem Innersten Afrikas, wo die letzten Vorzeitungeheuer noch immer in verborgenen Farnwäldern leben. Dann geht er den Pfad hinauf, und die Sonne trocknet langsam den roten, schlammigen Lehm, daß er sich wie feste Treppenstufen vor seine Füße legt, und er kommt bis zum Haus hinauf, und nun haben sich alle Blumen im Garten geöffnet. Die Rosen. Die Schlingpflanzen. Die Disteln. Und der Trockenzeit folgt eine Regenzeit und der Regenzeit eine neue Trockenzeit. Manchmal gibt es Nachtfrost, und über allen Pflanzen liegt eine feine Schicht von kristallklarem Zucker, der kurz darauf zu einem Perlenkleid aus Tau wird. Können auch die Steine reden? Sie leuchten alle in einer eigenen Farbe, von Lagoa Santa nach São Carlos de Campinas, von São Carlos de Campinas bis zum Urwald um Rio de Janeiro. Die Krustazeen ziehen ihre leuchtende Spur im Meer. Er sieht sie. Jede einzelne. Und er erreicht das Haus, setzt sich und wartet nicht mehr auf jemanden oder etwas, während die Sonne senkrecht über den rotbraunen Dächern der Stadt steht, die Gekkos vor seinen Füßen herumlaufen und die Kirchenglocken das Ave Maria läuten. Es wird spät. Eine leichte Brise weht vom See herauf, und er kann das Schilf rauschen und die Ratten darin rascheln hören. Sicher sind es die Jungen des Medizinmanns, die in diesem Augenblick draußen auf dem See rufen, während sie Kopfsprünge von Brandts Kanu ins Wasser machen. Er hört den Wind ins Segel schlagen

„A vida real não existe...“

„Was sagen Sir, Dr. Lund?“ Roepstorff ist über die Straße gekommen.

„Soli Deo Gloria!“

„Aber Dr. Lund!“

An diesem Abend hat er Lust, Roepstorff davon zu erzählen, wie er damals nach Vesterbro hinausging und Gottes leuchtende Schrift am Himmel sah. Er ist im Begriff zu verraten, was dort stand, doch da denkt er, daß Roepstorff ihm nicht glauben und über ihn lachen wird, genauso, wie die Vorübergehenden über ihn gelacht hätten, hätte er sich nicht im Nu wieder erhoben, als er auf den Knien im Schlamm lag und ausbrach: Ehre sei Gott allein.

Henrik Ferdinand und Christian sind gestorben, beide im gleichen Jahr. Aber Dr. Lund weiß, daß es geschah, weil es Gottes Wille war, und sie sind ruhig entschlafen, nach einem langen, erfüllten Leben. Und den Kindern geht es gut. Besonders über die Briefe von Troels freut sich Dr. Lund. Er ist auf dem besten Weg, sich einen Namen als Historiker zu machen, etwas ganz anderes als die Beschäftigung mit den Kategorien des Geistes oder was es nun war, wovon Peter Christian in Deutschland angesteckt worden war ...*Hermeneutik*, und im Vergleich damit unbestreitbar eher das, was die Godemer *straight* nennen. Troels erzählt viel von seinen Projekten, auch er erfüllt von der Idee, daß man ein Glied nicht von seiner Kette isolieren kann, und daß das Kleinste in der Geschichte eines Landes ebenso wichtig ist wie das Größte. Behrens ist auch tot, und Dr. Lund bringt es nicht übers Herz, seinen letzten Wunsch nicht zu erfüllen – direkt neben Brandt begraben zu werden. In den letzten paar Jahren hatte er ihn regelmäßig in dem kleinen Haus in Lagoa Santa besucht, wo er früher einmal gewütet hatte, und seiner eigenen Aussage zufolge machte sein schrecklicher Roman Fortschritte, und es war ihm einigermaßen gelungen, die Gespenster in seinem Inneren zu zähmen, die ihn zur Flasche greifen ließen. Dr. Lund ging nicht mit zur Beerdigung, weil er sich jetzt nur noch im Hause aufhält und sich höchstens vom Bett zu dem kleinen angebauten Lusthaus bewegt, wo eine Menge Pflanzen, ein Geschenk von Senhor Fonsecas Tochter, bevor sie nach Ouro Preto ins Mädchen-Kollegium abreiste, die Sonne zu einem lebendigen, grünen Licht filtern. Aber Nereo, der sich mit Heiratsgedanken trägt, erwiderte das Geschenk mit einem Strauß der schönsten Blumen aus dem Garten, dessen Farbzusammenstellung Dr. Lund vom Fenster seines Arbeitszimmers selbst bestimmte.

Manchmal besuchen ihn die Kinder aus der Schule, wenn sie nur ein paar Tage im voraus Bescheid sagen. Dann erzählt er ihnen von der Natur, jetzt hauptsächlich von den dänischen Zugvögeln, die er ununterbrochen vor sich sieht, wenn er schläft. Er beschreibt mit Lauten und Bewegungen die Regenpfeifer, die Steinwälzer, die Pfuhlschnepfen, die Wasserläufer und Strandregenpfeifer, und es macht den Kindern große Freude, von diesen seltsamen Vögeln mit den lustigen Namen zu hören. Könnten sie nach Brasilien fliegen, würden sie es alle tun – auch der Kampfläufer und die Kampfschnepfe, die Schwalbe, der Laubsänger und der Wippsterz – *wipp*-sterz! – *wipp*-sterz! – und der Rotschwanz, die Lerche und der Wiesenpieper. Erst im November verebbt der Zug allmählich mit dem letzten Star. Oh, er erinnert sich an sie alle, und wenn die Kinder gegangen sind, nachdem sie ein Stück Schokolade oder eine Tüte Konfekt auf seinen Nachttisch gelegt haben, folgt er den Vögeln am Himmel, von den Wiesen am Furesee oder vom Forsthaus aus, während Carl draußen im Schuppen Brennholz hackt oder für die Nacht die Öllampe auffüllt. Und bald senkt sich die Dunkelheit herab wie Seide, wenn es nicht Juni ist und die Nächte hell sind, und das Rufen des Kuckucks bis in den hellen Morgen erklingt. Dann spürt er den Schmerz in der Brust. Er beginnt zu husten, wie Carl hustete, als er aus Schweden zurückkehrte. Und die Mutter steht über ihn gebeugt und duftet nach Vanille und frisch gewaschenem Leinen. Er lächelt ihr zu, und er ist froh. Sie flüstert, daß er sich schon wieder erholt, aber daß er in die warmen Länder reisen soll. Wieder hustet er. Und mit einem Ruck setzt er sich im Bett auf. Er ist ganz allein.

Er steigt aus dem Bett, sucht nach seinem Piston-Gewehr, seinem Sattel, allen seinen Taschen, seiner Botanisiertrommel, seinen Insektenklammern, seinem Barometer, den Töpfen, den Stiefeln, der Ochsenhaut, die über die Töpfe gedeckt wird und auf der er nachts schläft. Er geht zur Glastür, öffnet sie und sieht sich nach seinem Maultier um. Er mißt die Sonnenbahn. Er geht durch den Vorgarten hinaus. Er muß weiter, aber vorher muß er Riedel finden. Er sitzt sicher oben in der Venda und schreibt Briefe an den Kaiser. Monate sind sie geritten, aber sie haben noch immer einen weiten Weg vor sich, und nun muß das Maultier nach dem langen Ritt durch den Wald der Schmerzen ausgeruht sein. All die Vögel, die er noch klassifizieren muß! Und die komplette Biographie des dreifingrigen Faultiers! Die wird er schreiben, wenn er am Feuer liegt. Die Sonne hat sich bewegt, exakt wie er es vorausberechnet hat. Aber wo ist sein Gewehr? Er sieht sich um. Es brennt in seiner Haut. Alles verschwimmt vor seinen Augen. Und der Sattel? Und die Taschen, die Botanisiertrommel, die Insektenklammern, das Barometer, die Töpfe, die Ochsenhaut – und die Stiefel? Hat er die Stiefel nicht angezogen? Und die Arbeitsneger? Wo sind die Arbeitsneger? Nie hat er eine solche Energie gespürt, alles in ihm belebt sich bei dem Gedanken an all das, was er auf der weiteren Reise schaffen will. Er ruft nach Riedel.

Nereo, inzwischen verheiratet und Vater eines neu geborenen Zwillingspaars, kommt im letzten Augenblick vom Palmengarten herauf und fängt ihn im Fall auf, so daß er nicht mit dem Kopf auf den Boden schlägt. Es ist der 25. Mai 1880, die Trockenzeit hat gerade eingesetzt, und wieder sieht es danach aus, als würde sie härter als gewöhnlich. Nereo holt Roepstorff zu Hilfe, der gerade sein Haus anstreicht, während seine Frau in Sabará ist, um französisches Parfüm zu kaufen. Gemeinsam tragen sie Dr. Lund zu seinem Bett und legen ihn vorsichtig nieder. Sie können sehen, daß er Blut gehustet hat. Mehrere Stunden liegt er ohne Bewußtsein. Dann schlägt er plötzlich die Augen auf und blickt Roepstorff gerade ins Gesicht.

„Bin ich getauft?"

„Ja, Sie sind getauft, Dr. Lund!"

„Was bin ich eigentlich?"

„Sie sind Protestant!"

„Ach so, Protestant? Aber das geht hier doch nicht!"

Dr. Lund sagt es langsam. Er schließt wieder die Augen. Dann erwacht er wieder:

„Was bin ich?"

„Sie sind Freidenker, Dr. Lund!"

„Ja aber, was sind denn Sie, Roepstorff?"

„Ich bin Freidenker wie eh und je."

Dr. Lund lächelt. Einen Augenblick ist er bei vollem Bewußtsein. Es wirkt, als bekäme er Lust, aus dem Bett zu springen:

„Oh, das freut mich von Herzen, daß Sie kein Heuchler sind! Das sind die Schlimmsten, die Heuchler! Ja, ich bin Freidenker! Aber die Vorsehung, Roepstorff, an die Vorsehung glaube ich. Sie war jede Minute in meinem Leben bei mir. Und so wie Gott mein ganzes Leben bei mir gewesen ist, ist er auch jetzt bei mir. Deshalb sterbe ich ruhig! Roepstorff??"

„Ja?"

„Halten Sie mich!"

Aber Roepstorff bleibt sitzen. Er denkt daran, daß Dr. Lund nicht die geringste Berührung verträgt. Ein Stück daneben steht Nereo und hört zu. Er stellt die Medizin ab und geht still zum Bett, setzt sich, und stützt Dr. Lunds Nacken. Vorsichtig zieht Dr. Lund ihn ganz zu sich hinunter und flüstert etwas in sein Ohr. Dann schließt er die Augen. Er klettert auf einen hohen Berg, und der Sturm reißt die ganze Zeit die Ochsenhäute von den Kisten auf den Packeseln. Ein wenig später erreicht er den Gipfel des Bergs, und nun wird alles zu einer Sommerwiese mit Millionen goldener Blumen. Sie hat ihm den Rücken zugewandt und pflückt sie körbeweise. Mitten auf der Wiese steht die Kapelle. Nun weiß er, wo er ist. Es ist Sara Lisa, die für Linné Blumen pflückt. Jetzt friert er nicht mehr.

„Was hat er Ihnen zugeflüstert?" fragt Roepstorff erschrocken.

„Liebe, Liebe, Liebe."

Bis aufs I-Tüpfelchen erfüllt Nereo Cecilio dos Santos Dr. Lunds Wünsche für den Ablauf seines Begräbnisses. In dem Brief, den er hinterlassen hat, verlangt er in seiner großen, zittrigen Handschrift, nachdem er sich jegliche kirchliche Einmischung verbeten hat, daß drei Tage und drei Nächte gratis an alle in Lagoa Santa ausgeschenkt wird, und er meint *alle*. Und er bittet darum, daß die kleine Caboclo-Banda, die die Rosen dazu brachte, sich zu öffnen, spielt, wenn sein Sarg in die Erde hinabgelassen wird. Keine Trauerfeierlichkeiten im Hause, keine Klageweiber, niemand darf Schwarz tragen. Nereo bekommt alle Hände voll zu tun, um das Ganze in der bestmöglichen Form zu arrangieren. Dr. Lund liegt jetzt in seinem Sarg, in seinen Reitanzug gekleidet, neben ihm liegt eine kleine Schachtel mit Briefen von seiner Familie, die ihm am liebsten waren, auf seiner Brust die Doktorarbeit mit der Widmung an die Mutter. Die Banda trifft ein, und als der Ochsenkarren mit dem Sarg durch die Stadt gezogen wird, geht sie voran und spielt. Der Kunstreiter hat jetzt seine liebe Müh und Not, sein Orchester antreten zu lassen, und bald geht es hinter dem Sarg und spielt, wenn die Banda Pause macht. So wechseln die beiden sich ab, und Melodien, die aus der trockenen Erde von Minas Gerais entsprungen sind, im tief melancholischen Ton des Walds der Schmerzen, werden abgelöst von „La Parisienne" und „Dengang jeg drog afsted", wobei Nereo mit der Flöte den Ton angibt.

Alle in der Stadt stoßen dazu, angefangen bei den Ältesten, die sich noch an den Tag erinnern, als der Doktor in die Stadt geritten kam, bis zu den Schulkindern, die alle ihre Feiertagskleider tragen. Der Ochsenkarren wird an der Venda vorübergezogen, wo der Inhaber auf der Stelle die Fensterläden schließt und sich in den Zug einreiht und verspricht, alle Feuerwerkskörper, die er in den letzten Monaten fabriziert hat, zum Gedenken an den Doktor zu spendieren. Padre Wellington kann es nicht lassen, die Glocken zu läuten, als der Karren seine Kirche passiert. Und endlich erreicht der Zug die Anhöhe, wo Dr. Lund bald ruhen wird, die Herzseite Brandt zugewandt. Vom unteren Teil der Stadt stoßen die Sklaven dazu, mit dem Medizinmann an der Spitze. Unzählig viele haben ein Wort zu sagen, als der Sarg in die Erde hinabgesenkt worden ist. Die längsten Reden halten Nereo und Senhor Fonseca. Seine Tochter hat Ferien von ihrem Kollegium in Ouro Preto und ist zu Hause, und den schönsten Strauß, in den dänischen Farben, hat sie gepflückt und gebunden. Ilidio verzichtet für eine Stunde darauf, Mitglieder für seine Kaiserlich Konservative Kongreßpartei zu werben, und Rita und Carlos finden auf der Beerdigung wieder zueinander.

Die Caboclo-Banda spielt, und Blumensträuße in einer in Lagoa Santa nie zuvor gesehenen Anzahl decken den Sarg bis weit über die Kanten des Grabes. Da sollen sie liegen, solange das Fest währt, bevor Erde aufgefüllt wird. Sieben Papageienfedern wirft der Medizinmann über das Blumenmeer. Es wird ein Baum gepflanzt und ein bescheidenes Holzkreuz ohne Verzierungen errichtet. Danach gehen sie alle zurück in die Stadt, um zu feiern, und jetzt im wiegenden Takt zu der Musik des von dem Kunstreiter dirigierten Orchesters.

Drei Tage und drei Nächte wird getanzt und getrunken, und niemand kommt zu Schaden. In ganz Minas Gerais kann man Lagoa Santa hören. Am letzten Tag gehen dem Vendainhaber die Feuerwerkskörper aus, und er hat kein Papier mehr, um in aller Eile neue zu machen. Aber zum Glück können Nereo und seine Frau, die dunkel und rundlich ist wie er selbst, aushelfen, und nach Eintritt der Dunkelheit explodieren die Raketen wieder über dem See. Hier wird Blainvilles *Ostéographie* zu einer sprühenden Sonne, dort ist es von Humboldts *Kosmos* in zwei dicken Bänden, das in einem Regen von Lila herabfällt, hier entwickelt sich Darwin zu einer Zwillingssonne, hart verfolgt von Bucklands *Reliquiae Diluvianae*, während Baron Georges Léopold Crétien Fredéric Dagobert Cuviers *Discours* zu einem Irrläufer wird, der im Schilf verzischt. Schouws *Plantegeografie med Atlas* steigt so hoch zum Himmel auf, daß sie mit einem Heulen wie von einem angestochenen Schwein verschwindet. Milne-Edwards, de Candolle, Rudolphi, Owen, Biot und Ampère, Réaumur, Linné, Fabricius, Forchhammer, Charles-Lucien Bonaparte und H.C. Ørsted – sie alle werden zu einem Regen von Sternenstaub, der vom dunklen Tropenhimmel dem Doktor Lebewohl sagt.

Wilhelm schläft.